二見文庫

野獣と呼ばれた公爵の花嫁

アマリー・ハワード／山田香里＝訳

The Beast of Beswick
by
Amalie Howard

Original Title: The Beast of Beswick
This translation published by arrangement
with Entangled Publishing, LLC,

野獣のプリンス、キャメロンに

野獣と呼ばれた公爵の花嫁

登　場　人　物　紹　介

アストリッド	エヴァリー子爵令嬢
セイン・ハート	ベズウィック公爵
イソベル	アストリッドの妹
メイベル	ヴァーン公爵夫人。セインのおば
フレッチャー	ベズウィック公爵の従者
カルバート	ベズウィック公爵の執事
レジナルド	アストリッドのおじ。エヴァリー子爵
ミルドレッド	アストリッドのおば
エドモンド・ケイン	ボーモン伯爵
ソーントン	ベズウィック公爵の顧問弁護士
レディ・クローディア	ソーントンの妻
パトリック	エヴァリー子爵家の馬丁頭

1

一八一九年　イングランド

レディ・アストリッド・エヴァリーは、サウスエンドにあるおじのカントリーハウスに駆け込んだ。心臓がドクンドクンと激しく脈打っている。外の馬車まわしに停まった派手な馬車は、まさに持ち主そのものだ——傲慢(ごうまん)で、どこまでもしつこいボーモン伯爵に違いない。じわりと吐き気をもよおすのを感じながら、玄関ホールに目を走らせた。だれも彼女と目を合わせようとしない。執事も、召使いも、おじのレジナルドでさえも。おじの生白い頬骨のあたりは、赤黒くきたならしい色に染まっていた。

「おまえは、い——市場に行ったんじゃなかったのか」驚いたおじがしどろもどろで言った。

「いったいなにをなさったの、おじさま？」アストリッドは外套(がいとう)をひるがえしながら詰め寄った。「わたしになんの断わりもなく、許可もなく、こんなことをなさって」

おじの顔色がさらに濃くなった。「おいおい」おじが声を張る。「おまえの妹はもう結婚できる年ごろだ、わかっているだろう――」

あの男はだめ。ぜったいに。

かわいらしい純真無垢なイソベルがあんな男の魔の手にかかると思うと、アストリッドはおなかの奥がさらに苦しくなった。ボーモン伯爵はいまや貴族院に名を連ねる身でありながら、彼女に言わせれば、最低最悪の手段に出ているとしか思えなかった。

彼の名を聞いただけでよみがえる悪夢を抑え込み、アストリッドはおじから青ざめている侍女に視線を移した。アストリッドの声を聞きつけて出てきたらしい。「彼らはどこにいるの、アガサ？」

「〈朝の間〉です、お嬢さま（マイ・レディ）。奥さまもごいっしょに」

閉じられたドアを見て、アストリッドは心臓が地に落ちるような気がした。おばのミルドレッドが付き添っているなんて、ひかえめに言っても大問題だ。「お部屋に入って、どのくらい？」

「五分も経っていません、マイ・レディ」

たとえまばたきの一瞬であっても、かわいい妹に取り返しのつかない汚点がつくにはじゅうぶんな時間だ。イソベルはまだほんの十六歳。妹は両親にとって思いがけず授かったうれしい驚きの賜物(たまもの)で、アストリッドもこれまでずっと妹を大切に守ってきた。いくらおじがもう結婚できる年ごろだと言っても、アストリッドにとってイソベルはまだ子どもだ。社交シーズンにもまだ一度も正式に出ていないというのに、早くもおじはもっとも金になる相手に妹を嫁(とつ)がせるつもりでいる。

うそつきで、いやらしいあの男に。

エドモンド・ケインは数年前、自身のおじから伯爵家を継いだ。爵位を得たおかげで世間では結婚相手として人気があるが、アストリッドの初めてにして唯一の社交シーズンにおいて、なんのためらいもなく彼女の評判をめちゃくちゃにした冷酷な人でなしのまま、なにも変わっていない。あのころのアストリッドは、大胆にも彼の求婚を断わった。彼はその仕返しに、アストリッドが純潔ではないというとんでもないうそをつき、彼女の未来をまるごと葬り去ったのだ。

その一年後、アストリッドの両親は病気で亡くなり、彼女とイソベルはイングランドで唯一の親戚の庇護(ひご)を受けることになった。そして一年間の喪が明けたとき、アストリッドは自分に遺(のこ)された財産はすべてイソベルの社交界デビューのために取っておこうと決めた。イソベルだって子爵令嬢だ。ときが来たら、それなりのことをしてやらなければならないのだから。

しかし、ふたりの遺産におじが手をつけた。大半は消えてなくなり、ふたりが結婚するか二十六歳に達するかした場合にのみ手に入る、おじの自由にはならない特定の財産しか残っていない。二十六歳までアストリッドはあと一年、イソベルは先に結婚しないとなるとまだ十年もあるが、あきらかにおじは妹を結婚させようとしている。両親が亡くなって八年が経ったいま、姉妹は窮乏していた。いや、窮乏しているとおじは言っている。

だからといって、どう考えてもふさわしくない相手と縁を結ばせようとするものだろうか？　いや、お金が関わっているのなら間違いない。レジナルドおじは、少しでも自分にお金が入るなら魂を売るような人間だ。

「ボーモン卿は、いまや貴族になられたんだぞ」おじはそう言ってアストリッドの気を引いた。「おまえの知っている昔のあの方とは違うんだ」

「人の本質は変わらないわ」

「おいおい、アストリッド」おじは彼女の行く手をふさいだ。「もう決まったことだ。ボーモン卿は約束を――」

「近づかないで、おじさま。わたしはあの男がなにを約束しようとどうでもいいの。彼にはぜったいに――」アストリッドの声がしぼんだ。こんなことを言ってなんになるの……彼女にはなんの力もない。

アストリッド自身に夫がいなければ、おじは姉妹の後見人として、イソベルを病気の貧乏人に嫁がせたいと思えばできるし、姉妹はそれに対してどうすることもできない。この世界で女が置かれた立場とはそういうものなのだ。

アストリッドは戦略を変え、おじに向かって猫なで声を出した。「レジーおじさま、よくお考えになって。イソベルはまだ社交シーズンに一度も出ていないのよ。あの子ならもっとお金の入る、もっとよいお相手が見つかるかもしれないわ」しばらく時間を置いて待つ。金が入ると聞けば、おじはかならず欲を出すはずだ。

エヴァリー子爵は唇を引き結んだ。「明日のにわとりより今日の卵だ」

「卵も産まないおんどりのくせに」アストリッドは小さく毒づいたが、おなかのあたりはざわついていた。おじはすでにボーモンと取り決めを交わしてしまったのだろうか？

こんな話し合いをしていても埒が明かない。

嫌悪感たっぷりにおじをにらみつけると、アストリッドはものすごい勢いでおじをまわり込み、〈朝の間〉に駆け寄ってドアを開け、妹を探した。

イソベルは困ったような顔で、背筋をこわばらせていた。恐怖のせいなのかショックのせいなのか、わからない。さいわい、妹はソファに座ってひざで両手を握り合わせ、ボーモンは少し離れたところに立っていた。アストリッドが思うにじゅうぶんな距離ではないけれど。ほかにはだれもいない。なんてこと、いったいぜんたい、おばはどこに行ったの？

「じゃまをするなと言っておいたはずだが、エヴァリー？」ボーモン伯爵は肩越しに言った。一瞬いらだたしげに目が光ったが、おじではなくだれが飛び込んできたのかすぐにわかったようだ。「これはこれはオールドミスどの。お祝いに来てくれたのかな？」のんびりとした調子で言い、一見ハンサムと言える顔に満足そうな表情をにじませた。「わたしが妹どのに求婚することを聞きつけたと見える」

アストリッドはひとつ息を吐いたが、言葉を口にする前に、部屋の奥から不快に顔をゆがめたおばが姿をあらわした。ミルドレッドおばの魂胆（こんたん）は見え見えで、あきれるとしか言いようがない。いくらここがロンドンでなくとも、おばも貴族社会のルールはじゅうぶん承知しているはず……とくに未婚の若い女性に付き添い夫人が必要なことについては。

アストリッドはこみ上げる怒りをこらえた。イソベルの評判は、これほどいとも簡単に傷つけられかねない——そのことが急に腑に落ちて、彼女は目を細めた。財産狙いの親戚たちは、こういうつもりでいるのだ。

ボーモン伯爵の得意げな顔を見ると、アストリッドのいらだちはいや増した。唇を嚙み、体の両脇でこぶしを握りしめる。胃がいまにもひっくり返りそうだ。もし市場での買い物リストを忘れていなければ、戻ってくるのが間に合わなかっただろう……そうなっていたら、いったいどんなことになっていたか。しかしもうイソベルはだいじょうぶ。とにかく大事なのはそれだけ。いえ、本当にだいじょうぶかしら？　ふいにこみ上げた恐怖をのみ込み、妹を見た。

「イソベル、だいじょうぶ？」

妹はうなずいたが、いつもはバラ色の肌が青白い。「ええ、でも少し頭痛がしてきたようなの」

「やすんだほうがいいわね」

イソベルはほっとしたような顔でうなずいて立ち上がり、伯爵のほうにさっとひざを折って挨拶すると、逃げるように部屋を出ていった。ミルドレッドおばがあとを追う。

出ていく彼女に、ボーモンはぞんざいに手を振った。「またお会いしましょう、いとしのきみ」

「それはありません」アストリッドが言った。

ボーモンが彼女の頭からつま先まで視線を走らせ、灰色のしっかりしたウールのドレスも、首までボタン留めしたそろいの外套も、まるで着ていないかのような気分を味わわせた。「さて、レディ・アストリッド、わたしを止められるようなことがきみにできるかな?」

「あの子は十六歳です」

ボーモンがうなずく。「まさしく。結婚できる年齢だ」

アストリッドはせり上げる怒りをのみ込んだ。ロンドンでこの男が初めて彼女自身に目をつけたときも、同じ年齢だった。伯爵になったばかりのこの男は、意趣返しをするために戻ってきたのだ。彼の趣向、意図、タイミング、どれも疑う余地がない。

「イソベルはロンドンの社交シーズンに出るんです」アストリッドは告げた。

「きみのおじ上が先に求婚を受ければ、それはない。彼女は愛らしい伯爵夫人になると思わないか?」

アストリッドの顔はゆがみ、心臓は大きく打った。「どうしてそこまであの子を妻にしたいと固執するの？　あの子はあなたの好みでもないでしょう」

「たぶん、九年前に断わられたせいかなあ」

　これで明白となった――問題の核心が――やはり仕返しだ。

　わざとらしく彼女と目を合わせ、ボーモンが近づいてくるなか、アストリッドは恐怖と憤りがないまぜになった吐き気をもよおすような気持ちで身を固くした。勝ち誇った笑顔に血も凍る心地がする。この男はすでに彼女の未来をめちゃくちゃにした。このうえ妹の未来までも脅(おびや)かさせない……ぜったいに。

「いいえ、そんなことはわたしが許さないわ」アストリッドは言った。「わたしはあの子の後見人だもの」

「ああ、しかしきみの後見人はエヴァリー子爵だろう？　その彼がすでに許可を出しているんだ。少なくとも、条件に折り合いがつけばもう決まりだ。だから、きみにはなにも口出しできないし、わたしの考えを変えられると思っているかもしれないが、きみの要望などどうでもいいことだ。あのときこうしておけば、とはよく言われることだが」ゆっくりと小ばかにしたように笑う。「後悔するぞと言ったはずだ」

　お断わりしたことはまったく後悔していません、と言いそうになるのをこらえ、アストリッドは息を吸って気持ちを落ち着かせた。「イソベルはまだ学校を出たばかりです。あなたは三十四歳よ、エドモンド。もっと年が近くて、ふさわしいお相手が見つかるはずだわ」

下の名前を使われて、彼は目をすがめた。「いまはボーモン卿だ。きみが身代わりにでもなるというのか？　だが、きみのような境遇の女では、もはや結婚など望むべくもないな」全身を毛布でくるみたくなるようないやらしい目つきで、彼女の全身を眺めまわす。「だが、それなりの提示をしてくれれば気が変わるかもしれない」

「犬に噛まれたほうがましよ」

「ああ、それだ、そのきつい物言い」伯爵が言う。「きみは、年月をかけることによってのみ辛味の際立つ、年代物のウイスキーのようだ。レディ・イソベルはもっとお行儀がよさそうだが、きみのように頑固なところがあるのかどうか、結婚後に見極めるのが楽しみでしかたがないよ」

アストリッドは全身をこわばらせた。「妹と結婚するのは地獄が凍りついてからにしてちょうだい、ボーモン卿。覚えておいて」ふくれ上がる怒りを持てるかぎりの意志の力で抑え込み、彼女は部屋を飛び出した。

怒りに打ち震えながらも、アストリッドは廊下で必死に気を鎮めた。ボーモンは容姿も称号も財産もそろってはいるが、あんな人でなし、天敵にすらけしかけようとは思わない。ましてや、かわいい純真な妹にはぜったいに合わない。ちゃんと社交シーズンに出さえすれば、玉のようなイソベルなら相手はよりどりみどりのはずだ。

おじもそれをわかっているし、ボーモンも同じなのだろう。

伯爵が帰ってしまうと、アストリッドは書斎に引っ込んでいたおじを探し出し、心おきなく責め立てた。「いったいどういうこと？　あの子はまだ十六なのよ」デスクのそばに無言で立っているおばに顔を向ける。「ミルドレッドおばさま、おっしゃることはなにもないの？　イソベルの気持ちはどうなるの？」

おばは唇を引き結んだ。「あの子がどのように考えるべきかは、将来の夫が教え導くでしょう」

「よほど気の弱い女性でもそんなことは受け入れません」

「それで結局、おまえのようになるのか？」おじは言った。「結婚もできず、疵物（きずもの）扱いされて、おばさんやわたしのとんでもないお荷物になって？」

アストリッドは鋭く息をのんだ。先代子爵である彼女の父親は、娘たちが不自由なく暮らせるよう相応の手はずを整えていたし、もしものときは自分の弟が責任を持って姪たちの面倒を見てくれるものと思っていた。しかし現実はそうではなかったことが、早々に判明した。長らく顧問弁護士をまかせていたミスター・ジェンキンスは、年に一度それらの確認作業をし、イソベルが成年に達したら社交シーズンに出ることを含めて父親の意向を守ってくれていたが、そのミスター・ジェンキンスも一年前に亡くなった。領地の管理も彼の事務所がしていたため、欲深いおじ夫婦を制御できる人間はもはやいなくなった。

「そんなことにはならないように父が手配してくれていたはずよ」アストリッドは辛抱強く言った。「おじさまたちのお情けにすがったわけではないでしょう?」

「あの金はもうない」

アストリッドは怒髪天(どはつてん)を衝(つ)き、思わず口走った。「いったいどうして、おじさま? どう考えても相当な額を父は遺してくれていたわ」

おじは鼻の穴を広げ、目をむいてデスクの向こうで立ち上がった。「無礼な口をきくな! おばさんもわたしもおまえたちを迎え入れてやったというのに、そういう態度か? 信用せずに疑うのか? あの金は、おまえたちのドレスや靴や食べ物、花嫁修業の学校代に消えたんだ」おじが鼻息を荒くする。「それからおまえのあの本。おまえの妹のダンスやピアノのお稽古代。金食い虫の小娘をふたり育てるのに、どれだけの金がかかるか。おまえの馬だってそうだ」

そう言うおじこそ、死んだ兄の遺産で純血種の馬を何頭も買い込んだのだが、アストリッドは指摘しなかった。唇を閉ざして力を込め、怒りを抑え込んだ。もしレジナルドおじに放り出されたら、それこそ文無しで住むところもなくなる。何カ月も先の二十六歳になるまで彼女のぶんの遺産は入ってこないのだから、それまでは口に気をつけなければ。それに自分がいなければ、イソベルは孤立無援で無防備な状態になる。

「おまえこそどうなんだ？」おじは姪をねめつけながらつづけた。「おまえは得になる結婚をしなければならなかった。ところがどうだ、エヴァリー家の名に泥を塗りおって」冷ややかなまなざしで彼女をあざ笑う。「ん？　おまえの犯した罪が、かわいそうな妹にまで及ぶことはないとでも思ったか？」

　アストリッドの口から苦しげな声がもれた。罪。なにも悪いことはしていないのに、罰を受けるのは彼女だった。卑劣なうそつきにいい加減なことを言われ、社交界でたたかれ、あっという間に弾き出された。

「彼がしたことはおじさまもわかっているでしょう」アストリッドは胸にこぶしを当ててつぶやき、目を熱くした。「あの男がわたしになにをしたか。それなのにおじさまは、まだ彼にいい顔をして出入りさせている。どうしてそんなに酷なことができるの？」

　意気地のないおじは、彼女と目を合わせようとしなかった。「彼は伯爵だ。それに、彼も罪ほろぼしをしたいのではないかな」

そんなわけがない。ボーモンが罪ほろぼしだなんて。彼はアストリッドに報復したいだけだ。

「お願いよ、レジーおじさま」アストリッドは泣き落としにかかった。「もしそうだとしても、どれほどふたりが不釣り合いかわかるでしょう？　ボーモンはあの子の倍の年齢よ。イソベルみたいに気のやさしい子には合わないわ。おわかりにならないの？」

レジナルドは唇を引き結び、開いたドアのほうを示した。「それでも、彼は伯爵だ。しかも金持ちだ。改心した放蕩者というのは最高の夫になるってことを、おまえは忘れているようだな。イソベルも伯爵夫人になれば、なんの不自由もなく暮らせる。さあ、もう出ていけ、ひとりにしてくれ」

おじがほんとうに意味するところは、自分とミルドレッドおばがなんの不自由もなく暮らせるということだ。アストリッドは暗い気持ちになりながら、ぞんざいな命令に従った。

二階に上がると、姉妹で使っている寝室にイソベルがいた。泣いていたのか、目の縁が赤い。アストリッドはすぐさまそばに行った。

「どうしよう？　彼と結婚するなんていやよ」イソベルは鼻をすすり上げた。「でもミルドレッドおばさまが、家のために務めを果たしなさいって言うの」

アストリッドは妹の手を取った。「そんなことしなくていいわ、ぜったいに」

「でも、どうするの？」淡い色の瞳がうるんでいる。「彼は伯爵よ。おじさまが結婚を承知すれば、わたしにはどうしようもないわ」

「心配しないで、イジー。しっかり準備すれば運も味方してくれるわ」アストリッドは妹をきつく抱きしめ、決意を新たにした。「ここから逃げ出す方法を見つけてみせるから」

ふたりの選択肢は限られていた。おじの魂胆はわかっている――イソベルの純潔と引き換えに金を出そうという相手、今回の場合はボーモン卿に、妹を売りつけるつもりなのだ。良心のかけらもない行為に吐き気がするが、アストリッドにはどうすることもできない。だれかの助けがなければ。

アストリッドは憤懣やるかたない思いで息を吐いた。

お父さまさえ生きていてくださったら……あるいは、自分に夫さえいたら……。

とんでもない考えがひらめき、彼女は目をしばたたいた。

そうすればすべて解決する。やけっぱちのおそろしい計画だけれど、やってみる価値はある。可能性はある。

二十五歳の売れ残りであっても、まだ死んだわけじゃない。社交界の人々にしてみれば疵物かもしれないけれど、彼女の頭はまともだし、貴族の家を切り盛りするための教育は受けている。自分は子爵家の娘なのだ。きっとうまくいく。やってみせる。妹を守るために、伯爵とは違うタイプの野獣と結婚しなければならないだけ。アストリッドには、その相手がすでにわかっていた。

2

「奥方さまが必要です」

　およそ十四世紀の中国、明朝時代の貴重な花瓶が、回廊奥の壁際に立てた三本柱のクリケット用ウィケットにぶつかって粉々に砕け、手描きの壁画の下にできた色あざやかな陶磁器の破片の山に加わった。第七代ベズウィック公爵セイン・ハート卿は、片手にクリケットのバットをぶら下げた従者が破片の山に凶悪な目を向けたのを見て、渋い顔をした。

「あなたのお父上は大変なご苦労をされてこれらを収集なさったのですよ、だんなさま」

「父上はもう亡くなっている」公爵は轟(とどろ)くような声で言った。「これらはたんなる〝モノ〟だ、フレッチャー。さあ行くぞ、またしくじったらクビだ。文句ばかりのその口はきつく閉じて、次のボールを場外にかっとばせ」

従者は顔をゆがめ、いやそうな表情で木のバットを持ち上げた。「これらはボールではございません、だんなさま。何千ポンドもの価値あるものです」

「高価で、醜悪だ。こんなばかげたものをなぜ父が後生大事にしていたのか理解できない。それから子孫のために言うが、妻を持ちたくないのは、頭に深手を負いたくないのと同じことだ」これ以上の深手と言うべきだったか、と内心訂正する。

「それでも跡継ぎは必要ですよ」

セインがむっとして顔をしかめると、皮膚に残る戦いの傷痕(きずあと)が引き攣(つ)れた。こんな潰(つぶ)れた顔の父親をほしがる、あるいはそんな父親でもいいと思う子どもがどこにいる？　そもそも彼と床入りしてもいいという上流階級のレディがいるか？　さいわい彼の生殖器は戦いで損傷することなく、まだ機能してはいるが。

「野獣の父を持つ子どもをつくるより、このいまわしい血筋を絶やしたほうがいいと思うぞ」

「だんなさまは野獣ではございません」

セインは仰々しく胸に手を当てた。「おお、おまえには本当のわたしがわかるのか？」

「美醜なぞ皮一枚の問題ですよ」間髪入れず返答が飛ぶ。

セインは鼻を鳴らしたが、いらだちは薄れていた。「その気の利いた珠玉の言いまわしはおまえひとりで思いついたのか？」

「いえ、詩に書いてありました」

「口が酸っぱくなるほど言ってきたことだが、詩は頭が腐るぞ」彼は従者を横目で見た。「もちろん、わいせつな詩はべつだがな。そういうのはよろしい」

「だんなさまにはたくさん魅力がおありです。その気になれば――」

「フレッチャー」セインは警告した。「おまえの忠義はうれしく思うが、この会話には疲れてきた」口調に危険なにおいを察知して、従者が青くなる。「負けを認めるか？　それとももう一球投げようか？」

セインはカラ元気を出しながら、花瓶をまたひとつ持ち上げた。青と白の小花模様が描かれたものすごく薄いもので、手に力を込めたら割れそうだ。見ていると、むかっ腹が立ってきた。父ときたらこんなものを大切にしていたのか。子どものころ、父の大事な回廊になんとなく入ったときのことはいまでも覚えている。鞭打ちの罰をくらって、尻が何日もひりひりした。何年後かにうっかりひとつ割ってしまったときには、父になにをされるかおそろしくてこっそり庭に埋めた。

セインは数歩後ろにさがると、助走をつけてボールに見立てた花瓶をフレッチャーのほうに投げた。背中や脇腹の傷痕が引き攣れるのを感じる。回廊に鏡がないのはありがたいが、フレッチャーやほかの使用人が彼を見ないようにしているのはもはや気にしていない。もうだれも彼と目を合わせようとはしなかった。だれもとは言っても、忠実な執事と長年のつき合いである従者はべつだが。その従者はいま、しぶしぶクリケットのバットをかまえている。

花瓶は、計ったかのような正確さで的に向かって飛んでいった。意外なことに、フレッチャーは悲痛な顔をしながらもバットを振った。計り知れないほど高価な花瓶は平たいバットにぶつかり、粉みじんに砕けた。部屋の幅いっぱい飛び散ったせともの爆弾を、何人かの使用人がさっとよける。

「よくやった」セインは言った。「甘っちょろい感傷に負けて突っ立っているだけだろうと思ったが」

「お父上が草葉の陰で泣いておられますよ、だんなさま」

苦々しげな声がセインの口からもれた。「せともの大好きな父よ、やすらかなれ。いまごろ墓のなかで頭の血管が切れていてくれればいいが。まさしくそこが肝心だぞ、フレッチャー」

使用人は――使用人というより家族同然の存在なのでいつも礼を欠く態度だが――

小ばかにしたような横目で主人を見た。「しかしだんなさま、おっしゃるようにお父上は亡くなっておられます。このような破壊行為になんの意味があるでしょう。それよりも美術館に寄贈することをお考えください」

セインは動きを止め、目をすがめた。楽しみに水を差そうとするとはいかにもフレッチャーだ。「わたしはクリケットが好きなんだ」

「お父上のコレクションはずいぶんと多岐にわたり、世にも知られております。オークションにかけられてもよいかもしれません。レオポルド卿は――」

「黙れ」

フレッチャーは黙らなかった。「レオポルド卿は」声の音量を上げる。「お父上に敬意を表して盛大なオークションを開く計画を立てておられました」

ふいにセインの胸に痛みが広がった。兄の死から四年が経つが、いまでも痛みがやわらぐことはない。セインは公爵の称号などほしくはなかった。公爵となるような気質も持ち合わせていなかった。兄のレオが生まれたその日から、公爵の座はレオのものだった。あのいまわしい落馬事故で背骨を折るまでは――。

セインは残りの人生を孤独のなかで過ごしたかった。それなのに公爵の椅子に引き戻され、望まぬ義務、責務を背負うことになった。

そのうえ、この山のようなくそいまいましいせとものも。

「わかった。それなら寄付しろ」

「す、すべてをでございますか？」フレッチャーの口がもつれた。「少なくとも目録は必要ですが」

「だれか雇え」指示を出すそばからセインの腹のあたりはざわついた。敷地のなかに新参者が入ると思うとかすかに吐き気すら覚える。使用人の大半は、彼が傷だらけの戦争の英雄となる以前の子どものころから彼を知る者ばかりだ。よそ者はうっとうしい。見つめられるのもいやだ。そのふたつはほぼ必ずセットになっている。

「サウスエンドで？　中国陶器の骨董品に詳しくて信用のおける歴史家を探すのは、干し草の山に落ちた針を見つけるようなものでございます。ロンドンに人をやって探さなければなりませんが、何週間もかかるでしょう」

「フレッチャー」セインはがなりたてた。「わたしはなんでもいい。おまえが言い出したことだ。まかせる」

従者はおじぎをした。「かしこまりました、だんなさま」

セインは回廊を出て、大またで書斎に向かった。今朝は朝寝をしたので、日課の運動をしていなかった。体を切り刻まれる悪夢が幾度となく襲ってきて、夜はあまり眠れないのだ。ときには夢があまりにリアルで、刃がざっくり肉に食い込む感触やら、銃剣を突き立てられて羊皮紙のように皮膚を引き裂かれる感触やらが実感できるくらいだ。奇襲作戦のとき、彼は部隊の四名の命を救ったが、その三倍近くの命が失われた。たったひとりの男……任務を放り出して逃げた臆病な裏切り者のせいで。

セインの耳にはまだ彼らの悲鳴がこびりついている。

足を止めて向きを変え、ゆっくりと体を伸ばした。上半身のどこもかしこも凝り固まって痛みが走る。日課の運動をさぼったツケだろうか。焼けただれたところを縫い合わされた背中の皮膚が硬くなっていて痛い。夕食の前にひと泳ぎしたほうがいいかもしれない。屋敷のなかで使われていない棟のひとつを鍛錬や回復のための施設に改造したが、ローマやトルコの公衆浴場、大陸をまわっているときに見た特殊な建物を参考にして、まるごとひと部屋を温浴室にしてあった。

しかし、とりあえずは強い酒が必要だ。

「カルバート」途中で忠義な執事のところへ寄って声をかける。「使用人に言って、温浴室の暖炉に火を入れさせろ。しっかりあたたかくするんだ。それから、けっして途中でじゃまが入ることのないように」

「御意」

ようやく書斎に着いた。ここ〈ベズウィック・パーク〉の静けさは気に入っているが、迷路のようにややこしい。ひと部屋しか与えられない兵舎で長らく過ごしたあとでは、子ども時代に暮らした屋敷を見取り図を手に歩きまわり、構造を覚え直さなければならなかった。書斎には大きなデスクと座り心地のいいひじ掛け椅子が数脚あり、縦仕切りのある窓には分厚いベルベットのカーテンが掛かっている。足音はふかふかのじゅうたんに吸い込まれ、デスクの後ろにまわり込んだセインは腰をおろして、上等なフランス産ブランデーを指二本分そそいだ。まるであたたかな光のように、酒が全身の筋肉に沁みわたっていく。

暖炉で小さく燃える火を、セインはじっと見つめた。上着を脱ぎ、左袖をまくり上げる。左腕の長さいっぱいに、つやのある見苦しい傷痕の組織が走っていた。背中、脚、顔の四分の三ほどをふくめ、彼の体のほとんどがこれと同じ運命をたどっている。髪は長くしてあるが、縫い目で透かし模様のようになった肌はほとんど隠れていない。ひげを伸ばせばいいのかもしれないが、損傷を受けていない顔の右下半分にだけ生えるのでは役に立たないだろう。

八年前は女性もよりどりみどりだった。しかしいまは、金を払って彼を見てもらうだけでも運がよくなければならないだろう。女性とたわむれたいという気持ちがわずかでもあるわけではない。妻を持ちたいわけでもない。そうだ、そんなことが可能だと思うなど、フレッチャーの頭はどうかしてしまったのだ。

セインは帳簿の束を引き寄せ、領地に関する数字を眺めた。もう何年も小作人を訪問していないが、フレッチャーによると、出ていった小作人もいるが収益は上がっているという。小作人が出ていったのは彼の黒いうわさのせいだろうが、それもいたしかたない。戦争に行く前から彼は厳しい人間だったが、いまはその百倍ひどい。失敗を許さない。こわい。気むずかしい。容赦ない。挙げればきりがない。

〝野獣ベズウィック〟のうわさはいくらでもあるが、そのなかには父親を殺したとか、兄まで手にかけたというものもあった。たしかに戦場から戻ったとき、ぞっとするような息子の顔を衰弱した父親が目にしたとたん、心臓発作で死んだのは本当だ。だから実際のところ、父を殺したと言えるかもしれない。さらに数カ月後、不運にも兄がキツネ狩りの最中に落馬して死んだ。事故当時、セインは兄の近くにはいなかったが、またしてもセインのせいにされた。

兄のレオは、子どものころからの知り合いと婚約していた。セインも彼女とは面識があり、彼女の父親が娘を次代のベズウィック公爵と縁づかせようとしたのだ。レディ・サラ・ボルトンはセインをひと目見たとたん部屋を出ていった。取り決めは無効。純潔の娘が犠牲になることもなかった。

主人がまだ結婚していないことにフレッチャーがいらだっているのも無理はない。

あれから四年。

セインは残りのブランデーをあおると立ち上がり、足を引きずって温浴室に向かった。命じたとおり、部屋の両側にある巨大な暖炉に燃料が入り、火がついている。長方形の長い大浴槽が部屋の中央にしつらえられ、その下には金属の配管が通っていて、暖炉の熱が浴槽と周囲のスレート床に伝わるようになっている。セインが自分で設計したもので、かなりの費用がかかった。しかし大変な思いをして受け継いだ金を使えないのなら、金持ちになったってなんの意味もないではないか。

セインはさっさと服を脱いで浴槽に入っていき、痛む筋肉が温水でゆるむのを感じた。ほぐれてくるまで体をねじったり伸ばしたりしたあとは、なにもせずに水に浮いて、ひとつの壁すべてを床から天井までガラス張りにした窓から外を眺めた。遠くで星がまたたき、暮れゆく空のところどころに暗い色合いの雲がかかっている。満月が高く昇った夜などは、本当に目を瞠るような眺めなのだ。この屋敷のなかでも、ここはセインの気に入りの場所のひとつだった。

ドアの外が騒がしくなり、くつろいでいたセインははっとした。

「だめだ、だめだ」カルバートの声が悲鳴に近くなっている。「だんなさまはお客にはお会いにならない、フレッチャー。なんてことを、このばか、いったいなにをしてる。じゃまをするなとのお達しだぞ。だんなさまは……お仕事中だ」

いったいだれだろう、とセインは思った。気むずかしい父親から逃げてしょっちゅうサウスエンドにやってくる、はた迷惑なロス侯爵だろうか。しかしウインターはこのところ姿を見せていないし、彼ならカルバートもこれほどあわてたりはしない。

「ばかはおまえだ、彼女はおまえについてきたんじゃないか」フレッチャーが大声で返すのが聞こえた。「わたしは彼女にちゃんと玄関ホールで待つように言ったぞ」

セインは目をしばたたいた。〝彼女〟だと？

「公爵さまはこちらですか？　お時間はとらせません」あきらかに女性の声だった。なまめかしくて聞き覚えのない声。その声音に、セインは下っ腹がきゅうと締めつけられた。

「マイ・レディ、このようなことはほぼありえないことです」あきらかなマナー違反にカルバートの声は一オクターブも高くなっている。「だんなさまは手がふさがっておられまして」

「待てません」もどかしそうな声。「先ほども申し上げたように緊急の用件で、すぐに公爵さまにお会いしなければなりません。お仕事の手をほんの少しやすめていただければ」

じゃまが入らぬようにと、たしかにカルバートに命じた。彼は命令に忠実な男だ。セインが腹立ちまぎれの息を吐き、裸身を浴槽から引き上げてタオルに手を伸ばしたところで、だれかが部屋に駆け込んできた。

部屋は奥の暖炉からの明かりだけで間接照明になっており、ドア口で前側が照らされる格好となった女性の姿が彼にははっきりと見えた。背が高いな、というのが第一印象だったが、次に彼女の顔を見てセインは息をのんだ。カメオ細工のように整った美しさ——完璧な卵形の色白の顔、左右に少し離れた目、優美な鼻、笑みのないふっくらとした唇。ルネサンス芸術から抜け出してきたようだ。

しかし彼が讃えるほどの美しさでありながら、それは男の気を引くようなものではなかった。むしろ警戒させるものだった。背筋をぴしっと伸ばしてバラのつぼみのような唇をむっつりと引き結び、瞳は冷ややかだ。焦げ茶色の髪はうなじでひっつめて色気も素っ気もない。寄らば斬るぞと言わんばかりの空気が漂っている。

驚嘆のような感覚がセインを満たした。この女性はいったいだれだ?

そのとき、彼女の目がセインを見つけた。驚きで口が小さなOの字になり、頬が烈火のごとく赤く染まると、彼女は悲鳴を抑え込んだような声をもらして目をそらした。衝撃と恥ずかしさが入り混じり、肌が赤と白のまだら模様になる。セインもたじろぎはしたが取り繕(つくろ)った。腰にタオルを巻き、ぬれた裸身ができるだけ彼女に見えないように角度を変える。

「し、失礼しました」女性がつっかえる。「知らなくて。こちらは書斎か図書室だとばかり思っていて、まさか……まさか……どうしましょう(オーマイゴッド)」

悪意はなかったのだろう。ここは一階だし、もとは大広間だった部屋で、彼の個人的な居室ではない。それにカルバートが主人は仕事中だと伝えたようだが、彼女もこんな〝仕事〟とは思わなかっただろう。

「神(ゴッド)ではない」セインはぼそりと言った。「ただの公爵だ。しかもおぞましい」

彼女は魔法が解けたかのようにあわてて出ていきかけ、取り乱したカルバートに背中からぶつかった。逆方向に勢いがつき、バランスをくずしてばたばたと腕を振りまわす。気づくとセインは前に飛び出し、彼女を抱えていた。長い手足をばたつかせる女性でいきなり両腕がいっぱいになった。腰に巻いた薄いタオルは、ふたりの間にはさまれることでなんとかそこにとどまっている状況だ。

「落ち着け」セインはかすれた声で言い、ほっそりとしたしなやかな背中をなで下ろした。「もうだいじょうぶだ」

彼女はあたたかな夏の夜のようなにおいがした。懸命に体勢を立て直そうとする彼女の肌から、体温で立ちのぼってくる香りがセインに押し寄せる。離れたところからでは背が高いように思ったが、実際は彼のあごにも届いていない。とはいえ、身長二メートル近い彼が相手では、ほとんどの女性がそうだろう。

まろやかな曲線が硬い平面に吸いつくようにふたりの体は完全にぴたりと合わさっていた。事態をのんびり理解しようとする脳とは違い、彼の体のほかの部分は、上半身に押しつけられた小ぶりだが弾力のあるふくらみや、むき出しの太もものあいだにはさまったモスリン地越しの長い脚を、痛いほど認識していた。

女性を抱くということがどういうものなのか、セインはすっかり忘れていた。

「放してください」彼女が警戒した硬い声で言う。

セインは彼女を自分に押しつけるように抱え上げていることに気づいた。女性は顔をそむけたまま目も閉じている。おそらく嫌悪からだろう。くそっ、いったい自分はなにを考えていた？　あきらかに頭で考えていたのではない。セインがいきなり手を離したので彼女は後ろに二歩よろけ、振り返りもせずに部屋を飛び出した。

「ですから申し上げたでしょう、マイ・レディ」廊下でカルバートが注意している。

「書斎でお待ちになりますか？」

「いえ、出直してまいります」

セインは足を止め、ドアから顔を出した。驚いたことに、新参者にいつも感じるうっとうしさがいまはない。好奇心に置き換わったのだろうか。なにしろ女性が彼に会いに来たのだ。向こうから。しかもただの女性ではない……レディが。

そんな女性がいったい彼になんの用なのか？

「それほどの急用ならば、お待ちいただくよう客人にお伝えしろ」彼はカルバートに声を張り上げた。「すぐに行く」

十五分後、セインは上から下まで身なりを整え、ふたたび丁重に客人を迎えられる状態となっていた。書斎の前で深く息を吸い、滑るように入った。暖炉の明かり以外は、デスクから離れたところにろうそくが一本灯っているだけで、いつもの薄暗さに包まれている。カルバートがいて、レディにお茶を一杯すすめていた。彼女はひじ掛け椅子のひとつに取り澄ました様子で座り、暖炉に顔を向けている。横顔で見る彼女の鼻は文句のつけようのない角度で、弓なりの眉をしかめ、とがったあごからは覚悟のようなものが感じられる。彼女の体の線のどこもかしこも、厳しくよそよそしい雰囲気を醸（かも）していた。美しいがあたたかみがない……まるでその体は肉ではなく石でできているかのように。

できるだけ傷痕が彼女に見えないようにしながら（それはほとんど無理だが）、セインはすばやく彼女を通り過ぎて、影になったデスクの後ろに座った。これではこちらが不当に有利だが。ろうそくの火は彼女を照らしていて、彼のほうは薄暗い影のまだ。

「レディ・アストリッド・エヴァリーさまでございます、だんなさま」カルバートが告げておじぎをし、出ていった。わずかにドアを開けたままにしていることにセインは気づいた。やかまし屋の執事は、きっと前世では女家庭教師だったに違いない。

エヴァリーの名前に聞き覚えはあったが、思い浮かんだ顔に彼女の年のころの女性はいなかった。「きみはレジナルド・エヴァリー子爵の親戚か？」

「おじに当たります、公爵さま。先代の子爵ランドルフ・エヴァリー卿がわたしの父です」彼女はあごを剣先のように突き出して、はきはきと話した。「わたしもあなたとお会いしたことがありますが」とつづける。「ご紹介にあずかったのは何年も前、ロンドンの社交シーズンに出て……いえ、出たときです」

彼女の言い直しにセインは引っかかりを覚えた。戦争が始まる前にと言いかけたのだろうか。彼がおそろしい顔になり、それ以上におそろしい性格に変わってしまう前だと。いや、性格がおそろしくなっただけではなく、ユーモアのセンスまで消え失せてしまったのだが。「覚えていないな」ぶしつけに返事をする。

「それもそのはずかと思います、公爵さま。わたしは最悪の壁の花でしたから」

「お世辞でも言わせたいのか？」セインは冷ややかに言った。「ここではそういうものを期待するな、マイ・レディ。ほめ言葉は切らしている」

「そんなことは考えてもいません。なんて失礼な方なのかしら」

おや、まだほんの手始めにすぎないのに。セインは片方の眉をつり上げた。「そもそも招かれてもいない屋敷にいきなり飛び込んできたのはそちらだ。屋敷のあるじを失礼呼ばわりするほうが失礼だと思うが、マイ・レディ――本当にレディで間違いはないんだろうな？　もしや、わたしが自主的に世間と距離を置いているあいだに、育ちのよいレディのふるまいというものが根本から変わってしまったのか？」

〝レディ〟をことさら強調した意図は通じたようだ。彼女は頬を真っ赤にし、わざとらしく息を吸った。

「そのことは謝ります」言葉を絞り出すように言いながらも、むっとして目をぎらつかせる。怒りをこらえるのにかなり苦労しているようだが、みごとに抑え込んでいた。

「でも――」

「緊急の用件だったのだろう、それはわかっている。ではお聞かせ願おうか、レディ・アストリンゼント」

彼女は目を伏せ、見るからにいらだった様子で頬をすぼめた。「失礼ながら、公爵さま、わたしの名前はレディ・アストリッドです。聞き間違いをされたのかしら」

「失礼は承知のうえだ、マイ・レディ。なにしろヒマなもので」

淡い色の瞳が光った。「あ、あなたという方は……あ……あ……」

「ありえない？　あきれた？　悪たれ？」セインが言葉を提示する。

「頭にくると言いたかったんです。でもあなたの頭には〝あ〟から始まる言葉しか入ってないようね」

あっはっは、とセインは大笑いした。石のような外見の客人は、内にたいそうな気性を秘めていることがはっきりした。となると、彼女をもっと怒らせたくなってくる。ぶくぶく湧き出しているであろう感情を瞳に映し出させたい。なんでもいいから、彼女の鉄壁の自制心をぶち壊したい。

「さてレディ・アス・トリッド、きみはばけものの正体を見極めにやってきたのか？」公爵はのんびりと言った。「先ほどはちゃんと見えたか？　全身むき出しの公爵が？」

アストリッドはレモンを吸ったかのように唇をすぼめた。セインはふと——正気の沙汰ではないが——完璧な弧を描くそのピンク色の唇はどんな味わいなのだろうと思ってしまった。それだけでなく、胸の先端も唇と同じ色合いなのか、それとももっと濃い色なのだろうかと。

「このような会話はお行儀が悪いですわ」

ああ、実際に彼の思考がどれほど堕落した方向をたどっているかも知らないで。

「そんな表現ではすまないんだがな」セインは椅子にもたれた。「このままひと晩じゅう言い合いをするか、それともそろそろここへ来た理由を話すか？」

レディは水ぶくれのようにふくらんだらしい返答をのみ込み、唇を閉ざした。平静を装って身を乗り出し、マントルピースに置いてある緑色の花柄の皿を手に取った。

「きれいね」ひと呼吸置く。「十五世紀の中国のものかしら？」

セインが片方の断裂した眉をつり上げた。「そうだ。わたしの父がそのばかげたものを収集したんだ」

「ばかげたものじゃないわ、公爵さま」

ほっそりとした長い指で皿を持ち、彼女はじっくりと観察した。たちまちセインは魅了された。ほっそりとしたその手は、彼女のしゃちこばったほかの部分やしんらつな物言いとは異質なものだった。一瞬、彼はその皿になって、彼女の手のひらに包まれたくなった。自分の硬くなったものがその長くて優雅な指に握られたらどんなだろう。あっという間に激しい欲望が全身で脈打ちはじめた。情欲がうなりをあげて全身を駆け抜ける。

なんということだ。

セインはデスクの下に隠れたズボンの脇開きを手のひらの付け根で押さえた。布の下で硬くなったものがもとに戻ってくれることを祈りながら、マホガニーデスクの向こうでまだ骨董品を眺めている女性を目をすがめてじっと見る。地味なドレスと実用的なひっつめ髪のためか、女家庭教師を思わせる。少しでもお行儀悪くしたら、ものさしでこぶしをたたかれそうな気がする。彼の血をたぎらせるようなタイプの女性ではないはずなのに、実際、彼の血は燃えたぎっていた。

彼女はうやうやしく皿をもとの場所に戻し、両手もひざの上に置いた。ありがたいことにセインから手は見えなくなったが、気づくと彼女の瞳に自分の姿が映っていた。淡い色の瞳なのだろうが、正確な色はわからない。淡いグレーか、グリーンか。彼女に会ったことは思い出せないが、戦争の前は社交界デビューしたばかりの何十もの麗(うるわ)しい新顔に囲まれていたうえ、それらをすべて避けようと決めていた。しかし、もし彼女に会っていたのなら忘れようはずがない。それほどに美しい……口をひらくまでは。彼女は血を好むトゲにおおわれた、とびきりのバラだ。

「なにが望みだ、レディ・アストリッド」血管をたぎる熱に気を取られ、思っていたよりもしわがれた声になった。「中途半端にぐずぐずしていないで、早く言え」

彼女は細い眉をしかめたが、咳（せき）払いをして、いま一度気持ちを落ち着けようとした。いつの間にかセインの口もとに笑みが浮かぶ。「あなたにご提案があってまいりました、公爵さま」

「提案？」

「取引のご提案です」しきりに身ぶり手ぶりを交えながら説明する。ひらひらと動きまわる例の優雅な手に、セインの全身が低くうなりをあげて反応する。「あなたが……み……身支度されるのをお待ちしているあいだ、割れたせとものが目に入りました。ミスター・フレッチャーに先ほどお聞きしましたが、亡くなったお父さまのコレクションを仕分けるために人を雇われるかもしれないと」

セインはあいかわらず彼女の無作法な申し出やそそられる手に気を取られ、かちかちになった下半身でものを考えていた。「それで？」

「でしたら、わたしがお手伝いできます。陶磁器の年代、それから価値にも通じております」

淡々とした言葉が、欲望でぼやけたセインの頭に鋭く射し込んできた。肉に飢えたセインの体は、欲望と困惑のあいだをものすごい勢いで行ったり来たりしていた。彼は目をしばたたいた。官能的な彼女の手を犯し、ピンク色の唇が紅く染まるまで吸い上げたい。それなのに彼女は、父のくそいまいましい骨董品の仕分けをしたいだと？

カラカラに乾いた彼の口は、たったひと言しか紡げなかった。「なんだと？」

「ですから、お手もとのコレクションを仕分けできます」彼女はがまん強く言った。

「陶磁器の年代や歴史に通じておりますから」

「きみは〝学問かぶれ（ブルーストッキング）〟か？」

気を散らされるピンクの唇が、不快そうにすぼまった。「〝学者〟と言っていただきたいわ」

「なぜ？」

「〝学問かぶれ〟はばかにした言い方だから」しかめ面で答える。

セインはぶっと噴き出した。十分間で二回笑った。記録的数字だ。外で聞き耳を立てているフレッチャーにあとで指摘されるのは間違いない。セインは奇妙な感覚を振り払った。どういうわけか、彼女の感情を揺さぶろうとして、自分のほうが揺さぶられているだけのような気がする。

のどからうなるような声が出てしまった。「どうしてここに来た？　招かれもせずに飛び込んできて、割れたせともものを見て、仕事をもらうことにした、と？　ばかにするのもいい加減にしろ。本当の目的を言え。言って、お互い人生を前向きに生きようじゃないか」

急に不機嫌になったセインに対して、返事はなかった。代わりに彼女は目を細めて暗がりに目を凝らし、ゆらめく明かりに目を慣らしていた。まるで謎解きをしようとでもいうような彼女の真剣さに、セインは身構えた。猛獣が嚙みつく気かどうか探るときのように、彼の真意を図っているような感じだ……。彼は歯をむき出してうなってやりたくなった。さがれ。帰れ。出ていけ。

「わかりました」彼女はあごに力を入れ、見るからに意を決した表情で言った。「あなたが必要なんです、公爵さま」

あきらかに聞き違いをしたようだ。「失礼、よく聞こえなかった」

〝失礼〟という丁重な言葉に彼女は皮肉っぽく片眉を上げたが、両手を握り合わせて背筋を正した。「具体的に申しますと、あなたのコレクションの仕分けをお手伝いする代わりに、あなたのお名前の力をお借りしたいのです。仕分け以外にも、お屋敷内のほかのお仕事や、もちろん……跡継ぎをつくるお手伝いも」

「跡継ぎ」思わず彼はくり返していた。せとものの話から、なにがどうなって跡継ぎの話になったのか、まったくわからない。

彼女は息をついた。「わたしの体を使うということです、公爵さま。子爵家の娘であるわたしなら、血筋や身上は……問題ないと思います」ほんのわずかな迷いと、彼女の魅惑的な手がきつく握られて白くなっていることをセインは見逃さなかった。そんな未来を想像したら不快になったのだろう。「わたしたち双方にとって、有益な取引だと思います」

もしセインがズボンのなかにある頭だけで考えていたのなら、即答で承知しただろう。しかし、いざというときの彼の頭脳は優秀だった。彼はもはや途方もなく官能的な彼女の手に惑わされてはおらず、ひと呼吸置いて、散漫になった意識を集中させた。

「つまり、結婚を提案しているのか、レディ・アストリッド？」彼は確認した。「求婚は紳士のほうからするものだということを、だれにも教わらなかったか？」

「わたしは、必要とあらば、みずから問題に対処したいと思っております。でもどうか誤解のなきように――これは純粋に損得勘定でのご提案です、公爵さま」そう言う彼女の表情は、ふたたび落ち着きを取り戻していた。「わたしたち双方の利益のために」

もう耐えられなかった。セインは盛大に噴き出した。カーカー鳴くカラスがのどを詰まらせたようなひどい笑い声が出る。彼がその大きな体を伸ばすように立ち上がると、彼女はいっそう目を大きくして後ろにのけぞった。セインは無言でじっと彼女を見つめながら、ゆっくりと彼女のすぐ前まで移動した。そして明かりのほうに顔を向けると、彼女が鋭く息をのむのが聞こえた。

暖炉の火を反射して透明な石英のようになった彼女の瞳から、セインは目を離さなかった。そこに浮かんだショックが恐れへ、恐怖へ、そして憐憫(れんびん)へと変わっていく。闇が彼をのみ込み、苦痛に満ちた冷たい心までをも掌握する。彼女の感情を目の当たりにしても、なにも感じなかった。

「心配するな、世間知らずだからと言って怒ったりはしない」彼は声をひそめて言った。「もう帰るがいい。この不幸な……事態はなかったことにしよう」

しかしそのとき、生涯忘れえぬほど衝撃的なことが起こった。彼女が立ち上がり、彼の真正面に立ったのだ。あのきらめく瞳は、もうなにも映し出してはいなかった。胸と胸がふれ合うほどの近さに、セインは息を詰めた。ほんのわずかな恐れのかけらが感じ取れる。彼女の肩が震えている。危険なほど近くにあるいかめしい唇も、端がわずかにわななないている。彼女の恐怖はオオカミに追い詰められたウサギのようでわかりやすかったが、そのウサギは果敢にも首をかしげた。

「あなたには奥方が必要でしょう、公爵さま」

彼女の勇気には感服せずにいられなかった。「きみに夫が必要なように？」

「どんな夫でもいいわけじゃないわ」アストリッドは大きく息を吸い、細いのどが上下した。「〝野獣ベズウィック〟が必要なの」

3

ああ、無慈悲で〝おやさしい〟公爵閣下。

彼はおそろしいほど大きかった。そして、近くで見る彼の顔は……。

うわさではいろいろ聞いていたが、アストリッドに心の準備はできていなかった。

何年も前に会ったハート卿は熱心な崇拝者に囲まれて、そのほとんどが女性だった。彼は公爵家の次男で、称号の第二位継承者で、生まれながらに富と権力を持ち、いくらかよそよそしいけれどハンサムで健康だった。もしも陸軍大尉の任を拝命して早々に戦地に赴(おもむ)かなければ、引く手あまただったことだろう。

けれども、戦争は彼をこんなふうに変えてしまった……影のような存在に。

縫い目だらけでぞっとするほど崩れた、かつての容姿をわびしく思い出すだけの顔に、心の準備などできるはずがなかった。右の眉上から鼻梁(びりょう)と頬を斜めに通って左あごまで、かぎざぎ状の傷が走っている。見るからに痛々しい。焼けただれたところを軍医が応急処置で縫ったのだろう、ふつうの傷痕よりも気味が悪い。まるで小説『フランケンシュタイン、あるいは現代のプロメテウス』に出てくるばけものだ。

公爵は間違いなく人間だが……琥珀色の瞳には凶悪な炎が燃え、地獄のものかと思うようなけわしい顔でにらんでいる。恐怖が全身を駆け抜けるのを、アストリッドはどうにも止められなかった。その不安を感じたのか、彼の鼻孔が広がった。ふいに、アストリッドは自分が獲物になった気がした。自分よりはるかに大きく、はるかに危険なものに捕らえられた獲物。

しかし、彼女の体がこの男性に即座に反応したのは、恐怖だけが理由ではなかった。おなかの深いところで衝撃的な熱――肉体的ななまなましい気づきとしか考えられないものをアストリッドは感じていた。薄暗いなかでも男性の裸を目にするということは、あきらかに人の良識を狂わせる。アストリッドの頭のなかは、いろいろな映像が混ざり合ってわけがわからなくなっていた。堕落した麗しの半神のごとく、ゆらめく水面から上がってきた裸身。礼儀などそっちのけで彼女の前に立つ、傷だらけの不機嫌な公爵。

彼の傷はおそろしいけれど、いま彼女がこわいと感じているのはべつのものだった。アストリッドは弱気になって目をそらしたが、すぐにイソベルのことを思い出した。

ここでくじけている場合じゃない。この人が——このばけものじみた公爵が——唯一の希望なのだ。アストリッドは傷だらけの顔に焦点を合わせないようにしながら、ちらりと目を向けた。公爵は彼女がなにか行動を起こすのを待っている。逃げるとか、叫ぶとか、彼のけだものじみたおそろしさに失神するとか。

たしかに彼は、胸がつぶれそうなほどけだものじみている。損傷を受けていない場所は、顔の右下のあごに近い部分と唇くらいしかない。その部分だけはまともで傷もなく、男らしい。ずたずたの顔のなかで唇だけが危険を感じない場所だというのもおかしな話だけれど。凶悪な金色の瞳でさえも、それほどぎらついていないように思えてきた。襲いかかってきそうな不気味な光が、いまは感じられなくなっている。それとも、そうやって自分をごまかしているだけ？　手に入れなければならないものを、すてきなものだと思おうとしているのかしら？

イソベルのために。ボーモンから逃れるために。

アストリッドは口を開いたが、公爵が先に話した。

「さあ、マイ・レディ、これでもまだ結婚を望むか？」とげとげしさに満ちて皮肉っぽい、かすれたうなりのような声が彼女にまとわりつく。「生き地獄の生活を送ることになってもいいのか？　毎朝目を覚まして、この顔を見たいのか？」嫌悪に唇をゆがめ、彼はばかにしたような手つきで自分自身をさっとなぞった。「こんな男の跡継ぎを生むことを考えて、震えがこないのか？」

震えてはいなかった。少なくともいまは。しかしアストリッドの心臓は、捕らわれた動物のように胸のなかで暴れまわっていた。彼と同じベッドで目覚めると思うと、体が燃えて跳ね返るような気がした。さっきの温浴室で彼に体を押しつけられたとき、アストリッドはすべてを感じた。直線的な体のライン、くぼみ、筋肉のうねり。実用的なウールのドレス越しにおなかのあたりに感じたふくらみを思い出して、思わず赤面した。

彼はあきらかに、健康で強靭なほかの男性たちとなにも変わらない。

いいえ、やはりどんな人とも違うかもしれない、とアストリッドは思い直した。損傷を受けた顔はべつにしても、公爵は彼女が知っているどの紳士よりも体格がよくて威圧感がある。なにより彼は、危険な雰囲気を消そうともせず身にまとわせている。捕食者の頂点に立つ存在だ。そんな彼は、他者を守るのか、それとも破壊するのか。

今度こそ、アストリッドは震えた。

公爵が目を細めて彼女を見すえた。「うそをつかなくてもいい、レディ・アストリッド。体の反応も隠そうとするな。少なくとも体は正直だ。わたし自身、ほぼ毎日、鏡を見て震えあがっているぞ」

「違います」アストリッドは頬をほてらせて言った。「これは――」

「もういい」と公爵。「嫌悪しているのは火を見るよりあきらかだ」

「いいえ、公爵さま、誤解です」

彼は歯をむき出しにした。「今度はわたしの判断が間違っていると言うつもりか」

ああ、このままではいけない。この公爵がいなければ、ボーモンの求婚を止めることができなくなる。純真なイソベル。あの子にはもっとふさわしい相手がいる。妹のためだけにアストリッドはここまで来たのだ。彼女はぐっとあごを上げ、あてにもならない知力をかき集めた。自分は臆病者じゃない、ここで引き下がるわけにはいかない。ここにきた目的はたったひとつなのだから。

「ええ、そうです、公爵さま。わたしはあなたと結婚したいと思っています」

そのとき、公爵の顔に奇妙なものがよぎった。

疑い？　驚愕？　驚嘆？　永遠かと思えるような一瞬が過ぎたのち、公爵はデスクの後ろに戻った。ふたたび薄暗いところに座り、いつもの領地の王になる。永遠の闇におおわれた悪魔に。すると、彼女の自己防衛本能もじわりと戻ってきた。

アストリッドは咳払いをして目の前の問題に集中し、いつものように率直にことを進めることにした。「どうしてそんなふうになったのですか？」

椅子に座った大きな体から動きがなくなった。一瞬、踏み込みすぎたかとアストリッドは思った。上流階級の礼儀作法を逸脱してしまったかもしれない。しかしそのとき、彼は反応した。「半ダースの銃剣を顔からくらった」

抑揚のないしゃべり方だったが、彼の言葉は槍となって彼女の魂に突き刺さった。ああ、彼はどれほど苦しんだだろう。いま一度、彼女はたじろいだことを隠そうとしたが、公爵はなにひとつ見逃さない人間だった。

「ショックを受けても恥じることはない。気の弱い人間に見せるようなものではないのだから。そうだろう？」

「そうですね、公爵さま」同情など彼はほしくもないとわかっていて、アストリッドは言った。「でも、わたしはショックを受けたのではありません。わたしはただ、もう少しお裁縫の上手な人だったらよかったのにと思っただけです」

部屋の入口付近から噴き出すような声が聞こえたが、アストリッドには振り返る勇気はなかった。座った公爵からは、驚いている様子が伝わってきた。

「つまりそれは、きみが縁組を申し入れる際に売り込みたいたしなみのひとつということか？」間を置いて公爵は言った。「裁縫がうまいと？」

「わたしはレディです、公爵さま。育ちのよい者のあらゆるたしなみに通じております」

「そうなのか？」

彼の言い方にアストリッドはむっとしたが、彼がばかにしているのがレディの教育内容なのか、彼女自身なのかはわからなかった。「はい」さらにつけ加える。「いろいろと」

「中国の骨董品の知識とか？」

アストリッドはため息をついた。これまでに出会ったほとんどの男性が、なにかの知識を少しでも持っている女におそれおののくようだった。しかし彼女がここへ来たのは自分の知性をひけらかすためではないし、知性を使って望まぬ求婚者をかわすためでもない。彼女やイソベルがいままで出会ったこともない、大きな捕食者を夫にするためだ。「わたしは学ぶことが好きなんです、公爵さま」

「女性としてそれほど多岐にわたる……才能を持ちながら、どうして磐石たる礎を築いたきみが、これまでどこかの洒落者にさらわれ、未来の貴族となる子どもたちを次々と胎内に植えつけられていないのだろうな？」

アストリッドの首筋がさっと赤く染まった。なんてぶしつけにものを言う人だろう。

だが、ある男が彼女のことでうそをついたせいでそんな状況への扉は完全に閉ざされてしまいました、とはとても言えなかった。「それはたぶん、わたしは男性に誘われるのがあまり好きではなかったからでしょうか」

「女性というのは、みな男に誘われたいと思っているのではないのか？」

燃えるような彼の瞳がアストリッドを見すえた。かすれた官能的な声音が、彼女におかしな作用をする。彼のほんのひと言で、アストリッドの肺は縮んで空気も吸えなくなった。肌がちりちりして熱い。全身が硬直して、ほんの少し力をかけられただけで砕けそう。いったいわたしはどうなってしまったの？

「女性がだれでもそうというわけではありません」顔をほてらせながら言葉を絞り出したが、彼女の腐敗した脳みそときたら、暖炉とろうそくの火に照らされて浮かび上がる彼の裸身を思い出すことをやめてくれなかった。小さなタオル一枚では、彼の男らしい輪郭（りんかく）や筋骨たくましい大きな胸をほとんど隠せていなかった。揺れる男性の部分でさえも、一瞬だけど目にしてしまい、それだけで彼女の背筋の根元に電撃のような熱が走ったのだ。公爵はひどい傷痕だらけだが、その部分は無傷だった。

集中しなさい、このばか！

アストリッドはつばを飲み込み、散漫になる意識をぐっと引き締めた。もしかしてと思い至って、ぎこちなく髪をなでつける。しかし髪はひと筋も乱れてはいなかった。彼の瞳がじっと彼女の手の動きを追っている。彼は見入っているようだ。アストリッドの手は長々と空中をさまよったすえ、ひざの上に戻った。

ベズウィック公爵は身を乗り出し、たくましい腕をデスクの上で組んだ。顔を縦断する大きな傷があるにもかかわらず、ダイヤモンドを切り出したような貴族らしい頬骨からふっくらとした完璧な唇への流れに、アストリッドは思わず見とれた。

いかにも公爵然とした無言の威圧感を醸しながら、彼は首をかしげた。「もしきみの求婚を考慮したとして、わたしにはなんの利益があるんだ？」

「いろいろとお手伝いできます」アストリッドは部屋に視線をめぐらせ、高価な骨董品の皿に目を留めた。「所有なさっている骨董品の目録をつくるとか。ですがあなたの奥方としては、結婚に関わる務めのほか、あなたが楽しみのある生活をお望みでしたら、女主人としての務めもきちんと果たすよう努力します。数字にも明るいので、帳簿や領地の管理のお手伝いもできます。なにより、このお宅には女性の手が必要なのは一目瞭然(いちもくりょうぜん)だわ」

屋敷内のことを批判したことに気づいてアストリッドはひやりとしたが、公爵の表情は変わらず読めなかった。

「それで、いつ実行に移すことを考えている？」よどみない口調で公爵はつづけた。「結婚だが」

びっくりしてアストリッドの心臓は跳ねた。まさか、脈ありなの？　彼女は目を細めた。それともからかっているのかしら？　彼女は詰めていた息を吐いた。「できるだけ早くに」

「条件はあるか？」

アストリッドはうなずき、手提げ（レティキュール）に手を入れて用意してきた箇条書きのメモを取り出し、デスクに置いた。楽観的な性格の彼女ではあるが、うまくいく可能性は低いと思っていた。「お金についてですが、わたしには持参金があります。恐縮ですが、そのうちある程度の額は妹の社交シーズンのために取っておきたいと考えています。その代わり、先ほど申し上げたようなお仕事をするほか……跡継ぎをこしらえるご要望があれば従います」アストリッドは唇を噛み、ぞくぞくと全身に走る震えと戦った。「いったんそれを果たしましたら、よそに目を向けていただいてかまいません」

「よそ？」

「愛人をお持ちになっても差し支えないということです、公爵さま」

セインは暗がりに座っていてよかったと思った。愛人だと？　思わずいらついた。多くの貴族が妻以外に愛人を持っているが、彼はそういう連中とは違う。

現時点でアストリッドに帰れと言わずにいるのは、自尊心をつつかれたからにほかならなかった。そしてもうひとつ、彼女に味わわされた欲望を、同じだけ味わわせずにはいられないという気持ちがあった。頭ではこんな取引に乗ってはいけないとわかっているのに、セインはうなずき、インク入れを彼女の手の届くところへ押しやった。「複数、と注釈を書き加えろ」

「複数？」

「愛人だ」セインは言った。「わたしの肉体的な欲求は多岐にわたっている。しかも要求は多い」

のどを詰まらせたような音を出して、彼女は丸めた紙を伸ばしながらインクつぼとペンに手を伸ばした。〝複数〟と小さく書き入れるペンの音が、大きく重たく響く。

「はい。これでいいですか？」

ひねくれた喜びを胸の内に閉じ込めておくのが苦しい。「それから、〝従う〟という言葉の意味も考え直す必要があるな。妻が夫に〝従う〟というのでは、妻になんの発言権もないようで時代遅れだ。わたしは自分の妻には、要望をはっきり口に出してほしいと思っている」

彼女のピンク色の唇が引き結ばれ、頬にはあざやかな色がまだらに浮かんだ。「なにをつけ加えればいいですか、公爵さま？　体位ですか？　場所ですか？」モスリンを着たかわいらしいしんらつ屋は、いらだたしげに息をついた。「悪ふざけにしたいのでしたら、もうやめたほうがいいですね。これではお互いに不愉快になるだけだわ」

不愉快なのは、彼の欲望の中身だった。彼女を一糸まとわぬ姿にひんむいて、しんらつな物言い以外はふたりを隔てるものなどない状態にしたい。セインは太ももに指先を食い込ませ、頭を振ってそんな考えを振り払った。彼女がどんなに愚かな条件を提示しようとも、そんな状況に至らないのはふたりともわかっている。結局は、彼女もほかの人間と同じで、気むずかしい彼から逃げ出すだろう。

彼はただ、彼女がどれくらい食らいついてくるか試して楽しんでいるだけだ。フレッチャーに言ったように、だれとも結婚する気はないし、子どもをつくる気もない。しかし彼女の無謀さにははっきり言って驚いた。開いたドアの隙間から聞こえてきた複数の息をのむ声から察するに、盗み聞きしているカルバートやフレッチャーも同じく驚いているのだろう。

セインは目をすがめた。「どうしてきみがいまだに結婚していないのかという質問には、まったく答えていないぞ」

「答えました。でもあなたのほうが急に話題を変えて、公爵閣下ならではの当てこすりを言い出したんです」

いやはや、口の減らない女だ。セインはにやりとした。それまでの不愉快な気持ちが、ひねくれた高揚感へと変わっていく。「たしかに。しかしわたしは公爵なのだから、公爵ならではの当てこすりというのは当然わたしの得意とするところだ。覚えの悪い受け持ちの生徒に教えるように、質問に答えてくれないだろうか。家庭教師にでもなったつもりで」

彼女がぎゅっと眉根を絞って彼を見る。彼女の頭のなかで歯車が回転しているのが見えるようだ。

「どうやら、思っていたよりもいやなものに例えられていたみたいですね」しばらく間があって彼女は言った。「まあ、そうですね、よいお相手が見つからなかったから結婚していないということです」

「だれも求婚してこなかったのか?」思わず知らずセインは尋ねていた。

冷ややかなまなざしが返ってきた。彼女のあごがつんと上がる。「あなたにはなんの関係もないことですわ、公爵さま。でも、お申込みはありました」

「しかしイエスと言って結婚していたら、こんなことにはなっていないだろう？」彼が言う。「選り好みしすぎて、泣きつくことになったのか？」

「泣きついてなどいません」彼女が鋭く返す。「それに選り好みもしていません」

彼は片方の眉をつり上げた。「そうなのか？」

「最初にして唯一の社交シーズンに出たとき、わたしは十六歳でした。そのお相手の紳士はわたしのことをよく知らなかったし、わたしを知ろうともなさいませんでした。わたしの顔と財産と体だけを見て申し込まれたんです」

「貴族の結婚としては、それでもよく見ているほうだ」

アストリッドはいらついたように息を吐いたが、あいまいな返事をした。「そうかもしれません」

「それで今回は？　慣習に頑固に抵抗して、自分から求婚することにしたのか？」

「先ほども申しましたが、公爵さま、これは取引であって、それ以上でもそれ以下でもありません」

「それほど若くして、それほど冷静とは」

「二十五歳です、頬を染める乙女ではありません」

セインは鋭く息を吸い、デスクを握った。彼女の経験はもちろんどうでもいいが、いまやチェス盤は配置され、試合は猛然と進行中。もう引き下がることはできない。

「その点についてだが、きみの純潔がどうなっているのか尋ねてもいいかな?」

彼女の瞳に炎が燃え上がり、超然とした雰囲気は消え失せた。

「ぶしつけにもほどがあります!」

「おや、きみの言葉を借りれば、きみは頬を染める乙女ではないし、これは結婚の契約の交渉なんだ。男として、そういうことははっきりさせておかなければ。相手が土のついたハトなのか、貞淑なツバメなのか」

静寂のなかでアストリッドが息をのむ音は大きく響いたが、カルバートとフレッチャーの息をのむ音も同じだった。気をつけないと、かわいそうな女性を卑俗な主人から守ろうとふたりが飛び込んできかねない。この女性にはそういう助っ人は必要ないかもしれないが。彼女の言葉は剣であり、その痛烈な武器を巧みに振りまわしている。

案の定、ぎらついた視線が返ってきた。「ではお尋ねしますが、そうおっしゃるあなたはどうなんですか?」

「それはもう疵物も疵物だ」

ほっそりとした彼女のあごが一段と上がった。「では、それはあなただけということになりますね。もちろん、あなたが自己申告しておられる豊富な経験の場にわたしは近寄ってもいませんが、あなたの口から出た言葉をすべてそのまま信じることにいたします。でも、わたしの少ない経験からすると、武勇伝を誇る男性というのはたいてい残念な方が多いですわ」

セインはこらえきれなかった。頭をのけぞらせて大爆笑し、目に涙がにじむほど笑った。この小娘のように彼に立ち向かった人間は、かっていなかった。いや、小娘ではなく女性だな、と訂正する。

「こんなのばかげているわ」彼女はぼそりと言って立ち上がり、帰ろうとしたが、途中でふと止まった。まるで身の内で荒れ狂う戦いの最中に、なにかに気づいたかのように。

彼女は唇を噛んで大きなため息をつき、奥歯を食いしばった。そして顔を上げて彼を見たときには、瞳に燃え盛っていた炎は消えていた。残っていたのは絶望にも似た、追い詰められた表情だけだ。彼女がデスク越しに身を乗り出す。これほど近づけば彼の顔の傷はすべて見えるだろうが、彼女はひるむことも、視線をそらすこともなかった。

「お願いです、公爵さま、どうかどうか、この申し出をご検討ください」

使っている言葉こそ〝お願い〟だが、これは〝お願い〟ではない。この女性は人になにかをお願いするような人間ではない。しかし切羽詰まっていることは感じ取れた。彼の不毛な心がとくんと小さく打ち、よし承知した、と言ってやりたくなった。しかし彼の頭は、そんなことは不可能だということを重々わかっていた。

理性が無駄な遠まわりをすることなく、すみやかに戻ってきた。「レディ・アストリッド、わたしは——」

「まずはご婚約の準備を進めねばなりませんね」フレッチャーが飛び込んできた。セインもレディ・アストリッドも驚いて振り返る。「レディがお持ちになった書状はまたのちほどごらんになるとして、だんなさま」

「フレッチャー、このようなことはありえ——」公爵は注意しかけたが、いつもどおり、従者は主人の言うことを聞かなかった。フレッチャーが本当に使用人なのか、主人は本当に公爵ともあろう者なのか、知らない人間が見たらわからないだろう。

「さて、マイ・レディ」フレッチャーにつづいてカルバートが入ってきて、アストリッドの手から仰々しい手つきで羊皮紙を取った。「これはだんなさまにお渡ししましょう」

レディ・アストリッドはことの成り行きと、でしゃばる使用人たちに困惑しているように見えた。それはセインも同じだったが、彼はフレッチャーとカルバートの魂胆をはっきり理解していた。ふたりはあきらかに、彼にとってレディ・アストリッドはどういう形の将来であれ、唯一のチャンスだと思っている。しかし彼自身はもっとわきまえていた――現実をわかっている。実現不可能なことを切望しても、絶望が待っているだけだ。すでにセインは一生分の絶望を味わっている。

もう終わりにしたい。

「返事はノーだ」彼がうなるように言い、書斎のドアに向かっていた彼らの足を止めた。「いまも、この先も」フレッチャーとカルバートに向かって言う。「もう二度と、わたしの心を推し量ろうとするな、ふたりとも。困った状況に追い込まれないうちにわたしの前から消えろ」

使用人ふたりがそそくさと出ていくなか、顔色を失って無言で彼を見つめている女性に公爵は目を向けた。「招かれもせずに勝手に入ってきたのだから、勝手に出ていけるだろう、レディ・アストリッド。もう来るな」

磨き抜かれたアクアマリンのような瞳が、けわしい表情で彼の瞳を捕らえたまま動かない。彼女は彼が急に怒り出しても、敵意を向けても、ひるまない。それどころか、感心することに、あごを上げるのだ。「あなたなどこわくないわ、ベズウィック。あの気の毒な人たちみたいに、わたしにあれこれ命令することはできないわよ」

「こわがったほうがいいぞ」彼は大声を張り上げた。「それに彼らはわたしの使用人だ」言うことを聞かないやつらだが。

怒りをぶつける彼を前にして、なんと、彼女はほほ笑んだ。「それはそうかもしれないけれど、わたしはかんしゃくを起こすことで威嚇できるような女じゃありません。そんなやり方、公爵というより子どものやることね。目を覚まされたときには、いつなりと謝罪をどうぞ。わたしは〈エヴァリー・ハウス〉におります」

「百万が一にもありえない」

アストリッドはきびすを返し、冷ややかに刺し貫くようなまなざしを肩越しに向けた。「ご機嫌よう、と言いたいところですけれど、公爵さま、わたしのこの目で見るかぎり、どのような礼儀もあなたにはまったく用をなしませんね」

それだけ言い置くと、彼女は出ていった。

4

アストリッドは爪を噛みながら、前庭に面した窓と手もとの本に目を行ったり来たりさせていた。客人の予定があるわけではない。少し――ほんの少し――だけ、彼が謝罪の手紙を送ってきやしないかと期待していた。気むずかしくて見た目は粗野だけれど、ベズウィックはなんと言っても紳士の生まれなのだ。けれど一日が過ぎ、二日が過ぎ、いまや三日目。あの男性にわずかでも良家の血が残っていると思ったのは、夢を見ていただけなのだろうか。

となると、次の一手もまた彼女のほうにあるということだ。まったくもう。彼女はいま一度、厄介な自分の口を呪った。彼のところに行って自分の気持ちを話し、彼をその気にさせなくてはならなかったのに、怒らせてしまった。向こうの屋敷に出向いてまで。そしていま、制御できずに暴走した自分の口のせいで、彼女とイソベルにはもう選択肢がなくなってしまった。残るは……もう一度ベズウィック・パークに行くことだけ。

おなかのあたりが気持ち悪くなってきた。どうしてもとなったら、懇願することはできる。ひれ伏して慈悲を乞う。けっしてだれにも屈服しない彼女でも、イソベルのためならやれる。無情で無礼で礼儀がなっていない野蛮人相手でも。

「ねえ、どんな方だったの？」イソベルが尋ねるのはもう四十回にもなるだろうか。もはやアストリッドのあいまいな返事ではごまかされてくれなかった。「うわさどおりのひどい方だった？　また女中頭を辞めさせたって料理人が言っていたわ。ものすごくこわいから、使用人が居着かないんですって」

そんな話を聞かされても不思議ではなかった。割れた陶磁器の破片が玄関ホールや埃っぽい廊下を飾っているのを、アストリッドも目にしていた。口をすぼめて考えをめぐらせる。彼女自身が優秀な女中頭になりますよとベズウィックを説得してみてはどうだろう。悪い考えではないけれど、彼女を雇うも雇わないも彼次第だ。前回、あんなふうに仲良しこよしの雰囲気で帰ってきているわけではないし……。

アストリッドはため息をついて妹を見た。「料理人がうわさ話をするのはよくないわね」

「おそろしかった？」イソベルが訊く。

「お顔は戦争のひどい傷があったわ」アストリッドの頭に、ねじれたロープのようないくつもの傷痕がよみがえった。「でも、最初の衝撃が薄れてきたら、それほどおそろしくはなかったわよ」

妹は身震いした。「村の人たちが言ってたけれど、彼の肌はつぎはぎの袋みたいなんですって。見た目がおそろしすぎて、子どもは夢でうなされるって。公爵のお父さまも、息子の顔を見て心臓発作で亡くなったとか」

「うわさを鵜呑みにしてはだめよ、イソベル。彼はそんなに言われるほどひどくはなかったわ」

内心、アストリッドは哀れみの気持ちで胸を締めつけられる思いだった。彼女も同じようなうわさを聞いていた。彼があれほど心を閉ざしてとげとげしいのも無理はない。とはいえ、あのおそろしい態度のせいでそういう意見がなくならないのは事実だ。見た目がおそろしいと、中身もおそろしいと思われてしまう。でも彼は粗野で不愉快ではあったけれど、身の危険は感じなかった。たしかに頭をかきむしりたい気分にはさせられたけれど、それは彼の見た目とはまったく関係ないことだ。

アストリッドは一心に小説本を見つめ、心かき乱される公爵のことばかりにうつろってしまう気持ちを散らそうとした。彼女の知力と洞察力を総動員したというのに、彼女は公爵について思い違いをしていた。てっきり彼は世捨て人で、妻と跡継ぎをのどから手が出るほどほしがっているのだと思っていた。貴族というものの思考回路を知っていたから。高貴な血筋が大事。男であることが大事。それなのに、まさか公爵たる人間が、代々受け継いできた公爵家を忘却の彼方へ葬り去りたいと考えていたなんて。

とはいえ、〝野獣ベズウィック〟は並の公爵ではない。

おかしなことに、粗野な人だけれど、彼と丁々発止のやりとりをするのはおもしろかった。想像していたような人とはまったく違っていた。

彼女の純潔について尋ねるなんて、冗談じゃない。あまりの無作法に失神するところだった。ところがアストリッドのひそかな部分は、喜びに打ち震えたのだ。彼はアストリッドを、ほんの少し卑猥な会話をしただけで女らしい耳が欠けるのではないかというような、高価なわれもののようには扱わなかった。心の奥底では、彼女はそれがうれしかった。

それに彼の住まいを見たところ、アストリッドが彼を必要としているのと同じくらい、彼にもアストリッドが必要だ。骨董品の仕分けのためだけではない――もちろん、あの豪華なコレクションを確かめられるかもしれないと思うと手がうずくけれど。それから、彼がどんなふうに気の毒な使用人を扱っているかも見てしまった。あの人には、だれか彼の感情を受け止めて制御してくれる人間が必要だ……彼が怒ったりすねたりしても惑わされず、行ないの悪さを看過することのない人間が。

でも、結婚の必要性を、どうやったら彼に納得させられるだろう？

サウスエンドには、ボーモン伯爵や彼女のおじに対抗できる貴族は彼しかいない。

さもないと、アストリッドはべつの計画を実行に移さなければいけなくなる。でもその場合、宝石を質に入れて出奔しなければならず、そんな計画はうら若き未婚女性ふたりにとって荷が重すぎる。やはりベズウィックに事情を説明し、説得する時間が必要だ。

とりあえず公爵の側仕えであるフレッチャーに、中国骨董品の目録づくりを打診してみてはどうだろう。彼は切実に人を雇いたがっていたようだ。彼女の技能と引き換えに、彼女とイソベルが安全に滞在できる場所を提供してくれたら……。これもまた悪くない考えだと思う。しかし、やはりアストリッドが公爵を説得できずに未婚のままでは、おじはイソベルに対して後見人の権利を行使できてしまう。それに、主人の許可がなければ、フレッチャーが彼女を雇う保証もない。

ああもう、八方塞がりだわ！

アストリッドはほんのわずかな時間でも後ろ向きな思考を追い払おうと、本に集中した。しかしそのとき、小間使いが真っ赤な顔をして使用人向けの階段を駆け上がってきた。「レディ・アストリッド、馬が一頭逃げ出して、パトリックがすぐにお嬢さまを呼んできてほしいと言ってます。お願いします」

「どの子？」アストリッドはすぐさま立ち上がって訊いたが、どの馬かはすでにわかっていた。馬丁頭が彼女を呼ぶのは、テンペランスかブルータスに問題が起きたときだけだ。二頭とも純血種で、連綿とつづく競走馬の血筋を継いでいる。牝馬のテンペランスは〝節度〟という意味の名前に反する気まぐれ屋だし、わんぱくな三歳の牡馬ブルータスのほうもやさしいながらも甘やかさない手を必要としている。この二頭だけはほかの馬と違って彼女名義のものであり、父からの贈り物だった。

「ちょっと行ってきてもいいかしら？」彼女はイソベルに訊いた。

「もちろんよ。アガサもいるし」イソベルは姉妹の両方に仕えている侍女を手で示した。アガサは静かに座って、かごいっぱいの繕い物をしている。

「すぐに戻るわ」

アストリッドはスカートを持ち上げて屋敷を駆け抜け、厩舎に急いだ。思ったとおり、逃げ出して問題を起こしていたのはブルータスだった。牡馬は三人の馬丁に囲まれ、後ろ肢で立ち上がって歯をカチカチ鳴らしていた。

「どうやって外に出たの、パトリック？」

「わかんねぇです、マイ・レディ」大柄なスコットランド人の馬丁は言った。「馬房には掛け金が掛かってたはずなのに、ひとりでに開いちまったみてぇで。ちゃんと掛かってなかったのかも。みんなに注意しときます」

アストリッドは慎重に、臆病な牡馬に近づいていった。神経が高ぶっているときのブルータスは行動が読めず、急に咬みついたり蹴ったりしたときのために、じゅうぶん距離を取っておかなければならない。彼がまだ仔馬のころにそういう失敗をしたことがあり、肋骨二本にひどい打撲を受けて苦しんだ。あのころより彼ははるかに大きくなったし、臆病にも磨きがかかっている。

馬丁たちにさがるよう手ぶりで伝え、アストリッドは両腕を大きく広げて近づいていった。「ほら、いい子ね」小声でやさしく言う。「わたしよ。わたしはなにもしないでしょう？」

ブルータスはまた後ろ肢で立ち上がって前肢のひづめを突き出したが、暴れている様子ではない。さらに何度か威嚇するような姿勢を取ったあとは、アストリッドが近づいて手綱を取ってもおとなしくしていた。そのあいだじゅう、なだめるようにやさしく声をかけつづけた。数分も経たないうちに、きわめて静かに彼を厩舎に引いていくアストリッドの姿があった。

「奇跡ですよ、ほんとに、マイ・レディ」パトリックは驚嘆と尊敬で目を丸くしていた。「今回ばかりはそいつにこてんぱんにやられるかもと思ってました」

　アストリッドは泡汗の浮いた黒い毛並みをなでた。「この子は興奮しやすいだけよ。テンペランスの隣の馬房に入れてやって。こういう状態になったとき、彼女ならいくらかこの子の気を鎮めてくれると思うわ」

　馬丁頭がアストリッドを見つめる。「二頭をかけ合わせるつもりですか、マイ・レディ？」

「そのうちにね」彼女は牡馬のつややかな臀部をいとおしげにポンとたたいた。「でも、おじが仔馬をいちばん高値をつけた人に売るつもりならやめるわ。イソベルが新しいところへ安全に落ち着いたら、それからなら、もしかしたら」

　これくらいですんでよかったと思いながら、アストリッドは屋敷に戻った。あの馬たちは、彼女の所有物のなかでももっとも貴重で価値のあるものだ。そう考えて、足が止まった。もし最悪の事態になったらあの子たちを売ることもできるが、それもまた時間がかかる。どちらかとでも別れることを考えると体が冷たくなるけれど、それがイソベルの幸せと安全につながるのなら、どんな犠牲もたいしたことではない。そう、彼女はすでに自分の身でさえも、とんでもない評判の公爵に差し出したのだから。

前庭を通り過ぎたとき、馬車まわしに停まっている馬車にアストリッドは目を細めた。ひと呼吸のうちに心臓が上がって下がる。公爵が謝罪に来たわけではなく、まったくお呼びでないボーモンの馬車だった。彼がなにをしにきたのだろう？　おじとおばは村に用があって留守にしている。アストリッドはスカートを持ち上げて走った。足を滑らせそうになりながら廊下の角を曲がると、〈朝の間〉の前で伯爵とイソベルを見つけた。

「パトリックを呼んできて」青白い顔で近くに立っていたアガサにアストリッドはささやいた。

「ボーモン伯爵」思っているよりもしっかりとした声が出ていますように、とアストリッドは祈った。「これはこれは、思いがけずご訪問いただいたのですね」

ボーモンが振り返り、小さな笑みを浮かべた。「招待をどうも」

「だれの招待ですか？」アストリッドはつんと澄まして虚勢を張った。妹がなにをされるかという恐怖が押し寄せる。「おじとおばは留守にしておりますが」

「そのふたりから、本日の招待を受けたんだ」

アストリッドの心は沈んだ。あのふたりならやりかねない。悪評高いろくでなしが自分の姪の評判に傷をつけようとも、結婚さえしてくれればいいと思っているのだ。そのろくでなしが、すでにもうひとりの姪を疵物にしたにもかかわらず。ばらばらになりそうな感情を、アストリッドはまとめてきつく引き締めた。「申し訳ありませんが、伯爵さま、お引き取りいただかなければなりません。おばが適切な付き添い夫人として同席できませんので、あいにくこれではマナー違反となります」

「きみが代わりを務めればじゅうぶんだろう」伯爵は言った。「未来の妻を訪問するのだから」

彼の口調に怖気が走ったが、アストリッドは平静を保ちつづけた。イソベルのために。姉妹ふたりのために。「わたしも結婚しておりません、伯爵さま。適当とは言えませんわ。残念ですが、お引き取りを願います」

「当然あるべき敬意や歓迎の意がきみから感じられないのは遺憾だ、アストリッド。わたしは貴族院に名を連ねる正真正銘の貴族だぞ」

「ならば、だれもが困らぬよう、それにふさわしいふるまいをなさってください」アストリッドは言い返した。「それから、あなたに対しては、わたしは〝レディ・アストリッド〟です」

ボーモンは顔をゆがめ、アストリッドの注意などなかったかのように部屋に入ろうとしたが、二歩も行かないうちに止まってドア口を見つめた。そこにはパトリックと屈強な馬丁がふたり立っていた。

「ボーモン卿はお帰りよ」アストリッドは彼らに言った。

「このことはきみのおじ上に話をさせてもらうぞ」伯爵が語気も荒く言った。「覚えておけ」

しかしありがたいことに、彼はそれ以上騒ぐこともなく帰っていった。馬車がいなくなると、アストリッドは近くの椅子にへたり込んだ。いまになって恐怖で手が震え出す。ボーモンはおじに告げ口するに決まっている。すぐに報復されるだろう。アストリッドはどこかに追いやられるだろうか？　イソベルとの結婚予告を出すだろうか？　ああ、神さま、どうすればいいのですか？

「アストリッド？」イソベルが小声で言った。「彼はまた来るかしら？」

妹の声が、もやもやと決めかねるアストリッドの迷いを貫いた。間違いなく、伯爵はまたやってくる。それはどうすることもできない――ここを出なければ。アストリッドは気持ちを鎮めると立ち上がり、まだドア口に立っているパトリックと目を合わせた。「ブルータスとテンペランスに鞍をつけて、馬車を用意して」それからイソベルと侍女のアガサを振り返って声を小さくした。「身のまわりのものを集めて。トランクに詰められるだけ詰めるのよ」

「どこへ行くの？」イソベルが目を丸くして尋ねる。

アストリッドは首を振った。ここではまだ人の目や耳が多すぎる。「安全な場所よ」


ちくしょう。ロンドンから〈ベズウィック・パーク〉までの何時間もの過酷な馬の旅でさえ、セインの筋肉にたまったエネルギーを取り払ってはくれなかった。この三日間、彼はくたくたになるまで体を動かし、これまでにないほど自分を追い込んだが、それでもだめだった。

ロンドンに行ったのは、領地の顧問弁護士サー・ソーントンに会うためだ。一泊で戻るはずが、結局は一週間、ロンドンの別宅で落ち着きなく廊下を行ったり来たりして過ごすことになった。もちろん、いらだちの原因はわかっている。

彼女のせいだ。

あんなふうに冷たく彼女を追い返した、罪の意識のせいだと彼は思っていた。しかし実際、彼女の申し出を承諾するわけにはいかなかった。それでもなお、そのことを――いや、彼女のことを考えるのがやめられない。たった一時間ほど話をしただけなのに、まるでアヘン中毒になってしまったかのように、もっと彼女と機知に富んだやりとりがしたくてたまらなかった。気が変になる。まったく、起きているあいだじゅう――いや眠っているあいだも――あの女が彼の意識に入り込んでくるのだ。ロンドンに発つ前、彼は夜の闇にまぎれてエヴァリー邸まで馬を走らせ、どこが彼女の部屋なのか探そうとした。そして、彼女が透けるナイトガウンに身を包んでベッドに横たわっているところを想像した。世にも知られた彼の自制心は、木っ端みじんになっていた。

まさにその夜、彼はロンドンに向けて出発した。

これほど落ち着きのない状態になったのはいつ以来なのか、思い出せないくらいだ。彼はみずからを律することでは高い評価を受け、どんな行動が必要かを瞬時に判断する能力にかけては右に出る者もいない。そのような経験値と習性を持つ彼が率いる部隊は優秀だった。戦場において、そういう確固たるものを持っていたからこそ、彼はひとりで六人もの武装したフランス兵を相手にできたのだ。あとから考えて、彼の個人的な犠牲という点から見れば最良の決定だったとは言えないかもしれないが、おかげで部隊が全滅することは免れた。

〈ベズウィック・パーク〉の厩舎で待機していた馬丁に手綱を投げ渡したセインは、

遠くのパドックで見知らぬ大柄な赤毛の男が走らせている大きな黒毛の馬に目を留めた。いつのまに馬を一頭買ったのだろう？　それに、小山サイズの馬丁まで？

カルバートに聞けばわかるだろう。しかし彼が玄関ドアを押し開けたとき、出迎える執事の姿はなかった。それどころか、だれもいなかった。前もって到着の時刻は知らせていなかったが、仮にも彼は公爵だ。恩知らずな使用人どもめ、何人かは主人を出迎えるべきではないのか！　まだまだベッドに入るような時間でもない。不愉快に顔をしかめ、彼は姿の見えない使用人を探しにいった。

階段に向かう途中で、音楽と笑い声のようなものが聞こえてきた。

しかも女性の。

しかめ面がとてつもなく張り詰め、顔から眉が取れそうなほどこわばった。あのでしゃばりな田舎者の執事と従者のふたりが、主人の留守中に村の女を連れ込んで楽しもうという気でも起こしたのなら、この不都合な現実に衝撃を受けることだろう。先日の警告を遂行し、ただちにクビを言い渡してやる。

声のするほうに進み、角を曲がって、かつては舞踏室だったがいまは特段なににも使われていない部屋が目に入ると、彼は凍りついた。まぎれもなく人が集まっている。しかも村人ではない。なんと、姿の見えなかった使用人のほとんどがそこにいた。

大熱狂の田舎歌の調べが、ピアノのメロディーに乗った陽気な歌声とともに彼の耳に飛び込んできた。セインは信じられずに目をしばたたいた。不忠な執事と従者がリールを踊っている！　だれのことも気に食わない気むずかし屋のフランス人料理人もいるし、従僕やメイドの大半、そして上等な身なりのレディがふたり……ひとりはだれだかすぐにわかったが、もうひとりは知らない顔だ。

セインは脈が跳ねたことに気づかぬふりをした。だれもかれも視界から消してやりたいという凶暴な感情が湧いてくる。ただし、彼女を除いては。

「これはいったいなにごとだ、だれか説明しろ、このくそったれ」

人がこれほどすばやく散ってゆくさまを、アストリッドは見たことがなかった。屋敷のあるじの帰還に、使用人たちが小走りで持ち場に戻っていく。あんなににぎやかだった集団が、あっという間にフレッチャーとカルバートと彼女とイソベルだけになった。ドアのところで威圧感を漂わせている人物を、アストリッドはちらりと見やった。公爵はまだ埃っぽい乗馬服姿で、帽子も目深にかぶっている。それについてはありがたかったが、やはりイソベルはこわいもの見たさなのか口をぽっかり開けて彼を見つめていた。彼が急にあらわれたからというよりも、悪態をぶちまけるひどい態度のせいだと思われる。

フレッチャーが口を開いて返事をしかけたが、アストリッドは怒りの矛先(ほこさき)を自分に向けさせようと先に話した。「口が悪いですわ、公爵さま」

彼はほんのわずかに必要なだけ顔の向きを戻し、琥珀色の瞳を彼女の目と合わせた。そのにらみのすごさに、アストリッドは後ずさりしそうになった。ものすごく怒っている。「ここはわたしの屋敷だ」あのかすれた声が、彼女の感覚におかしな作用をもたらした。「自分の好きなことを言うさ」

「育ちのよいレディの前ではいけません」アストリッドは妹の手を取り、励ますように握った。「公爵さま、ご紹介させていただきます、妹のレディ・イソベル・エヴァリーです」

イソベルはひざを折って挨拶した。「お初にお目にかかります」

彼の表情から察するに、おそらくアストリッドに対して、もっと口汚く怒鳴って悪態をつきたい心境なのだろう——それもいたしかたないが——彼は奥歯を食いしばり、帽子のつばの影に顔を隠したままおじぎをした。「どうも」

「ミスター・カルバート」アストリッドは、たるんだ頬を赤く染めている執事に向かってやさしく言った。「妹を部屋まで案内してくださいな、わたしは公爵さまとお話がありますので」

「アストリッド？」イソベルはおびえたような顔をしてささやいた。「わたしたち、追い出されるの？」

「だいじょうぶよ、イジー。約束するわ」

フレッチャーもカルバートとイソベルについていこうとしたが、公爵のひと声で止められた。正直、アストリッドはほっとした。自分ひとりでこの人と向き合いたくはなかった。なにしろ、断わりの言葉もなく彼の屋敷に入り込んだのだ。またしても。

彼女は息を吸い込んだ。「わたしの提案を考え直してくださいましたか、公爵さま？」

「いいや」彼はアストリッドをにらみつけ、帽子をはぎ取ってマントルピースにずかずかと向かった。不思議なことに、損傷を受けた彼の顔を垣間見てもアストリッドはいやな気がしなかった。「答えは同じだ」

ボーモンが来たあと、アストリッドは公爵の気持ちを変えるつもりでベズウィック・パークまで逃げてきたが、彼はロンドンに行ったとわかっただけだった。そこでフレッチャーに、仕事がもらえないだろうか、せめて彼女とイソベルに一日か二日の宿をお願いできないだろうかと嘆願することにした。彼はふたりに同情してくれた。

しかし公爵の表情を見るかぎり、フレッチャーのあるじはそう簡単に説得できそうもない。

だが、やってみなければ。「いったい何人の女中頭が恐れをなして辞めれば、あなたは目を覚ますのかしら？　ついこの間もひとり辞めさせたそうね」

「彼女は無能だった」

アストリッドは眉を片方つり上げた。「その前の三人は？」

「女中頭など必要ない」彼は怒鳴り、緑と白の明朝時代の鉢を飾り台から取ると暖炉の炉床に投げつけ、彼女もフレッチャーも肩をすぼめた。

「お屋敷内のことはすべてうまくいっているようだけれど」アストリッドは言った。「ササッと結婚すれば、あなたのためにもなるはずよ」

憤怒の形相が彼女に向けられた。「妻としてであれなんであれ、うちの使用人のことできみに認めてもらう必要はない、レディ・アストリッド」緊張が天井の壁画にまで高まっていくなか、三人は無言で立ち尽くした。ふと、公爵が不愉快そうな声をもらしてきびすを返した。「フレッチャー、そこに突っ立って女にへつらうことで給金をもらっているのでなければ、風呂を用意しろ」

「お風呂の用意は、お帰りになった時点で申しつけております」生意気な従者は、自身の安全など気にもとめずにやにやしていた。「それに、女性にへつらうのはいつでも自由でございます、だんなさま」

公爵の口が真一文字になり、アストリッドはあわてて割り込んだ。「公爵さま、もちろんおわかりでしょうが、これは――」眉をひそめて言いかけたものの、彼はきびすを返して彼女を残して大またで歩き出してしまい、彼女はぽかんと口を開けた。なんなの、なんて失礼な人なの！　話の途中でどこへ行くっていうの？　答えてくれなければ、彼女とイソベルはどうすればいいの？　どこへ行けばいいの？

「もっと言いたいことがあるなら、ついてこい」肩越しに彼は言った。

アストリッドは背筋を伸ばして近くの従僕のそばを通り過ぎたが、彼らのうちふたりの歌声がすばらしかったことを、ベズウィックが帰ってくる前に発見していた。彼女はただ、音楽でイソベルを元気づけたかっただけなのだが、このどんよりした屋敷にいる人たちもみんな、なにか明るくなるようなことが必要だったらしい。すべては彼女の責任であり、彼にもそう説明するつもりだった。彼の足に追いつけさえすれば。

「公爵閣下、どうか八つ当たりで使用人たちに怒りをぶつけないでください」床を削りそうな速足の彼に合わせて走り、アストリッドは息を切らして話した。「フレッチャーにも」

「怒ってなどいない」

いいや、怒っている。雷鳴がとどろくように彼から放たれる怒りが、アストリッドには感じ取れた。煮えたぎっていると言ってもいい。フレッチャーが急いで先まわりし、公爵の居室の入口で待機していたが、アストリッドは従者と視線を交わして足を止めた。「わたしは入れません」

「ここは居間だ、アストリッド、寝室ではない」冷ややかに公爵が言った。

自分のクリスチャンネームを耳にして驚くほど心地よい感覚が全身に走ったが、アストリッドはおかしな反応を分析するのはあとにして、とりあえず追いやった。「それでも、適切な行動ではありません」

「どうしてきみたちがここにいるのかを説明し、妹とともに尻を蹴飛ばされて追い出されたくないのなら、わたしに都合のよいところで説明しろ。いまはとにかく風呂に入りたいんだ、くそったれ」

悪態にアストリッドは顔をしかめた。「その口でお母さまにキスなさるんですか、閣下？」

「母は死んだ」琥珀色の燃えるような瞳が彼女を見下ろした。「だが、きみの望みがキスをすることなら、違う話をしなければならないが」

「お金をいただいても、あなたとはキスしません」

「しかし、きみはそれ以上のはるかにたいそうなものを差し出したぞ。そう言えば〝レディ・アストリッド〟だったか？」

彼女はたじろいで顔がほてったが、あごをぐいと上げた。「ただこの身を横たえるのと、イングランドの行く末を思うことは、同じではありません」

ベズウィックはぴたりと止まって彼女を見つめた。熱く燃える瞳が食い入るように見つめ、彼のこぶしが体の両脇で閉じたり開いたりする。どうしよう、言い過ぎたかしら。フレッチャーですら目をむいている。しかしアストリッドは足を踏みしめ、あごを上げた。だれかが公爵に立ち向かわなければならない。彼の怒りっぽさは筆舌に尽くしがたく、彼女はただ彼がやったのと同じだけのことをやり返しているだけ……つまり、お互いさまなのだから。

公爵がふうっと短く息をつき、永遠かと思えるほどの間があったあと、きびすを返して大またで従者を過ぎていった。「ついてくるか、帰るか。きみ次第だ」

どっといっきに緊張が抜けるあいだ、彼女はどうしようと迷いながら廊下に立っていた。少なくとも追い出せとは言わなかった。小さな衣擦れの音が聞こえてきて、アストリッドは凍りついた。うそでしょう、そこまでがさつなの？　しかし、たとえ彼の個人的な居室に立ち入ることになっても、たとえ彼のせいで口うるさい女みたいにわめいたりののしったりしたくなっても、なんとか説得してここに滞在させてもらわなければならない。

イソベルのために。ボーモンから逃れるために。安全のために。

「まだか？」長いこと彼女が決めかねていると、なかから呼ばれた。

息を吸って気をしっかり持つと、アストリッドは重たい足で少しずつ進んだが、公爵は控えの間にはいなかった。フレッチャーが申し訳なさそうな顔で彼女と目を合わせたが、彼もどうしたらいいのかわからないとでもいうように無言だった。彼のクビがかかっているのかもしれないと遅まきながら気づいて、アストリッドは自分のせいだとおののいた。親切心を起こした責任を従者に取らせることはできない。主人のほうはあきらかに親切心のかけらもないのに。

アストリッドはフレッチャーが立っているところへ、すたすたと近づいていった。奥にもう一部屋あった。正確に言えば、明るく照明で照らされた浴室が。アストリッドはごくりとつばを飲み込んだ。部屋に鎮座(ちんざ)した高い背もたれ付きの豪華な湯船にではなく、そこにゆったりと体を沈めて向こうを向いている男性に。湯船のなかはよく見えないけれど、ほんの一、二メートルのところにいる公爵は裸のはずだと、彼女脳は判断した。

「話せ」彼が命じる。

あわてて目をそらし、頭のなかから〝裸の公爵〟という語彙を消すと、アストリッドは勢い込んで説明を始めた。フレッチャーが有能な歴史家が必要だからと親切にも仕事を提示してくれたことを、かいつまんで話す。最後の最後に気の毒な従者があるじに横目でにらまれ、固まっているのを彼女は見逃さなかった。

「彼はとにかく人助けのつもりだったんです」彼女は言った。「結婚を承諾してくれないのであれば、ほんの数カ月ほど……滞在させていただければ、コレクションの目録をつくらせていただきます。人助けというふうに思えないのであれば、人を雇うと思ってください」

彼女が二十六歳になれば、こんなに無力ではなくなる。あのお金は彼女のものであり、なにがなんでも手に入れるつもりだった。

「わたしを見ろ」公爵が言った。

アストリッドは彼の目から視線をはずさないよう注意しながら顔を上げたが、いまいましいことにまわりのものがどうしても視界に入ってしまう。黄褐色の髪は水に濡れ、金色がかった肌に水滴が玉をつくっている。右半身の傷はあまり見えなかったが、つややかに光る彫像のような肩には息が止まった。彼女の考えを読んだかのように、ベズウィックは勢いよく顔を彼女のほうに向けた。明かりに照らし出された顔に彼女は息をのんだが、涙で目が熱くなっても目をそむけることはなかった。

「同情などいらない」公爵は言った。「嫌われたほうがましだ」

「嫌ってなんかいません」

「きみときみの妹をどうするか決めたら嫌いになる」彼はひとつ間を置いた。「独身男が住まうここには居させられない」彼女が反論しようと口を開いたが、彼は人差し指を立てて制止し、わずかないらだちで眉根を寄せた。「正式な付き添い婦人がいなければの話だ。きみの妹の評判も、きみの評判も、それにかかっている。わたしとしては不本意だが、もしわたしのおばであるヴァーン公爵夫人が、きみたちの望む期間ここにいることを承知してくれたら、許可しよう。約束どおり目録をつくればいい。だが、わたしが容認するのはそこまでだ」

追い出されなくてすむという安堵と、それにつづく高揚感が大きすぎて、アストリッドの足はつい前に数歩出てしまったが、そこで思いとどまった。彼が鋭く息をのむ音に彼女の足は止まったものの、ときすでに遅し。彼女の視線は、なにひとつ隠すことのない透明な水面にまで下がっていた。

傷痕や肉がえぐられてなくなった損傷だらけの左腕。銃弾の痕が散らばる左半身。大きな胸をおおい、腹部にかけて下向きの矢印のような形をつくるつややかなブロンズ色の毛。つづれ織りを思わせる傷痕が広がる下半身。そして当然、まぎれもなく欲情のしるしとして勃ち上がったもの。

アストリッドは、自尊心あるレディならだれでもすることをした。逃げ出したのだ。

5

くそっ、彼女を壁に押しつけて犯してしまいたい。

あのしなやかな体を抱き上げて浴室のドアに押しつけ、水の滴る彼の体にあの脚を巻きつかせ、彼自身を彼女のなかに埋め込んで、なにも残らなくなるまで絶頂を迎えたい。セインはうめき、片方の腕で目をおおった。どうやら彼のそういう部分は、思ったほど枯れてはいないらしい。

「フレッチャー」まだ控えの間に従者がいるとわかっていて、彼は疲れたように言った。

「は、だんなさま」

「おまえのせいだぞ、わかっているんだろうな？」

従者の顔を見なくとも声だけで、従者が笑っているのがわかった。「はい、だんなさま」

「よし、もう出ていけ、わたしは自己憐憫といらだちにどっぷり浸かるから」片目をうっすら開けると、得意げな笑みを浮かべた従者が見えた。「おばに使いを送って、苦労の多い長期の滞在を快く引き受けてくださるかどうかお伺いを立てろ」

「勝手ながら、すでに書状は出させていただきました、だんなさま」

やはりそうだったか。こいつは自分の価値をわかっている。だからこそ、あの宿なし姉妹をそもそも入れてやったのだろう。

「レディ・ヴァーンは晩餐には間に合われるかと思います」控えの間からフレッチャーが言った。

セインは眉根を寄せた。「おまえは、いつ使いの者を送ったんだ？」

「四日前でございます、だんなさま、レディ・アストリッドがお屋敷の玄関にたどり着かれたときに。だんなさまが万が一、お仕事と安全な避難場所を与えることになさった場合に備えることが賢明かと思いまして」

安全な避難場所？　セインは大笑いしそうになった。彼のところに逃げ込む者などいない。彼から逃げるばかりだ。〝野獣ベズウィック〟は若い純真な娘をかくまうこともなければ、どんな物語の英雄にもならない。だれに聞いても世捨て人であり、ばけものじみた男であり、けだものなのだ。彼の領地にひとりならずふたりまでも未婚の女性がいるなど、考えられないことだ。まったくばかげている。あのふたりの大事な評判は、朝までには泥にまみれていることだろう。

「ロンドンのわたしのところに手紙をよこそうとは考えなかったのか？」

フレッチャーがドア口にちらっと顔を覗かせた。「お送りしました、だんなさま。〈ハート・ハウス〉に。ですがロンドンに着かれてから、あそこにはお見えにならなかったようで」

そのとおり。昼間はサー・ソーントンと仕事をし、夜は〈銀の大鎌〉で自分のなかの悪魔どもを酒に溺れさせていた。胸が張り裂けるほど美しい顔にはめられた氷のようなアクアマリンの瞳、潔癖なほどかっちりとひっつめられた焦げ茶色の髪、彼の裸を見て完璧なOの字になったあのしんらつなピンク色の唇が、頭から離れなかったから。

くそっ、自分は風呂に浸かりながら相手に懇願させるなど、なんて下劣で冷酷なろくでなしなんだ。もちろん、そんなつもりはなかったのだが、あのしんらつなもの言いが胸に刺さった。〝ただこの身を横たえるのと、イングランドの行く末を思うことは、同じではありません〟だと。口の悪いおてんばだ。

フレッチャーが行ったあと、セインは体を洗い、肌がふやけたプルーンみたいになって湯がかなり冷たくなるまで浸かっていた。それでもまだ鋼鉄のように硬いままだった。セインは自分のものを握り、ほんの数回小さくこすっただけで解き放たれた。いささかむなしい気がしたが、どうでもいいことだ。彼女に取り憑かれずにすむのなら、一日に十回以上でも自分の手を使えばいい。イングランドのこの界隈で最高にしんらつなもの言いをする美しい女……その彼女を何カ月もの間、同じ屋根の下に住まわせることにしてしまった。

これでは自分から懲罰を受けに行っているようなものだ。

セインはフレッチャーが用意して広げておいた衣服を身につけ、階下におりていった。夕食がすでに用意されてテーブルに並び、前のような即席の素人音楽会になっていなければいいのだが。セインは頭を振った。本宅の使用人たちは、ロンドンの者たちもそうだが、余計な口をきかないうえに有能だ。公爵家の働き手の鑑だ。従僕は体格がよく、能力が高くて無駄口をたたかない。料理人はフランス人で、それに誇りを持っている。女中頭はいないが、カルバートがメイドもほかの者もきっちりとまとめ上げている。しかし、あのときほど使用人が位の上下に関係なく、大胆に、楽しそうに大声ではしゃいでいる姿は見たことがなかった。

留守にしていたのは、たったの一週間だったのに。

そしてあれがだれのせいだったか、彼にはちゃんとわかっていた。

渋い顔でセインは玄関ホールの帽子をつかみ、不器用な歩き方で大食堂へ向かった。妹のほうをこわがらせたくなかった。イザベラだかイザベルだか、そういう名前だったな。妹のほうはほんの一瞬しか見なかったが、かわいらしい顔だちをしていた。金色の巻き毛ときらきらした青い瞳で、じつに完璧なイングランドのバラといったところだ。しかし彼は、その隣に立つとげとげしい野バラのほうが気になっていた。細いあごを上げ、冴えた瞳をして、取るに足らない使用人のために屋敷の主人とやり合う気まんまんだったあの女。

アストリッド。

彼女の名前を思っただけで、冬の海から勢いよく上がる冷たい荒波のように体に力がみなぎる気がする。鼻っ柱が強くて、強情で、見た目だけでなくあらゆる点において妹とは対照的だ。おとなしいイングランドのバラではなく、心やさしい乙女でも繊細な少女でもない。彼女は温室で燃え立つように咲き誇る花であり、彼の血を沸かせ、耐えがたいほど心を乱す。

カルバートが大食堂の入口で待っていた。「だんなさま」抑揚豊かに言いながらドアを押し開ける。「ヴァーン公爵夫人がすでに到着され、お待ちになっております」

やれやれ、不幸中の幸いだ。社交界デビューをひかえた娘の評判を落としたとあっては寝覚めが悪い。年配の公爵夫人は食堂にひとりで、セインはほっとした。招かれざる客たちが入ってくる前に、少しおばと話がしたかった。

「メイベルおば上」シェリー酒を飲みながら従僕たちに軽口をたたいている、小柄だが肉付きのいいおばにセインは近づいていった。この世にはけっして変わらないものがある。六十五歳にもなれば矯正（きょうせい）できないだろう。前に聞いた話では、おばは自分の半分の年齢の恋人をつくったそうだ。一瞬、セインは不安になった。おばの気質を考えると、付き添い婦人として最善の選択ではなかったかもしれない。しかし身内だから信頼はできるだろう。

それに、おばなら彼の顔も見慣れている。

「かわいい甥（おい）っ子ちゃん、元気だった？」彼女はいとおしげに彼を抱きしめた。「引きこもっているとか、使用人をこわがらせているとか、ずっとやんちゃなうわさしか聞かなかったわよ。ねえ、ベズウィック、身を固める気はないの？　そろそろ年齢も年齢でしょう」そこで彼女は話をやめ、甥をしげしげと見た。「これから夕食なのにどうして帽子をかぶっているの？」

彼はおばの頬にキスをして従僕のひとりからコニャックを受け取ると、いろいろすっ飛ばして最後の質問だけ答えた。「若いお嬢さんのひとりが昔からかなり繊細だそうで、彼女をこわがらせたくないんですよ、おば上」

なにひとつ見逃さない公爵夫人は、鋭い緑の瞳で甥の目を見すえた。「では、もうひとりは？　ふたりいるとフレッチャーが言っていたわ。彼女はこわがらないの？」

「もうひとりのほうは、こわがる心配などいらない性悪です」ぼそぼそと言い、セインは酒を飲み干した。件のレディが、じつはほんの一週間前に彼に求婚したことは黙っておいた。そんなことを言ったら、親愛なるメイベルおばは芝居がかった大笑いをしそうだ。「あのレディがいると、みな萎縮すると思いますよ」

メイベルの目が輝いた。「わたしの大好きな感じのお嬢さんのようね」セインが顔をしかめ、おばは彼の腕を軽くたたいた。「あなたの前でも萎縮しないという意味よ」じっと甥の顔を見る。「それにしても、あなたの傷痕を見てもぜんぜん気にならなくなったからびっくりだわ。見慣れちゃったのね」

「あるいは、お年で目が見えなくなってきたか」

彼女は甥をぴしゃりとたたいた。「いやな子ね！」

セインは不愉快だった気分が抜けていくのを感じた。メイベルなら望みもしないよそ者の侵入もうまくあしらえるだろうし、いよいようっとうしくなってきたら、彼はロンドンに戻ってすべてが終わるのを待てばいいだけだ。それがいつになるのかは皆目わからないが。あの姉のほうが、二十六の誕生日を迎えれば遺産が入るとかなんとか言っていた。たしか、あと数カ月だと。社交シーズンの時期にロンドンにいるのは気が進まないが、いたしかたない。結婚相手の候補として女性に追いかけられる心配があるわけではまったくない。たんに人が多すぎるのがいやなだけだ。

セインは孤独を大切にしていた。それに、議会が開かれていないときですらロンドンは本当に気に食わないのだ。

「レディ・アストリッド・エヴァリーとレディ・イソベル・エヴァリーさまです」カルバートがのたまった。

振り向いたセインは一瞬、妹に目を留め、それから姉のほうに視線を戻した。ふたりとも晩餐用の装いで、イソベルはパステルカラーのドレス、アストリッドはハトのようなグレーの地味なドレスで、彼女の美しさはいっそうよそよそしく手の届かない印象を醸していた。その禁欲的な襟や、厳格な髪型や、むっつりと硬い表情を粉砕してやりたくて手がうずく。彼女のその表情が、彼のおばを見てほんのわずかばかりやわらいだ。

「レディ・アストリッド、レディ・イソベル、紹介しよう、おばのヴァーン公爵夫人だ」

「おば？」アストリッドは彼に親戚がいて戸惑っているような口調でつぶやいた。「わたしはオオカミに育てられたわけではない、きみがそういうことを考えているのなら」彼はぶっきらぼうに言った。「亡くなったわたしの父のきょうだいだ」

「そんなことは考えていません」彼のどんな不機嫌な顔にも負けない、むっとした顔でアストリッドはやり返し、彼のおばにひざを折って挨拶した。「お目にかかれて光栄です、公爵夫人閣下」

「よろしくね、レディたち」メイベルはあたたかな笑顔でふたりに応えた。

公爵夫人の心遣いと舵取りのおかげで、晩餐はいやな思いをすることなく過ぎていった。料理人のアンドレは、フランス宮廷に出せないようなものが自分の厨房から運ばれたら憤死するという男だ。実際、カメのクリームスープは空気のように軽やかな舌ざわりで、カモのオレンジソースは口に入れたとたんにとろけ、ウサギのブレゼは肉汁たっぷりだった。こういう豪華な食事をしていれば以前より五、六キロは体重が増えそうなものだが、セインは体をしっかり動かすようにしていた。長年、軍人として生きてきた彼には、あまりにも怠惰な生活はできなかった。

メイベルと意外にもおしゃべりになったイソベルが率先して、楽しい会話がつづいていた。年の離れているふたりがこれほど気が合うとは不思議だったが、驚くことでもなかった。彼のおばはどんな相手の気持ちでもほぐしてしまう。彼が戦争から帰ってきたときでさえ、彼女はセインをきつく抱きしめ、頭や心や精神は壊れていないわよねと尋ねたのだ。

「美しさなんてはかないものだわ、甥っ子ちゃん」当時、彼女はそう言った。「命あっての物種よ」

彼の返事は予想どおり暗いものだった。「命なんて半分になったも同然だ」

「それはあなた次第よ、甥っ子ちゃん。半分か、四分の一か、まるまるひとつか。どうなるかはあなたの力にかかっているの。かつてあなたにはすべてがあったし、いまだってそうなのよ」

「わたしにはもう顔もないんだ、おば上」

「それなら、今回ばかりはほかのもので埋め合わせをするしかないわね」

当時を思い出して、セインは笑いそうになった。彼のおばは、黄金にも値する心と鋼鉄の芯を持った跳ねっ返りだ。それでもやはり彼はおばをがっかりさせることになってしまった。彼には埋め合わせができるようなものなどなにも残っていなかった。父親ですらそう思っていたし、ほかの者たちもほとんど同じだった。

ふと視線を感じて顔を上げると、アストリッドと目が合った。腰をおろしてから彼女はふた言くらいしかしゃべっていないが、居心地が悪そうには見えなかった。どちらかと言えば物思いに沈んでいるような。だがそれもまた違うような気がする。まるで演技をしている最中のように集中していると言おうか……。「食事は口に合っているかな、レディ・アストリッド？」

「え、ええ」彼女は言った。「とてもおいしいです」

「目録づくりはいつ始める予定だろう？」

その質問に驚いたかのように、彼女は一瞬、言葉を失った。セインは、返事を期待するように片眉を上げた。ここに滞在させてもらう見返りとして目録づくりを言い出したのは、彼女のほうだ。

「明日にでも」彼女ははきはきと返した。「フレッチャーにはもう話をしてあります」

「目録？」メイベルが尋ねる。

「父上の愛蔵していた骨董品ですよ」セインは答えた。「売るか、寄贈するかは決めていないですが。ここにあってもクモの巣が張っているだけだ。フレッチャーの発案でね。わたしとしては、運動に使うほうがいいんですが。せとものが割れる音というのは何物にも代えがたい。気分が高揚しますよ、本当に」

アストリッドの口がへの字に曲がった。「公爵さま、値段がつけられないほど価値のある品もあるんですよ」

「きみはずっとそう言っているな」

「聞く耳を持ってくださらないからです」語気も荒く言い返す。「ああ、なるほど、話を聞くには、そのぶんだけ話すのをやめなければなりませんものね」

セインは椅子にもたれ、突如としておばが興味津々の目つきでふたりを交互に見るのを感じていた。「人間、声しか持たなくなると、とにかくそれを使おうとするんだ」

「空っぽの器ほど大きな音をたてるとは、よく言われることですわ」

だめだ、抑えきれない――セインはかすれた笑い声をもらした。「一本取られたな、マイ・レディ」

アストリッド・エヴァリーは彼の不毛な人生とは対極をなす魅惑的な存在であり、命のきらめきだ。なのに彼女と言葉でやり合うことがこれほど楽しいとは、どうしたことだろう。彼女といること自体を楽しんでしまっているように思える。しかしそれは、破滅へのたしかな一歩でしかない。

セインは眉根を寄せてワインを口にふくんだ。戦争以来、だれかに肉体的な興味を抱いたことは皆無だが、彼女にはそういう興味を抱かされただけでなく、彼をこわがらないし、彼を楽しい気分にさせてくれる……それ自体すごいことだ。妹を守ろうとしているところもすばらしいと思う。彼女の鎧(よろい)はなかなか頑丈そうだが、セインは彼女が隠していることをかならず暴いてやるつもりだった。いったい自分が、どういうことに関わってしまったのかを。

　晩餐が終わり、彼のおばが旅の疲れもあって部屋に引き上げることにし、イソベルも早々にやすんでしまうと、アストリッドだけがテーブルに残った。セインは席を立って彼女にブランデーを渡し、食堂からつづくテラスに出ようと身ぶりで誘った。外はもう暗かったが、やわらかなランプの光があたりを照らし、庭のみずみずしい香りがふたりを包み込むように漂っていた。

「きれいね」欄干(らんかん)の前でアストリッドは彼と並んだ。ふたりは言葉をかわすこともなくそこで酒を飲み、暗くなった外を眺めていたが、またアストリッドは口を開いた。

「お礼を申し上げます、公爵さま、ご親切にしてくださって」

「わたしは親切などではない、アストリッド」公爵は暗闇のなかで彼女の目を見つめ、静かに言った。「きみはなにから逃げている？　本当のことを言いたまえ」

　アストリッドはついと目をそらし、覚悟を決めるようにブランデーをひと口飲んでから答えた。「おじはイソベルを結婚させてお払い箱にしようとしているのだけれど、残念ながらわたしの残りの遺産は二十六になるまで手に入らないから、妹を連れて逃げることもできないの。なにをどうするあてもなくて……。おじはお金のこととなると欲深い人で、妹がまだ年端も行かぬ子どもでも関係ないのよ。あそこには安心してイソベルを置いておけなかった」

これといって話の予想をしていなかったセインは、目をしばたたいた。「結婚というのは、だれと？　貴族か？」

「ボーモン伯爵です」

彼は凍りついた。長らく耳にしていなかった名前。願わくは過去に葬り去ってしまいたかった名前。しかし実際のところ、彼は伯爵にはなんの恨みもない。あるのは伯爵の甥にだ。セインは怒りでグラスを握りしめた。最後に聞いたうわさでは、あの臆病者エドモンド・ケインは大陸で身を隠しているということだった。セインの隊で任務を放棄し、フランスにおける奇襲攻撃で隊員の半数を死に追いやったすえ、逃亡して行方をくらましていた。

「どうしてそれほどその結婚に反対する？」セインは尋ねた。「ボーモンは年は食っているかもしれないが、反対する理由もないと思うが」

「妹はまだ十六歳なのよ。彼のような男性では妹をめちゃくちゃにしかねないわ」

セインの眉がつり上がった。ケインのおじについて多くを知っているとは言えないが、まあ、そうなのかもしれない。なんと言っても、あの男はたしかに年を取ってきているし、イソベルはあまりにも若い。相当年の離れた若い妻を娶ることは、貴族社会ではそう珍しいことではないのだが。

「きみが求婚しにきたのは、それが理由か？」

アストリッドはうなずき、横目で彼を見た。「ボーモンはだれよりも早くイソベルに求婚しようとしているのだけれど、そんなことをさせるわけにはいかないわ。わたしが結婚すれば、イソベルの将来を最終的に決定するのはおじではなく、わたしの夫になるわ」彼女はグラスにため息をついた。「伯爵を止める影響力を持つあなたは、わたしの最後の手段なの」

「なぜ、わたしなんだ？」訊いてしまった自分を、セインは蹴りつけてやりたくなった。

アストリッドは酒を飲み干すとテラスのドアへと戻り、そこで立ち止まった。伏し目がちなアイスブルーの瞳で彼の瞳を捕らえ、低い声で言った。「女が助けを求めるのは英雄とはかぎらないわ。ときには正反対の相手が必要なのよ」

〈ベズウィック・パーク〉の広々とした厩舎の新しい馬房でテンペランスの隣に収まったブルータスは、いたって満足そうだった。牝馬のテンペランスも落ち着いていたが、馬丁たちが優秀だからに違いないとアストリッドは思った。ベズウィックは最高級のものしか許さないのだろう。彼の持ち馬――二頭のつがいのアンダルシア種に加え、数頭のアラブ種――のすばらしさは感動ものだったが、広い厩舎の馬房の多くが空っぽのままとなっている。

パトリックはベズウィック・パークに残ると言い張り、ほかの馬丁たちが暮らす宿舎でともに寝泊まりしていた。アストリッドはほっとしていた。パトリックが彼女たち姉妹に手を貸してくれたことを考えると、ボーモンや彼女のおじのもとではきっとつらい目にあわされてしまうだろう。彼に報いる方法を見つけなくてはならない。宝石を売って得られたお金からいくらか渡すとか、あまり期待はできないけれど、ひょっとしたら公爵からなにか仕事がもらえるとか。

かれこれ一週間ほどベズウィックの姿を見ていない。ボーモンのこと――ただし彼の話でもイソベルに関係した部分だけ――について本当の事情を話したあの夜以来、公爵は姿を消してしまった。カルバートからは、だんなさまはロンドンで緊急の用件ができ、急な出立(しゅったつ)となってまことに申し訳ないと恐れ入っておりましたと言われたが。執事の顔に浮かんだ諦観の表情に、アストリッドは鼻を鳴らすのをこらえきれなかった。〝申し訳ない〟だの〝恐れ入る〟だのという言葉は、公爵の辞書にはないのではないだろうか。

しばらくは公爵と顔を合わせることがないと知ったイソベルは、ほっとして喜んでいた。

「留守にしてくれてよかったわ」その最初の夜、イソベルは言った。「彼ってこわいんですもの」

「ひどいご主人さまだったら、使用人があんなに忠実であるわけがないわ、イソベル。それに、彼のおばさまが彼を大切に思っていることは一目瞭然よ。あなただって彼女のことは好きなんじゃないの？」

「ええ、好きよ」イソベルが言う。「でも、彼の顔がね、アストリッド。おそろしいじゃない」

「公爵さまは戦争の英雄なのよ、イジー。多少傷があるからって、気の毒に思ったりありがたいと思ったりしなくていいというわけじゃないわ」

「それはそうだけど、ものすごく怒ってらしたようだから」イソベルはつづけた。

「荒っぽいし、威圧的だわ」

そもそも彼の見た目に対するまわりの反応のせいで、ああいうしんらつな態度を取るようになってしまったのだろうが、アストリッドはあえて妹に説明しなかった。公爵が晩餐のときに帽子をかぶっていたのは、何世紀にもわたって貴族社会ではマナー違反であるにもかかわらず、イソベルのためだったことも、妹には思いも寄らないのだろう。しかしアストリッドは気づいた。そしてその心遣いに感謝した。あのような思いやりは、予想もしていなかったことだった。

だからイソベルに対して、思ったよりも強い口調になってしまった。

「わたしたちは公爵さまに恩義があるのよ、イソベル」アストリッドは言った。「彼が受け入れてくれなければ、いまごろどこにいたか考えてごらんなさい。真の怪物の手の内に落ちていたわ。公爵さまはわたしたちを追い出すこともできたのにね。そんな彼を軽んじるようなことを言う資格は、あなたにはないわ。さあ、もう寝なさい」

イソベルは恥じ入って目に涙を浮かべてうなずいたが、慣れない場所ではなかなか眠れないと言っていた。たしかに眠れないのよね、とアストリッドも内心思った。彼女自身、体がおかしな具合にざわめいて、ふつふつとしたエネルギーが渦巻いているようで、やはり寝つけない。けれど彼女の場合は、この落ち着きのなさが公爵という人そのもののせいだという自覚があった。まるでテリトリーを荒らされた野生動物のように、彼が廊下をうろついているような気がするのだ。

しかしそうは言っても、この屋敷での最初の一週間は大変なものではなかった。一日目の夜のあと、フレッチャーが使用人の棟には空いた部屋がないと言い、結局、客人用の棟に留まることになった。彼はうそをついているのではないかとアストリッドは思ったが、深く追求するのも気が進まなかった。部屋の豪華さにはイソベルも侍女のアガサも圧倒されていたが、アストリッドは公爵の反応がこわくて、雅やかな内装をほめることさえできなかった。なんと言っても、彼らは実際には〝客人〟ではないのだから。

「ブルータスを連れて出てくだすって、よかったですよ、マイ・レディ」パトリックが言い、彼女の物思いをさえぎった。「思いっきり走りたくて、あいつはいらいらしてたんで」

「じゃあ、二頭ともここに来てご機嫌なのね?」わずかに眉根を寄せて尋ねた。

「もちろんです。あの二頭はあなたのいるところだったらどこでもご機嫌なんで」彼も浮かない顔をしていた。「あなたのおじさんだったらなにされてたか、わかんないですからね。こうしてよかったんですよ、マイ・レディ」

たんに馬を連れ出したことだけを言っているのでないことは、アストリッドにも感じ取れた。彼女は息をつき、パトリックの袖に手をかけた。「それはまだわからないわ。おじはわたしたちがここに来るなんて夢にも思わないでしょうから、しばらくは安全だけれど、うっかりしたことはできないわ。公爵を怒らせることもね」

「うわさをすればなんとやらだ」パトリックがつぶやき、うなじの毛を逆立てた。

アストリッドがきびすを返すと、ベズウィックが屋敷からの小道を大またでやってくるのが見えた。帽子を目深にかぶっているが、遠目でも不機嫌そうなのがわかる。大きな体が威圧感たっぷりにこちらへ向かってくるのを見て、彼女の脈がいっきに上がった。「行ってちょうだい」

「いいんですか？」

「ええ、危害は加えられないわ。彼は紳士よ」

パトリックが渋い顔をする。「ボーモンだって紳士だ」

ベズウィックとボーモンは昼と夜くらい違うし、ベズウィックや彼の気分の変わりやすさに緊張はするけれど、身の危険を感じることはなかった。少なくとも、いまのところは。アストリッドは念を押すようにうなずき、馬丁の腕を軽くたたいた。公爵の歩幅が大きくなり、駆け足に近くなる。「さあ、行って、パトリック」

今度は反対することなくパトリックが立ち去ったところで、ちょうど公爵が殺気立った様子で彼女の前に止まったが、彼女はブルータスの鞍についた腹帯を締めてやっていた。ベズウィックはものすごく怒っていて、帽子のつばの下で金色の目が灼熱の石炭のように光っていた。その目にアストリッドは惹き込まれたが、彼はまるまる一週間いなかったのだから、これほど彼を怒らせるようなことをなにかしてしまったのかと考えても、まったく見当がつかない。フレッチャーやカルバートに聞いても、彼がどこに行ったのかはわからなかった。

「あいつはいったいだれだ？」公爵はかすれた声で言い、ぎらついた目でパトリックの姿を追った。独占欲の強そうな低い声音に、彼女の胸が締めつけられる。「それに、きみはいったいなにをしているんだ？」

アストリッドは馬のつややかな横腹をたたき、片眉を上げた。「なにをしているように見えるかしら、公爵閣下？　レースの敷物を編んでいるんです」

彼は口を開けたがぴしゃりと閉じ、燃えさかるおそろしい瞳で彼女を見すえた。その目が彼女の当てこすりで細められ、瞳が小さな点にまで小さくなる。アストリッドはまた違った感覚に包み込まれた。これは必要以上に野獣を刺激しないほうがいいかもしれないわ。「これから馬に乗るの。ブルータスには運動が必要だし、わたしには新鮮な空気が必要だから」

公爵のあごがぴくりと動き、視線が厩舎に飛んだ。「あいつはだれだ？　あの男は？」

「パトリックはうちの馬丁よ」

彼の目がきつくなる。「きみは馬丁とあれほど親しげにするのか？」

「家族ですもの」彼のぶっきらぼうな物言いはどうしたことかしらと思いながらも、いつもの不機嫌だろうと思ってアストリッドはやり過ごした。この人を理解しようとは思わないほうがいい。急に機嫌を損ねるのも理解できない。

「わたしの領地に、供の者を連れてくることを許可した覚えはない」

アストリッドはたちまち真顔になった。「パトリックはわたしたちを守ってくれたの。彼を追い出すのなら、わたしたちも出ていきます」

「そうなのか？」彼がぼそりと言った。不満そうに低くうなり、彼女を頭のてっぺんから足の先まで見つめる。その視線を感じながら、アストリッドは次にかならず来るだろう質問を待った。「きみのその服はいったいなんだ？」

「乗馬服よ、公爵閣下」

変わった乗馬服だが、説明しようという気はアストリッドにはさらさらなかった。彼女が馬を訓練し、走らせるときにはこれを着るのだ。育ちのよいレディには許されざるものだからロンドンで着ようとは思わないが、ブルータスを扱うには両ももをしっかり使わなければならないことを彼女は早いうちから学んでいた。だから、ズボンのように分かれているけれどもゆるやかなプリーツのあるくるぶし丈のスカートを自分でデザインし、ひざ丈ズボン（ブリーチズ）だけでは下品になるので上から重ね穿きしていた。

ベズウィックは視線を引きはがし、話題を変えた。「骨董品の目録づくりは順調に進んでいるとフレッチャーに聞いたが」

アストリッドはうなずいたが、つねに有能な従者が彼女の仕事ぶりを報告していたことに不思議はなかった。先代公爵のコレクションはとてつもなく幅広く、なかには天文学的価値のあるものもあってとても驚いた。公爵は室内でクリケットを楽しむんですよとフレッチャーが冗談めかして言ったときには、絶句した。

「ええ、あなたのお父さまの愛蔵品は希少なものばかりよ」彼女は唇を引き結んだ。「クリケットのボール代わりにするよりは、少しでもましだと思うの」

彼の口角が得意げに上がった。「それはだれの評価だ？」

「ロンドンの〈クリスティーズ〉よ、公爵閣下」アストリッドは、思わずうれしそうにほほ笑んだ。「オークションにかけるのがだれの所蔵品かを詳しく手紙に書いて送ったら、開催してくれることになったわ。あなたのお父さまは有名な収集家だったようね。お父さまのコレクションなら相当な金額になりそうよ」

「収益は寄付してくれ」

アストリッドは目を丸くした。「少なくとも何十万ポンドもの話をしているのよ、公爵閣下。それほどの大金は、跡継ぎのために遺しておくべきでは？」

「跡継ぎ？　きみがこしらえますと言ったやつか？」彼の口調はやわらかかったが、瞳に火花のような熱がひらめき、過敏に意識したアストリッドのうなじの毛がざわりと立ち上がった。体のほかの場所もうずきを覚え、やわらかくとろけそうになる。

頬を真っ赤にして、アストリッドはあごを上げた。「あなたは断わったでしょう、忘れたの？　あの提案はもう期限切れよ」

ふたりのあいだの緊張が張り詰めた。あの焼けるような金色の瞳がアストリッドの瞳を焦がし、彼女が全力で打ち立てた防御壁を焼き尽くす勢いで迫ってきたが、彼女は一歩も退かなかった。よほど気をつけなければ、この戦いが終わるころには彼女は黒焦げの消し炭になっていそうだ。

「わたしは気が変わるので有名なんだ」そっと彼が言う。

アストリッドが口を開こうとしたそのとき、ブルータスが公爵に向かって後ろ肢で立ち上がり、歯を鳴らした。まるでベズウィックの言葉と女主人の動揺に憤慨したかのように。アストリッドはなだめるような声を出してうまく馬を鎮め、手綱に手を伸ばした。そのときようやくベズウィックは馬に気づいたのか、神経質で大きな馬をまじまじと見た。「その暴れん坊に乗るつもりじゃないだろうな」

アストリッドの眉が髪の生え際までつり上がり、彼女のほうの神経がぷつっと切れた。「ブルータスはわたしの馬よ、公爵閣下。わたしの気が向いたら好きなときに乗るわ」

「こいつはレディ向きじゃない」

彼女は公爵をにらんだ。「わたしに指図しないで。わたしはあなたの使用人じゃないのよ」

「そうかな？」冷ややかに彼が言う。

「まあ、なんて癪(しゃく)に障る人なの！」彼女は背を向けてブルータスを引いていこうとした。彼が疑う余地もなく想定していた厩舎――ではない方向へ。

彼女が手の届かないところまで離れると、その意図を図ろうとするかのように公爵は目を細めた。「アストリッド、だめだ」

やめて、いい加減にして！　彼女は迷うことなく、馬を引いていった先の低い柵にすばやく足をかけ、鞍にまたがった。骨の髄まで響くようなうなり声が背後で聞こえたが、聞こえないふりをした。

ブルータスの向きを変えていっきに加速させ、全速力で庭を飛び出すと、アストリッドは久しぶりに肩の荷がおりたような気がした。自分の言葉を無視された公爵がどう反応したか、止まって確かめたりはしない。気にもしない。

あんな傲慢で口うるさい人、知らないんだから。

6

セインはぼう然と立ち尽くした――あの向こう見ずなやかまし屋の女は、たったいま彼をはねつけた。彼が悪態をつきながらずかずかと厩舎に入っていくと、何人かの馬丁がたちまち気づいて飛び上がった。

「ゴリアテを引け。いますぐに」セインが命じる。

あたりに視線をめぐらせ、さっき彼女と話していた馬丁を探したが、あの赤毛の男の姿はなかった。運のいいやつめ。彼女があいつの腕に手をかけたのと見たとき、思いも寄らぬ凶暴な感情がどっとあふれてきた。

怒りか？　嫉妬か？　その感情を分析するつもりはなかったが、とにかくあいつの腕を真っぷたつに折ってやりたくなったことは自覚した。

彼女を見ることは、至福と苦痛の両方だった。あたかも彼女の姿を渇望しているかのようだった。セインは数多く所有している不動産のひとつを売却するため、サー・

ソーントンに会いにロンドンに行ったのだが、向こうに着いたとたん、帰りたくなった。そしてベズウィック・パークに戻ったとたん、彼女を探した。彼女が関わると気分が安定しないので、距離を取るのが賢明だとわかっているのだが、どうしようもなかった。

ゴリアテが引かれてくるとセインはその純血種にまたがったが、力を入れた拍子に疲労の溜まった体に痛みが走ってひるんだ。ふだんは馬に乗るのは爽快(そうかい)で楽しいのだが、狭苦しい馬車に何時間も揺られ、毎日の習慣となっている水泳ができていないと、痛みが出たり体が固くなって乗馬が楽しめない。

彼は顔をしかめながら彼女の馬を追った。力強いアラブの純血種は、ほどなく彼女の馬に追いついた。ブルータス。その名のとおり荒っぽくて彼に咬みつこうとした馬は、この女と同じくらい予測不能で扱いにくそうだ。

肩越しに振り返ったアストリッドは、あぶみを踏み込んで体を立たせ、馬の速度を速めた。セインの耳もとで鳴った風が彼女の笑い声のように聞こえて、その音で体が沸き立つ。文句のつけようのない彼女の姿勢と、大きな馬を操る見事な腕前に感心せずにはいられなかった。スカートをふたつに分けたような形のはしたないズボンが両側で大きくはためき、穿き込んだ鹿革に包まれた細い脚がちらちらと見えている。

セインがゴリアテを限界まで駆り立てることはめったにないが、いまはまさにそうしていた。彼女のあの牡馬がチャンピオン馬の血統だということは、だれが見ても一目瞭然だ。しかしゴリアテもまた同じなのだ。自分の下で馬の筋肉が躍動するのをじかに感じ、やはり乗馬は楽しいと思わずにいられなかった。

競走馬の血筋であるほかの馬たちと違って、ゴリアテはもうレースには出ていない。この忠実な馬は、彼とともに戦場に出た。彼が溝に倒れ込んで捨て置かれたあと、ゴリアテが彼を運び出して救ってくれた。スペインの片田舎の山腹にある小さな村までたどり着けたのは奇跡だった。村の医者は、彼をひと目見て、牧師を呼んだ。だが彼は生き延びた。彼も、馬も、そうして生きながらえたのだ。

頭を振って過去を振り払ったとき、セインは小丘のてっぺんで止まっていた彼女と馬に突っ込みそうになった。どこまでも広がるベズウィックの土地がそこから見渡せる。緑豊かな風景のところどころに草を食むヒツジや小作人の小屋が点在し、東の山々の上に太陽がのぼり、彼のすさんだ心にさえも牧歌的な風景が絵画のように美しく見えた。しかし彼の息を奪ったのは、風に吹かれて笑みを浮かべているアストリッドだった。

頬はバラ色に染まり、すんなりと優美なのども健康的な色合いに上気している。きつくまとめた髪型からほつれた巻き毛が、まぶしい日差しに照らされて栗色に光り輝き、絹のようなそれにセインは指を通してみたくてたまらなくなった。ピンをはずして髪をすべてほどき、顔をうずめてみたい。

「すごいわ」アストリッドが言った。「なんてきれいなの」

「美しくないよりはいいが」彼女と関わると、いつも欲望が生まれてくる自分に腹を立てながら彼は言った。「血に汚れた土地だ」

アストリッドは透き通るような瞳を大きく見開き、しばらく彼を見つめていたが、なにも言わなかった。〝なにか理由があったから生き残ったのよ〟とかなんとか、そういう不必要で陳腐な決まり文句で沈黙を埋めようとしなかったところが、彼には好ましく思えた。

「戦争はむごたらしいものだわ」ようやく彼女が言った。

セインがうなずくと、頭や脇腹の傷痕が引き攣れた。欲望は薄れて消え、幻のようなものに置き換わる。神経の先に走るありもしない激痛、一千もの銃剣に引き裂かれて滲み出していく命、刃の熱さ、糸が引き攣れる苦痛。痛みははっきりとあるし、どの傷痕の痛みも感じられるが、イングランドに戻ってきて初めて、地下二メートルに埋められているような気分ではなくなっていた。

なんだか……妙な感じだ。

ふたりは平穏でなごやかな沈黙のなか、うねる丘陵地帯を眺めていた。

「ここがすべてあなたのものなの？」しばらくして彼女が尋ねた。

「そうだ」セインが答える。「ベズウィック・パークには何千エーカーもの土地があり、何百人もの小作人を抱えている。きみもわたしに雇われた多くの人間のうちのひとりだ」

わざとトゲのある言い方をした。

感激で笑みを浮かべていた彼女が、彼のほうを向いたときにはふたたび石のように冷ややかな表情に戻っていた。とにかく平静であろうと、ほかのどんな感情も抑え込もうとしているようだ。

いったいなにが――だれが――彼女をこんなふうにしてしまったのだろう。つねに警戒を張りめぐらせる石の女王。彼女の過去はよく知らないが、調べられるだけのことを調べろとフレッチャーに言いつけてあった。敵を知るとか、まあ、そういうことだ。

セインが知っているのは、本人の口から聞いたこと――ロンドンで一度だけ社交シーズンに出たということだけだ。結婚しないことに決めたと自分で言っていたが、どうしてなのだろう。どこかの紳士が彼女を自分のものにしないなど、考えられない。

彼女は純潔だと自分で言っていた。いまのところ、そういうふうには見えないが。馬にまたがり、男みたいな服を着た彼女は、屈することを知らない戦の女神のようだ。厚かましくも、彼を軽んじる女神。

「きみはどんな命令にも従わないのか？」彼は尋ねた。

アストリッドは思いきり見くだすような目で彼を見た。「あなたはわたしのおじでも夫でもないわ、公爵閣下。あなたに従う道理はありません」

「だが、きみの雇い主だぞ」

彼女は反抗的に唇を引き結んだ。「だからって、わたしが自分の馬のどちらに乗るべきか、乗るべきでないかを指図できることにはならないわ」

ふたりの会話を聞いていたのか、彼女の馬が急にやんちゃになって後ろ肢で立ち上がり、前肢で空をかいた。アストリッドは少しだけ背筋を伸ばし、明確な舌打ちと絶妙な手綱さばきで馬を鎮めた。馬が後ろ肢で立ったときにスカート部分が分かれ、ブリーチズを穿いた脚が一瞬あらわになったが、すぐになでつけて直した。その動きでセインの意識は、風変わりだがそそられる衣服にふたたび戻った。

「これまでそんな婦人用の乗馬服は見たことがないぞ」

アストリッドは彼をにらんだ。「あなたには関係のないことだけれど、馬を御するためには特別動きやすい服が必要だったの。まあ、女がズボンを穿くなんて許されざることよね。この重ね穿きはわたしが自分で考えたもので、東の世界ではハーレムの女性が似たような衣装を着ているわ」

セインの口が開き、また閉じた——彼女の前ではよくある動きになってきている気がする。そういった衣装を彼女が着ている光景が頭に浮かんでしまった。いま彼女が身につけている服は透けていないが、よろしくない方向の彼の想像のなかではおおいにそうなっていた。ぴたりとしたブリーチズだと、彼女のほっそりとした脚や、きれいな尻の丸みや、たっぷりとした薄布に包まれた形のよい腰が容易に想像できて、セインはあっという間に硬くなった。

くそっ。自分の体の反応がうらめしくて、彼は奥歯を食いしばった。「ともかく、わたしが命令を出したときは当然、従ってもらうからな」

アストリッドの目が光った。「なんでもあなたの思いどおりになるかもしれないけれど、わたしはならないわよ」

「荷物をまとめて妹といっしょにおじさんのところへ戻らされるほうがいいか？」セインはやわらかな口調で言った。「それともボーモンのところへ？」

彼女が全身に衝撃を受けたかのようにのけぞり、セインは言ったとたんに後悔したが、これはプライドの問題だ。負けるわけにはいかない。アストリッドは彼を見つめたまま、手綱を持つ手が白くなるほど握りしめ、瞳に猛烈な感情をたぎらせていた。地獄の責め苦のような激しさ。その熱が、これだけ離れた場所からもセインには感じ取れた。しかし突然、彼女の顔から怒りが消えた。ありったけの闘志とともに、光がすうっと彼女から出ていってしまったかのように。

そうさせたのは、彼女の妹の安全をおびやかすようなことを言ったセイン自身だ。彼は急にやましい思いに駆られた。だから、次にこう言ってしまった理由はそれだけだった。

「馬丁を供に連れていけ」歯を食いしばったまま言った。「領地内でそいつに乗るときは、かならず」

アストリッドは彼と目を合わせたが、そこには感謝ではなく憤りが光っていた。しばらく時間が経ってようやく、見せかけかもしれないが、慎み深く従うかのように目を伏せた。彼女がまたがっている馬と同じく威勢のいいこの女は、人の命令に従うことに慣れていないのだろう。たとえこれまではそうしなければならない人生であったのだとしても。従順な貴族の妻になるべく育てられたのだろうが、あきらかにレディ・アストリッドはけっしてそういう型にはまらない人間だ。

　セインは口もとがゆるみそうになるのをこらえた。ああ、最初の社交シーズンに出た彼女を見てみたかったものだ。取り澄ました年長のご婦人方をことごとく黙らせ、近づきすぎた気取り屋の男どもをぴしゃりとはねつける姿を。

「どうして社交シーズンに一度しか出なかった？」出し抜けにセインは尋ねた。

　アストリッドは遠くの丘陵地帯に目を向けたまま言った。「両親が亡くなったからよ」

「喪が明けたあとは？」

　彼女はすぐには答えなかったが、質問について考えているのは見てわかった。セインは待った。「最初の社交シーズンのあいだに、翌年もう一度出ても……望むような成果は出ないとはっきりして、それならイソベルのためにお金を取っておいたほうがいいとなったのよ」

　彼は眉をひそめた。「なぜそんなことに？」

「こんな話をしてなんになるの？」

「とにかく話してみろ」

「悪い評判が立って、わたしは社交界を追放されたの、公爵閣下」彼女は真っ赤になっていた。「わたしの失敗のせいで、イソベルまで罰を受けるのは理不尽だもの。それにあの子には幸せになってほしいの。あの子は幸せになる資格があるわ」

「きみにはないと？」

アストリッドののどが上下した。「わたしの話はいいわ」

「どうして？」

彼女は答えるかに見えたが、ひとつ間を置くと馬の向きを変え、屋敷のほうに走っていった。小さくなる彼女の姿を、セインは考え込んだような顔で見ていた。戦場では部下の忠義を目の当たりにしたが、実生活では忠義などめったにお目にかかることはない。貴族の世界では男も女も秘密や策略ばかりで、自分の利益のためなら多くの紳士がじつの兄や弟でさえ売ってしまう。

しかしレディ・アストリッドは違う。妹を守るためなら、自分の山のようなプライドものみ込むのだろう。彼女のそういうところは、自分でも認めたくないほどすばらしいと思えた。


しつこくていやな人！

なにを言えばいいというの？ 自分が甘かったから、幸せになるチャンスを潰してしまったとでも？　悪い人を信じてしまったって？　その男がまたあらわれて、仕返ししようとしているって？　たぶんベズウィックは笑ってばかにするか、小さなことにぶつぶつ文句を言うのはやめろと言うだろう。彼女の人生など取るに足りない問題だというように。まったく、あの人にはあきれてものが言えないわ！

厩舎に戻ったアストリッドは息を乱して胸を上下させながら、待機していた馬丁に手綱を投げ渡し、馬から滑るようにおりた。いつもなら自分の手でブルータスにブラシをかけてやるのだが、公爵のことで気が高ぶりすぎていた。あの人はいったいなんなの？　イソベルのことやわたしの決断のことをあれこれ質問して。わたしにとって――わたしたちにとって、なんの関係もない人なのに。

〝いいえ、あなたの雇い主でしょう〟アストリッドの内側から声が聞こえた。

「だとしても、彼に所有されているわけじゃないわ」彼女はぶつぶつ言いながら、足踏みしてブーツにこびりついた泥を落とした。「彼にはなんの権利もないわよ」

〝彼は公爵で、このあたりではいちばん位の高い貴族で、いまは彼のお情けにすがって生活しているじゃないの。間違いなく、それなりの権利はあるわ〟

「うるさい」彼女は自分に向かって半ば怒鳴った。

「マイ・レディ、だいじょうぶですか？」若い馬丁が尋ねた。

アストリッドは渋い顔でうなずいた。だいじょうぶじゃないに決まってるじゃないの、とカッカしてつぶやきながら。

なにもかも、あの完全に癪に障る人のせいだ。彼女は社交界でちやほやされて、男性なら足もとにひれ伏すのが当然だと思うような人間ではけっしてないけれど、これまで出会った男性のほとんどは紳士だった。失礼な質問はしないし、思ったことをなんでも口にしたりしない。彼女を骨まで焼き尽くすような目——彼女が十年近くもうまく使いこなしてきた防御壁を破壊しそうな目——で見たりしない。

アストリッドは息を吐き、厩舎から屋敷に向かって大またで歩いていった。紳士は詮索なんかしない。答えたら気まずくなりそうなことが予想されるようなときはとくに。驚いたことに、ベズウィックは彼女の過去を知らないようだったが、いずれ知られてしまうだろうということはわかっていた。そして、もし彼がほかの貴族たちみたいに、堕ちたエヴァリー家の人間などブーツのかかとについたごみも同然だと思うような人間だったら、彼女とイソベルの面目は丸つぶれになるだろう。

そうなることは、できるだけ先延ばしにしたかった。

動揺と不安が全身を駆けめぐる。ものすごく疲れていたアストリッドは、屋敷に入ってだれかと言葉を交わす気にもなれず、庭のほうへ向かった。散歩でもすれば気持ちが落ち着くかもしれない。小道はバラの木でおおわれていて野趣あふれていたが、野放しの自然にはどこか心惹かれるものがあった。正直に言えば、ベズウィックその人を思わせるところがある。

野性的で、制御がきかなくて、自然のままで。

なんてこと、どうしてまだ彼のことを考えているの？ 腹立たしげに強く息を吐くと、アストリッドは厄介な人物のことを考えるのを無理やりやめ、目の前の問題に集中した。つまり、ボーモンのことに。あんな男に目を留めなければよかったのにと思う自分がいる。彼のせいですべてがめちゃくちゃになった。カリスマ性のあるハンサムな戦争の英雄であり、伯爵の甥でもある彼がアストリッドに求婚してきたとき、彼女の両親は大喜びした。うれしくて舞い上がり、アストリッド自身、恋をしていると思ってしまった。品格ある身から転落し、恋なんて瞳をキラキラさせたおばかさんの幻想だと思い知るだけだったのに。

ああ、なんて世間知らずでだまされやすい子どもだったのだろう。取り返しがつかなくなるまで、困ったことになっている現実に気づかなかった。婚約からまだひと月も経たぬころ、酔っ払ってやたら馴れ馴れしくなった婚約者にひと気のない部屋に連れていかれ、夫の権利を行使されそうになった。記憶はいまだ鮮明で、連れていかれた薄暗い部屋が事あるごとによみがえる。

べたべたと触ってくる手を逃れ、アストリッドはピアノの後ろにまわり込んだ。「お願いだからやめて、エドモンド」そう懇願した。「お酒を飲んでいるのね」

「きみだってこうしたいだろう」彼は言った。「焦らすなよ。きみはぼくのものだ」

「わたしはあなたの所有物じゃないわ」

彼は獲物を狙うような笑みを浮かべた。「いや、そうなんだよ、かわいい子猫ちゃん。いつでも、どんなふうにでも、ぼくの好きなようにできるモノだ。どうせぼくらは結婚するんだから」

「まだ結婚していないわ」アストリッドは見たこともなかった彼の一面を知って驚き、頭を振った。じつを言うと、彼にキスをされてもいやな感じしかせず、それでも耐えてきたものの、それ以上彼に体を触られると思うと気分が悪くなってしまったのだ。

「あと数カ月のことじゃないか、なんの問題がある?」

彼がアストリッドに飛びかかり、濡れた唇をしつこく押しつけたが、彼女は体を引きはがして手袋をはめた手の甲で唇をぬぐった。

「問題も問題よ、エドモンド。ああ神さま、こんなことはいやです。とにかくあなたと同じような気持ちにはならないの。だいじょうぶだと思っていたけれど、だめだわ」

「ぼくを拒むなんて何様のつもりだ？」彼は目をぎらつかせた。「愚かな田舎娘のくせに、ぼくに求婚されて幸運なんだぞ。ぼくは伯爵家の跡取りなんだ」

怒り狂う彼に震えながら、アストリッドは足を踏ん張った。「そうかもしれないけれど、わたしはまともな頭を持った女なの。あなたとは結婚したくないわ、エドモンド。これまででいちばん、わたしたちがどれほど合わないかがわかったわ。あなたもそれはわかっているはずよ」

あまりにも長いこと彼ににらみつけられて、アストリッドの足は引き攣りそうになっていたが、永遠と思えるほどの時間が経ったあと、彼は無表情でうなずいた。

「いいだろう、きみがそうしたいのなら」

「それがいちばんいいのよ」

彼がなにをしたかをアストリッドが知るのは、翌日になってからだった。

エドモンド・ケインは彼女の評判をたたきつぶした……彼女が純潔の身ではなかったために彼のほうから婚約を破棄した、と言ったのだ。アストリッドはそんなうそがまかり通るはずはないと一笑に付した――彼女は男性と関係を持ったことなどないのだから。しかし、結局、野火のごとくまたたく間に広がった悪意だらけの醜聞（しゅうぶん）について、両親にも、社交界全体にも、彼女が弁明できる機会はいっさいなかった。アストリッドが違うと言っても、彼女に罪があると判断された。詰まるところ、純潔である証明などできようもないのだ。貴族の男性に論駁(ろんばく)されればなおさらのこと。女の声に対して男の声の力というのはそういうもの。そしてやはり、なんの防御力も持たないアストリッドの名誉は地に落ち、彼女の人生は終わった。おしまい。

二度とあんなのはごめんだと、アストリッドは誓った。

もう二度と、男性にあんなふうに力を行使させたりはしない。

しかしあれから九年が経って、ずいぶんと賢くなった彼女だが、こうしてひとりの人間に恩義を受けている。彼について知っている微々たるものから判断するに、ベズウィック公爵はだれにも応じず……だれにも屈しない人だ。

アストリッドは近くにあったバラの茂みから一本摘み、繊細な花を手で包んだ。ピンクに染まった花びらはベルベットのようだった。もし運命が違ったら――べつの紳士と出会っていたら――いまごろイソベルは安全なままだったのに。

もし自分が世間知らずでなかったら……。

もしエドモンドがあれほどのろくでなしでなかったら……。

もしだれかがあのいやらしい狭量な男よりも彼女を信じてくれたなら……。

もし……もし……もし……。

彼女の人生は〝もし〟の積み重ねだ。

アストリッドは花を捨て、歩きつづけた。もはやどれもこれもどうでもいい。すべては過ぎたこと。イソベルのこれからのために、アストリッドは過去を振り返るのではなく、未来を見なければいけない。それでも心のどこかで不安に思わずにはいられなかった。公爵が本当のことを知ったら——それはもう時間の問題だけれど——彼もまた、社交界のみんなと同じようになるのかもしれないと。

7

セインは言葉を失い、巨大なマホガニーのデスクにきっちりそろえて広げられた羊皮紙の束を食い入るように見つめていたが、顔を上げてフレッチャーを見た。「いったいこれはどういうことだ？　なにかの冗談か？」

「だんなさまが命じられた調査の結果です」

セインはとんでもない内容にふたたび目を通した。さらに四回目、五回目とくり返す。フレッチャーが調べてきたところによると、アストリッドは婚約していた——エドモンド・ケインなる者、つまりあの臆病な裏切り者と。しかしなんらかの醜聞のために婚約は破棄され、その後、彼女は家族とともにロンドンを離れた。

セインは目をしばたたいて思考をめぐらせた。彼女はケインに身を捧げたのか？　だからいとも簡単に自分の身を差し出して、彼の庇護を乞うたのか？　野獣ベズウィックと結婚してもいいと？　苦々しさと怒りとがないまぜになった、ぞっとするような気持ちで胸が締めつけられた。彼女はほかになにを隠し、どんなうそをついているのだろう？

くそっ、彼女はセインのことを、後がなくて必死の愚か者だと思っているに違いない。

そうだろう？

しかし彼女と知り合ってまだ日が浅く、アストリッドには多くの秘密があることはわかるが、うそつきのようには思えなかった。ひと筋の糸ほどの理性が鈍った頭に射し込んできて、悪い評判が立って社交界を追放されたと言っていたことを思い出した。あれは紳士のあいだで、という意味だったのだろうか？　セインは眉根を寄せた。ケインはヘビのようなやつだ。脱走兵の悪党だ。彼女が品格を失った背景には、あいつがいるのだろうか？

セインは息を吸い、震える手で紙を握りつぶすと、非難するような険しい視線をフレッチャーに突き立てた。「最初の日に彼女がここにやってきたとき、おまえは彼女が何者か知っていたのか？　彼女がケインと婚約していたことを？」

従者はやましそうな顔をするだけの慎みを持っていた。「はい、だんなさま。ですが言い訳をさせていただきますと、最初からではございません。エヴァリーの名を思い出しましたのは、彼女が帰られたあとでした」

セインが顔をゆがめる。「それで、そのときわたしに報告しようとは思わなかったのか？」

「婚約の期間も短こうございましたので」フレッチャーは首を振った。「醜聞のせいで婚約はひと月ともちませんでした。あなたのお父上がお気を悪くされておりました。ご存じのように、ケインはレオポルド卿の交友仲間でしたから」

それは知っていた。エドモンド・ケインがセインの部隊に配属になったのも、父親が友人のボーモン伯爵に便宜を図ったというのが唯一の理由だった。先代のボーモン伯爵は、ほかの貴族たちが後継者をほとんど手もとに置いておくなか、ケインが跡取りであるにもかかわらず、甥を平然と戦場に送り込んだ。おそらく先代伯爵は、違う結果を望んでいたのではないだろうか。

「説明しろ」セインは不本意ながら興味を引かれ、フレッチャーに命じた。ただし、父親がウェリントン将軍の命令に従いながらも自分は命を落とすことのないよう、社交界でうまく立ちまわっていたとかいう話が聞きたいわけではなかった。貴族社会に横行する策略には辟易（へきえき）している。

だが、アストリッドに関わることなら……。

フレッチャーは心を痛めた様子で言いよどんだ。「ケインが彼女には愛人がいたと申し立てて、婚約を破棄しました」

腹のあたりで苦いものが渦巻いた。エドモンド・ケインがどれほど卑俗なろくでなしか、セインはだれよりも知っている。「なにか証拠はあったのか?」

従者は肩をすくめた。「たとえ証拠なぞなくとも、醜聞がどのようなものかはご存じでしょう。それにお父上が――先代公爵さまの御霊よ、やすらかなれ――醜聞を好まれないことも。当時、伯爵とご友人であったことを考えますと、お父上がだれよりも声を大にして彼女とその家族を非難されたと思われます。体面を保つことがなによりというお方でしたから」

ああ、セインにはそれがわかりすぎるほどわかる。だからこそ陸軍大尉の任務を拝命し、父親の手の内を飛び出して自由を求めたのだ。兄レオポルドは前途有望な息子であり、死ぬ間際まで、完璧な跡継ぎとなるべく教育を受けていた。しかしセインの場合は、やることなすこと父親の不興を買い、ハート家の名を疎ましく思っていることが強調されるばかりだった。

しかし結局、運命のいたずらと言おうか、こうして彼が公爵となっている。彼が嘆かわしく思っていた人生こそが、彼の責務となってしまった。公爵家を維持し、さらに称号とそれに伴う領地を次代に——跡継ぎに——つなぐことが、いまやセインの仕事だ。

なぜか、アストリッドの繊細で美しい手を思い出した。あの清らかな手が、彼の傷だらけの皮膚を、嫌悪感ではなく欲望を持ってなでるとしたら……。セインの胸がきゅうと詰まり、体のほかの部分がもっと強く反応した。たとえ彼女がほかの男と——ケインも含めて——関係していたとしても、それでも彼女がほしい。そんな自分を、セインは自分でも憎いと思った。

セインはため息をつき、調査結果の文書をにらんだ。

「レディ・アストリッドはいまどこにいる?」

「お父上が使っていらした書斎です、だんなさま」フレッチャーが答えた。「公爵ご本人さま専用の区画の」

公爵となって四年が経つが、セインは公爵専用の区画に書斎があることも覚えていなかった。しかしまあ、彼は寝室で眠り、温浴室で風呂に入るだけの生活だ。ほかの部分は手つかずのまま。使用人はてきぱきと掃除をしているが、セインはそのあたりの部屋に入ろうと思うこともなかった。それらの部屋はただ、彼がだれであるかを思い起こさせるだけの存在……彼がどれほど公爵という身分にふさわしくないかを思わせる存在だった。

　フレッチャーは遠慮がちに言った。「ひと悶着起こしたりなさいませんよね？　家名や大昔の醜聞はございますけれども、彼女はお父上の骨董品の目録づくりでは大変よい仕事をなさっております」ふたたび間を置き、ありもしないデスクの埃をさっと払った。「それに、ベズウィック・パークに彼女とレディ・イソベルがいらしてから楽しゅうございますよ」

「それについてはおまえのほうが当然よく知っているだろうなあ、フレッチャー？」

セインはゆったりと物憂げに言って椅子にもたれた。

「そうなんでございます。ええ。彼女を追い出したら、あなたさまはどうなるでしょうか」

　従者のあまりの生意気ぶりに、セインはいらついた。そこで、鋭い目で長々とフレッチャーをにらみつけることにした。百戦錬磨の将軍でも戦場で怖気づくようなものだったが、従者は縮み上がることも退散することもなかった。

「わたくしをこわがらせるおつもりなら時間の無駄ですよ」フレッチャーが言った。

「それがおまえの仕事だと思うがな」

　従者は片眉をつり上げた。「そうですか、では。よろしければ、震えているふりでもいたしましょう」

セインは信じられないというように噴き出し、頭を振った。いつからフレッチャーはこんなにおしゃべりになった？　こんちくしょう、アストリッドの反骨心や反抗的な態度は伝染するらしい。そのうち屋敷全体に広がるのでは……いや、もう広がっているのか？

彼はため息をつき、フレッチャーが用意した報告書の残りに目を通した。彼女は学ぶことが好きだと言っていたが、作り話ではなかった。彼女の父親は娘に、イートン校やオックスフォード大学で受けられるものに匹敵するくらい、完璧な教育を受けさせていた。数学、科学、歴史、言語、人類学の家庭教師がついていた。さらに、彼女は飽くことを知らない読書家だ。

そして本当に二十五歳だった。誕生日まであと四カ月……法的に財産を受け取ることのできる日。彼の手助けが必要なくなる日。そもそも手助けをしたわけではないのだが。いつの間にか彼女はこの屋敷に、そして彼の頭のなかに、うまく入ってきてしまった。しかしいま、彼はどう考えればよいのかわからなくなっている。

とくに、エドモンド・ケインのような男と婚約していたということについて。

細長くも優美な書斎で、アストリッドは目にかかった髪を息で飛ばし、羊皮紙に整然と書かれた文字に目を細めて見入った。手はインクまみれになり、きっとドレスにもインクをこぼしてしまっているだろう。何枚も何枚も苦労してメモを取っているが、さいわい先代公爵の字はきっちりとしていて読みやすい。デスクには数冊の日誌が束ねられて入っていたが、そこには売買の記録が残っていて、骨董品の価値や年代を確定するのにじつに貴重な資料となってくれた。

アストリッドは目をこすってあくびをした。朝食に冷めたトーストをつまんだだけでお昼もとっておらず、おなかが鳴った。少なくとも作業がまずまず進んだ。退屈な作業だが、やるだけの価値はある。彼女とイソベルの安全が手に入っているのだから。それがいつまでつづくかはわからないけれど。村まで行って、エヴァリーの土地にだれが行き来したかを尋ねる勇気はなかった。自分自身が人の目についたり、悪くするとだれだかわかってしまうかもしれない。なんと言っても、彼女とイソベルはここに隠れているわけで、つまりは見つかったら〝所有者〟のもとに戻されるのだ。

女性が〝物〟のように見なされ、結婚によって厄介払いされ、売買取引のように扱われることに、アストリッドは憤りを感じていた。いまこうして目録づくりをしている品々と同じだ。ロンドンの結婚市場は飾り立てられたオークション会場と変わりない。最高級の商品が陳列され、身分の高い金持ちに買われるだけ。そして女性は家財のように、自分の父親から新しい所有者へと引き渡されるだけ。

アストリッドはため息をついた。醜聞騒ぎのあとの十年間、結婚することを避けてきたが、結婚すればある程度、自分の身が守られるのは間違いない。けれどボーモンのような男と結婚するのは、あきらかに地獄に行くのと同じことだ。

では、セインと結婚するのは……。

ああ、だめ、彼のことをクリスチャンネームで考えるのはやめなければ。セインという名前は、彼のおばから聞いていた。

なんとも運悪く、彼の前でうっかりクリスチャンネームを使ってしまい、アストリッドはどうにも立ち直れないでいた。公爵のことを考えると感情が混乱する——ある部分ではいらつくのに、ある部分では惹かれる。どんなに想像力をたくましくしても美男子とは言えないのに、どこかひとつを取り出して考えるとすてきだったりする。たとえば楽しそうに光る瞳とか、しょっちゅうあるわけではないけれど寛大な気分になったときの口もととか。あのぞくぞくさせられるような形の唇は、あばたになったほかの部分とはまったく相容れないものだけれど、自分のものと合わさったらどんな感じなのだろうと思ってしまう。

あたたかい？　生命力にあふれてる？　罪深いほど甘い？

彼女は短く笑って体を震わせた。お屋敷の主人とキスすることを想像するなんて、救いようもなく陳腐だ。バイロンを朗読したり、オースティンにうっとりするほうがよほどいい。とても忙しかったからきちんと図書室に行く機会もなかったけれど、ベズウィック・パークの図書室は本当に類を見ないすばらしさなのだ。

おじの家に残してきた自分の本のことを考えると、寂しくなる。お気に入りの本をトランクひとつ分しか持ち出せなかった――くたびれた『失楽園』、ホメーロスの『オデュッセイア』、父からプレゼントされたシェイクスピアの戯曲を数冊、バイロンとキーツの詩集、そしてロックとルソーの科学や教育論は、どうしても置いてくるに忍びなかった。

疲労のため息をつくと、アストリッドは椅子にもたれ、書斎全体に視線をめぐらせた。ガラス扉の本棚には、書物ではなく骨董品しか入っていないのが残念だった。でも、おそらくそれでよかったのだ――気が散るようなものは必要ないし、仕事に専念していないと公爵に思われたりしてもいけない。

フレッチャーから最初に小さな控えの間に通され、そこが公爵の私室に通じていたあのとき以来、アストリッドは勝手に屋敷内を歩きまわらないようにしていた。あのとき彼女は、現在の公爵の裸を見てしまったから。

ああ、もう。そのふたつの言葉をいっしょに使うのはやめようと誓ったのに。公爵という言葉と、裸という言葉。公爵の裸。公爵の裸。公爵の裸。

なんてこと、疲れすぎて、脳みそまで反抗しておばかさんになっている。

アストリッドは目をこすり、小さく笑った。椅子を押しやるようにして立ち上がったが、体が言うことを聞かない。凝り固まった肩をもむと、おなかがうなり声のような音を立ててぎょっとした。少しやすんで食事をとらなくちゃ。厨房に行って、お茶の時間の残り物がないか料理人に聞いてみよう。

ぶ厚いじゅうたんが敷かれた細い板張りの廊下を何本か、あてもなく進んだ結果、ほどなくして迷子になったことにアストリッドは気づいた。またしても。この屋敷ときたら迷路も同然で、例のごとくメイドも従僕も見当たらなくて、だれかに尋ねることもできない。彼女は足を止め、前に伸びる廊下をしばらく見つめていたが、引き返して見覚えのある広い階段に戻った。

そのへんを従僕のひとりくらい歩いているはず――声をあげてだれかを呼ぼうとしたそのとき――小さな話し声が耳に届き、アストリッドはほっとしてそちらに向かった。しかし近づくにつれて、だれの声かわかってきた。ひとりはフレッチャー、もうひとりはベズウィックで、近くの部屋から聞こえてくるようだ。

なぜだかまったくわからないが、アストリッドの脈が激しく跳ねはじめた。ベズウィック公爵にどうしてこれほど影響を受けるのだろう。彼はただの男の人なのに。いいえ、ただの人ではないかもしれない……粗野で、頑固で、おそろしくて、使用人はおびえているし、まわりにいる人はみんな震え上がっている。

彼に惹かれるなんて、おかしいのに。そう思った瞬間、これは惹かれているわけじゃないわと思い直す。彼は抜けないトゲと同じ。どちらかと言えば、腹立たしいものだ。

書斎に近づいていくアストリッドの足音はぶ厚いじゅうたんに吸収され、いざ声を出して名乗ろうとしたとき、公爵の口から自分の名前が出て凍りついた。

「おいおい、フレッチャー。レディ・アストリッドは囚われの姫君じゃないんだぞ」

どきどきと速い鼓動が数回くり返されるあいだ、アストリッドは聞き耳を立てるか、それとも礼儀に則って声をかけるか、逡巡した。しかし結局、好奇心が勝って——彼の恩着せがましい口調にむっとしたこともあって——礼儀は忘れることにした。

もう少し近くに寄ると、公爵の声がはっきり聞き取れるようになった。

「ヘビのような男と婚約していたとはな、まったく」

鼻でせせら笑うような声と怒気をはらんだ言葉が、アストリッドの胸に突き刺さった。ああ、知られてしまった。彼女はこぶしを唇に押し当てた。なんとなく、彼は醜聞そのものや彼の父親が主導したエヴァリー家の社交界不適格宣言よりも、彼女が婚約していたことに憤慨しているように聞こえた。でもまあ、彼女のやることなすことに彼は気分を害するようなのだから、しかたがない。

「十年前ですよ」フレッチャーが答えるのが聞こえた。「お認めください。彼女に惹かれているからこわいんでしょう。だから、それをなかったことにしようと、愚かな理由をこねくりまわしていらっしゃる」

アストリッドの息が止まり、心臓が不規則な鼓動を刻んだ。

「あのがみがみ女に惹かれているだと？　まさか。彼女はわたしを超える〝野獣〟だぞ」

「彼女に対するあなたさまの反応からは、そのようには思えません」フレッチャーが小ばかにしたように言う。

公爵も鼻で笑った。「いったいなにを言っている？　彼女はうるさいし、いらいらするし、耐えがたい知ったかぶりだ。彼女に対する反応も、ほかの人間となにも変わらない」

「そうかもしれませんが、彼女を見る目は、ほかとは違いますでしょう？」

つかの間の沈黙が流れ、アストリッドは震えるような息を吐いた。ふたたび聞こえてきた公爵の声は、氷のように冷たかった。「もう一度言うが、フレッチャー、おまえのその腹立たしく余計なおせっかいじみた意見は、まったくもって間違っている」

フレッチャーが即座に、いかにも楽しそうに返事をした。「どうやらだんなさまはむきになって反論しておられますねえ。こわくて身動きできないということで、単純明快でございます」

セインは楽しげでもなんでもない笑い声をたて、またしても熱せられた刃のようにアストリッドを貫く言葉を発した。「男でも女でも、わたしがだれかをこわがっていると思うなど、おまえは頭が混乱しているな。わたしが結婚市場で妻を探していたとしても、彼女はイングランドのなかで、もっともレディ・ベズウィックには選ばない相手だ。まあ、実際には妻など探していないんだ。だから、いい加減ひっかきまわすのはやめにしないと、約束どおり今度こそおまえにクビを言い渡す」

「承知しました、だんなさま。ですが、彼女については間違えておられますよ」

従者が断固として彼女をかばってくれたことにアストリッドは胸があたたかくなっ

たが、凶暴なほど的を射た公爵の言葉はとてつもなく彼女のプライドを傷つけた。

「わたしは口答えされるためにおまえに給金を払っているのか、フレッチャー？　それとも、これもいつものありがた迷惑なおせっかいか？」

「ご忠告にお代はいただいておりませんが、耳を傾けられるかどうかはあなたさま次第です」

「ならば、簡潔に言わせてもらおう」ベズウィックが容赦のない口調でつづける。

「あのレディに関わるどんな忠告も必要ないし、願い下げだ。うっかりだまされて結婚させられるほど困ってはいない。傷だらけにはなったかもしれないが、わたしは腐っても公爵だ」どん、と重々しく木を打つこぶしの音が聞こえ、アストリッドはすくみ上がった。「いいか。たとえ地獄が凍りついても、彼女と――だれとも――結婚する気はない」

のどがつかえるような心地がしていたアストリッドは、もう息ができなくなりそうだった。彼の無情な言葉が鉛のつぶてとなって雨あられと容赦なく降り注ぎ、いつもの防御壁を完全に取り払っていた彼女は凶暴な攻撃のひと粒ひと粒をまともにくらってしまった。

ほんの十分足らず前には彼との妄想にふけっていたなんて、信じられない！　この公爵は、たわいもないおとぎ話のなかで助けを求めているロマンティックな悲劇の登場人物なんかじゃないのだ。冷たくて、残酷な悪党……だれも寄せつけず、外見も実際の中身も無情なばけものだ。

動く音——木の床に椅子がこすれる音と重たい足音——がして、感覚を失っていたアストリッドの手足が瞬時に動き出した。きびすを返して部屋に逃げ帰る。涙で目が熱い。昔のことはもう乗り越えたはずなのに。やっぱりだめだ。いつまで経っても楽にならない。醜聞の影が、いつも彼女の存在に黒い汚点となってつきまとう。社交界の人々にとって、彼女は疵物。価値のないもの。

そしていま、ベズウィックにとっても同じく価値がなくなったらしい。

でも、泣いたりはしない。彼のせいで泣くものか。

部屋に入ってひとりになると、アストリッドはドアにもたれて無理にでも心を落ち着かせた。ゆっくりと呼吸をし、醜聞のあとの最初の二、三年間は自分を守る拠り所にしていた現実主義に身をゆだねた。それでいつもうまくいったから、今度もうまくいくはずだ。がんばろう。やらなければならない仕事もあるし、妹の安全を守りつづけるためなのだから。

たしかにベズウィックは公爵だが、ひとりの男性でもある。しかも彼は、彼女に興味ゼロというわけではないらしい。彼の残酷な言葉には傷ついたけれど、彼女のことを違った目で見ていたのだ。異性からそれなりに熱いまなざしを向けられてきたので、それがどういうことかくらいは知っている。

彼は、彼女がほしいということ。

もし貴族と結婚することがイソベルを間違いなく守れる唯一の方法なのだとすれば、アストリッドはそのためならなんでもするつもりだった。

たとえ〝野獣〟を誘惑しなければならないとしても。

8

翌日の晩餐で、セインは道徳心も正気も失いそうになった。天使の顔をした妖婦が彼を愚かの極みまで誘惑するべく、運命によって遣わされたらしい。

アストリッドの名前が呼ばれた瞬間から、こらえ性のない全身の神経に火がついて彼は息ができなくなった。ドレスはシンプルなもの——なめらかな象牙色をしたシルクに金のレースを重ねたもの——だったが、彼女が着ると、どこもかしこも女らしい曲線にぴたりと張りついていた。あの最初の日、彼の手のひらで感じた曲線——申し分のない胸、細いウエスト、まろやかな腰——これまでは地味で実用向きの生地の下に隠れていたものが、はっきりわかる。彼に及ぼす破壊力で考えると、透明なシフォンとレースがまるで大砲だ。

ドレスの威力をやり過ごしたあとも、さらに見て見ぬふりのできないものがつづいた。彼女の視線があちらにちらり、こちらにちらり。しんらつな応答。彼だけにちらりと見せる笑み。低くかすれた笑い声。極めつきが、彼を見る目つきだ。初めて会ったあの日から、彼女が気おくれして彼から目をそらすことはなかったが、今日のこれは違う。女性から〝見られる〟ことがどういうものか、ほとんど忘れかけていたが、熱心にと言おうか、やたらせつなげと言おうか……。

これは彼女のおふざけなのか？　なぜなら、おふざけでしかありえないからだ。アストリッドがこれほど積極的だったことはかつてなかった。

このばかばかしさは——彼女に求められているのではないかと考えることさえばかげているが——彼の落ち着きを失わせた。心を乱れさせた。世間で言われているとおりの野蛮な野獣よろしく、コース料理の一品目からきつい口調で怒鳴った。おばのメイベルでさえ、あ然とするほどだった。始めのうちに一度たしなめられたが、ものすごい形相でにらみ返して黙らせた。

しかしアストリッドは、かんしゃくを起こした彼を驚くほど優雅に受け止めた。たまに眉間に小さなしわが入ることはあっても、ほとんどはにこやかに会話し、事あるごとにあの美しい手をひらひらさせた。彼が手に入れることのできないもので冷やかしているのだろうか？　ほしくないものならいいものを！　あの手、あの口、いやらしいシルクに包まれた体。ズボンのなかでいつ終わるともなく責めさいなまれているうずきが、それを証明している。

さらにもうひとつ、彼の神経が急速にすり減っている理由は――。

やはり彼女は、セインが浅ましい男で切羽詰まっているから、彼女に意識を向けられたらうれしいだろうと思ったのか？　不作法な提案でも彼は喜ぶと思ったのだろうか？　彼が自分ではふさわしい妻を見つけることができないから、偉そうに女のほうから求婚したのか？

べつに彼は妻がほしいと思っているわけではないのだが、それでも……。

彼女が清らかな笑みを見せ、下唇を少し嚙み、ひかえめにまつげを伏せるのを見て、セインは奥歯を食いしばった。心は後ずさりしているのに、テーブルの下では体の一部が興奮で頭をもたげている。くそっ、脳みそまでもが体と戦っている。

最後の十五分には、会話はほとんどうなり声だけになってしまった。イソベルは食事の途中で、お腹の具合が悪いと言って退席した。彼のおばは最後の料理のあとで逃げ出し、アストリッドには同情するような視線を、セインには叱りつけるような視線を投げていったが、そのころにはもうセインは救いようのない状態になっていた。

もしも堕天使が彼を誘惑しにきたのだとしたら……大成功だ。

彼がグラスを空けると、給仕が皿を片付けてデザートを持ってきた。少なくともワインのおかげで、いま彼のなかでごちゃまぜになっている欲望とみじめな気分と苦痛がいくらかやわらいだ。この相当ないらだちの元凶は、従僕のひとりに笑いかけ、デザートはいらないわと手を振ってさがらせていた。

「けっこうよ、ありがとう、コンラッド。もうあとひと口も入らないの」

「かしこまりました、マイ・レディ」

どこのどいつがコンラッドだと？ 彼女を崇(あが)めるように見つめている従僕に目をすがめる。あの従僕の名前がコンラッドなのか？ フレッチャーとカルバート以外、ベズウィック・パークの使用人は入れ替わりが激しい。雇う基準は思慮分別があるかないか、それだけで、彼らの名前まではもちろん把握していない。それに、使用人が客人のご機嫌を伺っている姿も見たことがない。

「使用人全員に愛想を振りまき終わったか？」セインは荒っぽく言った。

アストリッドが冷ややかに彼を見る。「そんなことをしていたかしら？ わたしはただ丁重に礼儀正しくしようと思っていただけよ」

「あいつは顔を赤くしていたぞ」

「あら、それなら少なくともまあまあうまくやれたということで自分をほめてあげなくちゃね」ちゃめっ気たっぷりの声が、苦悶する彼の股間を直撃する。「おわかりでしょうけど、わたしは愛想を振りまくのがぜんぜんうまくないから」

金づちを振るわれたかのように嫉妬でずたずたになり、セインは鋭く息を吐いた。なんたることだ、従僕に嫉妬するなんてことがあるのか？　彼は残った使用人を腹立たしげにさがらせた。使用人たちが出ていくのを、アストリッドがほっとしたような顔で見ているのに気づいたが、それが彼のためなのか、彼女のためなのかはわからなかった。あるいは、あのいまいましいかわいそうなコンラッドのためなのか。セインはますます怒りをつのらせながら、ワインをもう一杯グラスの縁まで注いだ。

「どこか具合でも悪いの、閣下？」ふたりきりになると、アストリッドは彼に視線をぶつけた。「なんだか……ご機嫌ななめね」

「だいじょうぶだ」憤怒のうなり声のような返事が出た。

彼女のドレスの上半身に重なった繊細な金のレースと、さらにその上の紅潮した白い肌に目がいくと、セインの気分はいっそうがたがたになった。このつややかしい肌に、コンラッドも気づいただろうか？　彼女はあいつに気づかせたかったのか？　だから彼に愛想を振りまいた？　セインは殴り合いをしたくてたまらなくなったが、どうしてかはわからなかった。

口を開くなと全神経が忠告していたが、結局、彼はそうした。「きみにしては珍しいドレスを選んだものだ」

「どうして？　わたしが年増の独身女だから？　社交界では堕落した存在だから？」彼女は細い眉を片方上げ、先手を打った。「それともわたしが初々しくデビューする乙女じゃないから？　ねえ、公爵さま、あなたのご立派な感受性を傷つけたのはどれかしら？」アストリッドは返事を待たなかった。「わたしが白を選んだのは、たぶん白が好きだからね。好きなものを着るのは女性の特権よね？　どんな衣装を持つのかは、女性が自分で選べる数少ないことのひとつですもの」

「では、夫選びは？　男に決定権はあるのか？」

彼女は小首をかしげた。「だと思うけれど、ご存じのとおり、わたしは結婚していないので。わたしは自分の自由になる範囲で自由を楽しんでいるの、閣下」

以前、彼女がエドモンド・ケインと婚約していたことが即座に頭に浮かび、新たな嫉妬の波に襲われた。あの男は同じ隊の人間を置き去りにしてこっそりイングランドに戻り、花嫁を探したのだろう。あいつは彼女にふれたのだろうか？　このかわいらしい小生意気な唇にキスしたのか？　上品な白いシルクの下に隠れた淫靡な秘密を知ったのだろうか？　セインの頭に火がついた。

「赤のほうがよかったんじゃないか？」セインはフレッチャーの報告書で読んだこと

を思い出しながらうなった。「堕落した女には」

一瞬、傷ついたような表情が彼女の瞳をよぎったが、すぐに消えた。「堕落しても生きているわ。ここにこうして、これこれこういう罪を犯したとされてね、公爵閣下。あなたはうわさで聞いた罪でわたしを判断して、たったひとつの色に当てはめるおつもりなの？」

瞬時にセインは後ろめたさを覚えた。自分と似たような話だ。

そう、彼女の言うとおり。人は見た目で彼を判断し、彼女がやったと思っていることで彼女を判断する。醜聞の始まりがアストリッドにあったのはあきらかだが（それは彼女自身が認めている）、うわさの真偽はべつにして、それで彼女を罰する資格は彼にはない。そう、彼の反応はもっとべつのところから出てきたものであり、嫉妬らしきものが出てきそうで、あまり深く追求したくないだけなのだ。

セインは息を吸った。「ガラスの家で食事をしているときにガラスの石を投げるべきではないな」

「ものを壊すのが楽しいというのでもなければね」

彼が父親のコレクションを投げていたことになぞらえた皮肉だ。思わず彼は口もとをゆるめた。「まさしくそれだ。あれは気分がスカッとするんだ。きみもやってみるといい」

「あなたはそうでしょうけれどね、公爵さま、あの貴重な骨董品のどれひとつとして、わたしが悪意を持って手をかけることは金輪際（こんりんざい）ありません」アストリッドが音楽のような笑い声をたて、頭を振って大げさに目をくるりとまわし、セインもこらえられなくなった。思わず忍び笑いをしていた。

初めて彼女に会ったとき、まさしく同じことを言ったが、突如としてセインは自分の行ないが恥ずかしくなった。もっとまともな男なら謝罪するのだろうが、彼はもはや紳士とは言えない。しかし、なぜだかわからないが、紳士とはどんなものだったかを思い出したくなった。

セインは椅子を押しやって立ち、テラスにつづくドアが開いているところに歩いていった。「来い」ぶっきらぼうに言う。「見せたいものがある」

一瞬、アストリッドは不安げな顔になったが、短くうなずくと、なにも言わずに彼につづいて外のテラスに出た。

「どこへ行くの？」暗い庭を曲がりながら進み、明かりのついた美しい建物をいくつか過ぎたあとでアストリッドが尋ねた。

しかしそのとき、彼らの目的地である巨大なガラスの建物が見えて彼女は黙った。

なかで灯されたランプの明かりがちらちらと内側からガラス板を輝かせ、彼女が感激で息をのむ。セインが重たいドアを押し開けると、あたたかな空気とオレンジの花の香りがふたりを包み込んだ。

「まあ、すごい、ここはなんなの？」驚きのにじむ声で彼女はささやいた。

「わたしの温室だ。わたしが建てた」

彼女が目を丸くして彼を見る。「あなたが建てたの？」

「そうだ」

ガラス張りの建物に入ると、花と果実のついた実り豊かなオレンジの木が中央に立ち、嗅いだことのないような、さわやかでかぐわしいにおいを放っていた。ほかの空間は色あざやかな低木や植物で占められ、そのあいだを石の小道が通っている。まとまりのない形のアクセントとして、水の出る建造物がところどころに配置されていた。温室の端にはあらゆる色合いの花が植えられ、ガラス張りの壁に沿わせた複雑な形の格子につるを伸ばして絡(から)まっていた。

ここは彼がひとりになれる場所。彼の聖域。彼が戦場に出ていたときや、のちに大陸にいたとき、ただの骨組みだった温室はきっと朽ちて打ち捨てられているのだろうと思っていたが、フレッチャーもカルバートもきちんと守ってくれていた。だから帰国したのち、完成させたのだ。

「ああ、セイン、すばらしいわ」アストリッドはつぶやき、天井までつるを伸ばしている花を目で追って、視線を上へ上へと向けていった。「まるで別世界に来たみたい」

自分のクリスチャンネームが彼女の口にのぼったことにセインは仰天したが、夢中になっている彼女の表情を見るかぎり、本人は言ったことすら気づいていないようだった。もう一度聞きたい、と彼は瞬時に思った。アストリッドが感激に目を丸くしているのを見ると、もっとしてやりたいと思う。あんなやさしい称賛のまなざしを自分にも向けてほしい。彼女にすべてを与えてやりたい。

しかしそんな考えに、彼はぞっとして体が冷たくなった。

なぜなら、彼には無理だからだ。

恐怖は鋭い鉤爪(かぎづめ)と大きな歯を持つ悪魔と同じで……容赦がない。

これを彼女に見せたら、自分の外見を忘れてくれると本気で思ったのか？　こんな人間になってしまったのに？　いったい自分はなにを考えていたんだ。彼女を泊めてやったって、突然彼が善人に変わるような奇跡が起こるわけでもない。これまでも、これからも、彼は野獣だ。ののしられ、だれも寄りつかないもの。人々を寄せつけなかったのは彼であり……彼はそういう男なのだ。

セインの全身が、憤りと、みじめな思いと、苦悶とが圧縮された玉のように固まった。アストリッドからそういうふうに求められることはけっしてない。どんな女であろうと。生まれたときから知っているレディ・サラ・ボルトンも、彼にふれられるという考えには嫌悪感しか示さなかった。まるで獣を見たような顔で彼を凝視し、逃げ出した。もうごめんだ、あのような屈辱に身をさらすことは二度としたくない。じわじわと忍び寄るどす黒い闇から逃れようとセインはきびすを返し、アストリッドにぶつかりそうになった。

彼女は明るく笑い、彼の肩をつかんで体勢を立て直した。美しい手が、彼の上着の布地にハチドリのように舞いおりた。セインの息が止まる。心臓がとくんと跳ねる。彼女の美しい――美しすぎる――手が目に入り、時間も思考も痛みを伴うほど急停止した。あの手が自分にふれている。自分をつかんでいる。

「このようなものを見せてくれてありがとう」彼女がささやいた。「美しいわ」

美しいのはきみだ。セインはそう言いたかった。

押しやられると思っていたが、押しやられるどころか、彼女の手に力がこもった。真剣な顔をして、淡いクリスタルの結晶のような瞳が彼の目を覗き込む。その瞳の虹彩の海におぼれてしまいたい。もし彼が詩人なら、その色を冬の朝の湖にたとえるだろう。太陽の光に照らされた薄青の空を映し込んだ、湖の色。だが彼は詩人ではない。ほど遠い存在だ。夢を見るような柄でもない。彼の見る夢は悪夢であり、そこに彼女の居場所はない。

セインが震えるような息を吸って横に寄ろうとしたそのとき、彼女のあの完璧な唇が開いて、ピンク色の舌が下唇を湿らせた。彼はその場に立ちすくみ、飢えた感覚がぐらりと揺らいで全身が欲望にのみ込まれた。現実的な考えも論理も崩れ、配慮もこの重大さも吹き飛んだ。自制心は粉々に。恐怖も忘却の彼方へ。

欲望と渇望だけが残ったとき、行き着く先はたったひとつだった。

彼は、唇を彼女の唇に押しつけた。

公爵の唇の感触が、アストリッドの頭からまともな思考力をすべて奪った。情けないほど下手くそな誘惑は、晩餐のあいだにぎこちない茶番劇になってしまったけれど、これは……こういうことは予想もしていなかった。彼にここまで連れてこられた……彼にとって特別であろうこの場所に。この温室は魔法のように謎めいていた。この男性の中身を特別に垣間見るかのようだった——おそらく悲劇に見舞われる前の、ずっと昔の彼を。

そしていま、彼にキスされている。生きるためには吸わなければならない空気を求めるかのように。彼女が生命そのものであり、彼女のためにだけ自分が存在しているとでもいうように。アストリッドは彼のにおいを吸い込み、甘く激しい彼の唇を堪能して、切羽詰まった熱に身を浸した。アストリッドの両手が彼の上着の襟の折り返しまで上がり、彼のうなじに絡みついて、襟の上にある彼のつややかな巻き毛をまさぐった。彼の激しさに彼女も激しさで応えていた――彼といると、いつもこの炎と情熱が引き出されてしまう。

「なんて甘いんだ」セインが彼女の唇にうめいた。

なんの前触れもなくキスがやさしくなり、彼女のふっくらとした唇に羽根のような軽さで彼の唇がふれた。ベズウィックの唇はあたたかくて枕みたいにやわらかく、うやうやしさを感じるほど丁寧で、アストリッドはありえないやさしさに胸が詰まった。最初の欲望むき出しの荒々しさとはまったく相容れず、自分はどちらが好きなのかわからなくなるほどだった。

彼は大きな手で彼女のあごを包み、頬、あご、眉に唇でふれていった。耳に吹き込まれる声は、狂おしいほど甘くかすれていた。「ああ、なんて愛らしい」

アストリッドは赤くなったが、ふたたび彼に唇を求められて、彼女もつま先立ちになって応えた。身の内が炎のように燃え盛る感じを、もっともっと味わいたい。彼に奥のほうをなめられると、快感が血管のなかをリボンのようにひらひらと散っていき、彼と唇をふれ合わせたまま彼女はあえいだ。彼の広い肩にしがみつき、たまらず布地に指を立て、唇の角度を変えて押しつけ、甘く官能的にうねる彼の舌を必死で追いかけた。

ブランデーと、ぴりっとした辛味と、彼にしかない特別な罪の味がする。

ああ、もっとほしい。

男性の口づけに、これほど強く反応したことはなかった。おなかのなかがふわふわして、手足が震えて、脚のあいだに熱があふれる。それらすべてが嵐となって、彼女を駆け抜けた。

「セイン」アストリッドがささやく。

せがまれて彼は低くうなり、彼女を抱え上げて、まさしく求められたものを与えた。彼を、もっと。ふたりの唇がもはや凶暴なまでにぶつかり合う。ほしくてたまらない。彼の唇が彼女の唇をくすぐり、舌が主導権を握って彼女の口内を深く甘くまさぐった。欲望が彼女を揺さぶる。感覚が打ち震えて、ぐずぐずに崩壊した。

彼という宇宙に捕らえられ、燃焼する星々と流れ飛ぶ隕石(いんせき)でいっぱいになって、アストリッドは自分自身の快楽を求めて高まっていった。支離滅裂なうめき声をもらして伸び上がり、彼のあごを手で包み込もうとしたそのとき、ねじれて盛り上がった皮膚に指先が当たった。彼女はぱっと目を開け、とっさに手を引っ込めて動けなくなった。

セインはすぐに唇を離して体を引いた。金色の瞳がふたつの太陽のように光り、唇はふくらんで腫れぼったくなっている。

「セイン、わたしは――」

「もういい」かすれた声。「もうたくさんだ」

凶暴な目をして後ずさるベズウィックに、アストリッドは突然、用心深くて繊細なブルータスにするように彼をなだめたくなった。彼がこぶしで下唇をぬぐうのを見て驚きにも似た気持ちが湧き、無意識のその行動に彼女の胸は締めつけられた。彼の手はそのまま左頬に刻まれた深い傷痕に移り、そしておろされた。心の痛み、怒り、なまなましい欲望がその美しい瞳に渦巻いたあと、すぐに後悔と屈辱がつづいた。

彼女がふれたから、彼はひるんだのだ。なにか痛い思いをさせてしまったのだろうか?

「ごめんなさい」アストリッドはささやいた。

「やめろ。同情はいらない」苦悶にまみれた言葉だったが、怒りは少しも感じられなかった。そして、彼の顔からいっさいの表情が消えた。「きみにキスするべきではなかった」

なぜだかわからないがアストリッドは傷つき、彼と同じような状態になった。「ただのキスじゃないの、閣下」

しかしそう言うそばから、アストリッドにはそんなことはないとわかっていた。彼のような人にとって〝ただのキス〟などない。いまもなお、彼女の唇は征服されてしまったような感じがしている。もはや自分のものではなく……彼のものであるかのような感じ。指先で唇を確かめたくてたまらない。

けれどアストリッドは上目遣いに彼を見上げた。のどになにかがつかえているような気がする。ベズウィックは苦々しい顔をしていて、その美しい唇は醜い形にゆがんでいた。彼女に向けられたものなのか、それとも彼自身に向けられたものなのかはわからない。彼のこととなると、なにひとつたしかなことがなかった。冷たくてよそよそしいかと思えば、次の瞬間には熱くて踏み込んできて、彼の機嫌を読み取るのも予測するのも不可能だ。

どちらにせよ、彼が後悔しているのはあきらかだった。

胸に広がる痛みを封じ込めながらアストリッドは背を向け、縞模様のあるランのやわらかな花びらを観察するふりをした。「そんなふうじゃあ、キスした経験がないのかと思われるわよ」

「きみはあるのか？」

かぐわしい香りのなかで微妙に緊張感が変わり、彼女のうなじの毛が逆立った。例の捕食者のような視線が彼女に突き刺さる。彼の瞳の奥でなにか意地の悪いものが光っていて、アストリッドはいらだった。恥じるようなことはなにもない。それに、すでに疵物になってどん底の存在として知れ渡ってしまったのなら、そこからはもうあまり堕ちようもないだろう。

「それなりにね」小声で答える。

彼女の言う〝それなり〟とは、片手で収まるものだった――一度か二度、ボーモンとあわただしくすませたときは、鳥肌がたってのどに苦いものがこみ上げた。あともう一度は、醜聞のあとだいぶ経ってから、捨て鉢な気分でやけを起こして知らない人とだったけれど、なにも感じず、どうでもいいだけだった。でも、そんな話を彼にしようとは思わない。彼には自分のほしいものをよく考えてもらわなければ。

ほかのみんなはそうしているのだから。

9

アストリッドは頭から枕をかぶって叫んだ。全身の神経という神経、とくに脚のあいだに集まる神経に、火がついている。あれから立てつづけに三晩、これまで見たこともないようないやらしい夢に悩まされていて、そこには決まって服を着ておらずなめらかな舌を持った公爵が出てきた。

彼がアストリッドにキスしたことを後悔しているのはわかっていた――あのあとすぐに気まずい沈黙のなか別れて、それ以来、彼には避けられているのだから。それなのに、アストリッドは彼の唇やにおいや味わいを思い出しただけで、下腹のあたりがなんとも言えないうずきに襲われる。あいにく彼女のほうは〝後悔〟なんて言葉とは無縁だった。

彼女の妄想のなかのベズウィックはものすごく求めてきて、彼女の全身に熱く濡れた唇を巧みに這わせる。唇に始まり、胸へ、そしていちばんうずいているところへ。

しかも夢のなかの公爵は、そこでとどまらない。

そう、夢のなかの公爵は、彼女の女性の部分をバイオリンのようにかき鳴らす。

暗い天井を見つめながらアストリッドは湿り気のある太ももをきつく合わせ、忍び笑いともうめきともつかない声を枕に吹き込んだ。ああ、なんて恥知らずなの！　男女の営みについては清らかな彼女だったが、じつは田舎の祭りで出会ったまあまあよさそうな若者と、一度そういうことをしようとしたことがあった。疵物になったと責められるのなら、本当にそうなったっていいじゃないかと思ったのだ。でもキスをひとつしただけで、それより先には進めなかった。

それからは、予想どおり、試してみようという気も失せていた。少なくともつい最近までは。傷だらけで、気むずかしくて、ノミ一匹分くらいしか感情の抑制ができないぼろぼろの公爵と出会うまでは。

アストリッドはまた枕をかぶって金切り声をあげ、脚をばたつかせた。

温室でのひとときのあと、何日かベズウィックに会っていないのはありがたかったが、それにもかかわらず彼のことが頭から離れない。いえ、正確に言えば、〝夢〟からも離れない。でも公爵にふれられて、彼女のなかでなにかが目覚めてしまった。彼女の名誉が地に落ちたときに働いた潮目が復活して、また罪を呼び寄せるかのように、淫靡で貪欲(どんよく)ななにかを目覚めさせてしまった……。

アストリッドは急にいらだって上掛けを蹴り落とした。汗ばんだ肌が夜気にひんやりとしたが、そのとき自分ひとりではないことに気がついた。ベッドの上で自分の隣にもうひとつかたまりがある。悲鳴をあげそうになったところで、昨夜遅くに妹が悪い夢を見たと言ってベッドに入ってきたことを思い出した。イソベルの悪夢というのは、いやらしい裸の公爵ではないだろうけれど……。

「だいじょうぶ?」起き上がってマットレスの端に座ったアストリッドに、イソベルが眠たげに声をかけた。

「ええ、イジー。眠ってちょうだい。まだ早いわ、夜も明けていない」

窓の上部にはまだ月が見えていて、インクのような東の空に朝の最初の光が差しはじめていた。散歩に行ったり、馬に乗ったりするのは問題外ね。まだ暗すぎる。あたたかいミルクでも飲めば眠れるかもしれない。アストリッドがあくびをして体を伸ばすと、ナイトガウンのやわらかいローン地に硬くなった胸の先端がこすれた。頭のてっぺんからつま先まで刺激が走って、夢のなかで愛された手の記憶に顔が赤くなる。冷たい水風呂に入るほうがいいかもしれない。できれば北極の氷水にでも。

「どこへ行くの?」アストリッドがいらだたしげにうめいて立ち上がったので、イソベルが小声で尋ねた。

「厨房で少しミルクをもらってくるわ」アストリッドは羽織りものに袖を通し、ウエストでひもを結んだ。

絶望的に迷わなければね。

この三日間のほとんどは、仕事と、迷路のように複雑なこの屋敷を行ったり来たりするのに忙しかった。少しずつ慣れてきたが、それでもまだうまくいかない。小声で廊下の数を数え、手持ちのろうそくで壁を照らしながら、音をたてないように使用人用の階段と細い廊下を目指した。骨董品の目録づくりが終わったら自分とイソベルはどうするか、あまり考えたくなかった。

高価な骨董品を仕分けるのは楽しかったが、この仕事はせいぜい一時的なものだということはわかっていた。先におじに見つかってしまったら、当然つづけられなくなるし。パトリックが聞きつけてきたのだが、エヴァリー家では姉妹を見つけるために捕獲人（ランナーズ）を雇ったらしい。ボーモン伯爵が要求したに違いない。アストリッドは身震いした。それが本当なら、近いうちに見つかってしまうだろう。エヴァリー・ハウスの使用人で彼らが荷造りをしているところを見た者がいるかもしれないし、馬車が走っていった方向を見た者もいるかもしれない。

いよいよとなれば、イングランドを出なければならなくなるだろう。北のスコットランドまで行こうか。ほとんどお金の持ち合わせはないけれど、ベズウィックに頼めば遺産が入るまで資金を貸してくれるかもしれない。可能性がないわけではない。高価な明朝時代の骨董品をクリケットのボール代わりにするくらいだから、お金には困っていないだろう。

彼によい返事がもらえなかったら、べつの方法を見つけるまでだ。いざとなればロンドンに行って、貧窮した貴族の男性を見つけて結婚するとか。それがだめなら、北イングランドのどこか遠い村で仕事を見つけてもいい。マンチェスターのチェトナム図書館だったら女性の司書を受け入れてくれるかもしれないが、そんな進歩的なことが起こったら、ちっぽけな男の脳みそはいっせいにまとまって爆発するかも。

アストリッドは足を止め、見慣れない廊下を見つめた。

いったい厨房はどこなの？

なんてこと、また迷ってしまった。肩越しに振り返ると、板張りだったはずの壁が斜めに切り出した石になっているのがろうそくの明かりでわかった。暗くて気づかなかった。どこかで曲がるところを間違えたのだろうが、階まで違うのか、それとも階は合っているのかもわからない。

「戻るよりは進んだほうがいいわね」ひとりごとをつぶやいたアストリッドは、自分の声が薄気味悪く反響してぎょっとした。ひと気のない大きなお屋敷を真夜中にひとりで歩きまわっているとき、幽霊のことを考えるのはよろしくない。

小さく身震いし、急いで幅広い廊下を進むと、壁に盾や武器が飾られた見覚えのある回廊にやってきた。ベズウィックは、勇猛果敢なヴァイキングの戦士から代々つづいた家系なのだ。公爵が全身を鎧に包み、巨大な家紋を背景にして掛けられたこれらの刀剣や斧を振るっている姿が容易に想像できた。彼女が指先で感じた彼のたくましい肩には、硬い筋肉がついて締まっていた。

アストリッドは歩みを遅くし、つづき部屋に飾られた彼の先祖の肖像画もじっくり見ていった。ベズウィックは褐色の髪と燃える金色の瞳を先祖から受け継いでいた。少しずつ移動しながら見ていくと、やがて家族の肖像の前にやってきた。美しい金髪の女性が金髪の幼子を抱き、その隣には肌が浅黒くて褐色の髪の、いまの公爵によく似た男性が立っている。その絵のなかにベズウィックはいなかった。

しかし何枚かあとに、彼を見つけた。今度は金髪の男の子は少し大きくなり、金褐色の髪をした女性がおくるみに包まれた赤ん坊を抱いている。公爵は同じ男性だが、こめかみに白いものが混じっていた。次の絵は半分血のつながった兄と弟。幼いほうの子はまるでこんなところにはいたくないとでもいうようにむっつりとした顔で、画家が彼を永遠のものにするあいだ、じっと立っている。

アストリッドは笑いを噛みころした。子どものセインは十二か十三歳くらいだろうが、角張ったあごはすでに片鱗(へんりん)を見せ、彼ならではの琥珀色の瞳にもすでに内なる炎が燃えていた。つややかな褐色の巻き毛がひと房、額に掛かっている。

若々しく傷のない彼の顔に彼女は手を伸ばし、頬のふっくらとした曲線を指先でなぞった。もちろん、いまの彼とはぜんぜん違う。ベズウィックは地獄に行って帰ってきた――その行程に肉体的な負担以上のものを奪われ、経験のすべてが彼に深く刻み込まれた。命こそ失わなかったけれど、彼が過分な苦しみを抱えていることがアストリッドにはわかった。それでも彼がかつてこんな少年であったこと、その純真さが失われてしまったことを思うと、やはり哀しい。

運命とは残酷なものだ。

自分も同じかもしれないとアストリッドは思った。ただし彼女の傷は体内の見えないところにあって、胸のなかで鼓動を打っている器官にねじれた縄が巻きついているようなものだ。彼の場合は、傷は外にあって、だれの目にも見えている。

ベズウィックが戦争に行かなければ、状況は変わっていたのだろうか？　彼の見た目は変わらず、もっとやさしげな人になっていたの？　彼女にはそんなふうには思えなかった。彼は強すぎる。生まれながらにして、他者に力を及ぼさずにはいられない。

そして彼女も、ボーモンに会わなければ違っていたのだろうか？　いまごろ幸せな結婚をして、子どものひとりやふたりいたのだろうか？　疵物になっていなければ、彼女の家柄や持参金があれば間違いなく良縁をつかめていただろう。

完璧な世界のなかでは、ふたりとも幸せになれていたはずだ。

でも完璧な世界など存在しない。目に見えるかどうかはべつとして、ふたりとも、それを証明するような傷を負っている。

アストリッドは回廊を出て、べつの廊下に入った。ここはすぐにどこだかわかった。初めてベズウィック公爵に会った日、ずかずかと入り込んでしまったところだ。全身ずぶ濡れの、裸の公爵に会った日。思わず恥ずかしそうな笑みが口の端に浮かんだ――この特定の組み合わせの言葉は、彼女の頭の辞書から消えたくないようだ。

ここからはもう簡単に厨房へ行けるが、自分のいる場所がわかったことで、彼女の足は温浴室に向かった。明かりはついておらず、空気もひんやりしていたが、それでも魅力的な場所だった。大浴槽の水は、窓ガラスの向こうの闇を写し取って黒く見えている。前に入ったときは、みごとな構造を観察するひまもなかったけれど――目に飛び込んできた裸の男らしい筋肉質な肉体に気をとられすぎて――この空間は本当にすばらしい。

彼の温室と同じように。

この部屋も彼が設計して建てたのだろうか。トルコやローマの歴史の本に、これと似た公衆浴場の絵が載っているのは見たことがあるけれど、こんな温浴室を実際に見たのは初めてだった。

怠惰なトルコの高官（パシャ）のようにベズウィックが大浴槽の真ん中に浮かんでいる光景が、すっと頭に入ってきた。

ああ、どうしよう、裸の公爵に取り憑かれているみたい。

室内履きを蹴り脱ぐと、アストリッドはふらふらと大浴槽に近づいて、水につま先を浸してみた。突然ほてってきた肌に、水が心地よくひんやりしている。水に入っていく勇気はないが、それでも誘惑には勝てなかった。室内履きのそばに羽織ものも脱いで置くと、大浴槽の縁に腰かけてナイトガウンをひざまでたくし上げた。ふと肩越しに振り返ったが、部屋の隅の暗がりに動くものはなかった。

足を浸すと、水の感触が最高に気持ちよくてため息が出た。素肌が水に包まれ、水がやわらかく当たる感覚には、どこか退廃的なところがある。全身で水に入っていきたい気持ちがふくらんだが、それには勇気が要るだけでなく実際的な問題もあった。使用人がタオルをどこに置いているかわからないし、あちこちに水を滴らせずに部屋まで戻る方法が見つかるかどうかわからない。というわけで、足を浸して、夜明けが空にじわじわとその指先を延ばしていくのを眺めているだけでよしとした。

どれくらいの時間そこに座って窓の外を眺め、朝日を見ていたのかわからないが、とにかくすばらしかった。まるで自然の芸術が、ゆったりとした優雅な筆使いで現実世界にくり広げられているようだった。まずピンクとオレンジ混じりの淡い金色があらわれ、木々の端にかかったかと思うと、やがて全体を金色に染め上げていった。太陽が闇を払拭し、輝きが舞い踊り、世界を新しい色に塗り替えていく。

遠くで金物のぶつかる音が聞こえた——使用人が起き出したのだろう——アストリッドは伸びをして立ち上がった。つま先がプルーンみたいにふやけている。

「いけない！」

頼りにしていたろうそくが、ほぼ燃え尽きかけていた。室内履きと羽織ものをつかむときに濡れた床で足を滑らせそうになったが、はっと息をのんで体勢を立て直した。その音が響いて聞こえたが、目を覚ました使用人に見つからないようにと思う気持ちが強くて、この部屋では音がよく響くのね、くらいにしか考えなかった。そして彼女は屋敷の玄関ホールのほうへ向かった。

そこからは簡単に自分の部屋に戻ることができた。

「こちらにおいででしたか、だんなさま、おはようございます」カルバートが言い、セインはびくりとして凝り固まった体に痛みが走った。レディ・アストリッドがつい先ほど出ていった部屋に、執事が入ってくる。「暖炉に火を入れるのでしたら呼んでくだされればよかったのに。またここで寝入ってしまわれたのですか？」

「おはよう、カルバート」

セインは目をしばたたき、この一時間ほど縮こまった形になっていた長い体を伸ばした。部屋の奥の隅を休憩所として設計し、特大の長椅子を置いてあるのだが、昨夜はほとんどそこにいた。そして執事を呼んで石の炉筒に火を入れさせようとしたそのとき、ずっと妄想していたものがふらふらと入ってきたのだ。ぎょっとした。みだらな妄想が実体を呼び寄せてしまったのかと思った。

しかし、違った。あらわれたアストリッドは彼の欲望の産物ではなかった。紳士であればだれでもするように、自分がいることを知らせようと思ったが、そのとき彼女が大浴槽に近づいていった。彼は息を詰め、彼女の頭のなかで歯車がまわるのをじっと待った。すると彼女は女らしい足を片方水に浸し、羽織ものも脱いでしまった。

自分の存在を知らせたくても、どうにもできなくなった。

月光に浮かび上がった彼女のシルエットにセインは言葉を失った。ほっそりとしてしなやかな体が妖精のように浴槽の縁まで行き、しゃがみ込んだ。そよ風に乗ったシルクのリボンのように動くさまは、優雅で流れるような無駄のなさだ。伸ばした脚、とてつもなく美しい弧を描く足。なめらかな曲線を持つふくらはぎが水に入って見えなくなる。彼女の動きは音楽のようだった。詩のようでもあった。彼は魔法にかけられてしまった。

彼女はそこに座って、朝日が昇るのを眺めていた。

彼はそこに座って、彼女を眺めていた。

夜明けの光が夜に取って代わるにつれ、彼女の気高い横顔から闇がじょじょに退いていく。就寝用に三つ編みにした髪から飛び出した巻き毛が、美しい卵形の顔を縁取っている。感嘆と感動で少し開いた唇。やわらかに上下する胸。彼女の脚にぱしゃぱしゃと寄せる水音がなまめかしく聞こえ、自分がその水になりたいと思ってしまう。なでて、なめて、包み込みたい。

彼は石のように硬くなった。

それがずっと収まらなかった。

「炉に火をいれさせましょうか、だんなさま?」カルバートが尋ねた。

「ああ」

「朝食もこちらで召し上がりますか?」

セインは頭を振った。「いや、コーヒーだけでいい。朝食はあとで、おばと若いエヴァリーのレディたちとともにいただこう」

「かしこまりました、だんなさま」

カルバートが行ってしまうと、セインはローブを脱いで大浴槽に大またで近づき、アストリッドの座っていたところから水に入った。あのほっそりと白く優美な脚が浸かっていたまさにその場所だと思うと、冷たさにぞくぞくした。きれいなくるぶしと形のよいふくらはぎがちらりと見えて、息をするのも忘れた。もっとほしい。もっと、もっと。おろした巻き毛が濡れそぼって広がり、ローン地が透けたところを想像すると、いまだに勃ち上がって存在を誇示しているものがまったく収まらない。冷たい水に飛び込めばなんとかなるだろうか。

数時間後、長々と泳ぎ、体操とストレッチを取り混ぜてしっかり体を動かしたあと、フレッチャーの手を借りて着替え、身だしなみも整えてから、セインは全身ばっちり思いどおりに上品に決めて、朝食の間におりていった。

ドアを押し開けると話し声が耳に届いたが、すぐに静かになった。彼が入っていくと全員が立ち上がる。

「どうかお気遣いなく」セインは言った。「座って、つづけて」

しかしテーブルについた三人のレディのうちいちばん若い少女は、ぎょっと目を見開いて彼を凝視していた。いったいどんな悪魔がついてきているのかとセインは振り返った。

なにか身支度で重大な忘れ物をしただろうか？　襟巻き（クラヴァット）を忘れたか？　彼は自分を見下ろした。ズボンがおかしいのか？　いや、すべてがきちんとしている。

ただひとつ……。

くそっ、いまいましい帽子がない。

セインは安堵といらだちの両方を感じながら息を吐いた。安堵したのは、もう隠し立てする必要もなく全員がありのままに過ごしていけること。そしていらだったのは、繊細な社交界一年生の敏感な心を傷つけないようにするためだけに、自分の屋敷だというのに相変わらずこそこそしなければならないということ。まったく、傷痕があるだけじゃないか、悪魔が出てきたわけでもあるまいし。

「イソベル」アストリッドが強い口調でささやいた。「すぐに落ち着いて、きちんと公爵さまにご挨拶なさい」

少女はただちに口を閉じ、頭を皿に向かって下げた。「おはようございます」ぼそぼそと言う。

「おはようございます、閣下」アストリッドは恐縮した口調で言った。「妹の失礼をおわびいたします。いつもはこのようなことはないのですが」

「気にしてはいない」彼が言う。

「ベズウィック」彼のおばが声をかけ、血の気をなくしてうつむいている少女を心配そうに見やった。

セインは自分の皿に料理を盛ってテーブルの上座についたが、みなとともに朝食をとることにしたのを半ば悔やんでいた。すでに神経がピリついている。しかもイソベルの反応のせいではなく、ほんの一、二メートル離れたところに座っている女性のせいで。彼を避けようと努力しているのだろうが、彼女は磁石のような引力を持っている。無視するのは不可能だ。とくに数日前の晩に温室でキスしてしまい、さらには早朝に屋敷を探検していた彼女のせいであんな情けない状態になってしまったあとでは。

アストリッドはハトのような灰色のドレスを着て、髪もいつものようにきっちりまとめてひっつめていた。ああ、温浴室で早朝に見たあの魅惑的な巻き毛だけでなく、いまもふわりと垂らしたところが見たい。そうしたら大混乱になるだろう……焦げ茶色の乱れた髪に両手を絡め、顔をうずめ、娼婦ですら頬を赤らめるような不埒なことをしてしまいそうだ。

「よく眠れたかな、レディ・アストリッド?」ざらついた声でセインは尋ねた。

澄んだ色の瞳が彼の瞳とぶつかり、一瞬、その奥にわずかな濁りが浮かんだが、すぐに消えた。「もちろんですわ、閣下」

「そうでもないんです」なんとか先ほどの失敗の埋め合わせをしようとでもいうように、イソベルが進んで発言した。「夜中に何時間もどこかに行っていましたわ」

公爵夫人がトーストから顔を上げた。「どこに行っていたの、お嬢さん?」

「その……眠れなかったので、あたたかいミルクをいただこうと厨房を探しに行って……迷子になりました」アストリッドは答えたが、夜中に歩きまわっていたことを言われてあきらかにうろたえ、妹に腹を立てていた。「ベッドに戻る道筋を見つけるのに時間がかかってしまって」

ひとつの言葉が下腹に起こしたうずきに、セインは気づかぬふりをした。フォークですくった卵を口に押し込み、噛んで、飲み込んだ。「ベルを鳴らして使用人を呼ぶか、侍女に取りに行かせればよかったんだ」いったん言葉を切り、がっちりした体つきの侍女を思い浮かべる。「アギーだったか。アグネスだったか？」

「アガサです」アストリッドは肩をすくめた。「彼女は眠っていたので。体がぴんぴんしていて自分で取りに行けるのに、わざわざ人を起こすこともないでしょう。正直申しまして、最近の貴族の女性たちの体力のなさは困ったものだと思います」

セインはフォークを持った手を途中で止め、目をしばたたいた。彼女の変わったものの見方にはいつも驚かされる。ほとんどの貴族の女性は、どんなことであろうと自分でやろうとは夢にも思わないだろう。しかし、やはり彼女は彼の知っているどのレディとも違う。と、そこで高笑いしているおばに目をやり、前言撤回した。おばのメイベルは太古の昔から、社交界の通例というものに反旗を翻しつづけている。

「わたしの好みのタイプのお嬢さんね」メイベルが言った。「でもよくわかるわ。この屋敷は本当に迷路だもの。子どもがかくれんぼをするにはすばらしいところだけれど、もうろくしたおばあちゃんは大変よ」

「あなたはもうろくしたおばあちゃんではありませんよ、おば上」セインが誠実な口調で言い、アストリッドを見やった。「それで、厨房は見つかったのか？」

「いえ」彼女が答える。「でも悪いことばかりでもありませんでした。日の出が見られたわ」

「まあ！」メイベルが両手を打ち鳴らした。「それじゃあ、屋敷の東側にいたのね」そこで眉根を小さく寄せる。「回廊かしら？　部分的にでも東が見えるのはあの階だけよね」

レディ・アストリッドが公爵のほうを横目で見ると、両頬にさっと赤みが差した。

「大浴槽では？」イソベルが急に元気よく言い、すぐに顔を伏せた。

「今朝の日の出はたしかにすばらしかった」セインはぼそりと言った。アストリッドと目を合わせないようにしたが、それでも彼女が食い入るように自分を見ているのは感じ取った。「それからレディ・イソベル、仰るとおり、ベズウィック・パークには泳げる大浴槽がある。もし、もうそれほどこわいという気持ちがなくなっているのであれば、きみときみの姉上を大浴槽にご案内しよう」

「こわくありません」興味をたたえた瞳が上がり、おどけた様子でまた下がった。「朝食のあとに行けますか？」

「もちろんだ、レディ・アストリッドに異論がなければ」

「だいじょうぶです！」イソベルが両手を打ち、姉よりわずかに濃い色の瞳が彼の目と合った。「だめかしら、アストリッド？」

「公爵さまのお時間を無理にちょうだいしてはいけないわ」

「無理ではない」彼が言う。「わたしは大半の時間をあそこで過ごしているし」

「どうしてですか？」イソベルが意気込んで訊く。

彼は妹の瞳よりもずっと警戒しているような、姉のアイスブルーの瞳と目を合わせた。「眠れないときに泳ぐと、寝つきがよくなるのでね」

アストリッドの高貴な頰骨のあたりが真っ赤に染まり、あのとき彼もあそこにいたのかもしれないと彼女が気づいた瞬間、彼はにやりとしそうになった。アストリッドは紅茶を飲むふりをして視線を引きはがしたが、冷静さがすりきれそうになっていることが頰の赤みで伝わってきた。赤みが肌のほかの部分にも広がってゆくのをセインは無意識に目で追っていたが、おばが咳払いをしてはっとさせられた。

公爵夫人は急に興味津々といった顔つきで彼を見つめていて、セインは顔をしかめた。「かわいそうな甥っ子ちゃんはね、子どものころから不眠症に悩まされているのよ」

アストリッドはティーカップを置いた。「代替療法として、不眠症には瞑想（めいそう）がよいという論文を読みました。もちろん運動もよいですが」

おばのメイベルは関心ありげにうなずいた。「どこで読んだのかしら？」

「ご注意を、レディ・アストリッド」セインが言った。「長靴下（ストッキング）の色が見えているぞ」

イソベルが鋭く息をのみ、アストリッドは軽蔑のまなざしを彼にぶつけた。「下着の色なんて、話題にするようなものではありませんわ」

「わたしの記憶が正しければ、きみは自分のことを学問かぶれ（ブルーストッキング）と言っただろう」

「学者だと言ったんです」彼女は言い返した。「そういう偏見に凝り固まった言葉はあなたが使っただけですわ。それに、その言葉が女性の下着になんの関係もないことはよくご存じのはずよ。文学サロンに出ていた紳士が略式の青い靴下（ブルーストッキング）を履いていたことから生まれた言葉ですもの。あなたはただ人をぎょっとさせたいだけでしょ、閣下」

セインは後ろにもたれてゆっくりと笑みを浮かべた。「そうだな、こまやかな感性をお持ちの方々をぎょっとさせるのが、わたしの唯一の楽しみなんだ」

「そういうことでしたら、あなたのように退屈したくはありませんね」彼女は厳しく言い返した。「それからお聞きしますけど、文学や知的な探求を楽しむ女性のどこがそんなに悪いのですか？　それに科学的な論文を読むことだって」彼女が目をくるりとまわす。「本当にひどいことだわ！　男性が同じ教育を受けてもだれもなにも言わないのに」

「わたしは個人的には、男性にするのと同じ教育を女性にする意味はないように思います」イソベルがすまし顔で言った。「若いレディは女性らしい技術を身に着けるべきです。音楽、歌、ダンス、芸術などですわ」金色の巻き毛をさっと揺らす。「でも、学のあるこの姉は、意見が違うんです」

「でもあなただって、秀でた知性を持っていることが簡潔な言葉遣いでわかるわ」アストリッドは妹にウインクした。「心は筋肉のようなものよ」話をつづける。「使わなければ、弱くなります。わたしたち学のある女は、男性優位の社会をこのままましつづけるわけにはいきません。そうでしょう？」

「あら、まあ！」メイベルが大喜びした。「わたしは昔から気骨のあるお嬢さんが大好きなのよ」

「はねっ返りのお若いころにロンドンのご婦人方をあきれさせ、あまたの紳士たちをひざまずかせてきた女性のお言葉ですか」セインがぶっきらぼうに言った。「いまも相変わらずのようですが」

「公爵夫人ともなれば、なんでも好きにできるの」彼女はアストリッドににこりと笑って見せた。

セインが驚いたことに、アストリッドは知性とユーモアで目を輝かせて笑った。「あなたはまさしく、過小評価されてきたわたしたち女性の輝ける指針となる方ですわ、公爵夫人」そう言ってメイベルにほほ笑む。「わたしとしては、はねっかえり主義の冒険譚をもっと伺いたいわ」

「そんな主義はないぞ、女学者どの」セインが笑って言うと、彼のおばがびっくりした顔で注目したのはもちろん、カルバートもまるで彼に頭が二つあるかのような目で見つめた。

「なんだ?」彼は咬みつくように言った。

「べつに」メイベルはまたしても興味津々といった目で甥を見つめていた。「あなたの笑い声なんてしばらく聞いていなかったから」

「わたしはいつも笑っていますよ」

「たぶん、小さな子どもをどやしつけているときとか?」アストリッドは噴き出し、口を手でおおってくすくす笑った。

イソベルが息をのむ。「アストリッド!」

しかし、おばのメイベルが先に高笑いを爆発させた。礼儀も礼節も関係なく、目の縁から涙がこぼれるほど大笑いする。「ああ、まったく。すごいわ。小さな……子どもを……どやしつけるですって……」そしてまた嵐のように笑いころげる。

セインは目玉をくるりとまわした。「わたしでそんなに楽しんでいただけてよかったですよ、おば上」

アストリッドは笑ったらいいのか、この場から逃げたらいいのか、わからないような顔をして、いっぽう妹は若々しい顔に困惑した表情を浮かべていた。ふたりのこういう違いは目にもはっきりしていた。冷静で落ち着き払ったレディ・アストリッドが、レディ・イソベルのように若々しく初々しいところなどセインには想像できなかった。しかしフレッチャーの調査や彼女自身の話によれば、彼女はいまの妹と同じ年でロンドンの社交シーズンに出て、ケインに求婚されたのだ。

当時も彼女の考え方はいまと同じように変わっていたのだろうか？　ケインを含め、彼の周囲の紳士の大半は、女が男の知性と競おうとしたり、女も同等だという革新的な意見を述べようものなら、仰天してあきれたことだろう。彼女のしんらつで才気あふれるウィットは、彼が相手でもどんな男が相手でも無用の長物といったところだ。レディ・イソベルのような気性とものの見方のほうが、社交界ではずっと楽に生きられる。

だが、彼女では……レディ・アストリンジェントでは……。

セインは笑いを嚙みころした。エドモンド・ケインのような男はどんな個性の輝きもはねつけたことだろうな。彼では彼女を扱いきれない。とすると、そもそもどうして婚約に至ったのだろう。

止める間もなく、セインの口から言葉が飛び出していた。「どうしてケインの求婚を受けた？」

アストリッドの警戒した瞳が彼の目と合ったが、返した言葉はひかえめな口調でどこか慎重だった。「エドモンドは当時まだボーモン伯爵ではなかったけれど、裕福な紳士だったわ。わたしの父にとっては、よい縁組だったと思うの」

その名前が、風をはらんだ赤い旗のように空に浮いた。セインの視線がアストリッドからイソベルへと移り、そしてすうっと細くなった。「エドモンド・ケインがボーモン伯爵なのか？　いつから？」

アストリッドは妙な顔つきで彼を見つめていたが、うなずいた。「彼のおじが数年前に亡くなって、称号を受け継いだの。戦地での任を解かれたときだと思うけれど」

任を解かれた？　脱走の間違いじゃないのか？

「イソベルと結婚を望んでいるという男は、彼なのか？」セインはゆっくりと言った。年配の伯爵が逝去していたとは知らなかった。だが、これまた理由はわかりきっているが、彼は社交界のことをあまり知ろうとしてこなかった。

ふたたびアストリッドがうなずくと、凍るような冷たさがセインの全身を吹き抜けた。社交界デビューする令嬢の多くが若くして結婚するが、アストリッドの心配は一理ある――イソベルのような少女をケインのような男の手にゆだねるのはまともな人間のすることではないだろう。

公式の記録では、ケインはスペインで敵から逃れようとして撃たれたということだったが、セインは一ミリも信じていなかった。あの男の左肩の銃創は、何年も前に読んだ陸軍省の報告によれば、みずからつけたものではないかと思われた。脱走をごまかすためのものだ。あいつを捕まえたら、真実を暴いてやらなければ。

いずれにせよ、いわゆる同胞を戦場に置き去りにして死なせておきながら英雄をきどっている男など、常識的な品格が欠けている。倫理的な指針が狂っている。

イソベルのように純真な娘に、あの男はいったいなにをすることか。

セインは詰めていた息をゆるめた。わたしはいったいなにを気にしているのだろう。姉妹のどちらも自分には関係ないことじゃないか。

しかしそう思うそばから、それが本心ではないことにセインは気づいていた。あのふたりのどちらであろうと、ケインのような男の意のままにさせておくことは彼の正義が許さない。そのとき、ほっそりとした長い指の動きが目に入り、彼の視線はアストリッドに吸い寄せられた。優美な体が大浴槽でしなやかにひざをついた光景がよみがえる。彼女の唇が自分のものにぴたりと重なって……はちみつのように甘かった……。

彼の股間がいっきに張り詰めた。ああ、自分はいくら見栄を張るつもりなんだ。正義など、彼の真意とはほど遠いものじゃないか。

10

「村には近づかないほうがいいわ、イソベル」アストリッドは外套のフードを引っ張り、眉にかかるくらい深くかぶった。ふたりはサウスエンドの村の端に向かって、草深い小道にゆっくり馬を走らせていた。アガサと若い馬丁がひとり伴走している。イソベルが本当に馬に――とてもおとなしい馬ではあったが――またがったのだとすると、よほどベズウィック・パークから出たかったのだろう。「安全ではないんだから」

妹はぐいと頭を上げた。「ここはサウスエンドなのよ、アストリッド、なんの危険があるって言うの。ここには昔から来ているし、だれもなにも気にしないわ。あなたは本や書類といっしょに一日じゅう閉じこもっていても楽しいかもしれないけれど、わたしはそうじゃないの。新鮮な空気が吸いたいの。それに、もっとふつうの人……」

言葉がしぼんで消えたが、アストリッドには妹がなにを言おうとしたかわかっていた。〝客人を震え上がらせることのない、もっとふつうの人に会いたいの〟

公爵に対して態度はやわらいだものの、イソベルは彼の前ではまだぎくしゃくしていた。なぜ、どんな理由があってそうなのかは、よくわからない。妹は世間知らずの箱入り娘だし、ベズウィックは威圧感たっぷりのおそろしい存在でつねに気むずかしい態度だから、状況がよくならないのだろう。実際、彼の傷痕はたいした問題ではなかった。もし公爵が、もう少し前肢にとげが刺さったクマみたいな態度でいるのをやめてくれたら、かなり……いい人になりそうなのに。

イソベルは馬をおりると、村を見下ろす丘の上に生えたオークの木まで、せつなげな顔で歩いていった。アストリッドも馬をおり、草を食むブルータスを馬丁に見ていてもらって妹につづいた。

「公爵さまのことは好きだと思っていたわ」

イソベルはアストリッドに目をむいた。「好きですって？　今朝だって料理人から、だんなさまはいつものかんしゃくを起こしているから、こわい思いをしたくなければ東の棟には近づくなって言われたのよ？　だれに聞いたって、あの人はまさしく野獣級のかんしゃく持ちじゃないの」

「わたしたちを庇護してくださっている方なのよ、イソベル、それを忘れないようにしなければ。レジナルドおじさまはわたしたちを探すことをあきらめていない。味方だと思っていた人たちでさえ、お金は強力な動機になるの」アストリッドは息を吐いた。「これまで公爵さまがあなたを傷つけたり、そんなそぶりを見せたことはあった？」

「ないわ」小さな声が答える。

アストリッドはため息をついた。「わたしもできるだけのことはしているの、イソベル。わたしたちふたりのためにね。わたしの遺産が入るまでは、あまり選り好みはしていられないのよ。公爵さまの情けにおすがりしなければならないの」

「わかっているわ。ただ寂しくて。それにお友だちに会いたくて」

アストリッドが忙しくしていたのは事実で、結果としてイソベルは放ったらかしで自分なりに過ごしてもらうしかなかった。妹は馬好きだった父親の性質を受け継いでおらず、学問的な興味よりはダンスや刺繡のほうが好きで、読書と言えば『アッカーマンの宝物』という刺繡の図案集を見るくらいだが、公爵の蔵書にそんな本はなかった。

社交の機会もないので、イソベルはふだんよりも刺繡の枠と針と糸と過ごす時間が長くなっていた。妹が寂しがっていることにもっと早く気づいてやればよかったのだが、アストリッドも仕事やベズウィックと距離を取ることに注意しすぎて、妹がつらい思いをしていることがわからなかった。

「本当に、そんなにつらいの?」アストリッドはやさしく尋ねた。「まだほんの二週間ほどだけど」

イソベルは唇を嚙んだ。「いいえ、あなたの言うとおり、それほどでもないわ。わたしたちの安全のためにあなたがしてくれたことやしてくれていることを思ったら、たいしたことではないわよね。わたし、どうかしていたの」

アストリッドはまばたきをして、妹の元気のない顔色や縮こまった笑みを新たな目で見つめ直した。イソベルは懸命に笑みをつくって保とうとしているが、口の両脇にできたしわや、ぎこちなく青ざめた顔はごまかしようがなかった。

「ごめんなさい、イジー。こんなことになってしまって」

妹は肩を落とした。「いいのよ。あなたはできるかぎりのことをしてくれているわ。でも、わたしは自分がなにもしていないような気分になるの。自分はお荷物で、わたしがいなければあなたもこんな状況にはならなかったんじゃないかと思って」大きく息をのみ、涙が頰を伝う。「ときどき、どうしたらいいかわからなくなるわ。もうボーモンと結婚したほうがいいんじゃないかって。そうすれば、あなたももう心配することはなくなるし」

「そんなことを言っちゃだめ」アストリッドは妹の肩をつかんで引き寄せた。「いつでもわたしたちはいっしょよ、イジー。そうでしょう?」

「ええ」イソベルは姉を強く抱きしめて首筋につぶやいた。「大好きよ」

「わたしも大好きよ」

アストリッドは体を引き、ひと気のない村の通りに目をやった。今日は日曜で閑散としている。ほとんどの村人は教会に行っているだろうし、ボーモンも村に乗り込んでくるようなことはないだろう。少しくらいはだいじょうぶ。

アストリッドは妹の手を握った。「もうここまで来たんだから、アイスクリームでもどうかしら? 人の目を引かないように注意すれば、短い時間ならだいじょうぶだと思うわ」

「ああ、ありがとう、アストリッド!」イソベルは甲高い声をあげ、また両腕を振りまわした。「できるだけ人目につかないように気をつけるって約束するわ!」

ふたりは馬で村に入り、アイスクリームを食べに立ち寄ろうと、〈ハウエル商店〉で馬をおりた。布地に始まってボンネット帽や扇や、ほかにもいろいろなものをなんでも売っている村の店だ。馬といっしょに待っているよう馬丁に言いつけると、アストリッドとアガサはイソベルにつづいて店に入った。客がいないというような奇跡は望むべくもないだろうが、アストリッドにはひとつ期待していることがあった。おじは自分の体面を保つために、姪たちが出奔したことを公表していないのではないだろうか。欲得ずくであるのはもちろんだが、姪たちがいないことにもっともらしい理由をつけておいて、穏便に探し出そうとしているのでは。これまでのところ、村人には数人しか会っていない。このまま運良くいけば……。

「あら、レディ・アストリッド」鼻にかかった声が響いた。

ああ、そんな。アストリッドの心は沈み、サウスエンドでも最悪のおしゃべり、ミセス・パーリーに挨拶しようと振り返った。

彼女が片方の眉をつり上げる。「あなたとレディ・イソベルは、コルチェスターにいる亡くなったお母さまのご親戚のところへ行かれているとおじさまに伺いましたけど？」

やはりそうだ――もっともらしい理由。アストリッドは、はっきりしない様子で肩をすくめた。

ミセス・パーリーが眉をひそめる。「でも、たしか、あなたのお母さまはひとりっ子でいらしたわよね」

「遠い親戚なんです」

イソベルがミセス・パーリーのオールドミスの娘——母親と同じくらいのおしゃべり——と話していることにアストリッドは気づき、焦燥に駆られはじめた。なにも言わないようにと妹にきつく口止めしているわけではないので、とくに相手に詮索してこられたらうっかり口を滑らせてしまうかもしれない。アストリッドはミセス・パーリーに断わりの言葉をつぶやき、イソベルのところに急いだ。

「レディ・アシュリーの舞踏会にはぜひ伺いたいわ」妹が言っていた。「でも、わたしたちは行かないと思います」

レディ・アシュリーは未亡人の侯爵夫人で、サウスエンドの社交界に君臨する女帝である。過去に夫人の舞踏会に招待されたこともあったが、イソベルはまだ幼くて出席できなかった。アストリッドについては、社交熱心なオールドミスが積極的につき合おうと思うさしたる理由もないのだろう。

「でも、みなさん招待されているのよ」ミス・パーリーがわざとらしく声をひそめて聞こえよがしに言った。「ぜひともいらして、レディ・イソベル。ボーモン伯爵も滞在なさっているとか。わくわくしませんこと？」

あの男の名前とイソベルの名前が並んで出てきただけで、アストリッドはおなかのあたりがざわついて眉をしかめた。妹のそばに行く。「もう行きましょう、イソベル。遅れているでしょう？」

イソベルはそそくさとミス・パーリーに挨拶の会釈をし、アストリッドは妹が察してくれたのでほっとした。大勢の人に——つまりはパーリー母娘に——自分たちがいることをふれまわられないうちに、ベズウィック・パークに戻りたい。すでに危険を犯し過ぎている。

ハウエル商店を出て日差しに目をしばたたき、人の話し声が聞こえると思ったとき、ことさら派手な馬車を小さな人垣が囲んでいるところに目の焦点が合った。特徴のある赤の縁取り。その瞬間、アストリッドの胃がきりきり痛みながら足もとまで急降下した。

まさか、伯爵がここに？

「早く、イソベル」アストリッドは妹を呼ぼうときびすを返したが、そこにあったのはボーモン伯爵のけわしい顔だった。

「いったいきみたちふたりはどこにいたんだ？」伯爵は手袋をはめた手でアストリッドのひじをつかんだ。「きみのおば上もおじ上も、そしてわたしも、気が変になりそうなほど心配したぞ」

「ですがボーモン卿、コルチェスターの親戚を訪問していたことは、もちろんご存じでしょう」アストリッドはできるかぎり無邪気な口調を出したが、全身の筋肉という筋肉が恐怖に悲鳴をあげていた。とんでもない危機に陥った。もし伯爵がふたりを彼の馬車に乗せようとしたら――どう考えてもそうするだろうが――だれにも彼を止められない。彼は貴族だ。昔からずっと姉妹を知っている村人たちであっても、だれも貴族には逆らえない。

伯爵の目が細くなった。「そうなのか？」

「おじとおばは、みなさんにそうお伝えしているのでは？」

アストリッドは必死で通りに視線をめぐらせ、自分たちの馬を探したが、どこにも見当たらなかった。馬丁はどこへ行ったの？　どうやってボーモンはわかったの？　だれかに村を見張らせていたに違いない。そうに決まっている。そんなに簡単にあきらめるわけがないことくらい、わかっていたはずなのに。

「馬車に乗れ」命令にはやんわりと威嚇の響きがあった。

「わたしたちにも自分の〝足〟があります、伯爵さま」アストリッドは言った。「ご面倒をおかけしたくありませんわ。残念ですが、ご遠慮申し上げます」

伯爵の声色が低く鋭くなった。「馬車に乗れと言ったんだ」

イソベルは泣き声のような息をもらし、アストリッドの心臓は肋骨にぶつからんばかりに激しく打った。逃げられるだろうか？　スカートと走りにくい靴では無理だろう。それに、あのいまいましい馬丁がどちらの方向に行ったのかわからない！

アストリッドは肩をいからせた。「お断わりします」

伯爵の口が不快そうに引き結ばれ、指先がアストリッドのひじ上のやわらかい肉に食い込んだ。人前で侮辱されるのだろうと身構えたとき、轟くようなひづめの音が広場に入ってきた。人々が悲鳴をあげ、ボーモンの馬車から十センチと離れていないところにかしぎながら急停止した二頭立ての二輪馬車から飛びすさる。それを操っていたのは、ほかのだれでもない、野獣ベズウィックその人だった。

帽子もかぶらず、クラヴァットも締めていない。しかしまぎれもなく堂々たる姿。アストリッドはこれまでの人生で、だれかに会えてこれほど歓喜に打ち震えたことはなかった。

「ケイン、レディたちはいやがっているようだが」彼はあのかすれた声でうなるように言いながら馬車をおりた。

伯爵の唇が曲がり、瞳に敵意を光らせながらも、手を離した。「これはあんたには関係のないことだ、ベズウィック。それに、いまはボーモン卿だ」

「おまえはわたしにとって、未来永劫、くそったれの逃亡兵だ」

ボーモンがしどろもどろになる。「わ、わたしは円満に除隊したんだ」

「おまえもわたしも真実を知っている、ケイン、真実から永遠に逃げつづけることはできないぞ」

「脅すつもりか?」

ベズウィックがやたら丁寧な口調で返す。「脅されているように感じるのか?」

アストリッドは目を丸くしてふたりの紳士を見比べたが、そのころには村人たちのささやきがわめき声に変わっていた。だれかが悲鳴をあげ、子どもが泣き出す。公爵は周囲の混乱ぶりなどものともせず無表情だったが、石のように表情がないせいで、昼日中の明るい場所ではつぎはぎだらけの顔がいっそうおそろしく見えた。

「なににせよ、これはわたしに関係のある問題だ」ベズウィックはつづけた。「あきらかにおまえといっしょに行きたくない女性がふたりいるとなれば、どんな紳士であれ、放ってはおけない問題になる」

「あんたは紳士じゃない」ボーモンが怒鳴った。「それに、わたしはふたりを家まで送っていこうとしているだけだ」

公爵の笑みは歯を見せただけのものだった。「貴族年鑑(デブレッツ)によると、わたしはおまえよりも格上だ」ベズウィックが琥珀色の瞳をアストリッドに向けた。救済に駆けつけてくれた暗黒の報復の天使のようで、彼女は公爵に抱きつきたくなった。「ボーモン卿といっしょに行きたいか？」

　アストリッドが驚いたことに、答えたのはイソベルだった。「いいえ、閣下。行きたくありません」

　ボーモンが顔をゆがめる。「そのふたりはあんたにとってどうでもいい人間だろう、ベズウィック」

「おや、それは違う」公爵は大げさな身ぶりでのたまった。「彼女はわたしの未来の妻だ」

　そんなことを言おうとも思っていないうちに、セインの口から宣言が飛び出していた。だがそうでもしなければ、臆病なクジャク野郎を再起不能にまでぶちのめしてしまいそうだった。伯爵がアストリッドに手をかけて連れていこうとしているのを見たときは、一瞬の迷いもなく人を殺（あや）めるところだった。

「あんたの未来の妻だって？」ボーモンが嘲笑する。「イソベルはわたしと婚約しているんだぞ」

「違う、レディ・イソベルではない。レディ・アストリッドだ」

アストリッドが小さく息をのむのが聞こえたが、セインは伯爵から目を離さなかった。アストリッドは賢い……彼の意図を汲み取るだろう。この男はイソベルを馬車に押し込み、公衆の面前で彼女の評判に傷をつけかねない。

「そんな年増の枯れたオールドミスと結婚したいのか？」ボーモンは笑い、片眉を上げた。「人のおふるがあんたの趣味とは思わなかったな、ベズウィック」

周囲で笑いが沸き起こり、アストリッドは恥辱で真っ赤になった。セインの心のなかで彼女のために野獣が咆哮をあげたが、どうにかそれを押しとどめる。ここは戦場ではない。ここはサウスエンドの村の広場――先祖代々の彼の故郷だ。ボーモンはセインに恥をかかせたくて罠を仕掛けているのだろうが、セインも煽られて愚か者になるために地獄をくぐり抜けてきたわけではない。

身の内で怒りが膨れ上がっていることは、おくびにも出さなかった。「気をつけろ、ボーモン。おまえが話している相手はわたしの婚約者だ、言葉遣いに気をつけろ」

「そういうことなら、あんたはわたしが思っているよりずっと愚かだぞ」ボーモンの目が悪意に光り、口もとはあざけりにゆがんだ。「せいぜい楽しめ。あいにく、彼女は不感症だったがな」

アストリッドは激しく息をのんだ。「あなたには一度もふれていないわ、このうそつき！」

そのときセインが前に飛び出さないようこらえられたのは、最高級の意志の力があればこそだった。彼の視線はアストリッドの激昂した顔からボーモンの気どった顔へと移ったが、つとめて反応は見せないように気をつけた。間違いなく、伯爵は彼が身体的に反応して行動を起こし、投獄されることを望んでいるのだ。

「馬車に戻れ、ボーモン」彼は低い声で言った。「さもないと、直ちに決闘の介添人をおまえのところに向かわせる。それでいいのなら」

伯爵は青ざめるだけの分別はあったらしい。「これで終わると思うな」

「今後どちらか一方にでも近づいたら、夜明けにわたしと向き合うことになるぞ」

怒りの煮えたぎるボーモンが馬車で去ると、広場に到着してから初めて、セインは周囲の村人の視線を受け止めた。おそれと嫌悪が伝わり、不安げな声が耳に届き、恐怖が実感できる。なにしろ、もう何年も人前で顔を見せていなかった。半ば架空の存在のようになっていた。伝説の存在であり、醜くどぎつい現実でもある。

しかも、くそいまいましい帽子を忘れてきた。

騒ぎが大きくなり、人々がまわりに群がりはじめるのを感じた。声がどんどん大きくなって村人たちのたくさんの顔が渦を巻き、それらの顔が混じり合っていく。セインの頭がのぼせ、地面がぐるぐるまわりだした。

「息をして」小さな声が聞こえ、手袋をはめたほっそりした手が彼の大きな手に絡まって握りしめた。「ここにいるわ」

「アストリッド」

彼女の手のひらは拠り所となり、彼の理性をつなぎとめた。苦痛をやわらげる手が握ってくれただけで、雲が切れていくように彼の感覚ははっきりしてきた。

「イソベルとアガサを乗せてあげて」アストリッドは待機している馬車に向かってうなずきながら、落ち着いた声で言った。「わたしは前に乗るから」

「馬車が扱えるのか？」かすれた声が出る。

彼女はちゃめっ気のある笑みを投げてウインクした。「御者に教えてもらったの」

彼は冷ややかな表情を返した。「驚かないのはなぜだろうな？」

「わたしの腕を信用していないの、公爵さま？」

「どれだけわたしがきみを信用しているか知ったら、驚くだろうよ」

全員が乗り込むと、セインも御者台に上がって彼女の隣に並んだ。レディふたりのお目付け役を言いつけていた馬丁が伯爵を見たと言って戻ってくるや、彼は命がけの速度で村に向かったのだが、アストリッドはそれよりはずっとおだやかに馬車を走らせた。

当然のように、彼女は熟練の巧みな手さばきで馬を駆った。しかし感心したのもつかの間、領地に入る角を曲がったころには、先ほどまでのセインのいらだちが全面的に戻ってきた。あと一、二分遅かったら、はるかにひどい状況になっていたかもしれない。募るばかりのいらだちを抑えつづけるうちにベズウィック・パークの庭に入ったが、馬車が止まったとたん、その自制心も切れた。

「いったいなにを考えていたんだ？」セインは雷を落とし、彼女の手を取って御者席からおろすと、手を握ったまま引きずるも同然で屋敷に入った。

美しいアイスブルーの瞳が丸くなる。「わたしは――」

「アストリッドのせいじゃないんです」イソベルが声を張り上げてふたりを追いかけてきて、姉妹の侍女もつづいた。「わたしが悪いんです、閣下。わたしが村に行きたくて。姉には注意されたのだけど、わたしが言うことを聞かなかったの。どうか姉を怒らないでください」

「怒っているわけではない」

「それなら、どうしてわたしに手荒くするの？」アストリッドが尋ねた。セインは焼けた石ででもあるかのように彼女を放し、彼女は後ろによろけて妹にぶつかりそうになった。

「書斎に来い」セインは怒りを噴出させて命じた。「ふたりともだ。いますぐに」

ふたりがついてきているか確かめもせず、セインはデスクを通り過ぎてコニャックをグラスにたっぷりと注いだ。背後でドアが閉まったことを感じて振り返ると、そこにはアストリッドがひとりで立っていた。そのほうがいいか、と彼は思った。口うるさくわめきちらすつもりだったので、イソベルがいたらおそらくおいおい泣かせることになっていただろう。

セインは口を開いたが、アストリッドは手のひらを見せるように片手を上げた。「ありがとうございました」まず、ひと言。「あなたにとっては大変だったでしょうね」

彼は目をしばたたいた。ボーモンに首根っこを押さえられる寸前だったことがわかっていないのか？「わたしにとって、大変？」

「公の場に出ることが」

「そんなことは、あそこに行ってことが終わるまで眼中になかった」彼はどうしようもなくもつれた髪をかき上げた。「アストリッド、きみたちがどれほど危険な状況にいたか、わかっているのか?」

「あなたが止めてくれたわ」やわらかな口調で彼女が言う。

「今回はな」彼はひとつ息をした。「だがエドモンド・ケインはあきらめの悪いやつだ。しかもきみたちがここにいることがわかってしまったとなると、状況は悪くなるかもしれない。はるかに悪く」

「わかっているわ」アストリッドが彼に近づき、彼女の香りがセインを包み込んだ。彼の手からグラスを持ち上げて長々とひと口あおり、ふたたびグラスを返すアストリッドを前にして、彼は動けなくなった。言葉を失ってグラスを見つめ、さらに彼女に視線を移した。

「あなたが言ったことは本気なの?」ブランデーの刺激で彼女の声はかすれていた。「それとも結婚と言ったのは、伯爵にあきらめさせる方便にすぎないの? あなたたちはすでに知り合いだったようだけれど、どうして彼を知っているの?」

「彼はわたしの部隊にいた」ケインの話をして思い出をよみがえらせたくはなかった。「いまのところ結婚するしか安全な道はない」彼は話をつづけた。「もしきみのおじ上が探しにきたら——と言っても来るだろうが——きみに夫の名前の後ろ盾がないかぎり、きみにはなんの力もない」

「それで、あなたがその後ろ盾を与えてくれるの？」

「安全のためだ」

アストリッドは首をかしげたが、その目に警戒心はなく感情がむき出しだった。

「どうして気にかけてくださるの？　以前はそうじゃなかったのに」

セインは残りのコニャックを飲み干し、胃の焼けるような熱さに意識を集中させた。ずっと熱いままのほかの場所ではなく。「きみは仕事をしてくれている。きみがいなければ、ばかげたオークションも開催されない」

「理由はオークションだけ？」

「ほかにどんな理由があると言うんだ」意味もなくいらだって、セインは鋭く言い返した。「きみときみの妹は、完璧な秩序を保ったわたしの生活にずかずか入ってきて、引っかきまわすだけ引っかきまわして出ていくつもりか？　女の形をした金づちを振るうだけ振るって、わたしに以前と同じように生活を楽しめと言うのか？」セインは肩で息をし、彼女と目を合わせないようにした。でなければ、彼女はきっと彼のうそも虚勢も軽々と見破ってしまうだろう。「いまになって気にかけているのは、良心にかけて見て見ぬふりができないからだ。そんなことをすれば、母が草葉の陰で泣いてしまう」

「なんとすばらしい騎士道精神でしょう、閣下」彼女の口調は言葉とは正反対だった。「あなたが苦難の乙女を救うなんて、だれも思わないでしょうね」

これまでは、救うに値する者がいなかっただけだ。

セインは鋭く息を吸い込んだ。「わたしの知るかぎり、そうだろうな。女性はそれほどの価値がなくとももめごとの原因になりやすい。まさしくこれがよい例だ。だから、きみの種族には関わらないようにしているんだ」

「種族はわたしもあなたも同じです、閣下」アストリッドの壁が戻り、無防備になっていた瞳も感情が見えなくなった。「つまり、わたしの性別ということよね」

取り澄ました学者然としたもの言いが返ってきて、ふたりの関係性ももとの安全なものに戻った。セインは残念に思うと同時に、ほっとした。「そうだな」と同意する。「どういうときでも、きみは自分のことにみずから対処する以上の力を持ったレディだと思う。これはほめているんだぞ」

「ありがとうございます、閣下。たいていの場面でそうあろうとしています。ですが今日あなたがしてくださったことに対しては、わたしも、イソベルも、心から感謝しております」

彼女の言葉にセインは胸が締めつけられた。今回だけは、悪党ではなく英雄になれたのだ。心からの敬意を表されるというのがどういうものか、忘れていた。つかの間、感無量でのどが詰まりそうなのが自分でもわかった。「いや、とんでもない」

「わたしと結婚する必要はありません、閣下。イソベルとスコットランドに向かうことに決めました。ボーモンとおじもスコットランドまでは追ってこないでしょう」

「ボーモンはそんな男ではないぞ。それに、欲の力を侮ってはいけない」

アストリッドは華奢な肩をすくめた。「なんとか対処します」

「それに、道中で山賊や追いはぎが出たらどうする？　どう対処するつもりだ？　妹の安全を確保できるのか？」

「パトリックもいますから」彼女は言った。

彼女と親しげにしていた馬丁だ。セインはなにかをたたきつぶしたいという説明のつかない衝動に駆られた。できればスコットランドのものがいい。大きくて、赤毛のもの。

「彼の家族がかくまってくれると思います」アストリッドは言った。

もしもセインがよほど注意深く彼女を見ていなかったら、ほんのわずかな疑いが彼女の顔をよぎったことを見落としていただろう。つまり、この愚かな計画については、まだあの馬丁に相談していないに違いない。スコットランドに逃げる？　熟練の捕獲人（ランナーズ）をまくことなどできるわけがない。馬車にレディがふたり、侍女、付き添う馬丁がたったひとりでは。それに、ボーモンがまさにうってつけの場所グレトナ・グリーン（駆け落ちのすえ鍛冶屋が牧師となって式を挙げられるスコットランドの有名な町）でイソベルを捕まえたらどうするんだ。まるで振り子の動きのように、怒りがまた戻ってくるのを彼は感じた。

セインは片方の眉をつり上げた。「計画について、彼にはもう話したのか？」

「いいえ、でも了解してくれます」

まったく、なんて頑固なんだ。セインは力ずくででも言うことを聞かせたかったが、彼女に脅しは通用しない。彼女の粘り強さとプライドは彼に匹敵するから、いざというときにはぜったいに譲らないだろう。これは戦略を変更しなければならない。

「きみが臆病者だとは思わなかった」彼は言った。

「失礼ながら、いまなんて？」アストリッドが息巻く。「よくもそんな。わたしは臆病者じゃないわ！」

セインはにやりと笑った。「失礼ついでに言わせてもらおう。この会話のなりゆきにはすでにずいぶん楽しませてもらっている」

「地獄へどうぞ」彼女はきびすを返したが、セインが簡単に行く手をさえぎり、片手でドアをふさいだ。「出してちょうだい、ベズウィック」

「セインと呼ばれるほうが好きだな」
「ここで死んでくれたほうが好きだわ」

彼は空いたほうの手を心臓の上に当て、見せかけのため息をついた。「こんなにか弱い女性が、これほど残虐だとは」

彼女の瞳が青い炎のように光った。「あなたのやろうとしていることはわかっているわ、ベズウィック、でもその手には乗らないわよ。見てのとおり、わたしにはちゃんと働く頭があるの。あなたの知っているほかの女性たちと違って」

セインは大きな笑みを浮かべ、腕をおろして彼女の腰を抱いた。「きみのその立派な頭にしてやられているんだ」

そう言って、彼はアストリッドの唇を奪った。

11

アストリッドの優秀な頭脳は、巨大で揺るがない公爵に抱きすくめられた体と同じようになにかにおおわれ、まったく働かなくなった。本当のところ、この状況は本意ではなかった。彼が村に突入してきた瞬間、彼を抱きすくめてキスしたかったのは彼女のほうなのだから……でもどんなに腹が立とうと、いまの状況から逃げ出す気にはならなかった。

知ったかぶりのいまいましい人。

でも、やっぱりすてき。彼はキスの仕方を知っている。

まるでキスをするために生まれてきたような人だった。この罪深い唇を、あらゆる退廃的なやり方で使うために生まれてきたように思える。いまもその唇は彼女の唇をついばみ、なだめてさらに大きく開かせ、じらすような動きで舌がなめらかに出たり入ったりしている。奪い、与える。要求し、崇める。

「これはおろせ」彼はかすれた声で言い、彼女の髪からピンを抜いた。背中にバサッと髪が乱れかかる感じがすると、満足そうなうめきが聞こえた。彼の指が髪に差し入れられ、大きな手にうなじを抱えられて、また唇が重なった。

　これはまだ二度目のキス。熱くて、なまめかしくて、甘い味わいは同じなのに、感じるものが前とは違う。今度のキスは、暖炉の前の冬の夜と、スパイス入りのワインと、甘美な秘密を思わせた。

「名前を呼べ」息づかいの合間に彼がささやく。

アストリッドは抗いたかったが、唇が彼の唇をもっとほしがっていた。「セイン」

ごほうびはすさまじく、彼の唇が角度を変えて激しく重なった。巧みな舌が、彼女の胸と脚のあいだに脈打つうずきを呼び覚まし、肌をぞくりとさせる。怒濤の感覚が押し寄せた。火がついたみたい、このまま燃え上がりたい。

骨抜きになった腕を彼の首に巻きつけてしがみついた。セインは軽々と彼女を持ち上げ、もろとも近くのひじ掛け椅子に身を落ち着けた。彼はアストリッドを横抱きにすると、唇を離して今度はのどに悩ましく押しつけたり甘噛みしたりして、やがて彼女は気持ちよさそうにため息をもらして彼の手腕に身をゆだねるしかなくなった。ぼんやりと、太ももの下で硬くなっている彼のものに気づき、使用人たちに見られたら……と抗うような言葉をつぶやいたが、たちまち彼の唇でふさがれた。

情熱の糸に絡め取られてわれを忘れた彼女は、ドアの外の動きに気づかなかった。気づいたときにはもう遅かった。完全に手遅れだった。

「どういうこと、アストリッド、いったいなにをしているの?」

衝撃を受けたイソベルの顔がゆらめきながら目に入り、アストリッドはベズウィックから唇を引きはがした。しかし公爵のひざからあたふたとおりたのは、妹に見られたからではなく、妹の後ろに連なっていた人たちのせいだった。彼女のおじとおば、レディ・メイベル、会ったことのない紳士、あからさまに満足そうなフレッチャー……そしてレディ・アシュリーがいた。最後の人物にアストリッドはぎょっとした。流行に身を包んだレディ・アシュリーは、サウスエンドで頂点に君臨する女帝。権力者だ。

アストリッドはすくみ上がって目をしばたたき、自分がさらしている醜態を見つめた。

まただ。

レディ・アシュリーがベズウィック・パークにいるなんて、偶然ではない。

またしても彼女は男性に裏切られた。ただ今回は、うそをつかれたわけじゃない。

それに証人もいる。証人たちの顔には、実物のベズウィックを見た人がたいてい浮かべる表情が浮かんでいた。おそれ、嫌悪、恐怖がおじとおばの顔にあったが、すぐにそれらを敵意がしのいでいった。イソベルとレディ・アシュリーは当然あきれ顔だが、レディ・メイベルは感激しているようだ。見知らぬ男性は、まったくの無表情。

アストリッドは隣で立ち上がった公爵を非難のまなざしでにらみ、小さな鋭い声で言った。「あなたが仕組んだの？」

彼女は一歩離れたが、たくましい腕が伸びてきて彼女を抱え、しっかりと支えた。

「こういうつもりではなかったが」

「説明して」

公爵はカルバートにあごをしゃくった。「客人たちを〈朝の間〉にお通ししろ。レディ・アストリッドとわたしはすぐにあとから行く」

「でも彼女に付き添いがおりませんわ」貧相な顔のレディ・アシュリーが言った。

「未婚のレディとふたりきりになるのはマナー違反よ、ベズウィック」

先ほど中断された場面を考えてみれば、公爵の顔つきは滑稽だった。裏切られたという思いでピリピリしていなければアストリッドは噴き出していただろう。九年前、彼女は自分の言葉しか真実を証明するものがなく、結局、すべてを失った。そしていま、現行犯で捕まったことは、彼女についてのかつての世間の判断を裏付けるものでしかなかった。つまり、彼女はだらしない女に決定だ。

「それについては修正があります、レディ・アシュリー」セインが静かに答えた。

「ほら、このとおりだ」おじのレジナルドが言った。「まったくけしからん」

アストリッドの隣にいる男性からとどろくようなうなり声が聞こえた。攻撃を仕掛ける寸前の動物のように、公爵の全身の筋肉に力が入るのがわかった。彼女は考えるよりも先に、手のひらを彼の手のひらに合わせていた。ただただ流血の事態を避けたい一心で。

レディ・メイベルが咳払いをし、彼女の琥珀色の瞳がふたりのつながった手に向いたとき、アストリッドはあわてて手をおろした。「五分だけ時間をあげるわ、甥っ子ちゃん」

部屋から人がいなくなると、アストリッドは顔をあげてベズウィックと目を合わせた。が、それは間違いだった。渦巻くウイスキー色の瞳には、すべてが包み隠さずあらわれていた——後悔、意志、琥珀色の欲望。つややかな茶色の髪が頬にひと房かかっているせいか幼く見えて、家族の肖像画で見た男の子を思わせた。信じられないことに、ありえないことなのに、彼女はまた彼にキスしたくなった。

アストリッドは目をそらし、彼の手も離した。「わたしの時計では、あと四分よ、閣下」

「アストリッド」

彼女が歯を食いしばる。「ベズウィック」

きつい口調で返されて彼の口の端がぴくりと動き、ついさきほどまでは彼女が彼のクリスチャンネームを口にしていたという明白な事実を知らせるかのように、黄褐色の眉が片方つり上がった。

セインはグラスふたつにコニャックを注ぐとひとつを彼女に差し出し、アストリッドは無作法なむっとした顔で受け取った。彼女もそこまで頑固ではない。景気をつけるかのようにひと口、ふた口。そのあと上品とは言えないが、ぐいっとあおった。

「ゆっくり」セインは自分のグラスの縁越しに彼女の様子を見ていた。

「指図しないで。あと三分よ、閣下」

彼はコニャックをひと口ふくんで首をかしげた。「村に向けて馬を走らせるときに、エヴァリー子爵を呼べとフレッチャーに命じておいた。子爵がここに乗り込んできて要求をつきつけた場合に備えて、優位に立てるようにしておきたかった。レディ・アシュリーは、子爵からきみやイソベルをかどわかしたと非難された場合の保険だった」

アストリッドは頭を振った。「おじもそこまではしないわ。そんな言いがかりをだれが信じるかしら？」

「そうかな？」ベズウィックは残りのコニャックを飲み干し、けわしい表情になった。でこぼこの傷痕がいっそう目を引く。「ロンドンでわたしのことがうわさされていないと思うか？　彼らはわたしを野獣だと思っている。戦争で破滅した男の影だと。外見も、中身も。社交界の連中は、いかがわしい醜聞はなんでも信じてよだれを垂らすんだ。わたしが称号を持っていることも、話題性が増すだけなんだ」

アストリッドは怒りも忘れて息を吸い込んだ。「あなたは公爵よ」

「きみが言うと、魔法の杖のようだな」

「違うの？」彼女は言った。「この国でもいちばん力のある貴族のひとりだわ」

ベズウィックはほほ笑んだが、彼女が見たこともないような暗い笑みだった。彼女は震えをこらえた。

「ばけものは嫌われる」

「あなたはばけものじゃないわ」

彼は自分を手で示した。「世間はそうは思わない」

説明は理屈の通ったものだったが、それでも彼の取った方法にしてやられたという思いはなくならなかった。公爵は、かつてボーモンがやったことと同じにおいのする方法で、彼女の選択権を奪ったのだ。ふたつの状況やふたりの男性を比べるのは公平ではないかもしれないが、アストリッドはだまされたという気持ちをぬぐえなかった。

「どうして結婚を？」彼女は彼の手から空いたグラスを取り、マントルピースまで歩いていってデキャンタからふたりとものグラスにおかわりを注いだ。ひとつを彼に渡し、無言でいっしょに酒を口にする。「地獄が凍りついてもわたしとは結婚しないとかなんとか、耳にしたような気がするのだけど」

「あのときは間違っていた。調査でわかったことに怒っていたし」セインの口もとがゆがんだ。「きみが盗み聞きするような人間だとは思わなかった」

「違うわ、たまたま聞こえただけよ」

セインは彼女の目を見つめた。「ともかく、わたしたちは間違いなく……ある一定の相性のよさがあると思う。肉体的なものがかならずしも結婚の条件となるわけではないが、わたしはその事実を認めたいと思っている」

大胆に認めた彼にアストリッドの頬は熱くなり、たちまち脚のあいだが脈打ちはじめた。「肉体的なもの？」

「そうだ」ベズウィックはうなずき、アストリッドに応えるかのように瞳が熱烈に輝いて、すでに不規則になった彼女の脈はいっそう乱れた。「しかし、これはそういう問題だけじゃない。イソベルを守ると考えれば、もっと受け入れやすくなるんじゃないか？　きみが望んでいたのはそういうことだろう？　わたしはきみたち両方によかれと思って言っているんだ」

アストリッドは大きく息をのんだ。彼の言うとおりだ。これこそ彼女が最初から望んでいたこと。イソベルのため。しかし、前に彼女が彼に結婚を申し込んだときは、現実的で分別ある契約の形を考えていた。ふたりは惹かれ合ってはいなかったし、彼女の決断も感情でくもってはいなかった。そういうものの行き着く先を、彼女はいやというほど知っている……どれほど簡単に傷つくことになるのかも。

アストリッドがあまりに葛藤(かっとう)しているように見え、セインは彼女を抱きしめてキスをして承諾させたくなった。しかし彼女自身が最後の決断をしなければならないことはわかっていた。ふたりに惹かれ合うものがあるから結婚を考えたというのはうそではないが、もっと深いところでは、彼女をケインから守りたいという気持ちがおおいに関係していた。

書斎でのひととき、ふたりともが手に負えない状態になった。あれほどあからさまな姿を目撃されることを計画していたわけではないのだが、行き着くところは同じ——結婚だ。

「新しい条件があるわ」ようやくアストリッドは言った。

「ないとは思っていなかった」

アストリッドが短く息を吐く。「前に求婚したときとは違って、婚姻の誓いに必要な床入りはべつにして、この結婚は名目だけのものにするわ」

「承知した」

「もうひとつ」彼女の声はわずかに震えていた。「ここでわたしたちのあいだに起きたことは、二度と起きないわ。はっきり言うと、キスのことよ」

彼が答える前に、おばのメイベルが書斎のドアを開けて心配そうな顔を見せた。その心配は、ふたりのことについてではなかったが。「急いで、ベズウィック、騒ぎが大きくならないうちに。カルバートとフレッチャーではどうにもならないわ。子爵はありとあらゆる脅し文句を並べ立てているし」メイベルは深く息を吸った。「ボーモンまで地元の教区役員を引き連れてやってきたのよ」

「ボーモンが?」アストリッドはドアに駆け寄った。「教区の役員も? いったいなんのために？　イソベルを連れていくつもりで？」

セインは彼女を力づけようと口を開いたが、すでに彼女は心配そうな顔で彼のおばを通り過ぎていた。彼はやすやすと追いつき、ふたりが〈朝の間〉の入口に着いたときには、完全なる大混乱状態がくり広げられていた。だれもが大声を張り上げ、子爵は顔を真っ赤にし、ボーモンはいつもの冷笑を浮かべていた。どうやら彼は、先ほどの忠告を真剣に受け止めなかったようだ。もっとしっかりとわからせてやらねばならないらしい。

セインが咳払いをすると、部屋が静まり返った。「わたしたちは結婚式を予定している」

子爵があらためて早口でまくしたてた。「おい、この不作法者、彼女はわたしの姪だ。財産狙いやそのような輩を排除する権利がわたしにはある」

「なんですって、エヴァリー卿」メイベルは子爵のことをまるでナメクジ以下だとでも言いたげに、貴族らしい様子で見くだした。「ハート家はよその財産なんて必要としていないわ」

子爵は赤くなったが、顔をゆがめた。「こちらの公爵は〝そのような輩〟の範疇に入りますぞ」

「どういう意味かしら？」

「見ればおわかりでしょう」エヴァリーは嫌悪もあらわに鼻で笑った。「あのような顔では、どんな女も強要しなければ結婚などするものか。わたしの美しい姪が進んで承諾するなどありえない」

「わたしたちが到着したときにはそうでもなかったと思いますが、なあ、カルバート？」反抗的な不作法者、フレッチャーの声が割り込んだ。すぐさまアストリッドが頬を染めたのを見て、セインは口もとがゆるみそうになった。

「出ていけ」エヴァリー子爵が言った。「ここは使用人のいる場所ではない」

セインが片方の眉をくいと上げる。「エヴァリー、うちの使用人に命令するとは、わたしが気分を害してもいいということだろうな？　わたしはフレッチャーの意見はおおいに聞きたいと思っている」

「いや、よくありませんぞ」子爵はいらだっていた。「この縁組をわたしが祝福するとお思いでしたら、それは違います、ご主人（サー）」

「閣下（ユアグレイス）よ」レディ・アシュリーが訂正する。

子爵はぶしつけに彼女をにらんだ。「なんですと？」

「公爵はあなたより格上だから、閣下とお呼びしなければならないの、エヴァリー卿」レディ・アシュリーは軽蔑するように鼻を鳴らした。「それが正式なの」

「あなたからの求婚は認めませんぞ、閣下」エヴァリーはあざ笑った。「返事はノーだ」

「あなたの許可は必要ないのよ、おじさま」

セインが視線をめぐらせると、アストリッドが彼の右隣、そして妹の横に、あごを上げて立っていた。彼女はふたりきりのときは猛然と彼を非難し、達者な口で言い返してくるが、人前で彼の面目を失わせることはけっしてしない。

「わたしは成年に達しているし、父の遺言にもはっきりと、わたしの健全な判断によって自分で夫を選ぶことができると書かれているわ」彼女はぎこちなく笑った。「家柄がよく、称号があり、さきほど定まったような財産狙いでなければ、わたしの選択は有効です。ベズウィック公爵は健全なお相手よ」

「健全？　おまえの判断は健全じゃないと言ったほうがいい」子爵は姪を責めたてた。「彼を見ろ」また大声を張り上げる。「礼儀すら持ち合わせておらず、上品な社交界には居場所のない、いまいましい野獣だぞ。そんなものが望みか？　残忍な生き物をおまえのベッドに招き入れるのか？」

イソベルが激しく息をのんで下品なおじの言葉に顔を赤らめ、その場にいた年上のレディたちもとがめるような忍び笑いをした。

「おじさま！」アストリッドは声を荒らげてセインに視線を飛ばしたが、彼はそういうことに――いや、もっとひどいことにも慣れていた。表情を消し、子爵の口にこぶしを打ち込んでやりたいという衝動を抱えながらも、子爵やボーモンに精神的に問題ありと言わせて喜ばせてやる気はないし、言わせる口実を与えるつもりもなかった。どちらの男も、セインに暴力を振るわれたと訴えて彼をおとしめようとしかねない。セインが戦争帰りだからそのような訴えを思いつくのかもしれないが、彼は女性を傷つけるようなことはぜったいにしない。

レディ・アシュリーが鼻で笑った。「みっともないわね、エヴァリー卿――節度がなさすぎますわ。しかも良家のレディたちの前なのよ、まったく。わきまえてくださいませ、閣下（マイロード）」

「みっともないのは公爵のほうだ。彼は大事なわが姪を疵物にしたのだ。力ずくで」

ほら、これだ。訴えその一。

「事実ですかな、閣下？」ボーモンについてきた教区役員が初めて口を開いた。

「レディに訊いたらどうだ？」セインは答えた。「レディ・アストリッドは立派に自分の口で話すことができる」

もちろん彼女は話すだろうとセインは思っていたが、まさか自分の隣に来て、しっかりと手を握られるとは思っていなかった。彼はのどが詰まりそうになった。アストリッドの肩がわずかに震えた。「公爵さまに無理強いされてはおりません。わたし自身の自由意志で求婚をお受けしました」

「いやはや、姪は恐怖で震えているじゃないか」エヴァリー卿は声を張り上げた。

「わたしは見たぞ。姪は恐れおののいている。大ばか者でもわかる！」

セインは口を開き、これをかぎりにばかげた状況を終わらせようとしたが、アストリッドが先に動いた。うっすらと笑みを浮かべ、澄ました顔で、気がふれたような目をしたおばを見た。「申し上げておきますが、ミルドレッドおばさま、わたしが震えたのはこわかったからではありませんわ」

これは。なんという女だ。

その瞬間、セインは彼女が誇らしくてたまらなくなった。壊れそうになるほど抱きしめたい。ひざまずき、崇め奉りたい。それだけの価値はある女性だ。わが報復の天使。それはほかの者たちもわかったようだった。彼のおばの目には涙が、レディ・アシュユリーの目には驚きが浮かんでいる。そのほかの者たちの目に浮かぶ嫌悪感については、どうでもよかった。生きて呼吸している女性なら、彼に嫌悪以外のものを感じるなどあり得ないのだから。セインは胸におかしな感覚が生まれるのを感じた……そこにあった器官が、突然動きはじめたかのような……。

「おまえは異常だわ、邪悪よ、この小娘」レディ・エヴァリーがぶつぶつ言った。

「悪魔にほかならぬ男と閨をともにしようだなんて」

「いい加減にしろ」セインがすごみのある暗い声で言った。「出ていけ、ひとり残らず」

「イソベル、荷物をまとめなさい」子爵が命じた。

「いいえ」彼女は静かに言った。「わたしはアストリッドとここに残ります」

アストリッドは妹のほうへ行こうとしたが、ボーモンがさえぎった。「彼女はわたしの婚約者だ」そこで間を置く。「ふた組同時に結婚式をすればいいんじゃないか？」

「死んでもさせないわ」アストリッドはとげとげしく言った。

「きみにできることはなにもない」ボーモンが言う。「すでに合意しているんだ」

そこでセインの長年の弁護士であるサー・ソーントンが咳払いをした。「子爵家の以前の弁護士〈ジェンキンス・アンド・ジェンキンス〉から、先代のエヴァリー卿の書類を手に入れてまいりましたが、それによりますと、レディ・アストリッドが結婚された場合、夫となる方が彼の妻とレディ・イソベル両者の後見人となります」

「イソベルはすでに婚約している」エヴァリーは言い張った。「もう決まったんだ」

サー・ソーントンは子爵の発言などなかったかのようにつづけた。「姪御さんの結婚式はまだ行なわれておりませんので、レディ・アストリッドの夫となる方の許可がなければなりません」

「それなら特別許可証を取って結婚するまでだ」ボーモンが語気を強め、イソベルに手を伸ばした。

「彼女に指一本ふれるな」セインの声は小さかったが、怒鳴ったも同然の効果があった。「わたしの婚約者や彼女の妹にふたたび近づいたら、なにが起こるか警告したはずだ、ボーモン。気をつけないと後悔するはめになるぞ」

「決闘をふっかける気か？」ボーモンは教区役員に視線を投げた。「決闘は違法だ」

「はっきり言ってほしいのか？　いいだろう。わたしはおまえのやり方が嫌いだ。器が小さいのが嫌いだ。クラヴァットの締め方が嫌いだ。おまえ自身が嫌いだ。まだつづけようか？　それとも侮辱はじゅうぶんか？」

玉の汗が伯爵の眉に浮いている。「やり過ぎだぞ、ベズウィック」

「そうかな？」

ボーモンの目が大きく見開かれ、セインは笑いそうになった。この愚かな気取り屋は、セインが教区役員の存在におそれをなすと本気で思ったのだろうか？　公爵を公爵自身の屋敷で脅すことなどできやしない。まして、彼のような公爵は。

「ベズウィック、気でもふれたか」

「いや、それどころか完全に正気だ」セインは背後に立っている頰のたるんだ男に向き直った。「ジョーンズ教区役員どの、わたしを告発する用件がないのなら、お引き取り願おう」

役員は青ざめておじぎをした。「はい、ございません、閣下。失礼いたします」

「メイベルおば上、レディ・アシュリー、これにて失礼、サー・ソーントンとひと仕事ありますので。フレッチャー、レディ・イソベルを部屋までお送りしろ」ボーモンと子爵と彼の不愉快な妻の存在はまるきり無視した。

セインはアストリッドの手を取り、唇まで持ち上げた。「マイ・レディ」とつぶやく。

彼の目とぶつかったアイスブルーの瞳は表情が読めなかったが、彼女が手を離すことはなかった。

部屋を出ていくとき、フレッチャーは満足げな顔を主人に向けたが、その口もとには癪に障るほど大きな笑みが浮かんでいた。「毛布はご入用ですか、だんなさま？

もしやスカーフやマフでも？」

「いや」彼はいぶかしげに執事を見た。「なぜそんなことを訊く？」

フレッチャーの笑みが大きくなった。「雪がたいそう降っておりますようで」

彼のかたわらにいる未来の公爵夫人が、笑いをこらえようとして無残に失敗したと思われる、のどが詰まったような音を出した。セインは頭を振った。そのくぐもった笑い声が傷ついた心を癒やしてくれるようで、彼も笑った。これからずっと、いやというほどこれを聞かされるのか。

冬、到来——野獣ベズウィックが結婚する。

12

それから二週間、セインはボーモンがいまだサウスエンドに潜んでいた場合に備え、結婚の特別許可証が取れるようロンドンに出発する手はずを整えていた。なにごともなく毎日が過ぎていくものの、ボーモンのような男はレディ・イソベルによからぬことをしかねないと思ったからだ。甘やかされた貴族は、なにかを拒否されるとたいてい意固地になっていっそうそれを手に入れようとする。それはボーモンも例外ではない。

セインはけっして金がないわけではないが、それでもアストリッドとイソベルの持参金の天文学的な額を知って驚いた。子爵があれほど躍起になって、その一部をわがものにしようとしているのも無理はない。サー・ソーントンの報告では、子爵は借金で首がまわらなくなっているらしく、さらにジェンキンス・アンド・ジェンキンス経由でわかったのだが、持参金は鉄壁の条項に守られているおかげでいまだ手つかずということだった。

おじがおとなしくあきらめるはずがないという点では、アストリッドも意見が一致していた。

「おじはかならず、わたしの持参金もイソベルの持参金も手に入れる方法を見つけるわ」彼女はセインにそう言った。「わたしは女だから、宝を溜め込むドラゴンみたいに監視してくれる男性がいなければ、わたしの権利はかぎられているもの」苦々しい口調になっているのをセインは聞き逃さなかった。「わたしはイソベルにまともな社交シーズンを迎えさせたかっただけなのに、ボーモンがしつこく嗅ぎまわるようになったの」

「なぜだろう？　わたしもあの男は大嫌いだが、金に困っているわけではない。称号も財産も容貌もそろっていて、結婚相手として人気だと思うが」

彼女はセインを燃やしそうな目でにらんだ。

「それなら、あなたが彼と結婚すればいいわ。ボーモンはカエル野郎よ。『カエルの王さま』よろしく彼にキスすれば、いつまでも幸せに暮らせるんじゃないかしら？」

セインは声をあげて笑ったが、あの男がカエル野郎だというのは同感だった。「まあ、わたしはカエルより、口の悪いがみがみ女が好きだがね」

先ほどから毒舌を吐いている口にキスをしたくてたまらない。

この二週間、ふたりはある種、無自覚の休戦状態といったところで、肉体的な接触こそなかったが、セインは彼女と過ごす時間が楽しくなっていた。

彼女の好きな物語のひとつが『千夜一夜物語』だということもわかった。彼がシェヘラザードは物語を語る才能を駆使してわざと王を陥れたと言うと、アストリッドは有史以来、女はつねに生き残るためにどんな道具でも思うままに駆使してこなければならなかったと反論した。

たしかに、シェヘラザードが出てくる物語の王は、后も、愛人たちも、その後結婚した処女たちもすべて殺している。権力者である男たちを倒すには、巧妙に立ちまわることが肝心なのだとアストリッドは主張した。公爵さまもふくめてね、とちゃめっ気のある表情でつけ加える。不遜なこと極まりない彼女に、セインは声をたてて笑った。

彼女の考え方やものの見方にも感心した。教育や女性の社会的地位向上についての意見には引き込まれた。彼女と意見を戦わせるのはおもしろかったが、厳しく責め立てられるととくに楽しかった。よくまわる口と明敏な頭脳にそのへんの男ではやられてしまうだろうが、彼はそうではない——彼女との言葉の真剣勝負が彼にとっては大切なものになっていった。

しかしなにより彼が楽しかったのは、なにが彼女を〝動かす〟のかを見つけることだった。誠意。学ぶこと。情熱。たしかに彼女は情熱的だ。妹のことや、自分が興味のあることについて。自分の信念について。はたしてその情熱がほかの部分にまで及んでいるのかどうか、セインは知りたかった。

とくに、ベッドのなかではどうだろう。そんな欲望を、セインはすぐにたたきつぶした。

しかし体の欲求が鬱積(うっせき)していて、あたたかい温室で彼女と過ごすことはどうしてもやめられなかった。晩餐のあとで彼女は本を、彼はブランデーを持って温室まで散歩し、それから部屋にさがる日々がつづいた。

そんなある日、領地の仕事を終えたセインは、彼女がいつものベンチで丸くなっているのを見つけた。靴を脱ぎ、脚を抱えて、ひざに本を乗せている。彼はグラスを彼女に渡し、ポケットから携帯用の酒瓶を出して注いだ。

「ありがとう」やわらかな笑顔で彼女が言う。

「イソベルはどうしている?」セインは花をつけた植物を確かめながら訊いた。

アストリッドは肩をすくめた。「午後にたくさん活動したから、もうベッドに入ったわ。パトリックに馬の乗り方を教わっていたの。それからフレッチャーには銃の撃ち方を」

「そうなのか？」セインは片眉をつり上げた。自分も子どものころにフレッチャーから銃の撃ち方を教わった。あの男は腹が立つほど狙いが正確なのだ。「きみは？　きみも教わりたかったんじゃないのか？」

「わたしはお仕事がありますから、閣下。お忘れかしら、お父さまの骨董品を分類するお仕事よ」アストリッドは答えた。「もう少しで終わりそうだけれど。でも、目がものすごく疲れていたから、違う的を撃ってしまったでしょうね」

「そこにいなくてよかったよ」セインは冗談を言った。

「もしいたら、わたしに撃たせてってせがんでいたわ、閣下」

彼女にからかわれてセインは頬をゆるめた。「初心者の女性、根深い嫌悪感、そこへ銃とくれば、よろしくない組み合わせだな」

「初心者というわけでもないのよ」アストリッドはブランデーをひと口飲み、下唇についたしずくをなめとった。セインが思わず息をのみそうになってこらえる。「銃の撃ち方は父が教えてくれたの。イソベルはふつうに女子が教わるようなもの以外は学ぼうとしなかったけれど、わたしは……男子がやるようなことをぜんぶ知りたくて」

「お父上はきみに甘かったんだな」

負けず嫌いの瞳が彼を見た。「男性と同じ位置に立って戦う機会を与えてくれた、というふうに思いたいわ」

「きみはレディだ、アストリッド、男じゃない」

彼女の瞳が光り、あごが上がった。どちらも臨戦態勢になったしるしだ。「それは、わたしが男性より教育を受けさせてもらえない理由になるのかしら？　か弱い性として扱われて？　事あるごとに軽んじられて？　ワルツを踊ることや気まぐれなことではすぐれていて？」最後のほうはすさまじい剣幕の熱弁になっていて、近くの茂みが灰にならなかったのが不思議なくらいだった。

「世界とはそういうふうに動いているものだ」

とは言え、セインがそう思っているわけではなかった。世界には女性が違った役割を担い、男と同じくらい激しく戦い、ほぼ同等の身分で扱われている社会もある。彼自身の母親も弱い人間ではなかった。彼の父親のような人間が夫では、弱かったら生きていけなかっただろう。ベズウィック公爵夫人は自分の役割を理解していたが、社交界のルールに支配されることはなかった。おばのメイベルとよく似ている。セインは内心、小さく笑った。自分のまわりにいるのは女性革命家ばかりのようだ。

「ウルストンクラフトはそうは思わないわ」アストリッドは言い返した。「彼女いわく、女性にはその子宮の価値を超える価値があり、男と女の性（セックス）を分けるものは教育だけだそうよ」

一瞬、彼女の口から飛び出した〝セックス〟という言葉の響きに、セインは頭が真っ白になった。憤りで輝く瞳、少し開いたくちびる、大きく上下する胸。突然、セインは山盛りのみだらな想像に圧倒されて、息もできなくなった。目をしばたたき、体を震わせる。ズボンのなかは半ば兆してしまっていた。くそっ。彼はあわてて向きを変え、灌漑（かんがい）設備の配管のひとつを確かめるふりをした。

「だから、きみは学ぶことにそんなに必死なのか？」肩越しに彼は言った。「男のようになりたいのか？」

アストリッドは頭をのけぞらせて笑い、屈託のないその声にセインはがつんとやられ、ブリーチズのなかが膨あきまでいっぱいにふくらんだ。くそっ、彼女ほど彼の血を沸かせるものはほかにない。彼はベンチに座った彼女の隣に腰をおろし、ズボンの前のふくらみをごまかすためにひざで手を組んだ。

「いいえ、まさか」彼女は愉快そうに言った。「でも、敬意は払ってもらいたいわ。わたしは子孫を生み出すことにしか価値を見出してもらえない牝馬ではなくて、連れ合い、相棒になりたいの。女性は家財道具のように取引される財産じゃないのよ」

ああ、彼女はまぎれもなく情熱家だ。

「個人的には、きみが男でなくてわたしはうれしいが」

彼女は手にした本にまた視線を落としたが、頰に広がるバラ色は隠せていなかった。よし。セインはそれを勝利ひとつと数えた。

「今夜はなにを読んでいる?」セインは尋ね、優美な手に抱えられた本を見た。彼女の手を見ると、あいかわらず内臓が引き絞られるような気分になる。女性の手にこれほど心をかき乱されるとは、自分でもどうかしていると思う。彼がこんなに非現実的な愚か者だと、だれが知っているだろう。視線をおろし、浮き彫りになった本の表紙の題名を読んだ。「バイロン?」彼は声高に笑った。「きみには驚かされる。ウルストンクラフトから詩人のプリンスとは、ずいぶんな大転換だ」

アストリッドは赤くなり、男性としては大嫌いだけど、彼の詩そのものはたまに楽しんでいるのよとぼそぼそ言った。

「大嫌いなら、どうして作品を読む?」

「その人となりを作品と比較するのがおもしろいの。彼は愛人に対してはひどく思慮が浅い人だったわ」ひとつ間を置く。「男性はどんなことをしても許されるのに、女性だと恥だとされるのよ。そして一生、なじられるの。ウルストンクラフトのように」

セインはうなずいた。「バイロンの愛人のひとりはウェリントン将軍とも関係があったな」

「まさにそれよ。レディ・アンズリーとのことがあって『わたしたちふたりが別れたとき』ができたの。美しい詩だけれど、正直言って、愛なんて簡単に見つかるものではないでしょう？ それでいて」皮肉っぽくつけ加える。「失われるときは一瞬だわ」

セインは彼女を見つめた。「きみが愛のなにを知っているんだ？」

アストリッドののどが動き、痛みのようなもので顔がゆがんだかと思うと、うつむいて顔を隠してしまった。彼女は自分の経験でものを言っているのか？ ケインを愛していると思っていたのだろうか？

「なにも」アストリッドは答えた。

「いったいいくつの詩や小説が、傷心から生まれたのだろうな？」セインはベンチの上で距離を縮めた。「まったくのたわごとだ。愛など愚か者の言うことだ」

「あなたは愛を信じていないの？」ほとんど聞こえないような小さな声だった。

「ああ」

「わたしもよ」

迷いのない断言と、口調の根底に感じられるなまなましい心痛に、セインは興味をそそられた。「ケインとなにがあった、アストリッド？　なぜ彼は婚約を破棄したんだ？」

クリスタルブルーの瞳が彼の目とぶつかり、埋もれていた心痛がほんの一瞬、まざまざと見て取れたが、すぐに消えた。ふたりで書斎にいるのを見つかったときの様子からも、昔なにかがあったのではと思えたが、彼が率直に尋ねて彼女の口から話を聞こうとしたことはなかった。「知っているでしょう。わたしの分別のなさがうわさになって、ボーモンが婚約を破棄したのよ」彼女は無気力な口調で答え、いつもは表情豊かな瞳にも鎧戸がおりていた。

「きみの評判を傷つけるようなことを、あいつにされたのか？」

アストリッドは答えないのではないかと思ったが、しばらくして自分自身にそうするようにうなずいた。

「されそうになったわ」彼女は言った。「婚約しているから、そうしてもいいと思ったのでしょうね」セインを見やって、赤くなる。「夫としての権利があると。でも、わたしは彼が自分の夫になるとわかっていても、ノーと言ったの」アストリッドは息を吐き、長々と目を閉じた。「彼にふれられると気持ちが悪くて、そのとき、彼の求婚を受けたことは間違いだったとわかったの。とにかくわたしたちは合わなかったのよ。それで、円満に婚約を解消しましょうと申し出たの」

自虐的な笑いが彼女の口から飛び出した。「〝円満に〟だなんて。甘っちょろい言葉よね？　なんでもうまくいくと思わせられてしまう。まったく、なんて世間知らずだったのかしら。エドモンドは了承したけれど、翌日にはわたしの性格と、彼がやむを得ず婚約を解消させられたという悪意あるうわさが広まっていただけだったわ。だれもわたしの言うことを信じてくれなかった。彼はなんのためらいもなく、わたしの未来の希望をことごとく打ち砕いたのよ。自分が軽んじられたと思っただけで。女が厚かましくも彼を袖にしたから」

「あいつはほかの縁組の機会までもつぶしたんだな」セインは理解した。

「そうよ。エヴァリー家は突然、のけ者になった。友人から見捨てられ、招待状も来なくなった。つまはじきよ」アストリッドは手にした本を見つめた。「かわいそうなイソベル……わたしを破滅させたのと同じ男の目に留まるなんて。歴史はくり返すのか、そのせいでわたしは妹を失うんじゃないかと不安で」

セインのあごの筋肉がぴくり動き、彼女がそれを目ざとく見つけたのがわかった。

自分の話を彼が疑うことなど予想していたとでも言うように、目つきが冷たくなる。しかし彼は、胸に押し寄せてくる感情がなんなのかよくわからなかった——彼女が経験してきたことへの同情か？　彼女の瞳から読み取れるのが傷ついた心と、また傷つけられるかもしれないという不安だけだということへの憐れみなのか？

セインはとにかく彼女を抱きしめて、彼女が抱える心の痛みを癒やしてやりたかった。しかしアストリッドがそんな提案を喜ぶとは思えなかった。彼女はとにかく誇り高い人間だ。誇り高く、強く、信じられないほどへこたれない。彼女のような過去に直面していれば、ほとんどの女性はつぶれてしまったことだろう。だが彼女は違う。

「とにかく、もうすべてどうでもいいことだわ」あわてて彼女は言った。「世間の人は信じたいものを信じるんだから」

「ボーモンはヘビ野郎だ」

「そうね、でも社交界でわたしを悪く言っているのは彼だけでもないわ。みんな、おもしろい醜聞が大好きなのよ、そのせいでだれが抹殺されることになっても」暗い笑みが彼女の口もとにぼんやりと浮かんだ。「心配しないで——彼も無傷で終わったわけじゃないの。公衆の面前で彼のことを、がめつくて性欲まみれのドブネズミって言ってやったから」

セインは大笑いした。「それでもまだ足りないくらいだ」

アストリッドは肩をすくめるように揺らしたが、彼の見るところ、まだ古い心の傷は残っているようだった。「ボーモンは称号をもらって甘やかされた、いやなやつなの」息を吐く。「わたしと同じように黙らされた女性はほかにもいるのよ。だからウルストンクラフトのエッセイがとても好きなの。もし女性が平等に扱われたら、わたしの事件も訴えられるわよね。真実を話すことができるわ。人から決めつけられたり、罰をくだされたりして生きていくのではなくて」彼女は哀しそうに笑った。「でも、あなたも言ったとおり——世界はそういうふうに動いているの」

「それではいけないんだがな」セインは静かに言った。「ボーモンはきみからなにかを奪った。きみの純潔ではなかったかもしれないが、本当のところ同じくらい価値のあるものだ。きみの一部だ」

無防備な表情が彼女の顔をよぎったが、すぐに消された。アストリッドは刺繍を脇に置いて室内履きに手を伸ばした。「失礼します、閣下、もうベッドに入るわ」

セインはさっと立ちあがって彼女の足もとにひざをつき、彼女がつかむ前に室内履きを取った。「わたしがやろう。それから、〝セイン〟だ」

彼女の頰がバラ色に染まった。「なにをするの？」

「結婚するのなら、これくらい……」

しかしセインは、むき出しのつま先と白く高い足の甲を目にして、言葉を失った。スカートの下は長靴下を穿いていなかったのか。ああ、くそっ、すんなりした足は手とまったく同じだ——骨格が美しくて、優雅で、彫刻家の巨匠が彫った作品のようだ。

「これくらい、なに？」切れ切れに彼女が言う。

彼は目をしばたたいた。「男として、当然だ」

ふれたくてたまらないセインの手が彼女のほっそりした足を包むと、ふたりのあいだに強烈なものが流れた。きっと足を引っ込めるだろうと思っていたが、彼女は動かず、この美しくもはかない親密さに彼と同じく捕らわれているようだった。時間が止まる。彼が片方ずつ室内履きを履かせると、彼女は小さく息をのんだ。

セインはどうにも口を開くことができないまま立ち上がり、片手を差し出したが、肌はうずいて火がついたようだった。アストリッドも無言で震えながら彼の手を取り、立ち上がって彼の前に立った。息をするたび、胸と胸がかすめそうだ。セインは彼女にふれたくてたまらず、その思いで全身がぞくぞくした。

アストリッドも彼を求めている。乱れた脈、浅い息遣いからそれがわかる。ほっそりとした彼女の体が彼のほうにかしいで、彼と同じように磁石の引力に操られているようだ。このまま彼女を抱き寄せ、互いに息ができなくなるまでキスしたい。彼女を抱きすくめ、きみには価値があるんだと何度でも言って聞かせてやりたい。

「アストリッド」彼はささやいた。「キスをしてもいいか？」

彼のささやきが、ふたりを結びつけていた魔法を解いてしまった。

アストリッドは目を見開き、鋭い呼吸とともに体を引いた。「いいえ、しないで。だめよ」

そう言うと、彼女は背を向けて温室から逃げ出した。

アストリッドは飛ぶように屋敷に戻り、仰天したカルバートとそれ以上にびっくりしたレディ・メイベルとすれ違って、自分の部屋のドアを背後でばたんと閉じた。ときおり発作的に息を詰まらせ、震えるおなかをつかむ。ちりちりしている足からの熱が脚を伝っておなかまで上がり、脚のあいだの低いところに溜まった。そこがじんわりあたたかくなって延々とうずいている。ベズウィックの金色の瞳にあった表情を見たらタガがはずれて、ふれてもらわなければ、全身がばらばらになりそうだった。

アストリッドは目をしばたたき、深呼吸をした。この二週間のあいだに、ふたりのあいだでくすぶっていたものはたんなる好意を超えてしまった。いまではもうすべてのいていた。ひとたびふれられただけですぐに火がつき、彼の足もとにくずおれて、あのあたたかくて巧みな指でみだらに脚をなぞりあげてほしくなった。を持っていかれそうな、心が砕けそうな欲求になっていて、その強さに彼女はおのの

――


いとも簡単にイエスと言ってしまいそうだった。

いったいなにをこわがっているの？

ほぼ毎晩、同じことを自問している。ベズウィックは彼女になにも強要してはいない。彼はボーモンのように、ありがたくもない気持ちを押しつけてはこない。公爵はただキスをしてもいいかと尋ねただけで、そして本当のところを言えば、彼女は彼とキスするのが好きだった。たぶん、そういうことなのだろう――彼女はベズウィックがこわいのではない。彼女がこわいのは自分……彼にキスすることが自分にとってどういう意味を持つかがこわいのだ。だから自分は〝キスはしない〟ルールにこだわったのだろう。

けれども、なにかをこわがるというのは、人生を自分なりに生きていく彼女の基本理念とは相容れないことだ。それでは臆病者ということになってしまう。アストリッドは部屋の鏡まで歩いていき、鏡に映った自分を見つめた――目は光を放ち、まとめた髪はほつれ、頬は紅く染まっている。

指先で唇にふれ、ベズウィックの唇がそこに重なるのを想像した。あなたは強くて、教養のある女……自分のやりたいことを大事にできる現代女性よ。彼を求めているのでしょう、ばかなお嬢さん、そして彼もあなたを求めている。キスのひとつくらい、なんの支障があるっていうの？

キスひとつが人生を破滅させる力を持っている――彼女はそれを身をもって知っていた。でも、ベズウィックはボーモンじゃない。

胸いっぱいに息を吸い込み、アストリッドは力強く階下におりていった。

「公爵さまを見なかった？」彼女はカルバートに訊いた。

「だんなさまはもうお部屋に戻られました、マイ・レディ」彼が答える。「なにかお手伝いできることはございますか？」

「いいえ」そう言ってきびすを返した彼女はがっかりしていたが、そこで決意が生まれた。階段を上がったところで足を止める。「あの、公爵さまのお部屋はどこかしら？」

ふだんは泰然としたカルバートもあんぐりと口を開けたが、彼女が取り澄まして片方の眉をつり上げると、つっかえながら答えた。「東の棟でございます、マイ・レディ。あなたさまやレディ・イソベルがお泊りになっている棟と隣接しております。

そちらまでご案内いたしましょうか？」

「いいえ、けっこうよ、カルバート。ひとりで行けると思うわ」

そうであってくれればいいのだが。

新たに湧いてきた勇気のおかげで背をまっすぐに伸ばし、脚を前に出してアストリッドがやってきたのは、家族用らしい棟にある、複雑な彫刻を施された金色に輝く両開きのドアの前だった。そこは客人用の棟よりさらに豪華で、クリーム色と金色を基調に水色がアクセントとして使われていた。

彼女は唇を嚙んで最初のドアをノックしたが、残響が耳に届くとおじけづいた。あ、どうしよう、いったいぜんたいわたしはなにをしているの？　いっきに湧いた勇気は、一陣の風のごとく消えていった。くるりと向きを変え、やってきたところを駆け足で戻ろうとしたとき、ドアが開いた。出てきたのは、地味なナイトガウンと就寝帽を身につけた女性だった。

「ご、ごめんなさい」思わずアストリッドは言った。ふいに槍のような嫉妬心に襲われる。

いったいだれ？　どうして公爵さまの部屋にいるの？

「どなたかしら、フランシス？」くぐもった声がして足音がつづき、すぐにレディ・

メイベルが先ほどの女性の背後にあらわれた。「まあ、アストリッド、どうしたの？」

アストリッドの口が開き、そして閉じて、両手がのどまで上がった。頬がかあっと熱くなる。「その……迷ってしまって」

メイベルはほほ笑み、女性をさがらせた。「ありがとう、フランシス、今夜はもうおやすみなさい」彼女の瞳がアストリッドの表情を読み取る。「フランシスはわたしの新しい侍女なの」椅子やテーブルが置かれた趣味のいい室内にアストリッドを案内しながら、彼女は聞こえよがしのひそひそ声にまで声量を落とした。「前の侍女は、従僕たちのせいでやめてしまったのよ」

「従僕たちのせい？」

メイベルはにっこり笑った。「わたしのベッドにいた子たちよ、お嬢さん。お茶でもいかが？」

「いえ、けっこうです」アストリッドは言い、公爵夫人は愉快な人なのねとすなおに受け入れた。この女性は本当に手に負えない。

「言ってしまうとね、グロリアは侍女になるには気位が高すぎたの」メイベルは話しつづけた。「さいわい、フランシスが地元のよそのお仕事を辞めたばかりで、とてもおすすめされたのよ。ええと、なんだったかしら？　迷ったと言ってたわね？」

アストリッドはうなずき、唇を噛んでつくり話をした。「ええと、曲がるところを間違えてしまって」

「もしかして、わたしの甥っ子を探していたとか？」

「いいえ、とんでもない！」返事が早すぎた。

メイベルは訳知り顔を見せた。「もしそうだったとしても、責めたりしないわよ。なんと言っても婚約しているんですもの。それに、あんなに粗野でいばりちらしていても、セインも昔と変わらず赤い血の流れる人間ですもの」

「彼は粗野じゃありません」自分でも止める間もなく言ってしまい、アストリッドは耳の縁まで赤くなった。「熱い血が流れるというところはわかりませんが」

「わたしは〝赤い〟血と言ったのよ、お嬢さん」メイベルがちゃめっ気たっぷりに訂正した。「あなたたちのあいだで好意がくすぶっているのはだれが見ても一目瞭然よ。正直なところ、わたしたち周囲の人間が焼け焦げていないのが不思議なくらい」

アストリッドの顔がほてった。「わたしたちは名目だけの結婚ということで合意しています」

「人間は心変わりするものよ、お嬢さん」メイベルが彼女の顔を覗き込み、アストリッドは自分の顔じゅうにみだらな欲望が書かれているんじゃないかと不安になった。

「あなたは過去につらい思いをして、いまもそれを引きずっているのでしょうけれど、こわがるのはやめたほうがいいわ。たとえわたしが甥っ子を愛していなかったとしても、同じことを言うわよ」そう言ってアストリッドの手を軽くたたいた。「わたしたちみたいに革新的な考え方をする人間は、結束しなくちゃいけないの」ほがらかにほほ笑む。「さ、お客さま用の棟を探しているのなら、あの階段をおりればすぐよ。公爵の部屋を探しているのなら、この廊下の奥にあるわ」

「違います」アストリッドの耳は燃えるようだった。「迷ったんです」

「そういうことなら、お嬢さん」

公爵夫人におやすみなさいの挨拶をしたあと、アストリッドは内臓があちこちに引っ張られるような心地で階段の上に立ち尽くしていた。メイベルくらい勇気があったらどんなにいいだろう。でも彼女の場合は、浮き沈みの激しい社交界で何十年も経験を積んでいる。それになんと言っても公爵夫人だ。後悔知らずの公爵夫人。

アストリッドにそういうものはなにもない。

彼女は根っこのところでは、失うものがありすぎるただの若い娘だった。

13

「公爵さまはどこにいらっしゃるの？」二日後、アストリッドは公爵の姿をちっとも見かけないのでカルバートに尋ねた。そう言えばフレッチャーも見ていない。しかしその日、彼女は朝から書斎にこもり、オークション用の品々の準備の仕上げをしていたのだ。

「だんなさまはロンドンに行かれました、マイ・レディ」執事が言った。

わたしになにも言わずに？

アストリッドはむっとした。彼は気分を害して、ひと言もなく行ってしまったのだろうか？　彼女がノーと言ったから？　昔の記憶がよみがえってきて彼女をあざ笑う。ボーモンにもノーと言ったら、彼は態度を豹変させて彼女をひどい目にあわせた。ベズウィックも同じことをしているの？　そういう人には見えなかったけれど、彼女には男性を見誤った前例がある。

いいえ、彼はとうとう結婚許可証を用意しにいったに違いないわ。それにわたしには思いも及ばない理由で行ったのだとしたら、わたしが気にすることでもないじゃない。そう思っても、アストリッドは気になってしかたがなかった。彼が黙ってロンドンに行ってしまったことも、それで自分がなにかを感じてしまうことも。

「どれくらい？」彼女は執事に訊いた。

「それはおっしゃいませんでした、マイ・レディ」今度はアストリッドも不快をあらわにし、カルバートは一歩さっと後ろにさがった。「すぐにお戻りになられると思います」

そう、まあいいわ。それなら彼女も自分の好きなようにしよう。つまりブルータスに長いこと乗るとか、村まで行くとか。イソベルも喜ぶだろうし、ベズウィックが領地の侵入者を見張るために雇った男たちがいるから安心だろう。彼らは本当にあるじに忠実だ。彼ら以外の者には、ベズウィックもふたりの安全を任せない。

どうしてわたしに黙って行ってしまったの？

小さなことがいつまでも気にかかった。しかしそのとき、アストリッドは彼と最後に会ったときどんなふうに別れたかを思い出した――自分は彼から逃げた。そしてそのあとも逃げつづけていた。ずっと彼を避けた結果、彼はひと言もなくロンドンに行った。アストリッドは自分の気持を分析したくなかった。これは落胆？　後悔？

〝きみにキスをしてもいいか？〟

あの懇願のささやきは、彼女の魂を粉々にした。彼女は世界のなによりも彼のキスがほしくなった。あれほどせつなく強くなにかを求めたことで、欲望のあまり彼女は弱々しくなった。彼の大きくあたたかな手で足を包まれたとき……その手をべつの場所で感じたいという言いようのない欲求が生まれた。彼にすべてを捧げたくなってしまった。

ベズウィックのような男性には、彼女などまるごとのみ込まれてしまうだろう。そんなことには耐えられそうもない。

「アガサ」彼女は寝室につかつかと入っていった。「わたしの緑の乗馬服を用意してちょうだい。アガサ？」アストリッドはきれいさっぱり片付いた部屋を見まわしたが、侍女はどこにも見当たらなかった。

おそらくイソベルといっしょにいるのだろう。ひとりで着替えるのはそう大変でもない。特別仕立ての彼女の乗馬服はほとんどが前開きだ。ブルータスにまたがって颯爽と乗りこなすことを前提としていて、レディ用の片鞍に合わせた通常の乗馬服は必要なかったから。

ブルータスを思いきり駆けさせれば、もう何日も消えずに脚のあいだにたまった熱も解消されるかもしれない。長年、ひとりになれる時間のなかで、アストリッドは自分で自分を慰めることを覚えていたが、だれかに見られる危険を犯すわけにはいかなかった。ここではできない。ただ、ベズウィックの図書室の書架の上のほうにあった書物には、女性が自分の体にふれるのは悪いことではないと書かれていた。悪いどころか、フランス人の高級娼婦だった著者のニノン・ド・ランクロは、それを奨励していた。

アストリッドが遠慮しているのは、人さまの家だからということと、公爵本人が原因だということが理由だった。ベズウィックのことを考えるだけでおかしくなりそうな彼の影響力がおそろしくて、そうすればひと息つけることがわかっていながら、衝動に抗いつづけていた。

彼も自分自身にふれて、同じように彼女のことを考えているのだろうか？

ベズウィック公爵がベッドに横になり、ふくらんだブリーチズの布越しにそこを手で包んで頭をのけぞらせているという、ぞくぞくするような想像がアストリッドを襲った。呼吸も骨の動きも止まって脚の感覚がなくなり、よろけて転びそうになる。

ああ、なんてこと、ばかばかしいことになってきているわ。

馬よ。ブルータスに乗れば、すべてが解決する。厩舎に急ぐあまり、玄関で騒ぎが起こっていることに、アストリッドは実際そこに行くまで気づかなかった。パトリックと言い争っているカルバートにぶつかりそうになったが、パトリックの顔色があまりに真っ青で、彼だとわからなかった。いつもは血色のよい顔が灰色になり、赤毛が逆立っている。

「どうしたの?」領地を巡回している公爵の警備員たちがいることに気づき、アストリッドは尋ねた。悪い予感に胃がよじれる。ベズウィックになにか? ロンドンでなにかあったの?

「レディ・イソベルですよ、マイ・レディ」ベズウィック・パークのいちばん新しい女中頭のミセス・クロスが、大混乱のなかから一歩前に出た。「行ってしまったんです」

「行ってしまった?」アストリッドはおうむ返しに言った。「どこへ?」

「使用人にことづてを残されて、おじさん、おばさんとロンドンに行くって。アガサがいっしょだと」ミセス・クロスは困ったような顔をしていた。「エヴァリー卿が数時間前に馬車をよこされました」

「ロンドンへ? いったいどうしてそんな――」アストリッドの言葉がとぎれ、手がさっと口もとに飛んだ。こうなることはわかっていたはずなのに……サウスエンドの村に行ったあの日、イソベルは自分が重荷のような気がすると言っていた。妹はたまに思慮が浅いときもあるけれど、とくに自分の愛する人たちのことになると、根はとてもしっかりしている。間違いなく、自分自身の手で状況をどうにかしようと、ロンドンへ行ったのだろう――アストリッドがイソベルのために結婚しなくてもいいように。

「どうしてだれもわたしを呼びに来なかったの？」彼女は強い口調で訊いた。

「じゃまをするなとのことでしたので、マイ・レディ」カルバートが少し恥じ入ったような顔で言った。「それにレディ・イソベルが、すでにあなたさまとはお話しになっているとおっしゃいまして」

そうでしょうとも。アストリッドの頭のなかはぐるぐるまわっていた。あの子はいったいなにを考えているの？　あまり賢くないふり、頭のよくないふりをしているけれど、じつはイソベルはかなりの頭脳の持ち主だ。もし彼女がアストリッドを望まぬ結婚から救おうと考えているのなら、何物も彼女を止められないだろう。少なくとも侍女を連れていくだけの分別はあったということだ。アガサがきっと妹を安全に守ってくれるだろう。

「あなたにお手紙を残されてます、マイ・レディ」女中頭がアストリッドにそれを渡した。

はたして、イソベルのきっちりとした字で、ミセス・クロスが言ったとおりのことが書かれてあった。イソベルは社交シーズンの始まりに備えておじ夫妻とともにロンドンに行くのであり、かならず事態を収束させると約束していた。さらにおじは新しいドレスや宝石も用意して、イソベルの気に入る相手を選ばせてくれると約束したことも書き添えられていた。

アストリッドは奥歯を噛みしめた。なるほどそうでしょうとも。欲深くもイソベルの持参金を手に入れるためなら、おじはなんだって約束するだろう。なんらかの形でボーモンがいまだ関わっているという事実も軽く見てはいられない。彼女の思考回路はものすごい勢いで回転した。見て見ぬふりの親戚たちは、いったいなにを企んでいるの？

もっと言えば、妹はなにをしようとしているの？

カルバートが苦悶の声をもらしたが、まさに全身に苦悩と書いてあるかのように見えた。「お止めできなくて申し訳ありません、マイ・レディ。レディ・イソベルはすっかり納得しておられるように見えたもので。なにか困った状況なのでしょうか?」

「あなたのせいじゃないわ、カルバート。イソベルは頑固なの。うちの血筋みたいね」アストリッドは言った。「困った状況なのかどうかは、しばらく様子を見ないとわからないわ。わたしはこれもまたなにかおじの策略だと思うのだけど。それに、わたしも悪かったのよ。こうなることは予想してしかるべきだったのに」

「だんなさまにお知らせいたしますか?」

アストリッドは首を振った。「いいえ、イソベルがロンドンに行ったのなら、わたしが自分で行くわ」

メイフェアにある〈ハート・ハウス〉の書斎に座り、セインは手にした書類を真剣な顔で見つめていた——カンタベリー大司教から賜った結婚許可証。こんな小さな紙切れ一枚が、慣例となっている結婚予告なしにふたりの人間を縛るという巨大な力を持っているのが不条理なように思える。しかし現実にそうなのだ。

彼とアストリッドは結婚する。

セインは彼女と顔を合わせることなくロンドンにやってきた。その役目はカルバートにまかせた。正直、彼女に逃げられたあとでは、顔を見ることができなかったのだ。

まるで菓子をねだる男子生徒のようにお願いをしてしまった。ああ、なんとみじめなのだろう。未来の妻でさえも、彼と同じ空間にいることが耐えられないとは。

クラブにでも行こうかと、なんとなく考えた。ポートワインをボトルで浴びるように飲みながら、ほかの男たちからゲームで大金を巻き上げてやったらよさそうだ。ここに座って、羊皮紙を前にだんだん悟りをひらいているような気分になるよりましだろう。

「フレッチャーを呼べ」近くにいた従僕に声をかけた。「風呂を用意するように伝えろ。出かける」

「かしこまりました、だんなさま」

ハート・ハウスの大浴室はベズウィック・パークにしつらえたものに匹敵し、浴槽も彼が楽に入れて必要なことができる大きさのものが複数ある。風呂が用意できるとセインは耐えられる限界の熱さの湯に体を伸ばして浸かり、ゆっくりとこわばりがほどけていくのを感じた。

「さがっていいぞ」彼はフレッチャーに言った。「しばらくかかる」

「外出されるのですか、だんなさま?」

「出てから考える」

「かしこまりました」フレッチャーはうなずいたが、いつもは愛想のよい顔がけわしかった。セインは強いいらだちを覚えた。長年のつき合いの従者そして友でもある彼は、なにか言いたいことがあるのだろうが、その忠告はたいてい進歩的と言える範囲を超えている。

「おまえがわたしならどうする?」気づくとセインは訊いていた。

フレッチャーはドアのところで足を止めた。「あのレディと結婚します。人生を送ります。幸せになります」

「その件のレディにわたしは求められていない。少なくとも、そういう方向では」

「彼女はあなたさまのことを知りません、だんなさま」

セインはこめかみをこすった。「おまえはわたしのこれまでを知っているだろう。わたしはそういう人生に向けてつくられた人間じゃない。愛と笑いといまいましい虹がいっぱいの人生。わたしを見てみろ」セインは左半身の縮んだ肉と、湯に浸かっているのが見えている醜い傷だらけの脚を手で示した。「わたしはくそったれのばけものだ。だれがこんなものと同衾するにふさわしいというんだ?」

「だからなんです?」従者はおぞましいものが口に入ったとでもいうように言葉を吐き出した。「だんなさまにはたくさん傷がございます。ですが、われわれにもみんな傷はあるんです、だんなさま。わたしの父は、四人の子どもの前で母を殺しました。よその男が母を見たというだけで。母はそのようなひどい扱いを受けることをなにもしていないのに、ずっと虐げられておりました」

仰天して見つめるセインを前に、フレッチャーの言葉はとぎれ、胸を上下させてこぶしを握りしめていた。「それは知らなかった」

「当然です」フレッチャーは肩をすくめた。「わたしは憎しみに毒されるままに生きて、幸せになるあらゆる機会から遠ざかってしまいました。ご存じですか、だんなさま？　プライドというのは寂しいお仲間ですよ」彼は哀しそうに笑った。「見えるところに傷がないからと言って、傷ついていないわけではないのです。深い傷を負っていないとはかぎらないのです。ですが、その傷に支配されるかどうかは自分で決めなければなりません。そして、もしそうするなら、もしだんなさまがそうすることしか考えていないのであれば、レディ・アストリッドはだんなさまにはもったいないと言わせていただきます」

「いずれにしろ、もったいないな」セインは消えそうな声で言ったが、フレッチャーはすでに部屋を出て背後でドアを閉めたあとだった。

セインはため息をつき、凝り固まった肩を湯に沈めた。このまま出かけず、ここにいるのもいい。とりとめなく、だらだらと。彼は陶製の浴槽の表面に沿って体をずるずると滑らせ、頭まで湯に浸かり、心臓の音がぼんやりと耳に響いてくるまでそうしていた。

まぶたの裏に、アストリッドの姿が浮かぶ——温室のベンチで体を丸め、全身桃色の肌をして、強烈なウィットを備えた知性を持った彼女。それから、誘うような光を放って彼のベッドに横たわり、罪深く、欲深く、悩ましい裸体の彼女。セインの意識はどうしようもなく後者の彼女に引き寄せられた。ふっくらとした唇はピンク色で、あのアイスブルーの瞳があたたかな欲望をたたえている。つややかな髪が肩に散り、多くの曲線が隠され、バラ色の乳首も見えるようで見えない。

すでに硬く勃ち上がっている彼のものが、ぴくりと動いた。誘惑に抗えない彼は手を伸ばしてそこを包み、荒っぽいくらいにこすり上げた。何度か動きをくり返すうち息が浅くなり、袋の部分が締まった。頭をのけぞらせ、絶頂が駆け抜けるにまかせて精を出し尽くした。いつもより満足感がない。うら寂しい。もちろん、その理由はわかっていた。彼の体は彼女を渇望している。

くそっ、フレッチャーに負けないくらいひどいじゃないか。

セインは長いタオルに手を伸ばし、立ち上がって体をふいた。出かけよう。ほかのことで頭を満たさなければ。手に入らない女のこと以外ならなんでもいい。

肩からバスローブを羽織ると、つづき部屋に大またで入っていった。「フレッチャー、馬車を――」

言葉が途絶えた。妄想していた女性が実体をもって寝室の入口に立っていた。彼のベッドからわずか数歩のところで。彼女は目にも麗しく、ろくに服も着ていない彼の姿を一瞬で見て取ったときには頰を上気させていた。が、彼のように欲望を感じたからではなく……不安と心配のせいだった。セインは目をしばたたき、理性を取り戻した。

「アストリッド、どうした？　どうしてここにいる？」

「セイン、イソベルが」かすれた声で言い、彼女は両手を顔のところまで上げた。

「あの子がおじやおばといっしょにこのロンドンに来ているの」

「彼女がここに？」あられもない格好なのが気になり、セインはバスローブのベルトを締めてから彼女のところに行って、ゆるやかに抱きしめて挨拶した。「最初から話を聞こう。なにがあったか話してくれ」

いくつか短い文章で簡潔に、アストリッドはイソベルの置き手紙のこと、彼女が自分からついていったことを話した。「あの子の話では、おじとおばはあの子自身に相手を決めさせてくれるということらしいわ。ドレスやそれなりの宝石、若い娘の気を引くにはじゅうぶん以上のものを約束して……。おじがなにか企んでいるのは間違いないの」

「借金で投獄される恐怖から、人間はいろいろなことをしでかすからな」セインは言った。「だが、妹を信じるんだ。わたしの見たところ、彼女はきみとよく似ている」

「似てなんかいないわ。あの子はやさしくて、かわいらしくて、すぐ人につけこまれてしまう。とくにわたしのおじは、いいことばかり言ってあの子を丸め込んだんでしょうよ」

セインは彼女の眉にかかった髪を払ってやった。「彼女の能力を見くびっているんじゃないかな」

「少なくともアガサがいっしょにいるわ」沈黙のあとようやくアストリッドは言い、目を閉じて彼の手に頰をあずけた。「彼女ができるかぎりあの子のために目配りをしてくれるでしょう」セインは彼女の気持ちがじょじょに落ち着くまで、もう数分ほど彼女に寄り添っていた。「来ずにはいられなかったの」

「そうか」彼はわずかに体の角度を変え、また兆してしまったものを腰で隠した。こんな状況であっても、あたたかくほっそりとした彼女の体を感じるのは最高に甘美な仕置きのようなもので、彼の反応はすこぶるありがたくないものだがどうにも制御できなかった。しかし、炎のように色づいている彼女の頰を見るかぎり、彼女はすでに彼の体が言うことを聞かないことに気づいているのかもしれない。

「おじのレジナルドが父の遺言に抜け穴を見つけないうちに、結婚する必要があるわ」

「ああ、許可証を取ってある」

彼女の視線がセインに飛んだ。「そうなの？」

「わたしがなんのためにロンドンまで来たと思っていたんだ？」セインは眉をひそめた。

アストリッドは大きく息をのんだ。「さあ……。お仕事だと思っていたわ。あなたが出かけたということくらいしかカルバートも言わなかったし。もしかしたら、あなたは怒ったからいなくなったのかもしれないと思って」彼女の目がフレッチャーの用意した礼装に留まった。「出かける予定だったの？」

「いや」

最高級の上着を彼女の指先がなでる。「その予定だったようだけど」

「たしかにそうだが、いまは違う」

「ベズウィック」彼女が切り出し、セインはその呼び方にため息をついた。また堅苦しい関係に戻ってしまった。ここに着いたばかりのときは彼女はセインと言っていて、その響きがうれしくて、彼のすさんだ心は胸のなかではずんだというのに。彼女の美しい顔に表情はなかったが、ほっそりした指は奔放すぎて意志の力では抑えられないのか、スカートを握りしめている。この表情豊かな手は、いつも彼女の心を見せてしまう。「愛人がいるの？」

セインの口がぽかんと開いた。「なんだって？」

「このロンドンに。いるの？」

「いや」

「だからあなたは街に来たのかと思っていたわ。わたしが……あなたの望むようにできなかった……しなかったから」アストリッドは床を見つめ、頬を真っ赤にしていた。「最初、たしかに愛人のこととか条件については話したけれど……」

彼女はごくりとつばを飲み込み、みすぼらしく声がしぼんだ。セインは笑い飛ばしたかったが、この状況で笑い話にしても彼女はうれしくないだろう。最初に彼女が彼に求婚したあのときは、たんに彼女がどう返してくるかを楽しんでいただけなのだ。セインは彼女の両手を握った。

「アストリッド、本当だ、わたしに愛人はいない、ひとりでも、複数でも。それに、種を撒き散らすために出かけることもない。きみがそういうことを想像していたのなら」彼女の顔がさらに赤くなり、セインは咳払いをした。「しかし、偶然にせよ、実際にとても重要な用事ができた。しかも、それを言うなら、きみも当事者だ」

彼女は埃としわだらけの乗馬服を見下ろし、驚いて茶色の眉をつり上げた。「どこかに出かけられるような格好じゃないわ。どんなご用事?」

「われわれの結婚式だ」

アストリッドは青ざめて声がしぼんだが、彼女の告白を聞く者はほかにだれもいなかった。「ブリーチズなのよ、閣下」

セインの深みのある忍び笑いが部屋を満たした。「ともかく、このままやるしかなさそうだな」

14

アストリッドがまばたきひとつしないうちに、ほぼ終わっていた。

そして実際、自分の結婚式に、本当に乗馬服とブリーチズという出で立ちだった。ふだん着の丈夫なドレスなら二、三着は持ってきていたのだが、そのままの服装でもベズウィックはじゅうぶん満足そうだった。彼女としては少し残念だったけれど、厳粛な場の雰囲気でそんな気持ちも薄らいだ。結婚。ほとんど知らない人なのに、どういうわけか彼女のとても大切なものをすべてゆだねることにした男性と。妹も。遺産も。自分の未来も。

しかし彼女のもろい心だけは、できるだけ長く守っておきたいと彼女は思った。

司祭が呼ばれ、ハート・ハウスのがらんとした大広間で結婚式は執り行なわれた。妹がこの場にいないのが残念だったが、そのイソベルのためにこれほど急に誓いの儀式をしているのだ。ボーモン伯爵が隙あらばイソベルを堕落させようとする危険はあるものの、おじやおばも醜聞は避けたいところだろう。おそらく伯爵も、特別許可証を取ってからイソベルと式を挙げるつもりではないだろうか。

でも、そんなことはもう関係ない。アストリッドがベズウィック公爵夫人になったのだから。

公爵夫人。

司祭のおののいた視線が、顔をおおうものがなにもない威圧感たっぷりの公爵に向けられたとたんにさっとそらされ、式が始まった。アストリッドは凝らしていた息を吸い込んだ。奇妙なことに、無遠慮なふるまいをした司祭を蹴り飛ばしてやりたくなった。司祭がなにを見ていたのかわかっている。ベズウィックの見た目はたしかにぞっとするものだけれど、彼女自身はもう慣れていた。

彼女が見ているのは、彼という人間の中身だ。

セインは深みのあるよく響く声で誓いの言葉をくり返したが、ためらいはいっさいなかった。「わたし、ナサニエル・ブレイクリー・スターリング・ハートは、汝、アストリッド・ヴィクトリア・エヴァリーを妻とすることを誓います」

彼のクリスチャンネームはナサニエルなの？

司祭が咳払いをした。「神の聖なる婚姻の定めに従い、あなたはこの男性を夫とし、ともに生きることを誓いますか?」

司祭の目が向けられ、アストリッドは誓いの言葉を言おうとした。公爵が彼女にさっと視線を投げる。〝本当に、これはきみの意志でやっていることなのか?〟とでも尋ねるように。彼女はわけもわからず笑いそうになった。「誓います」

そしてアストリッドは息を吸ったが、公爵がポケットから取り出して彼女の指にするりとはめたすばらしいサファイアの指輪に意識を奪われた。「この指輪をもって、わたしは汝と結婚し、わたしの肉体をもって汝を敬い、わたしの全財産を汝に授けます」

「では、神によって結ばれた者たちを、なんぴとたりとも分かつことはありません」司祭が言った。

セインが彼女のほうを向く。琥珀色の美しい瞳は澄みきっていて、無数の輝く金色の斑点が見えた。彼はキスするかしら? 慣例ではないけれど、彼はどんなことでもありきたりのやり方ではしない人だ。アストリッドが目を閉じたそのとき、唇が頰をかすめた。「きみとイソベルはもう安全だ」

それで終わりだった。

拍手の音でわれに返ってアストリッドが振り向くと、フレッチャー始めロンドンの別邸の使用人たちが勢ぞろいしていた。彼らの姿が涙でぼやけてくる。「おめでとうございます、だんなさま」

「婚礼の朝食に代わって」目立たぬように涙をぬぐうアストリッドの横でセインが言った。「今日は婚礼の晩餐をとることにして、クラブに出かける。使用人も今晩は祝賀で休みとする」

彼にエスコートされて二階へ向かう途中、アストリッドは彼に身を寄せた。「晩餐にふさわしい衣装がなにもないわ、ベズウィック」

「セインだ」彼は訂正した。

「ナサニエルじゃなくて？」アストリッドはほほ笑んで尋ねた。

夫はしかめ面になった。「舌が大事なら、その名はやめておけ」

おそろしくも中身のない脅しに、彼女はびっくりしてくすくす笑った。「どうして嫌いなの？　すてきな名前なのに」

「まったくなじみがないんだ」彼は言った。「子どものころはうまく発音できなくて、そのままセインで固定されてしまった。昔からそのほうが……自分らしく感じる。父は嫌っていたが、わたしがほかの名前では一年近く返事をしなかったら、最後は父もあきらめた」

アストリッドも納得せずにはいられなかった。セインのほうが完璧にしっくりくる。対して、ナサニエルは複雑すぎるし古めかしい。セインのほうが、彼の個性や強さや生来の飾り気のなさが感じられる──人は目に見えるもので判断してしまうものだ。その向こうにまで目を向ければ、真実があるのに。アストリッドの視線が上がり、彼の顔を縦断するでこぼこの大きな傷と、左頬からあごにかけてつるが這うように伸びているたくさんの小さな傷を見て取った。まるで痛みでできた織物のよう。それでも彼は誇り高く生きている。

セイン。

彼女は急に目の奥が熱くなったのをこらえた。「あわてて出てきたから、晩餐に出られるようなドレスを持ってきていないわ」

公爵はやさしい笑みを見せ、先に立ってベズウィック公爵夫人のものである一連の部屋に案内した。「アガサがイソベルといっしょに行ってしまったから、きみの侍女として従僕の妹を手配した」彼はいたずらっぽい目をしておじぎした。「では、のちほど晩餐で会おう……マイ・レディ」

アストリッドは興味津々で部屋に入っていった。ハート・ハウスのすべてのものと同じく、そこも最高に優美なしつらえで、繊細な淡い金色と緑を基調にした目にも麗しい部屋だった。中央には巨大なベッドが鎮座し、支柱から極薄のガーゼがかかっている。奥にあるドアは公爵自身の部屋につながっているらしい。初夜の床入りを完了させなければならない――とくにこの結婚を無効にしようと動く人たちに向けて――と思うと、彼女の心臓はどきんと跳ねたが、ひとりになれる場所があるのはありがたかった。とりあえずいまは。

「初めまして、奥さま」若い娘が言い、小さくひざを折って挨拶した。「アリスと申します」

「よろしくね、アリス」アストリッドは娘が立っているベッドのほうへ歩いていったが、ベッドの上に広げられたドレスを見て口がぽかんと開いた。チュールレースとシルクでつくられた、ふわりと軽いアイスブルーのドレス。「これはいったいどこから?」つぶやくような声で言う。

「〈マダム・ピノ〉のところです」アリスの声が甲高くなった。「ロンドンでもいちばん有名な仕立て屋なんですよ、奥さま。結婚式のあいだに、だんなさまがわたしの兄を店にやって受け取ってきたんです。週末には奥さまご自身が行かれて、お衣装をぜんぶそろえることになってます」

アストリッドは公爵の配慮に口もきけないくらい驚いた。新しく夫になった男性を過小評価していたようだ。一時間もかからずに人気の仕立て屋からドレスを手に入れ、さらに社交シーズンの始めという繁忙期にそこから衣装をまるごとそろえられる影響力と財力があるなんて。マダム・ピノの手もとにあったに違いないすてきなドレスを見つめ、自分に合うだろうかと考えた。

「だんなさまからお風呂も用意するよう仰せつかっていました」アリスはたたまれた羊皮紙を差し出した。「それから、あなたさまにお手紙です、奥さま」

「手紙?」アストリッドはまばたきした。「だれから?」

「わかりません、奥さま。数分前に厨房に届きました、レディ・アストリッドさま宛てです」

彼女は震える手でたたまれた羊皮紙を受け取り、開いた。走り書きのような文字を見たとたんひざから力が抜け、休憩スペースに置かれたひじ掛け椅子に座り込んだ。イソベルからの手紙。思ったとおりだった。

大好きなアストリッド、
この手紙が無事に届きますように。さっきフレッチャーからアガサに連絡が入り、あなたが今日ロンドンに着いたばかりだと聞きました。この手紙をかならず届けるとアガサが約束してくれて、書きました。

まず、わたしは元気です、だから心配しないでください。わたしたち両方のためにこうするしかなかったことを、どうかわかってください。あなたはベズウィックとでも、だれとでも、無理やり結婚するべきではありません。わたしはあなたの幸せを願うだけです、アストリッド。もちろん、わたし自身の幸せもだけど、そのためにあなたが犠牲になるのはぜったいにだめです。あなたはずっとわたしの面倒を見てくれました、今度はわたしの番よ。

ほかのお知らせですが、レジナルドおじさまはわたしたちにとても怒っているけれど、よい縁組を決めることで帳消しにできると言っています。わたしたちは社交シーズンのためにここに来ました。きちんとした手順を踏んで求婚者を選べば、それでいいそうです。ボーモン伯爵もロンドンに来ていて、やはり彼がおじの考える結婚相手の最有力候補です。こっそり立ち聞きしたのですが、おじは摂政王太子殿下（プリンス・リージェント）にお願いして、お父さまの結婚の条件を無効にするつもりのようです。

どうかわたしのことは心配しないで。わたしに連絡を取りたいときは、アガサにことづてを送ってください。一週間後のフェザリングストーク舞踏会に出席する予定です。仮面舞踏会よ。もしかしたら、そこであなたに会えるかも？

わたしはいまでもあなたの忠実な妹です。大好きなお姉さまへ、イソベル。

妹は……まともだ。アストリッドにとって予想外のことだったが、最近はたいてい驚くことばかり起きている。ベズウィックの言うとおりだった。それにイソベルは、やはり自分の意志でロンドンに来ていた。ベズウィックの言うとおりだった。妹もまた、姉と同じ頑固な血を引いているらしい。若いけれど、強くてへこたれない。そして、ばかがつくほどのお人好しだ。アストリッドは逸る心を抑えながら、ふたたび手紙を読んだ。フェザリングストーク舞踏会。直接イソベルに会うチャンスだし、仮面舞踏会なので変装できる。ぜがひでも出席しなければ。妹が元気でいるということを自分の目で確かめるためだけにでも。

彼女は手紙を置くと、双方の部屋とつながっている浴室に侍女のあとから入っていった。もはやそんな空間をベズウィックと共有しているなんて、あまりにも親密すぎるような気がする。お湯が半分ほど入った湯船が彼女を待っていた。彼女が使うには大きすぎるが、おそらく彼女よりずっと体格のいい公爵のことを考えて設計されたものなのだろう。まさにこの湯船で、べつべつにではあるけれど、ふたりともが一糸まとわぬ姿というはしたない想像をしてしまい、全身の血管がいっきに熱くなるのを感じずにはいられなかった。

アストリッドはアリスの手を借りて埃っぽい乗馬服を引きはがすように手早く脱ぎ、心地よいお湯に足を踏み入れた。幸せなため息をつくと、アリスが小さな瓶に入れて差し出したレモンの香りのする石けん水を泡立て、髪を洗った。

部屋の奥のドアがかちりと開き、アストリッドは屋敷のあるじ――そして夫となったばかりの人――が戸口にもたれているのを見て悲鳴をあげた。彼が追い払うように手を振ると、アリスはそそくさと部屋を出ていった。

彼は近くに来ようとはせず、湯は石けん水で濁っていたが、彼の金色の瞳はアストリッドの頭からつま先まで……見えるはずのないところまで……なでるようにさまよい、彼女の体はどこもかしこもちりちりとうずいた。たちまち彼に反応したことが恥ずかしくて、彼女は硬くなった胸の先端をおおうように腕を交差させた。

大きな彼の体で、空間がせまくなったように感じる。彼はまだ先ほどまでと同じ服を着ていたが、クラヴァットはもはや瀕死の状態で力なくぶら下がっていた。金色がかった茶色の髪はくしゃくしゃとして愛らしく、片方の目にひと房かかっているのが色っぽい。アストリッドはどうしても、宝石のような彼の輝く瞳やくっきりと引き締まった唇に目を奪われてしまい、なんとか顔の傷に目を向けようとした。

「ここは、この屋敷でわたしが気に入っている部屋なんだ」彼がやわらかな声で言った。足首を交差させる形でブーツを履いた足をもう一方の足に重ねていて、黒のブリーチズが細身だが筋肉のついた脚をぴったり包んでいるのがいやでもわかる。それに、ボタンをはずしたベストの下に着ているローンの白いシャツが、その下にあるなめらかな腹筋を包んでいることも。

「とてもすてきだわ」アストリッドはどうにか言ったが、自分が裸で彼が困るほど近くにいることが気になってしかたがなかった。まさか襲いかかってくるとは思わないが、どうにも無防備に感じてしまう。詰まったようなのどで彼女は咳払いをした。「まだ時間はだいじょうぶよね？」

「ああ」

「そう」

今度は彼が咳払いをしたが、彼の肌は赤黒く染まっていた。「おそらくきみは……結婚の誓いを完全なものにするのは待ちたいと思っているかもしれないが、状況を考えると、早いほうがいいと思う」

彼女の肺が止まった。ああ、どうしよう、彼は床入りのことを言っている。わたしがこんな裸のときに。お風呂に入っているときに。いくら名目だけの結婚とはいえ、それをしなければならないことは頭ではわかっているけれど、ほかの部分は震えておじけづいている。アストリッドは超然とした落ち着きを見せようとしたが、ぶざまに失敗した。「そうね。わたしもそう思うわ、閣下」

彼が彼女の視線をとらえた。「セインだ」

「セイン」彼女はくり返し、手でお湯をばしゃばしゃはねさせた。

彼は動じることなく、燃える瞳を彼女のあごよりも下の一点に据えていた。指にはめられたサファイアの指輪を見ているのかしらとアストリッドは思ったが、ふと下を見たら、違うとわかった。桃色の先端が、水面に浮いた泡から覗いているのだ。恥ずかしくて、さっと手でおおった。

「隠すな」夫がかすれた声で言い、矢のような速さで湯船の縁にひざをついたので、アストリッドは思わず息をのんだ。彼は魅入られたようにそこを見つめ、唇を真一文字に結んで細いあごの筋肉をゆがませていた。人差し指を伸ばしてそのつぼみに円を描き、濡れた肌をさらに硬くさせた。「きみは美しい」

アストリッドが震えるように息を吸っても、公爵はすっかり魅了されてしまっていた。黙ったまま、二本の指で粒になった先端を転がし、アストリッドの胸から太ももへ電撃が走って、彼女はうめき声を抑えることができなかった。無意識のうちにネコのように背をしならせ、彼の手に体を押しつけていた。もっとほしい。すべてがほしい。

「セイン、体がうずくわ」彼女がささやく。

彼は頬をぴくりとさせたかと思うと動きをなくして硬直したが、すぐに濡れそぼりながら彼女を抱き上げた。頬を染める慎みすら忘れたアストリッドを抱え、セインは隣接した自分の部屋へ彼女を運び、足でドアを蹴って閉めた。シーツが濡れるのもかまわず大きなベッドの中央に彼女をおろし、部屋を照らしていた唯一のろうそくを消すと、あからさまな衣擦れの音が彼女の耳に届いた。

そのとき、彼女はこわくはなかった。心からこれを望んでいた。気持ちが逸り、神経が過敏になって、手足にはちみつのようなあたたかさが溜まって、体内のうずきがなだめてほしいと叫んでいる。一瞬のち、マットレスが彼の体重で沈んだ直後、彼の長い体が彼女の上におおいかぶさって、アストリッドは笑いそうになった。彼女の脳が〝裸〟と〝公爵〟という言葉を結びつけるときがあるとすれば、まさにいまがそのときだ。

とはいえ、彼は完全に裸というわけではなかった。まだシャツは着たままだ。シャツの生地が敏感になりすぎた胸をかすめるのを感じたアストリッドは、ベズウィック・パークで彼が大浴槽に入っていたときにほんの一瞬かいま見た傷を思い出して、せつない思いであふれそうになった。しかしそのとき、ごわついた毛を感じられる引き締まった太ももと自分の脚がこすれ合い、彼女の頭は舞い上がってまっ白になった。あきらかに彼の下半身はむき出しだ。重く、硬く、臨戦態勢で。

アストリッドの肺から、震えるような吐息がもれた。

いよいよ純潔を失うときが来た。ボーモンに貶（おとし）められたときから、思い煩わないときなど一瞬たりともなかったもの。だめだめ！　いまこんなときに、あんな男のことなんか考えたくない。わたしはベズウィックと結婚することを選び、この彼のベッドに入ることを選んだのだ。彼の妻になると決めた。すべて自分で決めたこと……自分の意志にほかならない。

「濡れている」彼がうなるように言った。

「お風呂に入っていたもの」考える前に口が動いていた。

彼の低い笑い声にアストリッドの体は熱くなり、彼の指が脚のあいだの中心の巻き毛をかすめたものだから、あやうくベッドから跳ね落ちそうになった。「ここが。わたしのために濡れている」

アストリッドは思わず息を吸ったが、彼の大きな手がむき出しの彼女の脚……そしてふくらはぎ、ひざ裏、内ももをなで始めると、すぐに酸素はなくなった。セインは自分の大きな体を彼女の脚のあいだに入れ、指先で敏感な場所を探っていく。彼女の神経は悲鳴をあげ、震える体の中心に彼の手が戻ってくるころには、せつなさが高まり過ぎてぐちゃぐちゃになっていた。

「すごい、アストリッド、あたたかいサテンのような手ざわりだ」

マットレスが彼の重みできしむ――たったそれだけの警告で、あたたかな唇が彼女のあそこに押しつけられた。どこよりもうずいてしかたのない場所へ。熱くなったそこを彼の舌がくるりとなぞったとき、彼女はベッドから飛びおりそうになった。この暗闇でも目が見えたらいいのに、とふと思った。自分の脚のあいだにあの広い肩が収まっているところを想像しながらも、彼女にできるのは感じることだけ。

そう、感じるわ。どうしようもなく感じる。

セインはたっぷりと時間を使い、熟練の地図製作者のようにくぼみのひとつひとつを記していった。ゆっくり攻め立てて彼女がどこで身をよじり声をもらすか、その場所を探っていく。以前、アストリッドは官能本でなまめかしい絵を見たことがあったが、そういうものが実際どういう感覚なのかまではわかっていなかった。しかも暗闇のなかでは、罪深く退廃的に感じてしまう。いやらしくて、なまなましくて、迫力がある。

「こんなのだめよ、セイン、もう……」

「いや、だいじょうぶだ」彼が言い、さらけ出された彼女の中心にひやりとした空気がかかった。それから彼はもう一度彼女を攻め立てはじめ、今度は指まで加えた。唇と舌で容赦なくなめたり、吸ったり、くるくるなぞったりする動きに加え、二本の長い指がなかに入ってくると、アストリッドの背がしなった。

手加減なく巧みに攻め立てられるうち快感が高まり、そして弾け、至福のときが熱く甘い波のうねりとなって彼女に襲いかかった。しかし意地悪な夫はそこでやめず、すぐにつづけて彼女を絶頂へとやさしく導いた。アストリッドの体は心地よくぐんにゃりとし、頭もすてきにぼうっとしている。完全に頭を枕にあずけると、セインがのどの奥で男らしい満足そうな音をたて、たくましい腕で自分の体を支えて彼女におおいかぶさった。

「きみはすばらしい、アストリッド」

「ねえ、セイン、お願い」彼女は勇気がなくならないうちにささやいた。「早くあなたのものにして」

彼女の頬は燃えるように熱くなった。おそろしいヴァイキングものの三文小説に出てくる処女の生贄のように奪って、と言ったほうがよかったのかもしれない。しかし腰の中心が早く来てほしくてうずいている。なんともはや、彼女は奪ってほしいと思っているのだ。

そう、これ以上は思えないくらいに。

しかしあまり深く考える間もなく、とても大きくてとても巧みな夫が妻のお願いにくくっと笑い、妻の脚のあいだに体を割り込ませた。彼女のひざが開いて夫の腰を抱え込み、とんでもなくいやらしい格好になって、彼女は思わず息を弾ませた。もう耐えられないかもしれない……感じやすさも、彼の重みも、硬い男性の体の感触も。ふとわずかな不安に襲われ、体に力が入った。

けれど心配しているひまもなく、あたたかい彼の先端が入口に当てられるのが感じられ、ゆっくりと押し入ってきた。アストリッドははっと息をのんで彼の肩につかまった。ぴりっとした摩擦、そしていっぱいに満たされる感覚にびっくりし、きっといやな感じなのだろうと思っていたのに、だんだん力が抜けて彼を受け入れていった。そして彼がゆっくりと、深く突くように動き出し、彼女のつま先は丸まって、手はシーツの上でこぶしを握った。

契約どおり、彼は唇にキスをしなかったが、さまよった指が乳首をつまんできて、アストリッドは背をしならせ、快感でわけがわからなくなった。さらにセインの手はふたりがつながった場所へするするとおりていき、彼女の脚のあいだでうずくなめらかな一点を捕らえた。そこにはあらゆる感覚が集まっているかのようだった。巧みな指の動きにアストリッドはあえぎ声をもらし、ふたりが動くなかで彼の腰の動きが速くなり、彼の動きにどんどん制御が効かなくなっていく。

ふたたび熱が高まって火がつき、のぼり詰めたアストリッドはちりぢりに弾けて砕けた。公爵は最後に一度腰を突き入れてのどの奥でうめくと、彼女のなかから自身を引き抜いて彼女に上に倒れ込み、息を切らして激しくあえいだ。彼女はおなかのあたりに粘つくあたたかいものを感じた。彼はなにも言わなかったが、彼の息づかいや、自分の心臓と重なって激しく打っている彼の鼓動を感じ、ふたりだけの言葉で会話しているような気がした。

「アストリッド」数分経って、かすれた声で彼が言った。深くて満ち足りた声だった。「だいじょうぶか？　痛かったか？」

「いいえ、すばらしかったわ」彼女はささやいた。「あの……わたしは……どう……？」

夫は彼女をかき抱き、妻の濡れた眉にそっとキスした。「きみは完璧だった。きみは完璧だ」

セインはベストのボタンをかけると、フレッチャーがしわくちゃになったクラヴァットを新しいものに取り替えるあいだ、じっとしていた。正直言って、首に縄をかけられるよりも気まずかった。従者が上着を肩からかけるように着せ、ありもしない糸くずを真っ黒な生地からサッサッと払う。フレッチャーはターンしてマントルピースからくしをつかむと、馬の手入れをするかのように主人をしげしげと眺めた。

「ポマードをおつけしましょうか?」

「いや」セインは顔をしかめた。「これですでにじゅうぶん、めかし込んでいる。アストリッドはもう実物を知っているのだし、ごまかしたってしかたがない」

フレッチャーは主人の表情にひるむことなく、にっこりした。「それはそうですが、ご婚礼の当日ですよ、だんなさま。奥方さまのために少しは努力してさしあげるべきです」

奥方さま。

セインの心臓がどくんと跳ねた。妻ができた。あたたかく濡れた肉体で彼を包み込むだけで、ほんの数分のうちに盛りのついた若者のように彼を精根尽き果てさせた妻。

彼女は初めてでありながら、あの反応のよさは彼をたたきのめすものだった。あの神聖なまでの味わい。くそっ！　あの味がいまも舌に残っている——ローズウォーターと潮風の味。いっそう彼女がほしくなるだけだ。

あれほど激しく、早く達したことが前にあったかどうかは覚えていない。少なくとも、直前で体を引くだけの頭は残っていたが。避妊については、またあとで話し合わなければならない。とりあえず、セインとしてはもう一度したかった。結婚を完了させることにのみ互いに了承したが、アストリッドさえよければ、今夜、夕食のあとで埋め合わせをするつもりだった。今度はたっぷりと時間をとる。彼女のすみずみまで余すところなく味をみる。彼の名前を叫び、何度も達して数えきれなくなるまで。彼女に見合うようなやり方で、彼女を崇めたい。

くそっ、考えただけで、また兆してきた。

セインは欲望を押さえつけ、従者が髪にくしを通し、きれいになでつけるにまかせた。鏡に映った自分を見ると、いつものつぎはぎだらけの顔が見返してきた。暗闇のなかで、シャツも着たままだったのはよかった。体に比べたら、顔はまだ見られる。

階段をおりて、玄関ホールに入った。夕食は外に食べにいくのだが、それでも使用人たちは必要以上の仕事をしてホールを飾り立てていた。シャンデリアからやわらかなろうそくの明かりが照らし、温室から摘んだばかりのバラの花があざやかな色合いを添えている。花嫁はまだ来ていない。セインはブランデーを指一本ぶん持ってこさせて時間をつぶしたが、長く待つ必要はなかった。

彼女の存在を感じると、彼ののどはカラカラになった。アストリッドはこの世のものとは思えず威厳たっぷりで……どこか神秘の国からやってきた妖精の女王のようだった。濃い色の髪をゆるく巻いて頭頂に留めつけ、宝石は指輪だけ。彼の思ったとおりだった。銀色がかった青色の透ける生地は彼女の瞳と完璧に合っていた。ドレス自体はひかえめなものだが、アストリッドがまとうと誘惑の道具にしかならない。ぴったりと完璧に体に沿い、胸の形をくっきり見せていて、彼女の華奢でありながら官能的な体がどんな手ざわりだったかを思い出してしまう。

彼の股間はたちまち硬くなった。

くそっ。

セインは手袋をはめた彼女の手に唇をかすめさせ、彼女の肩に外套をかけてひもを結んでやった。「奥方どの」そうつぶやき、馬車が待っているところへ導いていく。

「すばらしいよ」

輝かしい瞳が彼を見た。「あなたも」

彼は妻の向かいに座り、屋根をたたいた。馬車がかしいで動き出す。「どこへ行くの？」彼女が尋ねた。

「〈銀の大鎌〉へ晩餐に。ここから遠くない。楽しい外出になると思って」

「まあ」彼女は唇を湿らせた。「お屋敷にいてもよかったのに」

「婚礼の当日だぞ、アストリッド。記念になるようなことをしないともったいない」

アストリッドの頬に花が咲いたように赤みが差し、小首をかしげた彼女は透きとおる瞳を輝かせた。「それなら、もうしたわ」

彼女の言葉にどっと押し寄せたうれしさを押さえつけたセインは、すぐにでも馬車をまわしてハート・ハウスへ戻れと御者に命じたい衝動とも戦うことになった。もう一度、彼女がほしい。取り決めなどどくそくらえ、彼女に懇願してもいいほどだ。セインは生まれてこのかた、なにひとつ懇願したことがないが、彼女のためならすぐにでもひざまずこう。

「たしかに、わたしの美しい新妻を見せびらかしたいとは思うがな」彼は言った。

「美しいだなんて、閣下」頰の麗しい赤みがいっそう深まった。「わが家で美しいと言えばイソベルで、わたしじゃないわ」

彼は片眉をつり上げた。「美しさの基準は、見る者によってそれぞれだろう？」

「その〝見る者〟は、わたしたちのあいだで起きたばかりの出来事で見る目が偏(かたよ)っているんじゃないかしら。それに、彼の頭はまだぼんやりしていると思うわ」彼女はつっけんどんに言った。「本当に頭で考えていればだけど」

セインは大声をあげて笑った。一時的にはズボンのなかでぶら下がっているものに影響されているかもしれないが、アストリッドは本当に美しい。ただし、彼女の美しさは危険にくるまれたものだが――この強いまなざし、鋭利な知性、手厳しいもの言い。いまこうして彼女の体がほしくてたまらないときでも、彼女の言葉や笑い声も聞きたいと思っている。不思議な感情が彼のなかに生まれていた。これを楽観と呼んでもいいのだろうか？　彼は顔がゆるみそうになるのをこらえた。まったく、またフレッチャーにいやというほどあれこれ言われるのだろうな。

「わたしが感情に支配されていると言っているのか、奥方どの？」彼が尋ねたとき、ちょうど馬車がクラブの前に停まり、御者がドアをたたいた。彼は妻が馬車をおりるのに手を貸したが、シルクに包まれた細いウエストに手を添えると、たちまち彼女のやわらかな素肌がベルベットのようだったことを思い出した。

アストリッドが彼のズボンのふくらみにからかうような視線を向け、楽しげな笑みを浮かべた。「わからないわ、公爵さま。どうなの？」

彼はうめいた。「わたしのせいだと言うのか？　わたしはもう一度きみと抱き合うことしか考えられないというのに」

彼女の返事はあまりにも小さくて、ほとんど聞こえないくらいだった。

「わたしもよ」

セインの足がいきなり止まり、かわいそうな妻はあやうく〈銀の大鎌〉のドアにぶつかりそうになった。彼は希望を持つ勇気すらなく、振り向いて彼女の目をじっと見つめた。「なんと言った、アストリッド？」

彼女のほほ笑みは誘惑そのものだった。「あなたはどれくらい速くお食事できるの？」

中身のある返答ができないうちにふたりは迎え入れられ、主人に案内されて絢爛たる食堂に入った。セインはほとんど集中できず、アストリッドの衝撃の言葉にとにかく心を乱されていた。テーブルに案内されていくふたりにいくつもの頭が振り返ったが、すでにセインの耳はひそひそと交わされるつぶやきを捕らえていた。

しかし、ある特定の心ない言葉が聞こえたとき、セインの表情がくもった。みなこちらをじっと見ているが、一瞬のち、その目にあるのは感嘆ではなく憐れみだということに気づいた。彼は目をしばたたき、手を握りしめた。自分は蔑みにも慣れているが、視線を新妻に滑らせてみると、その顔は〝野獣〟という言葉がどこかから漂ってくるうちにこわばっていた。突然、甲高い大きな笑い声が容赦なく響いて彼女はびくりとし、彼は不快感にうなりたい衝動をこらえた。

さらに声をひそめた会話がふたりの耳に届き、アストリッドの顔が青ざめた。「これ、どうするの？」

「どうもしない」

たしかになにもすることはなかった。大半のほかの貴族たちは萎縮しているようで、それは彼の見た目が原因ではなく、彼のかんしゃくが有名なせいだ。だれも、野獣ベズウィックに八つ裂きにされたくはないのだろう。しかしアストリッドと連れ立っているいま、彼は視線が突き刺さるような気がしていた。彼女がまばたきをするたび、つらそうに唇を引き攣らせるたび、新たな打撃を受けるように感じる。できたばかりの無防備な皮膚にムチを食らうかのような。

彼女のために今宵を楽しもうと、セインは冷製キュウリスープを飲み、やわらかい仔羊の肉を嚙んでから、妻を一瞥した。彼女は混乱と居心地の悪さといらだちの混じり合った不思議な表情で眉をひそめていたが、食べることに集中しているようだった。食事中、彼女の視線を感じることはときおりあったものの、彼女はずっと自分の食事に意識を向けていることに変わりはなかった。もし顔を上げたら、自分の目に怒りがふつふつと湧いているのを見られてしまって、彼女のせいではないのに彼女に怒っていると思われそうで、動けなかった。

相変わらず〝野獣〟という言葉が聞こえたあとにひどい笑い声がつづくと、セインはいつしか怒りを爆発させるすれすれの状態になっていた。全身の筋肉という筋肉に力が入っていた。まるで彼らにはアストリッドなど見えていないかのようだ――こんなにも宝石のような女性なのに――やつらは彼のことしか見ていないのだ。ののしってわめきちらしたくなると同時に、傷だらけの彼の心はなにもできない自分への怒りでいっぱいになった。こんな事態を阻止できない自分。彼女を守れない自分。

ああ、どうしてこんなこともわからなかった？　こんなにも愚かだった？

なにがあっても、彼の外見はもう変えられない。人からはつねに見られ、かならず陰口をたたかれる。社交界の残酷さには限界がない。彼らにとって彼はばけものであり、そしていま、彼女はばけものの花嫁となったのだ。公爵という彼の身分の力をもってしても、彼女を守ることはできない。彼にできるのは、ばけものという彼の正体で彼女を傷つけることだけだ。

こんな状況に縛りつけられていい女性などひとりもいない。

とるべき唯一の道は、彼女を遠ざけておくこと。自分を閉ざして関わらずにいること。

彼の動揺を感じ取ったのか、嘆かわしい彼の思考にアストリッドの小声が鋭く切り込んだ。「閣下、もう帰りますか?」

彼は奥歯を食いしばり、大きく息をのんだ。「いや。最後まで食事をすませろ」

彼女は心配そうにちらちらとセインを見たが、彼は会話しようとも品よく丁重にふるまおうともせず、間違いなく無礼すれすれの態度をつづけた。状況や彼の態度が急変して混乱しているのかどうか、彼女の様子からはわからない。しかし、もし彼が口を開いたら、毒舌になることはわかっていた。きっと弁解の余地もない醜態を見せてしまうだろう。いくら怒っているとはいえ、やはり今日は彼女の婚礼の日なのだ。だが最後の料理を食べ終えるまでには、アストリッドの顔がこわばっているのはあきらかだった。それが知りたがりの観客のせいなのか、彼のせいなのかはわからない。

「なにか気に障るようなことをしたかしら?」馬車に戻ってまたふたりきりになってから、アストリッドは小さな声で尋ねた。

「いいや」

「それなら、なにを気にしているの? どうしてわたしを無視するの? こうしたことを……後悔しているの？」

セインは深く息を吸い、晩餐のあいだに決めたことを口にした。「きみの妹にボーモンの危険が及ばなくなったら、わたしはベズウィック・パークに戻る。きみはこのままロンドンにいればいい。ハート・ハウスはきみのものだ。気に入らないところがあれば、きみにふさわしい新しい住まいを買おう」

アストリッドは目をしばたたいた。「どういうこと？」

「この結婚は目的あっての手段だから、わたしたちはべつべつに暮らしたほうがいい」彼は言った。氷のようにきらめくアイスブルーの瞳を見開いて彼女がセインと目を合わせたとき、ハート・ハウスに着いた。彼女は見るからに傷つき、困惑しかないという表情をしていた。

「どうして？」彼女が訊く。「みんなにじろじろ見られて、陰口を言われたから？　そんなこと気にしないわ」

「そのうち気にするようになる。絶対にこうするのがいちばんいいんだ、アストリッド」

ふたりのあいだの空気が張り詰めて重たくなっていった。自分が悪いのはセインにはわかっていたが、彼女を彼女自身から守らなくてはならない。そして、彼からも。

彼女に傷を負わせないためには、こうするしかない。この結婚は無理強いされたものだと社交界に思わせられれば、アストリッドが無傷で社交界に復帰できるチャンスはある。セインはこぶしを握りしめた。

不運にもベズウィック公爵夫人となってしまった代償として、彼女にそれくらいはしてやらなければならない。

15

「フレッチャー」アストリッドは夫がいないことに気づくや、従者の名を呼びながら夫婦の部屋をつなぐドアから夫の部屋に入った。

彼女はわざと、会話のない食事を何度かやり過ごしていたのだが、今日は公爵がロス侯爵と日中に会うと従者に話しているのを耳にしていた。婚礼当日の散々だった初めての晩餐からのち、どの食事でもずっと夫との会話はないままだ。

この数日、公爵からなにか提案されることはなく、彼がいっしょに時間を過ごそうとすることもなかった。もちろん顔を合わせたときには律儀なほどに丁寧だったが、必要最低限のやりとりにとどまった。突然の予想外の冷たい態度はつらかったが、アストリッドは影響されないようにしようと決めた。なんと言っても、ふたりの結婚は便宜上のものなのだ。

そのことをはっきりと突きつけられた。

いまでもアストリッドは、行きつけのクラブという公の場で彼が耐えたことを思って胸を痛めたが、あれからはもう会話しようという声かけも空気もまるでなくなってしまった。冷酷と思えるほど、彼は石のように冷たくよそよそしい。つらくて、もはや彼女からはなにもできなくなるほどに。彼はまだベズウィック・パークに向かったわけではないようだが、これほど会えないとなると、もう行ってしまったも同然だった。

昼間の明るいところで、アストリッドは殺風景な夫の部屋を見て取った。初夜のときは、彼がろうそくを消す前もほかのことに気を取られていて、ほとんどなにも見ていなかった。彼女の部屋と違って見るからに男らしく、濃いマホガニーの家具でそろえられ、ネイビーとクリーム色がアクセントをつけている。部屋のあるじと同じで、無駄なところがない。

しかしアストリッドはベッドからは目をそらした。巨大で、豪華で、部屋のなかでただひとつ、ほかのものとは正反対のもの。彼女の脳はそんな空気をいち早く読み取っていたのだろうが、体の反応が追いつかずに見てしまった。暗闇のなか、そのベッドでひとつになったことを思い出して、心が千々に乱れた。

感情をのみ込んで、彼女は従者に向き直った。彼は公爵のズボンを腕にかけてたたずみ、なにか期待するように彼女を見つめていた。

「公爵さまはこのところ招待状を受け取っていらっしゃるかしら？」

従者が興味津々で彼女を見る。「はい、奥方さま、何通か」

「ねえ、フレッチャー、どうしてもと言うなら、レディ・アストリッドかレディ・ベズウィックにしてちょうだい。いつも〝奥方さま〟と呼ばれると落ち着かないわ」

「ですが、あなたさまは公爵夫人です、奥……いえ、マイ・レディ」アストリッドもベズウィックに劣らず強烈な、しかも同じくらい効果を発揮するしかめ面ができるので、従者はぎょっとして後ずさった。「招待状はカルバートが管理しております」

「カルバート？」彼女は驚いた。「彼もここにいるの？」

「はい、だんなさまがベズウィック・パークから、おば上さまのために使用人を呼ばれております。彼らが今朝早くに到着しまして、レディ・ヴァーンはご自分のお部屋に直行されました」

彼は執事が廊下で手持ち無沙汰にしているのを目に止め、薄ら笑いを浮かべて声を大きくした。「ほら、カルバートもかわいそうに、仕事が少ないと疎外感を感じるのでしょう。自分がつねに目を光らせていないとだんなさまの日常はままならないと思っているものですから。そして今度はあなたさまも、過保護にされる喜びに耐え忍ばれるのでしょうね」

執事は早口でなにかをまくしてながらフレッチャーをものすごい形相でにらみ、それから彼女のほうにおじぎをした。「これはこれは、お慶びを申し上げます、レディ・ベズウィック」

「ありがとう、カルバート。会えてうれしいわ」彼女が言うと、年かさの男の顔に笑みが浮かんだ。「悪いんだけれど、招待状の山を確認して、フェザリングストーク卿ご夫妻からのものがないか見てちょうだい。もしあったら、お受けするとお返事して」

「ほかはどうなさいますか？」カルバートが尋ねた。「かなりの数が届いておりますが」

アストリッドは足を止めた。ベズウィックは楽しくないだろうし、社交界の催しには出ないだろう。彼女も人づき合いをするためにロンドンに来たわけではないが、イソベルからは目が離せない。どうあってもそれだけははずせない。必要とあらば、策を弄してでも。

「ちょっと見させて。これからも届いたものは知らせてね。公爵さまには、戻られたらわたしから話すわ」

カルバートは咳払いをした。「だんなさまから、仕立て屋とお約束があることをお知らせするように仰せつかっております、奥方さま。いつでも出発できるよう馬車も用意しております」

アストリッドはうなずいた。すっかり忘れていた。けれど社交界に出ていくつもりなら、それなりの衣装は必要だ。思わずため息をつく。イソベルのために問題を起こさないよう秘密裏に動くほうがいいのか、それとも、新しいベズウィック公爵夫人として派手に動いて、おじと真っ向からぶつかるほうがいいのか、アストリッドは決めかねていた。仮面舞踏会は、状況を探る絶好の機会だろう。

「ありがとう、カルバート」

有能な執事がおじぎをして去ってしまうと、アストリッドは声を落としてフレッチャーのほうに身を寄せた。「イソベルがどこに行く予定か、アガサから探り出してちょうだい」ひそひそと話す。「それからフレッチャー、くれぐれも気をつけてね。大好きな従者になにも起きてほしくないから」

彼は軽快にうなずいて出ていき、アストリッドは自室に戻った。メイベルに会えるのはうれしいけれど、部屋に直行したのならきっと移動で疲れているのだろう。アストリッドはアリスを呼び、ボンドストリートに出かけた。馬車をおりたとき、驚愕から好奇心まで、おかしな表情で何人かに見られたが、ベズウィックの堂々たる紋章――交差した剣と咆哮するライオン――が馬車の横腹についているからだと遅まきながら気づいた。

「入りましょう、アリス」ボンネット帽を引っ張って店に入ると、ありがたいことにほかに客はいなかった。できることなら、社交界のレディには会いたくない。引きこもりで傷だらけのおそろしいベズウィック公爵が妻を娶ったというのは、これから長いことうわさのたねになるだろう。

「公爵夫人」歌うような声が言った。「お越しいただき光栄でございます」

「マダム・ピノでしょうか」アストリッドは小柄なブルネットの女性に向き合って挨拶した。

「はい、さようでございます、公爵夫人」仕立て屋は言い、店の奥にある個別対応のサロンに案内した。そこには巻かれた状態の立派な生地の山と、パリやイングランドの最新ファッションを詳説した『ラ・ベル・アサンブレ』の切り抜きであふれていた。

「お茶はいかがですか？　それともワインか、もう少し強めのものでも？　たとえばシェリー酒とか」

「お茶をいただければ」

仕立て屋は控えていた助手に指示し、準備していたデザイン画を何枚か出してきた。

「お色は公爵閣下から、たいへん明確なご要望をいただいておりますが、あなたさまのご希望もぜひお聞かせください。いかが（ウィ）？」

「閣下がここにいらしたのですか？」

仕立て屋ははにかんだように笑った。「ええ、先日。あなたを姫君のように扱ってほしい、いくらかけてもよいと仰せでしたよ。あんなに大切にしてくださるだんなさまがいらっしゃるなんて、すてきですわ。ねえ（ノン）？」

「ええ、まあ」アストリッドが答える。

結婚の誓いの日から何日もほとんど話しかけてもくれないのに、わざわざ婦人服の仕立て屋を訪ねて妻の買い物をすべておまかせで手配しているなんて。本当に、あの人はわけがわからない。

アストリッドはあごを少しかたむけた。「それじゃあ、公爵閣下のお金を消費することにしましょうか」

「その考え方、すてきですわ」

何時間ものち――シェリー酒をグラスに数杯とお茶をカップに半ダースも飲んだあと、アストリッドはようやくマダム・ピノの高級サロンを出た。死ぬほど採寸され、巻き尺を当てられ、生地をまとわされたものの、マダムのセンスはじつにすばらしいものだった。

先日アストリッドがまとった急ごしらえのドレスでどうしてサイズがわかったのかと尋ねると、マダム・ピノは――ぜひシルヴィと呼んでほしいと言われたが――おちゃめな顔で笑って、公爵が寸法を教えてくださったのと言った。アストリッドは顔が赤くなったのをごまかせなかった。

フェザリングストークの舞踏会には、あらかじめ縫っておいたドレスのひとつを手直ししてハート・ハウスに届けるとマダムは約束した。ほかのレディのためにつくったものだが、そのレディが急に喪に服さなければならなくなり、ドレスが必要なくなったのだという。

運命ね、とシルヴィは言った。ほとんど透けているような銀白色の豪華なドレスにアストリッドは二の足を踏んだが、シルヴィのほうは、アストリッドなら妖精の女王タイターニアになるしか考えられないと言って譲らなかった。とんでもない代物だ。ドレスには薄い紗でできた二枚一組の羽と、顔の半分をおおう仮面までついていた。だれだかわからなくなるのはありがたいけれど……。

「あなたの分別を信じているわよ、シルヴィ」アストリッドは帰りがけにつぶやいた。

仕立て屋は笑っていた。「わたしのような仕事では、分別はお金と同じくらい大切なものなんです、公爵夫人。秘密はかならずお守りします」

セインはまたもや眠れぬ夜を過ごしていた。羽目板張りの壁の向こうでは、妻となって一週間の女性が赤子のようにすやすやと眠っている。少なくとも、彼に聞こえるような音はなにも聞こえてこず、彼女に夢中の愚か者よろしく部屋をつなぐドアに耳を押しつけてもまったく聞こえない。そう、彼はまさしく彼女に夢中だった。彼女が日々なにをしているか、ひとつ残らず詳しく知りたくて、絶えずフレッチャーを質問攻めにしていた。

「どうしてご自分で奥さまとお話しされて、わたしたちを楽にしてくださらないのですか？」前の日に不満をぶつけた従者を、セインは危うく壁にめり込ませそうになった。

「おまえに尋ねているからだ」彼がうなる。

フレッチャーはクビをちらつかされてしかたなく、主人に報告した。奥方が庭を散歩したこと、ハート・ハウスの図書室を探検していたこと、オークションの件でクリスティーズの支配人と会ったこと、妹から手紙を受け取ったこと、フェザリングストーク舞踏会の招待を受けたこと、仕立て屋を首尾よく訪問したこと、彼のおばと夕食をとっていること、そして、何時に歯を磨いてベッドに入っているかということまで。

フレッチャーのあてつけにセインはかんしゃくを起こしそうになったが、それよりも頑固で意志の強い妻への心配が先に立った。無防備な状態で社交界の催しに出かけてほしくなかったが、自分が同行するのも気が進まなかった。彼が舞踏会に出席したのは、戦争に赴く前が最後だ。堅苦しい服を着ると考えただけで、早くもぶ厚いクラヴァットが鉄の首輪のようにのどを締めつけ、何百人もの汗ばんだ人間がぎゅうぎゅうに詰まっている熱気で息苦しくなるのが感じられる。

そんなものはごめんだ。

おばのメイベルなら、まさしく戦斧(せんぷ)としてアストリッドの横に間違いなくすんなり収まり、彼女を守ってくれそうだ。だが、ふたりだけでは社交界の連中はすぐにふたりを結びつけ、アストリッドの素性に思い当たってしまうだろう。サー・ソーントンに手を貸りられるかもしれない。彼の奥方は伯爵家令嬢レディ・クローディアで、社交シーズンのあいだ、あの夫婦は快く受け入れられている。あの弁護士なら頑固な公爵夫人を特別しっかり見ていてくれそうだ。

朝の入浴を終えてセインが部屋から颯爽と出ていくと、アストリッドはすでに朝食をすませ、日課となっている朝の庭の散歩に出かけたとカルバートから聞かされた。

「奥方さまは」カルバートが知らせる。「とんでもない時間から起きておられまして、レディ・ヴァーンはまだおやすみ中です」

なるほど、壁の向こうからなんの物音も聞こえなかったわけだ。彼女もまた眠れなかったのだとわかると、ほんのわずかだが慰められた。彼女を探しにいくか、書斎で仕事をするか、しばし考える。議会には言わずもがなの理由で出ていないが、それでも世間の動向を知ることに興味を失ったわけではない。サー・ソーントンから聞く話はきめ細やかで詳細にわたっていた。

じつに前日の朝から妻の顔を見ていないことと――まるで暗闇のなかを行き交う船のようじゃないか――フレッチャーの当てつけがましい報告を聞いたあとでは、自分からなにかをしなければという焦りにも似た気持ちが生まれた。それに、なんと言ってもここは彼の屋敷だ。庭だって彼の庭だ。

彼女を見つけるのにそう長くはかからなかった。アストリッドは片手にりんごの芯、もう片手には本を持ってベンチに腰かけていた。セインはふと、ベズウィック・パークの温室で夕食後にブランデーを楽しんだ時間や、人生や文学について活発に議論しもうまわれ右をして戻ればいい。

すぐによそよそしく変わった。

た時間をなつかしく思った。


だが、とにかく彼女は見つかった。もうまわれ右をして戻ればいい。

「なにを読んでいるんだ?」戻るどころか、そう尋ねていた。

本からアイスブルーの瞳が離れて不安げに揺れたが、すぐによそよそしく変わった。

彼女はなにも返事せず、題名が彼に見えるように本を掲げた。皮肉にも『フランケンシュタイン、あるいは現代のプロメテウス』だった。一年前に作者不詳で出版されたときに、彼が買ったものだ。詩人であり遠い知人でもあるパーシー・ビッシュ・シェリーが序文を書いているが、うわさによると、彼の妻メアリーがこの陰惨な物語の真の作者だということだ。

彼は皮肉っぽく肩を片方すくめてみせた。「情報探しか?」

「なにかご用ですか、閣下?」彼女は冷ややかに答えた。

「そいつは死ぬ」セインは言った。「最後には、ばけものはだれもかれも皆殺しにして死ぬんだ」

「それはどうも、わたしも読んだことはあるの」彼女は冷たい視線を投げた。「でも、もし読んでいなかったら、結末をばらすなんて台なしだわ」

「作者は正しい。そいつは生きていてはいけなかった」

なぜ彼女を挑発しているのか、自分でもわからなかった。そうせずにはいられなかった。彼女から反応を引き出したかった。氷の彫刻なのかと思うほどかたくなで、落ち着き払った態度ではないものを。

「どうして？　彼が異質な存在だから？」

「そいつは忌むべき存在だ」

「愛情を求めていたのよ、伴侶を」最後の言葉で彼女の声は震え、またうつむいて本を見た。「わたしたちもみんなそれを求めているんじゃないかしら？　生涯の伴侶。ともに過ごす相手を」

「みんなとはかぎらない」彼は後ろで手を組んだ。「パーシーの妻だったメアリー・シェリーはウルストンクラフトの娘だった。知っていたか？　小説を書いたのは彼女だったらしいぞ、彼女の夫ではなく。女性の権利や女性の神秘性、そして自然に反する怪物と悲劇の結末。女性作家にしてはなかなか突飛な展開だ、そう思わないか？」

アストリッドの表情がにわかに好奇心でいきいきし、口が開いてなにか言おうとしたかに見えたが、そこでやはり彼を無視することにしたらしく、わざと本に意識を向けた。しばらくして顔を上げる。「ずっとそこに立っているつもり？」

「きみを見ているのが好きなんだ」

「おじゃまというわけではぜんぜんないんですけれど」アストリッドは大きなため息をついて本を勢いよく閉じ、彼にだけは焦点を合わさないようにして視線を向けた。

「そうですか、ではご自由に、閣下。ですがわたしは、結婚してからの短いあいだに挨拶のひと言すらしゃべる努力をしない殿方の視線でじりじり焼かれて灰になるのはいやなんです。あきらかにあなたには、妻を持つより――いえ、持つふりをするより――なさったほうがずっといいことがあるんじゃないかしら」

ああ、このしんらつなもの言いが聞きたかった。

彼女はスカートをひるがえして彼を通り過ぎたが、ふわりと漂った香りにセインは丸太で頭を殴られたような気がした。考えるより先に、彼は手を伸ばして彼女のひじをつかんでいた。彼女は鋭く息をのんだが、本を胸に抱えて銅像のように身をこわばらせた。

「アストリッド、わたしを見ろ」

反抗的な態度で、彼女はそうした。距離が空いていたときは、彼女のまなざしの威力にもまだ耐えられた。だが近くからでは、そこに燃える炎に命さえ奪われそうだ。唇もゆがんでしかめ面になっており、セインはありったけの正気を動員しなければならなかった。でなければ頭を下げて、このとげとげしく反抗的な唇をふさいでしまう。

この石のベンチに押し倒し、スカートを彼女の頭をおおうほどまくり上げ、彼女の瞳に欲望しか残らなくなるまで舌で攻め立ててしまう。

「フェザリングストークの舞踏会だが――」彼はうなるように切り出した。自分の代わりにサー・ソーントンに同行してもらうことを話すつもりだったが、彼女がみなまで言わせなかった。

アストリッドは後ずさり、憤怒に目を光らせた。「行ってはいけないなんて言わせないわ」

セインはとにかく彼女の声色に反応してしまい、言おうとしていたことをすべて忘れた。「それがわたしの権利なら、もちろん言える。きみの夫なんだぞ」

「名目だけのね」

彼は眉を片方くいっと上げた。「名目こそが重要なんだ」

「あなたなんか地獄がお似合いよ、ベズウィック」

セインは彼女をさらに引き寄せ、逃れようともがく彼女のひじをいっそう強くつかんだ。

彼女を笑う。「なんてひどいことを言うんだ。まるで怒りんぼの子どもだ。きみは子どもか？　そういう子どもっぽいかんしゃくを起こしたら、ふつうどうやってお仕置きするか知ってるか？　行儀の悪い子どもはひっくり返してひざに乗せるんだ」

彼の言っている意味を理解して彼女の目が丸くなったが、気性の激しい彼の妻は少しもひるまなかった。「まさかでしょ」

「まあな、だが、わからないぞ」

セインはぐっと彼女を抱き寄せ、ふたりの上半身がぶつかって本がはさまれた。ゆるめに前を閉じた彼女の外套の下で、胸が大きく上下する。彼のひざに体ごと抱えられ、形の良い尻を空の下で丸出しにされるという、いやらしいとしか言えないお尻たたきを想像して、彼女も同じように気持ちが高ぶっているだろうか。セインのもう一方の手が彼女の腰のくぼみに動き、魅惑の曲線が始まるところを小指がかすめたあと、彼女をしっかりと抱えた。

こうして彼女を抱いたいま、セインはほかのことなど考えられなくなった。自分の決意も、彼女を遠ざけておくことも、彼女とはいっさい関わらずにいることも。彼の良識はすべて脇に追いやられた。

永遠につづくかというような一瞬、ふたりは互いに息を弾ませてじっと立っていた。彼女は、セインの腕のなかで凍りつき。彼のほうは、アストリッドを地面に押し倒して互いの欲望を果たしてしまいたいのを必死でこらえ。そのとき彼女が、舌でさっと唇を湿らせ、彼の体はびくりと反応した。

「セイン」吐息混じりに彼女が言う。

反抗と欲望で彼女の目は大きく見開かれ、口も開いていた。長い指は彼の朝用の上着の襟を握りしめたまま、彼を押しやるでも誘うでもない。あの日、図書室でした質問を、ふたたびするつもりは彼にはなかった。そうだ、彼のことがほしいなら、今度は彼女のほうが折れなくてはならない。

「キスしてほしいなら、アストリッド」彼は言った。「とにかくそう言わなきゃならない。なにせ、きみがルールを作ったんだからな」

彼は肩をすくめた。「ほかのものだと言った覚えはない。わたしがほしいなら、そうお願いしろ」

「あなたは野獣ね」

彼女はセインの襟をつかんでつま先立ちになった。その瞳には怒りと情熱とが同じだけ光っていた。セインの心臓がどくりと音をたてた。彼女は動くか？　降参するのか？　彼女の唇が開き、セインはわずかに前にかしいだ。彼の体は硬直し、うずいている。ふたりのあいだでうなりをあげる欲望は、濃密すぎて彼の舌で感じ取れそうなほどだった。

どうかこの苦しみから互いを解き放ってくれ。セインは彼女に切望した。彼女の唇が、ふわりと空気がふれていくように彼の唇をかすめ、氷の瞳が彼の目とぶつかった。

「あなたがイングランドで最後の男性になっても、キスしてほしいとは言わないわ」

そう言って身をよじって彼の手をほどくと、アストリッドはさっと向きを変えて屋敷のほうへ大またで歩いていった。

思わずセインはくっと苦笑いした。なんて強情なおてんば娘だ。

なんなのよ、あの人は！　本当に頭がおかしくなりそう。

「ずうずうしいったらありゃしない」彼女はカッカしながらものすごい勢いでテラスに上がり、屋敷に入った。カルバートもほかの使用人たちも遠巻きに見ていて、きっと十字でも切っているのだろうが、彼女は分別もなくぶつぶつとひとりごとを言いつづけていた。「あんな鼻持ちならない偉そうなうぬぼれやに、キスしてくださいなんて言うと思ってるの？」

しかし、実際、あの男にキスしたいと思った自分に対して、アストリッドはもっと腹を立てていた。しかも少しではなく、ものすごくしたいと思ってしまったのだ。彼が自分をフランケンシュタインのばけものになぞらえたとき、声がほんの少しだけつらそうだった。アストリッドは、彼を傷つけようと思ってあの本を選んだわけではなかった。ただ、ベズウィックと——自分がばけものだと心の底で思って、あんなふうにみずから孤立して生きてきた人と——知り合ったあとで読んだら、自分の感じ方が変わるかどうかを知りたかっただけなのに。

たしかに舞踏会のことではカッとなってしまったけれど、わたしは彼の所有物じゃないわ。

〝いいえ、そうなのよ〟賢明でなんでもお見通しの良心が、彼女に語りかけてきた。彼の妻であるアストリッドは、彼の所有物も同然だ。彼女は奥歯を食いしばった——どんな男の人の言いなりにもならないと誓ったのに、こうして、まさしくそのとおりになっている。彼に投げつけた言葉を思い出すと、顔が熱くなった。本当に彼のひざに抱えられて、彼が言ったとおりのお仕置きをされなかったのが不思議なくらいだ。

アストリッドは体の奥の芯がうずくのを感じた。むき出しのお尻を彼に素手でぶたれると思うと、脳みそがぐずぐずになって、脚のあいだで卑猥な感覚がうねり出す。

なんてこと。

なにかしなければ、頭がどうにかなってしまう。

「カルバート」彼女は言った。「馬に乗りたいわ」

「かしこまりました、奥方さま、ただちに従僕を厩舎にやります」

「馬は速ければ速いほどいいと伝えて」ブルータスもテンペランスもまだベズウィック・パークにいるので、彼女はそう指示した。「それから横鞍はだめよ。ふつうの鞍がいいわ」

珍しい指示にカルバートは眉をひそめたが、うなずいた。「仰せのままに、奥方さま」

ハイドパークのロットン・ロウを走って人目につけば騒がれる危険はあるが、身分のある人々が出てくるにはまだばかばかしいほど早い時間だ。アストリッドが乗馬服とブリーチズに着替え終わるころには、馬は鞍をつけて待っていた。連れてこられた牝馬は競走馬だった。栗毛の馬体の大きさ、凛とした頭、筋肉質の臀部と肢、優美な長い首を見ればわかる。美しい馬だ。彼女は前肢で地面をかき、少しひんやりした空気に鼻から湯気を吐いた。

「申し分ないわ」

「こいつはルナってんです」お供の馬丁が言い、内緒話をするように身を寄せた。

「〝いかれた（ルナティック）〟ってのがほんとの名前」彼が訂正する。「こんなこと言ったなんて、公爵さまにはご内密に。ゴリアテが来るまでは、こいつもだんなさまのお気に入りだったんで。ほんとに荒っぽいやつで」

アストリッドはにんまりした。これこそ彼女の求めていた馬だ――しっかりと制御しなければならず、膨大な集中力を要求される馬。人間と馬が徹底的にやり合うことになる。彼女はなにも考えたくなかった。結婚のことも。公爵のことも。これまでなじんできた自由を失ったことも。若い馬丁に鞍の上に押し上げてもらってまたがると、アストリッドはべつの馬に乗った彼を従えて出発した。

途中、サイドテラスに出ていたベズウィックに手を振ると、彼女の乗っている馬を見た彼が目を丸くした。彼の口が開いたが、耳もとで鳴る風の音にまぎれて聞こえなかった。

「ついてきて」彼女は笑いながら馬丁を振り返って言い、馬の横腹にぐっとひざを入れた。

風のようにハイドパークを駆け抜け、南の端にあるロットン・ロウまでやってきた。すると、ルナがかたくなに命令に従わなくなった。アストリッドの馬術はたいしたものだが――この馬は走りたがっている。馬房に入れられていた時間が長くて、動けるのがうれしいのだろう。ふつうの状況なら、アストリッドは手綱を強く引いて従わせていただろうが、今日の彼女はまともではなかった。閉じ込められて当然の者などいない。他人の気まぐれで檻に入れられるなんてまっぴら。だんだんやせ衰えて、死ぬだけなんて。彼女もルナも、少しくらい自由を味わわなきゃ。

アストリッドはルナを解き放った。

16

首の骨を折りそうな速さでアストリッドがハイドパークの南端へ駆けていくのを目で追ったセインは、心臓がのどに詰まったような心地を味わった。彼女は本当にどうかしている。

彼女に与えられた馬がルナだとわかったとき、与えた馬丁をこっぴどく叱りつけてやろうかと思った。あの馬は動きが予測できない、と言えばまだいいほうで、何カ月も人が乗っていない。ふだん、あの馬を扱うのは彼だけだったが、ここのところ忙しかった。いま首の骨を折ろうとしている、愚かな口やかましい女と結婚するのに忙しかったからだ。

「奥方さまの騎乗はすばらしいですよ」フレッチャーが主人を落ち着かせようとして先ほど言っていた。「ええ、だんなさまよりお上手かも」セインににらまれて縮み上がる。「元気のよい馬をご所望だったとカルバートが申しておりました」

「元気がいいというのは暴れ馬のことではない」セインはぼそりと言った。

しかしいま、ゴリアテにまたがって彼女を猛追していると、たしかに彼女のみごとな騎乗姿が見えた。その瞬間、セインは彼女が横鞍でなくふつうの鞍にまたがっていることに心から安堵した。ブルータスに乗っているアストリッドは馬と一体になって、流れるようになんの苦もなく操っていた。アストリッドは馬と一体になって、流れるようになんの苦もなく操っていた。

はまったく次元の違う熟練の技だった。女性がこれほど――いや、それを言うなら男でも――みごとに馬を乗りこなしているところを見たことがあっただろうか。怒りとはべつにして、彼は感動した。

だがそのとき、彼女が向かう先に折れた木の枝が落ちているのが見えた。ルナはもっと背の高い障害物でも飛び越せるが、アストリッドはそれを知らない。

「飛べ！」彼は叫んだ。しかし遠すぎて彼女には聞こえない。

アストリッドは手綱を引いたが、馬を混乱させただけだった。ルナはたたらを踏んで急停止し、馬上の人間は投げ出された。

「うわっ、アストリッド」セインは叫び、大の字になって空を見上げている彼女のそばにゴリアテを寄せた。震えている彼女のかたわらに飛びおりて、しゃがみ込む。脳震盪か？　頭を打ったのだろうか？　それとも内臓に損傷を受けた？　しかし彼女が衣服の両側をつかんで大きな笑い声をあげはじめ、彼はまばたきをして口をぽかんと開けた。「頭がおかしいのか？　死ぬところだったんだぞ！」

「落馬の仕方はわかっているわ、セイン」彼女は目をきらきらさせていた。

「あの馬に乗ったのがいけなかったんだ」

「あの子はすばらしい馬だったわ。いいえ、すばらしいのよ」彼女はひじをついて起き上がるとわずかに顔をしかめたが、後ろからついて来ていた馬丁がやっと追いつき、近くで草を食んでいるルナを回収しにいくのを見ていた。「どうしてあの子をベズウィック・パークではなくここに置いているの？」

「売り物だからだ」セインは言った。「あの馬には欠陥がある」

アストリッドは頭を振り、彼の上着を引っ張って手を貸してくれと伝えた。「セイン、あの子には愛情たっぷりのお世話と、走りまわれる場所が必要なだけよ。欠陥なんてなにもないわ。わたしがブルータスを手に入れたとき、彼は鞭でひどい扱いを受けていたの。人間はだれひとり近づけようとしなかったけれど、いまの彼を見て」

セインはぼうっとその場に立ち尽くし、魅了されて無言で彼女を見ていた。この女には混乱させられる。度を越して頑固で、厳しいもの言いは刃のごとく相手をなぎ倒すほどなのに、おかしくなった馬の将来や世話について心配する。なんとも言いようのない感覚に胸を締めつけられ、セインは彼女に腕を伸ばした。彼女は助けを借りて立ち上がり、乗馬服についた葉っぱを払った。

「きみはすごいな」セインは言って、頭を振った。「ほとんどの人間が処分したいと思うようなものに、どうやって希望を見い出すんだ？」

「少し欠けたところがあるからって、そのものの価値がなくなるわけじゃないわ」

それはまったくべつのものの話をしているように思えたが、街なかの道には野次馬が集まり出していた。それほどの人数ではないし上流階級の人間もいなかったが、ひそひそと話すおびえた声が大きくなっているのはたしかだった。それに、あわててハート・ハウスを飛び出してきたものだから、またしても彼はくそいまいましい帽子を忘れていた。セインは胸を張り、あ然としている野次馬たちをにらみつけて馬にまたがった。そしてルナを引いている馬丁をアストリッドが呼ばないうちに彼女をすくい上げ、自分の前にすとんと乗せた。

「わたしはなんの問題もなく乗れるのに」アストリッドが抗議する。

彼は間を置かず、ただちにゴリアテをゆったりと走らせた。「さっき顔をしかめていただろう。どこかけがをしたはずだ。どこが痛む？」

セインが視線を下げると、彼女の両頰が赤く染まった。

「それは……言いにくいわ」

わけがわからず彼は目をしばたたいたが、やがて合点がいった。彼女はあのすばらしい臀部にけがをしたのだ。いくつものいやらしい提案が頭に浮かんだ——マッサージしようか、よく見たほうがいい、あたたかい風呂にでも入ったら——しかしセインはぐっとこらえた。「あの馬に乗ったのがいけなかったんだ」同じ言葉をくり返す。

彼女の顔がこわばった。「フェザリングストーク舞踏会に行くのを禁止したのと同じように、馬に乗るのも禁止するつもり?」

「禁止はしていない」

「なんですって?」彼女は体をひねって彼をにらんだ。その動きでやわらかな太ももが彼の兆しかけたものにこすれ、永遠にも感じられる一瞬のあいだ、セインは目の前がチカチカした。

「きみの思い込みだ、お騒がせ者め。早とちりで思い違いしたんだ。わたしは、サー・ソーントンもわたしのおばとともに同行すると言おうとしただけだ」

彼女は言葉が出なくなったようだ。「まあ」

「きみが黙り込むのを見るのはなかなか楽しいものだな」セインはゴリアテを止まらせ、おびえた表情をつくって空を見上げた。

「どうしたの？」彼女が不機嫌な顔でつぶやく。

「雷が落ちてこない場所にいないといけないなと思って」

「笑えないわよ」アストリッドは彼の肋骨にひじ鉄をくらわせ、大げさに息をのんで自分のひじを抱えた。「どうしたの、ベズウィック、まるで岩みたいに硬いじゃないの」

そんなことはないが、そうなりつつあるのはたしかだった。しかしお下品な見解を述べても彼女が喜ぶかどうかわからないので、口は閉じておいた。

「どうしてあなたは行かないの？」彼女は尋ねた。「わたしといっしょに。舞踏会へ」

「この顔で？　ハイドパークで労働者たちの反応を見ただろう。それが貴族だったらましになるとは思うな。彼らのほうが手厳しい。平気で人を痛めつける」

「仮面舞踏会なのよ」

「舞踏会は舞踏会だ」

「イソベルも来るの」

「知っている」彼はひと呼吸置いた。「だからサー・ソーントンに同行を頼んだんだ。彼の妻レディ・クローディアは伯爵の娘だ。きみに負けないくらい元気がいい。すこぶる馬が合うんじゃないか？」彼は眉をひそめたが、愉快な気分を抑えきれないようだった。「考え直してみると、最善策ではなかったかもしれないな」

「もし、来てほしいとわたしがお願いしたら？」彼女は静かに尋ねた。

セインの手が手綱を握りしめる。「行くことはしない、アストリッド。わたしはぜったいに、やつらの侮辱にさらされるようなことはしないと誓ったんだ。彼らの自由のために、彼らの生活を守るために戦場に出たというのに、あいつらは集団でわたしに背を向けた。彼らは〝野獣ベズウィック〟しか見ていない」じょじょに気が高ぶってきて、ゴリアテでさえ小さくいななないた。「わたしは悪夢の成れの果てでしかない」

「あなたは悪夢じゃないし、自分のことをだれにも見てもらおうとしていないわ。まわりから断絶してしまっている。彼らが背を向けるよりも先に、あなたが彼らに背を向けたのよ」

セインは反論しなかった。本当のことだったから。ハート・ハウスの前まで来て馬を止め、彼は息を吸い込んだ。何人かの通行人が立ち止まり、彼を指差してじろじろ見ているのは、まさに彼がこわいもの見たさの対象でしかないことの証明だ。「それでも、わたしは行けない、アストリッド。ぜったいに行くことはない」

「わたしのためでも？」

セインは歯を食いしばった。「プリンス・リージェント御大のためであってもだ」

アリスはアストリッドの頰に最後の仕上げをした──頰骨の高いところに銀粉をはたき、唇にほんの少し紅をさした。銀粉はまつげや髪の毛にもふんだんに散らしたが、髪はたっぷりとした巻き毛にして背中に垂らし、ダイヤモンドの冠を頭頂に留めつけている。イソベルと打ち合わせたとおり、片方の耳の後ろにまっ赤なバラのつぼみをはさんだ。

姿見に映った姿は、自分とは思えなかった。シルヴィから約束どおりに届けられたドレスはなんとも風変わりで、そして華麗だった。前のドレスよりさらに透けていて、あきれるくらい胸もとが開いている。妖精の女王が本当にこれを選んだら、とてつもなく厄介なことになっていただろう。とはいえ、『真夏の夜の夢』を題材にする芸術家たちは、タイターニアを裸で描くことが多いのだが。

少し手加減してくれたというところね。

アストリッドは仮面をつけた。ドレスがせいぜいシフォンとサテンとレースをこねくりまわしたものに過ぎなくても、少なくともこれで身元はばれないだろう。鏡の前で最後にもう一度くるりとまわってみたとき、ベズウィックが行かないのが残念で胸がちくりと痛んだ。出かける前に会っておいたほうがいいかもしれない。こんなドレスでは、ひとりで出かけてほしくないと言われる可能性も大きい。でも、たとえプリンス・リージェントであっても彼の気持ちは変えられないと断言していたのだから、彼女ではなおさらだめだろう。

彼女は傷ついたが、そんな気持ちは害にならないところへしまい込んだ。

彼はけっして変わらないのだ。彼女のためであっても。

アストリッドが階下におりていくと、シェリーのグラスを手にしたメイベルが待っていた。クレオパトラの衣装をまとい、目のまわりを墨で縁取って腕輪をはめていたが、その衣装は無視しようにもできない彼女の曲線ひとつひとつにぴったりと張りついていた。メイベルは今夜、いくつかの心を狂わせるつもりに違いない。

「妖精王オベロンはお気に召さないかしらね」公爵夫人は笑って言った。

アストリッドの口がへの字に曲がった。「ベズウィックは、わたしがレディ・ゴディバになって裸で馬に乗ってコヴェントリーを走っても気にも留めないでしょうね」

メイベルは信じられないという顔で一瞬アストリッドを見たが、すぐに大喜びで笑った。「ああ、どうしてそれを思いつかなかったのかしら？　来年はぜったいにそれだわね！」

グロヴァー・スクエアへの道のりはあっという間だったが、着いたときにはアストリッドは汗をかいていた。これからイソベルと会うことになる。たいていの舞踏会とは違い、正式に名前を呼ばれることはなかった。主催者の気まぐれで、なにに扮装したかを確かめられるだけだ。今回、フェザリングストーク侯爵はすでにポセイドンに扮していた——三叉（さんさ）のほこがなにかを表現しているのならの話だが。吐く息がやたらと熱く、あたりを火の海にしてしまいそうだ。

「いったいどなたかな、お美しいレディ？」早口でわかりにくい。「ペルセフォネ？いや、ヴィーナスか！」

「タイターニア女王よ」メイベルが言い、侯爵の脇腹をつついた。「それからクレオパトラね」

彼は相手がだれだかわかって目を丸くした。「メイベル、きみなのか？」目をしばたたいて体を揺する。「いや、急な結婚式があったという話は聞いていたよ。つまり、きみだとすると、こちらのお若いご婦人は新たな——」

「それは言っちゃだめ」メイベルが注意した。「さもないと、あなたが困るようなほかの秘密も明るみに出しちゃうわよ、羽毛（フェザーズ）ちゃん」

あだ名を聞いた侯爵がやたらきまじめになって横目で妻を見たので、アストリッドはくすくす笑いそうになってしまった。奥方は妖婦(セイレーン)の衣装らしきものをまとっているが、もしかしたら、おびただしい量の海藻を豊満な胸もとにぶちまけただけの人かもしれなかった。

「わかっているとも」ポセイドンはぼそりと言って粋なおじぎをしたが、盛大なげっぷで台なしになった。「ではこのへんで。どうぞ楽しい時間を」

彼らはいっしょに階段をおりていき、アストリッドはイソベルを探して混み合った会場に目を走らせたが、白いバラを髪に挿した人はいなかった。やはり来ないことにしたのだろうか？　おじかおばに来るのを止められたの？　アストリッドの心は沈んだが、まだ時間は早い。メイベルについて部屋の反対側の奥まで行くと、彼女の知り合いが何人か立っていた。

運がよければ、メイベルの仲間への紹介がすんだあと、自由にイソベルを探しにいけるだろう。メイベルの友人からはまるで品定めされているかのような、探る目つきで見られているのをいやというほど感じた。十年前の騒ぎなんて、だれも覚えていないんじゃないかしら？　しかしもちろん、そんなに甘くはなかった。

「あなたはボーモンと婚約していたわよね」丸々としてミツバチみたいな格好をしたレディ――お節介で悪名高きレディ・ベヴィンズ――が聞こえよがしのひそめた声で

言った。「エヴァリーだかそういう名前で」

アストリッドはぎこちなくうなずいた。

「あなたの妹さん、今週の始めにオールマックで招待状を出していたわ」女性がつづけた。「美人さんね」

「ここに来ていますか？」イソベルの話をされてアストリッドは思わず口走ったが、機転の利くメイベルがすでにレディをよそに連れていこうとしていた。ありがたい。

人混みに目を走らせたアストリッドは、ある見慣れた顔を目に止めた。仮面をつけていないので、見慣れたにもほどがある顔。ボーモンは高慢なあまり、仮面舞踏会であっても自分の好きなようにふるまうことしか考えていないらしい。全身が金色で、金色の杖を持ち、金色の花冠をかぶっていた。

「ボーモンが来ているわね」メイベルが小声で言いながら戻ってきて、アストリッドの手にパンチのグラスを持たせた。「でも、なんの扮装だかわからないの」

「ギニー金貨じゃないかしら？」

「金の男根ね。それも太さの足りない」

「メイベル！」アストリッドは飲み物にむせた。「そんなこと言っちゃだめよ」

知的な琥珀色の瞳が――甥っ子とそっくりの瞳が――アストリッドの目を見た。

「どうして？　男だけが女を物として見ていいの？　わたしたちにだって目はあるわ」

「わたしたちはレディよ」

「だからいまいましい行動規範を生まれたときからたたき込まれているけれどね」公爵夫人はにんまり笑い、思いがけずアストリッドのお尻をぴしゃりとはたいた。「でも、わたしたちの中身が反逆者だってことは、だれも知らなくていいことなの」

アストリッドは笑ってしまった。何組かの目が彼女のほうを向いたが、ことさら強い瞳がひと組あった。前は気づかなかったものだ。燃え盛って相手を焦がすような、オオカミににおいを嗅がれたウサギの気分にさせられるような。地獄の番犬と見まがうほどの大きなオオカミ。いえ、地獄のあるじその人かもしれない。その人は全身真っ黒の衣装で、見るもおそろしい角の生えた仮面をつけていた。アストリッドの心臓は手に負えないほど激しく打ち、全身のすみずみが生存本能を発動させて戦いだした。

彼はだれ？　どうしてそんなに大胆にわたしを見つめるの？

彼女は取り澄ました表情で片方の眉をくいっと上げ、さらに腹立たしげにあごも上げて目をそらした。困ったことに、その知らない男はまっすぐ彼女のほうに足を踏み出した。さいわい魔王（ルシファー）の行く手は、サー・ソーントンと天使の扮装で連れ立ったレディの出現でさえぎられた。

「奥方さま」弁護士がまわりに聞こえないように小声でつぶやき、おじぎをした。

「妻をご紹介いたします、レディ・クローディア・ソーントンです」

アストリッドはかわいらしい金髪の女性を見下ろした。彼女の青い瞳は知性とユーモアに輝いている。「どうぞクローディアと呼んでください」

「それなら、わたしはアストリッドと」彼女はレディの背中に生えた天使の羽を見てほほ笑んだ。「わたしたち羽のある生き物は、集まっていなければいけないわね」

クローディアは笑ったが、彼女も声を低くした。「じつはお会いしたくてたまらなかったの。野獣を飼い慣らしてしまったお方に」

アストリッドはむっとしたが、クローディアの口調にも表情にも悪意はなかった。サー・ソーントンは、夫にとって友人にいちばん近いものなのよと自分に言い聞かせる。「飼い慣らしたとは言えませんわ。もしそうなら、彼はここにいたでしょうから」

「ヘンリーからは、ぞっこんだって聞いてますけど」

アストリッドの目が丸くなった。〝ぞっこん〟だなんて、ベズウィックを表現するのにもっとも遠い言葉だわ。「いえ、まさか」

頭が混乱しかけたアストリッドだが、春の女神に扮した華麗な若い女性が階段をおりてくるのが見えて救われた。白いバラの花冠が優雅で、リボンを背中に垂らしている。ゆるやかなドレスをかぶったような格好でも、妹だとわかった。思わずアストリッドの目に涙が浮かんだ。ヴェネツィアの仮面をつけた人物がイソベルの両脇を固めている。おじとおばだろう。美しい妹がどれほどの注目を集めているか、アストリッドは気づかずにはいられなかった。まさしくイソベルは最高級のダイヤモンド。その名にふさわしく、どんなものでも手に入れて当然――求婚者もよりどりみどりだ。

　もちろん、レジナルドおじも姪の人気の高さを実感して、ボーモン以外の相手を選ぶことを許すだろう。いっぽう、たいていの結婚は妻の側が持参金を持っていくことになっていてその逆ではないので、おじは当然、姪を〝売る〟ことで取り分を得ようとする。アストリッドはどうすることもできず、ボーモンがゆったりとした足取りで、いかにもわが物顔で妹に近づいていくのを見ていた。イソベルに残された時間は刻一刻と減っているのに、アストリッドに打てる手は少ない。イソベルが自分自身で事態をどうにかすると決めてからは、打つ手もなくなった。それにせっかくの妹の決心も、もし狡猾（こうかつ）なボーモンが妹の評判に傷をつけでもしたら無駄になる。

「ちょっと失礼」アストリッドはクローディアとメイベルにつぶやいた。「空気を吸ってきます」

あわててイソベルのところに駆けつけて人目を引かないよう、まずはいちばん近くにある両開きのドアに向かってそっとバルコニーに出ると、アストリッドはひんやりとした夜の空気を肺いっぱいに吸い込んだ。感覚のなくなった手で欄干を握りしめる。コルセットをきつく締めすぎたようで、肋骨に食い込んで頭がくらくらしていた。ああ、どうしよう、失神しそう。これまで失神したことなんかないのに。

「これを飲め」

ブランデーのタンブラーが手に押しつけられ、アストリッドはありがたく酒を口にした。親切な人にお礼を言おうとそちらを向いて、凍りつく。月光にまがまがしく黒光りする瞳が、仮面の奥で残り火のように燃えていた。

冥界の王(ハデス)が目の前にいた。

17

アストリッドの繊細なのどが上下するのを目で追いながら、セインは全身の筋肉という筋肉が苦しいまでに張り詰めるのを感じていた。くそっ、飲むという動作でさえも、彼女にそんな気はないのに誘っているように見えてしまう。しかし上唇についたブランデーをぺろりとなめた動きは、無害とはとても言えなかった。彼の股間が痛いほど硬くなったとき、薄暗い月明かりのなかで輝く透明な瞳と目が合い、彼女の濡れた唇が驚きに開いた。

彼は、わけがわからなくなるほど彼女にキスしたいと思った。

そのとき、もう少しでここに来ることはなかったのだということを思い出した。

その日の晩のしばらく前、アストリッドがフェザリングストーク舞踏会に出ると思うと、セインはいてもたってもいられなくなった。彼女はあまりにも美しかった。手の届かない女神のようだった。

「ちょっとよろしいですか、だんなさま」彼女が身支度しているのがろうそくの明かりで部屋の窓に映っているのを、セインが暗いテラスから眺めていると、フレッチャーがぼそぼそと言った。

「おまえがなにか言うのを遠慮したことなどないだろうが、フレッチャー、いまさらだから、早く言え」

「だんなさまは、ばかでございます」

セインは噴き出した。そのとおりだ。自分ほどのばかはいないだろう。「彼女と結婚したのは間違いだった」

「もうしてしまったのです。前に進まなければなりません」

セインはごくりとつばを飲み込んだ。妻の甘美な姿は彼の脳に焼きついている。

「そのとおりだ、フレッチャー。まさしくそうだ。だから、わたしの心から彼女を消し去るしかない」

彼女にはもっといい相手がいる。

ふつうの男がふさわしい。

誇らしく思える夫が、伴侶がふさわしい。

彼の体は痛みを感じていたが、いつも苦しめられていた痛みとは違う種類のものだった。いま感じるのは体の内側から放たれているような痛み——胸にバケツいっぱいの石ころを詰め込まれているような、空虚な痛みだ。〈銀の大鎌〉のテーブルでゲームに興じれば気も紛れるだろうと思っていた。薄布を何枚かまとっただけの麗しい妻のことばかり考えることもなくなるだろうと。

だから、最初はそこに行った。

しかし嗅ぎ慣れたお香と煙のにおいも、ざわついた気分をなだめてはくれなかった。酒が必要だと思った。何杯も。そして二時間ほどゲームのテーブルにつき、ひと財産賭けて、ゾウも倒れるほどの酒を飲んだ。ひとえに気を紛らわすために。

だが、うまくいかなかった。なにひとつ。

「勘定を頼む」彼はオーナーに言った。

「もうお帰りですか？」男が尋ねる。

「先約があったのを忘れていた」彼は言い、フックにかかっていたとりわけおそろしい仮面を指差した。「あれを借りてもいいか？」

「もちろんです」

待たせていた馬車に乗り込むと、セインはフェザリングストーク舞踏会の住所を御者に伝えた。ここ数時間で初めて胸のつかえが軽くなり、会場の入口に立って妻の姿を見たときには、石ころとは違うもので胸がいっぱいになっていた。彼女と目が合った瞬間、それを感じた——部屋の端と端で、互いにつながっているというなまなましい脈動を。セインは妻の目線を貪るように見つめた。彼女の頬骨にわずかな赤みがさしたが、彼のぶしつけな称賛にも妖精の女王はうつむかなかった。それどころか貴族らしく蔑むように眉をつり上げ、あごをツンと上げて完全に彼をはねつけた。

アストリッドは、彼がだれだかわからなかったのだ。

そしていまもわかっていない。すぐそばに立っているのに、借り物のおそろしい仮面をつけているせいだろうか。彼女は目を細めてじっとこちらを見つめ、集中するあまり下唇を噛んでいる。欲望が彼の全身を貫き、彼女にキスしたい気持ちが十倍にもふくらんだ。そんな不埒な願望を感じ取ったのか、彼女は一歩後ろにさがり、警戒心で瞳を光らせた。

ああ、神よ、彼女はあっぱれだ。

そんな女が彼のものなのだ。

ハデスはとんでもなく大柄ね、とアストリッドは思った。それに木が燻されたようなにおいとウイスキーの香りがする。仮面の奥から見つめてくる瞳は、熱せられた炭のようだ。

「ご親切はありがたいですけれど、まだご紹介にもあずかっておりません」彼女は取り澄まして言い、逃げ出したい衝動をこらえた。節度よりも好奇心が勝ってしまい、覗き込むように彼を見る。「あなたはだれ？」

その答えに彼が身を寄せてきて、アストリッドはさっとよけたが、心臓がのどから飛び出すかと思った。これまで彼女は熱心すぎる男性をたくさん退けてきた。だから彼が初めてではないけれど、あきらかにこれほど大きな人はいなかった。もし石の欄干に追い詰められでもしたら、困ったことになるだろう。

アストリッドはくるりと向きを変えて離れようとした。「あなた、積極的すぎだわ。わたしは夫のある身なの」

「それを聞いてうれしいよ」

耳なじみのある煙ったようなかすれた声が彼女を追いかけてまとわりつき、アストリッドはきびすを返した。信じられない思いにぎこちなくなりながらも、見覚えのある背格好を脳が認識していく。おそろしい仮面にばかり意識がいって、その下にいる人のことにまで気がまわっていなかった。「セインなの？」

「仰せのままに」

「ここでなにをしているの？」

「奥方どのに来いと言われたもので」笑っているらしいことがアストリッドには感じられたが、目には見えない。「今夜のきみはすばらしく美しいな」

その言葉に喜びがどっと押し寄せたが、彼女はまだ驚きのなかにいた。「イソベルが来ているの。ボーモンも。それから、おじとおばも」

「そうだな。きみの妹は本日いちばんの美女だ。女王タイターニアはもちろんべっとして」彼は首をかしげた。「妖精の女王はダンスをしないのか？」

彼女はほほ笑んだ。「オベロン王の怒りを買ってしまいますもの」彼女の視線が彼の頭からつま先まで走った。「でも、わたしの妖精の王はハデスに変身なさったみたい」

「なにか悪いことでも考えているんだろう」

助けて、神さま、このかすれた低い声で、体を支えている骨という骨が崩れてしまいそう。「わたしに道をはずれさせるおつもりなの、閣下？」

「ご要望とあらば」

仮面の奥から燃えるような瞳に射抜かれて、アストリッドはうなずくことしかできなかった。「これを取って」彼女は言った。「あなたの目が見たいの」

「ここではだめだ」彼が答える。「庭に出ないか、女王さま?」

アストリッドは舞踏会の大広間を振り返ったが、あまりの混雑で妹の姿は見えなかった。「イソベルはどうすれば?」

「まだ到着したばかりだ。まずは挨拶にまわらないと、人目につかないようにきみを探すこともできないだろう」彼は手を差し出した。「おいで」

ぼうっとしたまま、アストリッドは手を彼の手に滑らせ、テラスへとついていった。ほかにも同じことを考える男女がいるのか、くぐもった笑い声があちこちから聞こえてくる。アストリッドは神経がひりついて、いまにも感覚が爆発しそうな気分だった。素早く後ろを振り返るとすでに建物からはだいぶ離れており、人の声も届かず静かだ。夫に連れられてあずまやに入ると、大理石でできた小型の華美な建築物の中央にははしゃぐ妖精たちを造形した噴水があり、そのまわりを細長い石のベンチが囲んでいた。

セインはくくっと笑った。その笑い声が、混乱した彼女の感覚に奇妙な影響を及ぼす。「まさにぴったりじゃないか?」

アストリッドは彼の手を離し、噴水をよく見ようと近づいた。巧みな彫刻で、妖精たちのおちゃめで陽気な表情がよく出ており、まるでついさっきこの石に閉じ込められたかのようだ。「きれいね」

「ああ」しかし彼が言いながら見ていたのは、アストリッドだった。

彼のほうを向いたアストリッドは、緊張でおなかのあたりがざわつきながらも、つい質問の言葉を舌先に乗せてしまった。「どうして来たの、セイン？　なにが目的で？」

「わからない」

彼の返事はあいまいだったが、それが本心だろう。彼女の気持ちによく似ているのかもしれない。アストリッドも彼のそばにいると、自分がわからなくなる。頭が混乱して、感覚もめちゃくちゃになる。飛んでいる気分と泣いている気分を同時に味わう。セインといっしょにいるのは、ハリケーンの真ん中で小舟に乗っているようなものだ。彼をひと目見るだけで方向感覚を失う。だからと言って、心細くなるわけではない。だれかに降伏することで強くなったような気がするなんて、いったいどういうわけだろう？

セインは先ほどから一歩も動かず、仮面の奥からじっと彼女を見つめているだけだ。アストリッドは彼に歩み寄り、胸と胸がふれそうなところで止まると、両手を上げて彼の仮面を留めつけているひもをほどいた。石膏(せっこう)塗りの仮面をはずして彼の顔をあらわにすると、彼は音が聞こえるほど大きく息を吸った。高い頬骨、形のよい唇、そして彼女の抵抗など燃やし尽くしてしまう金色にくすぶる瞳。

「見つけたわ」アストリッドがささやく。

「仮面の下にある顔のほうがましかどうかはわからないが」

「やめて」彼女は仮面を地面に落とし、彼のあごを手で包んだ。「あなたは……あなたよ」

頭上で輝く月や星々のせいなのか、あるいは背後で思うがまま気まぐれにはしゃぐ妖精たちのせいなのか、アストリッドは大胆な気持ちになっていた。だが公爵は彼女を抱きしめようとせず、彼女は彼が言っていたことを思い出した。そして自分が言ったことも思い出して、赤くなった……彼がイングランドで最後の男性になってもキスしてほしいとは言わない……自分はそう言ったのだ。

でも、最後の男性ではなくても、キスしてほしいただひとりの男性だ。

条件なんてどうでもいい。明日のことなんてかまわない。大事なのは、いまこの瞬間だけ。いまこの瞬間のわたしたちだけ。

アストリッドは彼の引き締まった唇を指先でなぞり、自分の唇をなめた。彼の金色の瞳がウイスキー色へと濃く変化する。「セイン？」

「なんだ、女王さま?」

「キスして」

もし彼女が言ってくれなかったら、セインは自分がどうしていたかわからなかった。ひざまずいて懇願していたかもしれない。「本当にいいのか?」

いったん始めてしまえば、もう後戻りはできない。

妻はほっそりとした首でうなずいた。「ええ」

セインは銀粉に彩られたまつげを見下ろした。彼女の目がまるで星々の集まりのように見える。この世のものではないような美しさ。その彼女が自分のものなのだ。彼は手袋をはずしてポケットに押し込んだ——彼女にふれるときは、肌と肌のふれ合いにしたかった。

それから彼はそうっと、やさしく、彼女を抱き寄せた。もしやめるなら、彼女が離れられるように。しかしアストリッドは離れなかった。セインはこぶしで彼女の頬骨をなぞった。「すべすべだ」とつぶやく。「きみみたいな肌にはふれたことがない」

彼の手がそのまま頬をゆるゆると、あごへのまっすぐなラインをたどって意志の強そうなあごへと移った。そしてなまめかしい下唇の曲線から、上唇のくっきりとした山へ。その唇が開いてひそやかな吐息がもれたが、彼の手は止まらずほっそりとした鼻からなめらかな眉を目指した。銀色の光が彼女の髪を照らし、豊かな巻き毛が陶器のような肩に流れ落ちている。月光のもと、超絶的な美しさを彼はじっくりと眺めた。この世のものとは思えない――本当に妖精の女王が、しがない人間の心を盗むために舞いおりたかのようだ。

「惑わされそうだ」セインは言った。

「それはそんなに悪いこと？」

「ああ。わたしは離れていたほうがいい」

彼女が息をのむ。「どうして？」

「これではきみがもったいない」

両手で彼女のあごをそっと持ち、セインはしゃべるのをやめて身をかがめ、何度も軽く唇をふれ合わせて彼女の形や感触を味わった。ブランデー、魔法、美と秘密の味がして、すべてを知りたくなる。セインは自制できず、舌先で唇のしわをつつきながら唇を開かせ、そして深いところをなめた。

アストリッドはやわらかな声をもらして彼の首に抱きつき、全身をぴったりと重ね合わせた。そしてキスが燃え上がる。彼女の口は熱く濡れて彼を受け入れ、舌をくねらせたり焦らしたり引っ込めたりした。セインはうめき、彼女の髪に指を食い込ませた。彼女は情熱そのものだ。彼が押せば押し返し、なめれば同じように返した。アストリッドは全身全霊でキスにのめり込み、すべてをぶつけてくる。それは彼も同じだった。

これまでの人生で最高に官能的な口づけ。

その証拠に、ズボンのなかに斧の柄ができている。セインは彼女をおびえさせてはいけないと腰を引いたが、彼女はそれを受け入れず、体をぴたりと合わせたまま彼の腕のなかで弓のようにしなるまで彼の腰を追っていった。セインは唇を引きはがして彼女のすんなりと長いのどに伝わせ、鎖骨のくぼみに鼻先をこすりつけた。ローズウォーター混じりの新鮮な草のような香りがした。野の花が咲き乱れる庭の、夏の嵐の日のようなにおい。

「くそっ、食べてしまいたい」彼はつぶやき、思わず舌で彼女の熱い肌を味わった。ふたたびあえぐような吐息をもらし、アストリッドのひざが少し崩れ、彼の上着をつかんだ。セインは軽々と彼女を抱き上げて片手をさっとひざ裏に当て、唇を離すことなく石のベンチに歩いていった。そして彼女を自分のひざに乗せた。ふっくらとした彼女の唇がいかにもおいしそうにぽってりとし、アイスブルーの虹彩がほとんど真っ黒な瞳孔にのみ込まれそうになっている。

「もうやめるか？」彼はかすれた声で尋ねながら、人差し指で身ごろの縁をなぞった。

「まさか、いやよ」

熱烈な拒否にセインは笑った。「よかった、何日もこうしたいと思っていたから。あの初めてのときが脳に焼きつけられてしまったんだ」

彼はアストリッドの身ごろをぐいと下げ、胸をあらわにして月明かりとむさぼるような視線にさらした。彼の全身に震えが走り、欲望のいかづちに撃たれて目がくらんだ。湯船に浸かっているところをちらりと見ただけのときとは、くらべものにならない。白く、なめらかな丸みが彼の手にこぼれ出て、わずかにくすんだ桃色の先端が硬くしこっているのが誘っているようだ。親指でそこをかすめると彼女は震えるように息を吸い、支える彼の腕のなかで背をのけぞらせた。ああ、彼女はすばらしい。欲望で脈動が大きくなる。

わたしのものだ。わたしの。わたしの。

クリームの入った鉢を見つけたネコのように、セインは頭を下げていった。

「待って、なにをするつもり？」つぶやくアストリッドの目は、欲望で大きく見開かれている。

「キスだ」彼は言った。「妻の要望を満たそうとしているだけだ」

彼女はうっすらと笑みを浮かべ、まつげを伏せた。「それなら、ぜひともどうぞ」

その言葉に従い、セインは彼女の甘い胸の先端に舌をつけ、夢中になって、彼女の唇からもれるかすれたあえぎ声に酔いしれた。胸の谷間に舌を伸ばし、もう一方の胸に移動して、ひもじい思いをしていたかのようにむさぼる。彼女の反応があまりに情熱的で彼はびっくりした。これではまるで、自分と同じくらい彼女もセインを求めているようじゃないか。彼女は腰をよじり、彼の張り詰めて勃ち上がったところへこすりつけ、彼に息を詰めさせる。

「セイン」彼女は哀願した。「わたし……もう……」

「わかっている、スイートハート。わたしも同じだ」

このすべてを持っていかれそうな容赦のない欲望は、満たされるまで終わりそうになかった。セインは荒々しく彼女の唇を奪い、ふたりともが切望しはじめている行為そのものを思わせるやり方で舌を絡めた。彼女も同じだけの激しさで応え、なめて、吸って、噛んで、互いにひしと抱き合い息づかいを荒くする。セインは薄いスカートのなかに手を伸ばし、長靴下を穿いたあたたかなくるぶしから丸みのあるふくらはぎへとなで上げた。ひざ裏のくぼみをかすめ、ガーターベルトを超えてすべらかな太ももにたどり着く。そこは馬に長年またがってきたことで引き締まっていた。

こぶしにやわらかな毛と素肌が当たり、彼は目をしばたたいた。「下穿きをつけていないのか」

「このドレスのデザインでは下着をつけるのはよくないのよ」口達者な妻は真っ赤になりながら答え、夫の首筋に顔をうずめた。「いやなのね」

セインはうなり、腰をすりつけるように押し上げた。「いやでこんなことになると思うか？」

彼は大胆にもアストリッドの秘められた場所を手で包み、なめらかなひだのあいだに指を一本差し入れた。ああ、もう濡れている。彼のために濡れている。彼のなかにある男としてのあらゆる部分が、めんどり小屋に入ったおんどりのように雄叫びを上げ、欲望でかすんだ頭に充実感が渦を巻いて駆け抜けた。もう一度指を抜き挿しすると、彼の手を包むように彼女の太ももに力が入り、ぎゅっと締めつけてやさしく揺れた。そそられるようなその感触と、その締まった肉が自分のものにまとわりつくことを考え、セインの頭に血がのぼる。

彼の思考を読んだかのようにアストリッドはひじをついて体を起こし、スカートを片側に寄せて体をひねると、片脚を彼の脚の向こうにやってまたがる格好になった。

むき出しになった彼女の熱い中心が押しつけられて、勃ち上がった彼のものがブリーチズの開きの部分まで張り詰める。彼女はブリーチズの前布をまさぐった。彼はその手を握って止めた。

「アストリッド。ここではだめだ。こんなのは」

人目を忍ぶ恥知らずの逢瀬のように、庭で彼女と交わるなど。

彼女はたじろぎ、愛らしい瞳で彼を見た。「どうして？」

「きみはわたしの妻であって、どこぞのふしだらな女じゃない」

アストリッドは少しだけ恥じ入った表情をにじませはしたが、にっこり笑った。

「でも、わたしがふしだらな女のふりをしたいのだとすればどうかしら、閣下？　わたしはそういう――いいえ、もっとひどい辱めを受けてきたのよ、そうでしょう？」

セインは目をぱちくりさせたが、その驚きは決意へと変わった。妻の顔に浮かんだ屈辱をぬぐい去ってやりたい。彼女の過去になにがあったとしても、それで彼女の人間性が決まることはないし、彼女の中身も外見も美しいことに変わりはない。彼女は戦士。彼の女神だ。

「もし、きみがふしだらな女なら」セインはささやいた。「わたしはどうなる？」

アストリッドの口角が上がった。「男性は事情が違うわ。男の人はカラスムギの種をまくものとされているけれど、女は家にいてそれを料理することになっているでしょう？」

セインは彼女の首筋をついばんだ。「それは不公平じゃないか？」

「どうして男性はすべての権力を握らなければならないのかしら？　女が対等な立場に立ちたいと思うのはそんなにむずかしいことなの？　同じ功績や基準で評価してもらいたいと思ってはいけないの？」

セインは舌で彼女の下唇をなぞり、いま一度、甘やかに口内へ分け入った。「なあ――わたしに評価をつけないのなら、わたしもきみに評価はつけない。だから早く……この……」彼は言葉に詰まった。交合と言えばいいのか？　それとも愛の交歓？

「生殖行為でしょ」彼女が助け舟を出した。

まったく、語彙が豊かで聡明な女というのは。

「そう、それだ」彼は同意した。「対等な連れ合い同士になろう。もっとお望みなら、わたしの持てるかぎりの権力を喜んで譲り渡そう、女王タイターニア。よければ女家長として」

「そそられるご提案だけど、対等がいいわ」

アストリッドは輝くばかりの笑みを見せた。セインは彼女がほしくてたまらず、もはや苦悶に近かった。これまでに耐えてきたどんな苦しみよりもつらい。しかし心の底から思う——この瞬間、自分は彼女のためだけに存在するのだと。彼が腰をぐっと突き上げると彼女は目を丸くし、みだらな快楽の衝撃がふたりを突き抜けた。アストリッドは弾かれたように行動を起こし、すばやく彼をブリーチズから解放すると、自分のスカートも脇に押しやって体の位置を定めた。彼の目を見ながら、きつい鞘に柄を収めていく。

なんてことだ、くそったれ。

セインはもうそこで達してしまいそうだった。

傲慢な男たちも、家父長制も、まったくたいしたことないじゃないか。

18

人生最高の体勢で座っているのでなかったら、アストリッドはばかばかしさに笑っていたかもしれない。ものすごく男らしい男性の腕——たまたまそれが自分の夫——に半裸で抱かれ、ひと気のない庭という夢みたいな舞台で肌を合わせているのに、口にするのが女性の権利の話だなんて。

まあ、セインは気にしていないようだけど。

彼はいま目を閉じて頭をのけぞらせ、太いものを彼女のなかに沈めていた。異質で、脈打って、本当にすてきなもの。ああ、ものすごくいい。ぴったりと収まって、まだ二度目なのに、彼女の体はすんなりと受け入れていた。いや、すんなりどころではない。アストリッドが少し身じろぎして位置を直すと、セインがかすれたうめき声をあげた。ひと息つきながらも、張り詰めた首筋の筋肉は浮き上がっている。

「だいじょうぶ?」彼女は小声で訊いた。

まぶたが開き、嵐のような金色の瞳があらわれた。あごには力が入り、石のベンチについて体を支えている腕の筋肉にはもっと力が入っている。「ああ、だが、いま動かれるといってしまう」

「それが大事なんじゃないの？」

彼は、ははっと笑った。「対等だ、忘れたのか？　これはきみにとっても気持ちのいいことでないといけないんだ。こんなに早く約束を破ったら、不公平な男になるじゃないか」

この人ったら。

アストリッドは胸がきゅんとした。その瞬間、彼にすべてをあげたくなった。体も、魂も、脳も。そして心も。そしてそのお返しに、彼のすべてがほしい。だがそのとき夫が動き出し、なにもまともに考えられなくなった。彼は両手で彼女の腰をがっしりとつかんで持ち上げ、ぎりぎりまで自分を引き抜いた。完全に抜いた衝撃でふたりそろってうめき声をあげると、また彼女は仰向けに倒れ込んで彼を受け入れた。最初に突き入れられたときよりも彼の大きさに慣れたのか、気持ちがいい。

「もう一度」彼女が言う。

その命令口調にセインは片方の眉をつり上げたものの、従った。「偉そうだぞ」

「だって、そうしてほしいんだもの。言わないとわからないでしょ」彼の体が三度、四度と沈んでアストリッドは気持ちよさにあえいだ。「指導力があると言ってちょうだい」

「その考え方は好きだな」彼がまた突き上げる。「それに、女性が主導権を持つのも好きだ」

アストリッドは反論しようと口を開けたが、そのとき彼の唇が重なった。彼女は吐息とともに受け入れた。強さと、ブランデーと、ぴりっと刺激的な味がする。彼とのキスはすごくいい。すべてをさらけ出してくれる、すばらしい人。その駆り立てるような情熱で彼女のなかからも炎を引き出してくれる。戦場で部下を率いていたこともある彼。そんな男性がどんな願いにも応えてくれていると思うと、強くなった気になれる。

彼の舌が戦いを挑み、彼女の舌を自分の口内へと誘い込んでやさしく甘噛みした。彼女の唇をついばみ、とてつもなく大事なものであるみたいに吸い上げる。やさしい上半身の下には暴れん坊の下半身――せわしなく、制御できなくなっていく腰の動きに、彼女は完全に、疑う余地もなく、とりこになった。やさしさと荒々しさの両極端にかき乱される。

「天国にいるみたいだ」彼がつぶやいた。

うめき、目を閉じて、動きが速くなるにつれて彼は自制心を失いつつあるようだ。セインはふたりのあいだに手を滑り込ませ、スカートのひだをかき分けて、ふたつの体が合わさったところへ手を伸ばした。神経が集中しているなめらかな箇所を彼の親指にやさしくなでられ、アストリッドは白熱の感覚に貫かれてベンチから落ちそうになった。さらに彼はもう一度同じことをくり返したが、今度は腰までなまめかしく回転させた。と突然、彼女のなかのすべてが――思考も、感情も、感覚も――融合してひとつの巨大な緊張の球になり、あらゆる方向に引っ張られてばらばらになりそうな気がした。

「だめ、セイン、こんなの……」

「もうすぐだ、いとしい人。いっていいぞ」

そのとき。目のくらむような高まりが来て、そして弾け、凝縮した快感の波が次々と寄せてきた。くぐもった悲鳴は彼の口にのみ込まれ、アストリッドは力のかぎり彼の肩にしがみついた。全身がぐにゃぐにゃになり、余韻（よいん）がさざなみのように通り過ぎていく。セインはもう一度、二度と深く腰を突き上げると全身をわななかせ、彼女を抱きしめたまましばらく動かなかった。

「なんてこった」彼がアストリッドの髪にささやく。

アストリッドは唇を噛んだ。彼の絶頂の激しさは自分の半分だったんじゃないかしら。確かめたい気持ちが、秘密の時間が刻一刻と過ぎるあいだにも募っていく。ぼんやりした彼の顔を見ると、そうとしか思えなかった。「よかった？」

「そりゃもう、めちゃくちゃに」ぽろりと出た言葉に、セインの目が勢いよく開いた。

「すまない、その――」

「いいの、うれしいわ」

彼の眉が両方とも髪の生え際までつり上がり、口の端がへの字に下がった。「本当に？　きみの慕うオースティン先生はなんて言うかな？」

「オースティン先生は、もし生きていらしたら、言葉を選ぶようあなたにご指導されて、そういう思い上がった鈍感で気むずかしい男性と壊れやすいその自我について、著作を書かれるんじゃないかしら？　先生だって、人生のなかで一度や二度は汚い言葉をつぶやいたことはあると思うわ」

セインは笑った。「だろうな」

アストリッドは傷のある彼の鼻梁にキスをして、右の眉から左あごにかけて走る太い盛り上がった傷を指でやさしくなぞった。この人は極端なところだらけね。見た目は凶暴で、でも中身は情熱的かつ思いやりがある。それに、彼女がしきたりに反するような考え方や理想を口にしてもばかにしない。

「もう戻ったほうがいい」彼は言って、アストリッドのやさしい指をかわした。

「そうね」

しかしふたりとも動かなかった。大広間に……新婚のよそよそしい夫婦という関係に戻りたくなかった。ある意味、仮面舞踏会のおかげでふたりは心の壁を取り払い、休戦状態であるかのようにひとつになることができた。しかし、そんな休戦は長くはつづかない。戦線は存在し、敵味方に分かれているのだから。彼女は口が達者で学があって彼の骨董品を仕分けしている、安全のために彼と結婚した女に戻る。彼のほうは、手に負えないかんしゃく持ちの公爵に戻る。それで世界はまわるのだ。

セインは物思いにとらわれている様子で息を吸い、妻をいったん抱き寄せてから持ち上げ、自分の隣に座らせた。アストリッドが身ごろを引っ張って直しているあいだ、公爵も手早く衣服を直して上着のポケットから小さな四角いリネンを取り出した。

「なにをするの?」なんの気なしに彼女は言ったが、夫がひざをついたので赤くなった。「えっ、そんなことしなくてもいいのよ」しかし彼は、すでに妻のねばついた太ももをぬぐっていた。

セインはハンカチを取り出したときから眉間にしわを寄せていた。「とんでもなくうっかりしていた」

アストリッドはまばたきし、最初のときはたしか彼が引き抜いていたことを思い出した。「いいのよ」

「よくない。ばかだった」彼は立ち上がり、ハンカチをポケットにしまった。ことのなまなましさと、自分の蜜がついたものを彼が持っていることを思って、アストリッドの上気した頬が熱を帯びる。「こんな過ちは二度と起こせない」

「過ち？」

彼は、察しが悪いとでも言うように妻をじっと見つめた。「子どもはほしくないんだ、アストリッド」

夜の冷たさがアストリッドの肩にのしかかった。いや、冷気は彼女の内側から……とっくにしっかり封印したと思っていた場所から出てきたのかもしれない。以前はセインとの子どもを考えたことはなかったが、突然、この問題について彼女に選択の余地はないと告げられ、これで決定、これが絶対だと突きつけられたような気がした。こんな最後通告をされても、うまく対応できない。

アストリッドはあごを上げた。「でも、もしわたしが、ほしいと言ったら？」

セインは唇を真一文字に結び、瞳の色は凍りついたようなくすんだ琥珀色へと変わった。あっという間に、はっきりと、彼は変化した。ああ、これが彼なのだ――冷淡で心に闇を抱えた夫、ベズウィック公爵。

「だれかといっしょにいたいなら、ペットでもいい。キツネ狩り用の猟犬（フォックスハウンド）でも」

「フォックスハウンドですって？」彼女は信じられずにくり返した。

冷酷なひどい言葉で彼女をたたきのめしたことなどなかったかのように、セインは腕を差し出した。「そうだ、忠実でかわいいやつらだぞ。じゃあ行こうか」

アストリッドはプライドをかき集め、それで全身を固めて立ち上がった。「最低ね、ベズウィック」

セインはウイスキーをさらに一杯飲み干した。四杯目。五杯目だったかもしれないが覚えていない。フェザリングストーク舞踏会の大広間に戻ってきてからまったく動かず、奥まった小部屋近くにある目立たない柱に陣取って妻の様子を伺っている。

女王タイターニアは……宮廷を支配しているようだ。

最初にここに到着したときのアストリッドは気おくれした様子でひかえめで、夫のいる公爵夫人らしいふるまいをしていたのに、いまやまるで悪魔が乗り移ったように見えた。彼女の笑い声が響くたび、セインはたじろいだ。彼女がほほ笑むのを見るたび、刃のついたこぶしで腹を殴られるようだった。

礼儀作法がある手前、アストリッドの行動はそれを破らない範囲にとどまっており、同じ相手と二回つづけてダンスは踊らないのだが、ソーントンやロスのように彼と親しい友人など片手に余る人数の相手と踊っていた。嫉妬で気分が悪くなるほどだったが、セインには嫉妬する理由などない。自分の代わりに妻を気遣ってやってほしいと、セイン自身が彼らに頼んだのだから。

くそっ、この調子では、彼との結婚がどれほど足かせになっているか、彼女はすぐにも気づいて、それで彼のことが嫌いになるだろう。いまよりももっと。自分が彼にはもったいないと気づくのは時間の問題だ。彼よりずっといい相手がいる。ほかの紳士が。傷のない、損傷のない、精神もまともな紳士。セインは彼女を受け入れるべきではなかった。結婚してふれてしまったのは間違いだった。しかし、もう遅い。

〝最低ね、ベズウィック〟

すでにアストリッドは彼を遠ざけようとしているのではないだろうか？

セインはウイスキーをがぶ飲みし、おかわりの合図をした。

「その調子で飲んでいたら、ひっくり返るわよ」左側からやさしい声がした。「甥っ子ちゃん」

「おば上」セインは言い、おしろいをはたいた公爵夫人の頬にキスをした。おばに正体を見破られたのは驚くことでもなかった。おばは彼が半ズボンを穿いているころから知っているのだ。「いや、クレオパトラと言うべきかな。今夜はすてきですね。どうしてわたしだとわかったんです?」

「奥方さまと消えていくのを見たから」からかうように瞳がきらっと光った。「しばらくいなかったわね。捜索隊を出すところだったわよ」

おばに叱られると、セインは聞かん坊になったみたいな気がした。どうやらわれを忘れて時間の感覚まですっかり失っていたようだ。人に見られなくて運がよかった。醜聞になったらひどいものだっただろう――彼らの身元がわかればなおさら――野獣ベズウィックが美しい新妻に公共の場で無理やり奉仕させたと。なぜなら、彼の妻がみずから進んで従うことなどありえないから。彼のようなおぞましい相手を求める女などいないから。

しかし、アストリッドは求めてくれた。子どものことで冷淡な反応をして台なしにしてしまったが、あれは彼にとって譲れない話だった。彼のような父親を持っていい子どもなどいない。彼を夫に持ってもいい女性がいないのと同じように。しかし結局、彼は結婚してしまった。

メイベルは甥を見て眉をひそめ、彼の視線を追った。「アストリッドは最高に楽しくやっているようね。少なくとも表面的には。あの子をよく知らない人間が見れば」

「どういう意味です？」彼が尋ねたとき、たっぷりとした白銀のスカートがひるがえって通り過ぎるのが視界に入った。

「彼女はあなたの公爵夫人よ、セイン。彼女がいっしょにいてうれしいのはあなただけで、最初はたしかにそうだったはずなのに、大広間に戻ってきたときには美しいけれど相当カッカして、そして完全にぽーっとしてたわね——肥えた目で見ればわかるのよ」おばは小首をかしげた。「彼女になにを言ったの？」

セインは仮面の下で少し顔をしかめたが、背後にあるひと気のない小部屋におばを引っ張っていった。「どうしてわたしが彼女になにか言ったと思うんです？」

「だって、あなただから」おばは言った。「あなたって、ぜったいになんでも自分で台なしにしちゃうのよね」

「彼女は子どもがほしいんだ」

「じゃあ、つくればいいじゃない」

「だめだ」セインはふうっと息をついた。「その理由はおわかりでしょう」

彼の抱える自己嫌悪を本人以上に知っている人間がいるとすれば、それはおばのメイベルだった。だれも――父親でさえ――支えてくれなかった何年ものあいだ、彼女だけがそばにいてくれた。彼が屋敷じゅうのあらゆる鏡を粉砕していたとき。何週間も閉じこもっていたとき。動物のようにだれかれかまわず叫び、うなっていたとき。縫い目だらけの顔を彼女はやさしくなで、不安定な精神をなだめ、とにかく彼を愛してくれた。

「子どもというのは無条件に父親を愛するものよ、セイン」

「だが、それ以外の人間は?」セインは鼻梁をつまんでズキズキしはじめた頭痛を追い払いたかったが、ばかげた仮面がじゃまだった。全身にじわりと走る緊張のせいで、傷まで引き攣れる。「自分の子どもがばかにされるようなことになるのは許せない。そもそも彼女と結婚して、こんな状態に引きずり込んだだけでもろくでもないことなのに」彼は自分を指さした。「わたしは怒りに支配されて壊れた人間だ、おば上。人を愛そうとしても傷つけてしまう、近づいてきた相手を傷つけずにはいられない。どうすればいいかわからないんだ」

「わたしのことは受け入れてくれたわ」

彼はため息をつき、顔を引っかいた。「あなたは違う」

「彼女があなたから離れていくくらいなら、自分のほうから遠ざけようと考えたの？」

セインはおばを食い入るように見つめてこぶしを握り、自分のなかでいつもの苦々しさが火山のようにこみ上げてくるのを感じていた。自分はものごとを結びつけておける〝糊(のり)〟ではなく、ぶちのめしてバラバラにする〝棍棒(こんぼう)〟だ。内側も外側も闇に支配されている。人はみな彼から逃げていくが、自分がそうさせているのだ。ロス以外の友人はレディ・サラ・ボルトンもふくめて全員、そしてほとんどの使用人も、みんな離れていった。

そしてアストリッドもまた……いつかは。

彼女を受け入れて、結局は頭痛を起こすことになっただけか。しかし、それならもうひとつの道はどうだろう？　彼女を手放すというのは？　そんなことは考えたくもない。

「もう帰ります」硬い声で彼は言った。「申し訳ない、おば上。アストリッドと帰ってきていただけますか」

「もちろんよ、甥っ子ちゃん」

セインがいなくなったことが、アストリッドにはすぐにわかった。部屋から大きなエネルギーが消えてしまったかのようだった。まるで彼が太陽で、彼女はセインという引力のなかで無力なままの、迷える孤独な惑星であるかのように。つくりものの笑みも笑いも重たく感じて、その重みが耐えがたくて、それでも彼女はダンスを踊って会話をしていた。彼がすぐそこにいて、こちらを眺め、なにかをじっと考えていることを知りながら。

どうして彼は、あれほど熱くなった次の瞬間にあれだけよそよそしくなれるの？あんなに甘い言葉をささやいていたのに、どうしてあんなにひどいことが言えるの？

庭に出てしばらくは心が通じ合ったように思えるくらい、彼は無防備だった。彼女を受け入れてくれた。そして彼女も彼を受け入れた。けれどもたぶん、双方にとって、早急に関わりを深めすぎたのだろう。彼の傷は肌よりもずっと奥にまで達していて、取り返しがつかないほど彼の心も傷つけていた。

アストリッドには彼を救えなかった。癒せなかった。

最後のカドリーユが終わり、メイベルを探しにいくべきだったアストリッドだが代わりに化粧室に行き、タオルで頰を軽く押さえて鏡に映った自分を見た。髪はあきれるほどくしゃくしゃだったが、女王タイターニアはどうでもよかった。白いシルクの仮面の奥で、彼女の瞳は凍りついたふたつのアクアマリンのようにまぶしいほど輝き、唇は夫のキスでまだ腫れぼったい。人差し指の先で下唇にふれ、彼の感触や舌の動きを思い出したが、無理やり手をはずした。

ばかね、もうやめなさい。

もう帰ろうと振り返ったとき、雲みたいな山盛りのサテンがあらわれてびっくりした。「ああ、よかった、アストリッド、会えてうれしいわ」イソベルが甲高い声で言った。「時間が少ししかないの。ミルドレッドおばさまを軽食室でなんとかまいてきたのよ。ほんと、ヒルみたいに離れないんだから！」

アストリッドは妹をひしと抱き、愛情と安心感で胸がいっぱいになって、すでに混乱していた心がほどけていった。

「元気だった？」とにかく言い、アストリッドはイソベルを押しやって、自分で妹の状態を確かめようとした。妹は……元気で幸せそうだった。落ち着いて見える。大人びたとさえ言ってもいい。

「元気よ」イソベルは明るく笑った。「レジーおじさまが新しい衣装を一式そろえてくださったの、このシーズンでよい求婚者が見つかるようにって」

「イソベル、おじさまを信用しちゃだめ」アストリッドは目を細めた。「おじさまがどんな人が知ってるでしょう。彼はあなたを自分の思いどおりに動かしたいだけなの。そういうものをあなたに与えるのも、そのためなのよ。ボーモンもまだうろついているでしょうし」

幸せそうな笑顔が揺らいだ。「わかっているわ、アストリッド。ドレスがただのご機嫌とりだってことは」

アストリッドは短く息を吐いた。本当にわかっているのかしら？　妹はあまりにも純真で、おじは自分の利益しか頭にない。イソベルのこともほかのだれのことも考えていやしないのだ。それに、ボーモンのことも侮っていてはいけない。彼女は眉をひそめた。「しかるべきときに、ベズウィックが結婚を許可することになるわ」

「公爵さまに関わっていただかなくてもいいの。わたしがすべて自分で考えてあるから」

「お願いだから簡単に考えないで、イソベル」

妹は傷ついた顔をした。「わたしはばかじゃないわ」

「違うの、そういうことではなくて」アストリッドは妹に手を伸ばしたが、イソベルは顔をくしゃくしゃにしてそれをかわした。「あなたはやさしいから、だれでもいちばんよいところを信じてあげたくなるのよね、おじさまもふくめて」口調をやわらげる。「イソベル、あなたはわたしのすべてなの。なんでもあなたのためになるよう考えてきたし、ボーモンのことも、ほかのことも、すべてあなたに隠さずにきたわ。わたしはただ、あなたに安全でいてほしいだけなの、わかるでしょう。公爵さまとわたしのいるハート・ハウスに戻っていっしょに暮らしてほしいの。もう公爵さまがあなたの後見人なんだから」

妹の青い瞳が、落胆のようなもので濁った。「じゃあ、結婚したの？」

「ええ。最初からそういう予定だったでしょう？」

妹の唇がわななないた。「でも、彼と結婚しなければならないことにはなってほしくなかった！　だからこそこうしたのに」イソベルが腕を振る。「ロンドンに来て求婚者を見つければ、あなたが結婚しなくてもよくなるから」

「それはもういいのよ、イジー。あなたはもうだいじょうぶ、大事なのはそれだけよ」

「でも、あなたはだいじょうぶじゃない！　わたしのために、結婚したくもない人と結婚して」イソベルの顔は絶望に満ちていた。「ああ、もう、のんびりしすぎたわ。何週間も前にロンドンに来ていればよかった、それならあなたがこんな苦境に陥ることもなかったのに。みんなわたしのせいだわ」

「いいえ、違うわ。こうしなければならなかったのよ」

アストリッドは妹を抱き寄せようとしたが、イソベルは振り払った。「こんなふうにあなたの幸せを犠牲にするのはぜったいにいやだったのに。わたしの手紙を読まなかったの？　わたしは本気でこうしたかったのよ。わたしたちのために」

アストリッドは妹を見つめた。青い瞳にいらだちと苦悩が光っているのを見て、胸が詰まる。「それはわかっているし、あなたが思うよりずっとそのことはうれしいの。でも、もうそうなってしまったのよ。お願いだからいっしょに帰って。ベズウィックの庇護があれば安全よ。本物の社交シーズンを過ごせて、ボーモンの心配もしなくていいのよ」

その提案が宙に浮いたまましばらく経ったが、イソベルは首を振って決然と姉を見た。「いいえ、わたしはレジーおじさまとミルドレッドおばさまのところにいるわ」

「イジー――」

「お願い、アストリッド」もう決めたという口調だった。「あなたと公爵さまが結婚したばかりなら、わたしの居場所はないわ、少なくともいまは。今年の社交シーズンが終わるまでだいじょうぶよ。心配しないで」

「安全とは言えないわ」アストリッドは言った。

「このまま引き下がれない」

「いいえ、これでいいの」イソベルはやわらかく笑い、姉の頰にキスをした。「もう行かなきゃ。ミルドレッドおばさまが探しにくるわ」彼女はアストリッドの手を握りしめ、立ち上がった。成長して自信に満ちた天使だ。「なにがあっても大好きよ、アストリッド。でも、このまま行かせてちょうだい。自分の翼を広げなくちゃならないの。自分自身の未来のために。そしてあなたも、今度ばかりは自分のことを気にかけて。あなたにふさわしい幸せを見つけて。それがベズウィックとともにあるというのなら、それでいいと思うわ」イソベルはドアまで歩いていったが、沈んだ顔で足を止めた。「いくらかんしゃく持ちの人でも。わたしは自分のためにあなたが彼と結婚するのをやめさせようとしたけれど、本当のところ、彼はとてもあなたを大切にしているんじゃないかと思うの」

ベズウィックの〝大切にする〟は犬を飼うのと同程度だということを、アストリッドはわざわざ訂正しなかった。苦々しさがこみ上げてきたのをのみ込んだ。しかしイソベルの背中がドアの向こうに消えたとたん、アストリッドは近くの椅子にへたり込んだ。すべてが渦を描いて流れていくように、手に負えなくなってきている……ベズウィックも、イソベルも、自分の結婚も。そしてどれひとつとして、自分にできることはなにひとつない。

なによりも、ただひとり残された家族を失うことになろうとしていた。

19

セインは妻の寝室のドアの前で止まり、片手を上げた。もう何日も妻の顔を見ていない。食事のときも会わず、すれ違うことすらない。ああ、こんなに事態をこじらせてしまった。ムチで打たれたかのような罪悪感に襲われる。かんしゃくを起こしてしまったあと、自分のしたことが恥ずかしくて書斎にこもり、仕事ばかりしていたのだ。それで領地のことはすっきり片付いたのだが……。結婚はまったくべつの問題だった。

セインは髪をかきあげてノックした。

「どうぞ」

ドアを押し開けると、妻が警戒した目をこちらに向けた。

「話をしてもいいか」

アストリッドは風呂から上がったばかりなのか、濡れた巻き毛が顔のまわりにかかっていた。清潔なナイトガウンの上にローブをゆるく羽織っている。唇が少し開いて、警戒したようなため息がもれた。「どうしてもと言うなら」彼女が身を守るかのように自分に腕をまわしたのを見て、セインの胸が痛む。「でも、このあいだあなたと話したときのことがまだ尾を引いているけれど」

その言葉にひるみながらセインは部屋に足を踏み入れ、背後でドアを閉めた。すがすがしい彼女のにおいが鼻孔いっぱいに広がった。ふたりで黙って見つめ合う。言わなければならないことはあまりにもたくさんあった。このあいだ彼女を不当に傷つけてしまったことはわかっていた。セインは咳払いをし、気持ちがくじける前に行動した。

「アストリッド、このあいだの夜に言ったことを謝罪したい……子どものことだ。あれはひどい言い草だった」たちまち彼女の唇が引き結ばれるのを見て、言いよどむ。「あれは……いや、急な話で予想外だったんだ」

「どういうこと？」彼女が尋ねる。

セインは納得してもらえるような言葉を探した。「きみとわたしのあいだに起こったことと、子どもの話だ。わたしの許容範囲を超える話を、あまりに急にされて」言葉を手探りする彼の心臓は、痛いほどの収縮と弛緩をくり返していた。「きみは情熱的で、勇気があって、美しくて、世の男が望むすべてを持っている。つまりなにが言いたいかと言うと、わたしはきみにふさわしくないということだ。いつかきみはそれに気づいて、もっと多くのものを望むんだろうってことだ。しかし、わたしにはそれを与えることができない」

「だから、わたしを遠ざけようとしたということ？」

セインは頭を振って両手を差し出したが、すぐにおろした。「きみを守っているんだ、アストリッド」

「なにから？」

「わたしからに決まっているだろう。わたしを見てみろ！ まともな人間がこんなのと関わりを持ちたいと思うか？ わたしは中身まで野獣だ。人に暴言を吐く。傷つける」

セインは打ちのめされた思いで息を吐いた。心臓が嵐のように激しく打っている。のどが痛い。脳も痛い。くそいまいましい役立たずの心も激痛だ。これほど身を隠したいと思ったことはなかった。ベズウィック・パークに逃げ帰って、世界を締め出したい。彼女を締め出したい。感情というものがどんなものか、人を受け入れるのがどれほど傷つくことかを忘れてしまいたい。いまのこれは、しっかりと孤独のままでいなかった自分への報いだ。

自分は、暗闇でじっとしているのがお似合いだったのに。

「わたしはちゃんと見ているわ」アストリッドはやさしく言った。「わたしの目は節穴じゃないのよ、セイン。あなたのことはとてもよく見えるわ。あなたはぜったいにわたしを傷つけたりしない」

「わざとではないだけだ」セインはぼそりと言った。彼女の視線に殺されそうだ……丸裸にされて、もう隠れられなくなる。彼は突っかかりたくなった。「憐れみはごめんだ、アストリッド」

「わたしの気持ちが憐れみだと思っているの？」彼女の声がうわずり、細めた目には青い炎が燃えさかった。信じられない顔としか言いようのない表情だった。セインは目隠ししたまま危険地帯に足を踏み入れたような気がした。「庭で起きたことが冗談だったとでも思うの？　わたしにとってなんでもないことだったと？　結婚式の夜にあなたに身を捧げたのも、あなたがこわかったから、あなたがかわいそうだったからだと？」

まさしく図星を指されてセインはひるんだ。正真正銘の真実を認めないように、魂を丸裸にされないように、唇を真一文字に引き結ぶ。「それなら、なぜ？」

アストリッドは彼の目を見すえた。「あなたがほしかったからよ、すぐに忘れるのね、このおばかさんは」

「将来はどうする？」

「将来がなんだって言うの？」彼女は肩をすくめた。

「もしも――」

妻は夫の唇に人差し指を当てて黙らせた。「わたしが学んだことがひとつあるとすれば、〝もしも〟は危険で憎たらしい小さな野獣だということよ」

「しかし――」

「はい、終わり」アストリッドはつま先立ちになって夫にそっと口づけ、ベルベットのようなささやきで告げた。「わたしはいまここにいる。あなたもいまここにいる。謝罪してくれてありがとう。わたしはいつだってあなたのものなのよ、いとしの公爵さま。だとすれば、あなたはどうするの？」


すべてが凍りつき、捕らえられた夫の瞳が彼女の瞳を見返した。

アストリッドは顔に火がついたようだった。これまでの人生でこんなに大胆だったことはないし、これほど恥を捨ててほしいものをほしいと言ったこともない。ふたりの距離の近さを、彼がなんとも思っていないわけではなさそうだ。彼の手は震え、体の両脇でこぶしを握っている。彼女にふれないよう、すべての力を振り絞っているかのように。それに視線を下げなくても、彼のズボンが前に張り出しているのはわかっていた。

「あなたがほしいの」シンプルに告げた。彼の瞳が欲望で光り、彼女は大胆になった。そういうのを彼が好きだと知っているし、自分も同じだ。「もっとわかりやすく言ったほうがいいのなら、閣下、あなたと交わりたいの。生殖行為よ」

「アストリッド」セインはたしなめたが、すてきな金色の瞳は欲望で大きく見開かれていた。傷の残るあごの筋肉がぴくりと動く。

「まぐわい。交合。セックス。とにかくしたいの！」彼女は次々に言葉を挙げていき、顔をほてらせて、みだらな表情に見えてほしいと願いながら下唇をなめた。

セインは息が止まりそうな早業で妻を抱き上げた。「いやらしい口をお持ちのようだな、レディ・ベズウィック」

「じゃあ、その口にお仕事をさせて」

アストリッドは彼の肩の腱に噛みつき、彼をうならせた。欲望が滴るような肉感的な声に彼女の体が煽られ、ぞくりと粟立つ。ナイトガウンを引っ張り上げて彼のウエストに脚を巻きつけるとガウンの前が自然と開き、体の中心が彼の服と岩のような腹筋にこすれて気持ちいい。お尻の肉をつかまれ、さらに高く抱え上げられて、欲望がどくんと駆け抜けた。ベストの生地がこすれる感触に、彼女の息が乱れる。

セインはうめき、妻の耳たぶを噛んだ。「きみのベッドか、わたしのベッドか?」

「あなたのがいいわ。あなたに包み込まれたいの」

彼の寝室ではフレッチャーがろうそくの火を一本だけ残してあったが、セインは巨大なベッドに向かう途中でそれを消した。アストリッドの胸に痛みが走ったが、暗いのはかまわない。闇には安心感がある。傷痕を持つセインになぜ暗闇が必要か、彼女には理解できた。それに正直に言えば、アストリッドも自分の体がなにを語ってしまうか、こわかった。彼の目がなにを読み取ってしまうかわからない。

彼は自分の体を隠したい。彼女は自分の心を隠したい。

あっという間に巨大なベッドの中央にたどり着くと、彼が服を脱ぐ衣擦れの音が聞こえた。アストリッドの背筋に激流のような欲望が押し寄せ、刻一刻と期待が高まる。なにも見えないことで、ほかの感覚が百倍も敏感になっている。セインの重みでマットレスが沈んだ。あたたかな手に足の裏をなでられ、全身に稲妻のような熱が震えるように走った。

彼が胸に舌を伸ばし、片方の先端を口内に引き入れて吸い上げる。さらにもう片方まで崇めるように念入りになぶられて、彼女の体じゅうが高ぶって震えた。「あなただって同じじゃないの、閣下」彼女は暗闇のなかでほほ笑んだ。「あなたの口がこんなに……有能だなんて、いつも困ってしまうくらいよ」

それに応えるように彼もほほ笑むのが感じられた。「まだまだこれからだ、ダーリン」

「自信家でもあるのね」

「公爵だからな」低い声が轟く。「すごい組み合わせじゃないか、わたしたちは。人がどう思ってるかは知らんが」

アストリッドは笑いたかったが、そのときものすごくすてきな男性の部分を敏感な場所に押しつけられ、引き締まった腰をゆっくりと焦らすようにまわされて、笑うどころか息をのんだ。これまでまさぐることのできなかった手で彼の肩をつかみ、下に引き寄せて、口を開けて熱いキスに誘った。彼の体がぴたりと重なるようにおおいかぶさり、その感触を堪能する。胸毛が胸にこすれるのが心地よくて、彼女は背をしならせ、硬くなった乳首を彼にこすりつけた。

「きみはものすごく気持ちがいい」彼がうめく。

「あなたも」

ふと思いたって、アストリッドは傷だらけの彼の背中と脇腹に手を伸ばした。傷めつけられた皮膚の盛り上がったところやでこぼこがふれても、手を止めないように気をつけた。哀しみと憐れみがこみ上げた。すべての傷痕にキスをして、内側から彼を癒やしてあげられたらいいのにと思ったが、むき出しになったところだけでも隅から隅まで手のひらで包んであげることにした。肩の広さに驚き、長い背骨の手ざわりを味わい、引き締まったお尻の上部のすてきなくぼみを楽しんだ。

ひとり満面の笑みを浮かべながら、彼女はセインのお尻をつかむのと同時に両ひざで彼の腰をぎゅっとはさんだ。親密な体位にふたりともが息を弾ませる。

「いっぱいにして」彼女がかすれた声で命じた。

そして彼は応えた。

いとしい妻に殺されそうだ。

頭がよくて、美しくて、熱い口を持ったかわいいかしまし女が彼の世界をひっくり返し、事あるごとに勇猛果敢に挑んでくる。アストリッドの生来の情熱には驚かされる。すごいと思う。それに彼女は隠し事をせず、自分をまるごと無条件で与えてくれる。それ自体が天賦の才能だ。

ベルベットのような彼女にしがみつかれるのは極上の責め苦で、彼女のにおいと味わいが合わさるとセインはわけがわからなくなった。風呂から上がったばかりのバラ色に染まった彼女を見たときから、彼はずっと興奮しつづけていた。ありがたいことに、彼女も同じくらい強く彼をほしいと思ってくれている。

そしていま、あたたかくて甘美で積極的な彼女の体の感触が、長年培(つちか)った規律と訓練に戦いを挑んでいた。深々と沈めた彼のものが、どくりと脈打った。ゆっくりとそれを少し引き出すと、彼を手放すのがいやだと言わんばかりに彼女がやわらかくまとわりついてくる。セインは激しく息をのみ、全筋肉を緊張させて、うめき声をもらしながらなかへ戻した。

「あなたがなかにある感じがすごくいいわ」彼女がささやいた。「欠けていたものが埋まったみたい」

セインはあやうくいきかけた。彼女の言葉にはそれだけの力がある。新発見だ。

「そのきみはわたしのものだ」

狂喜した心が何度もその思考をくり返す。わたしのもの。わたしのもの。わたしのもの。

セインはもう一度腰を引いて沈め、そのリズムがだんだん速くなっていった。彼女のひざに腰をつかまれ、彼女の手が肩に食い込んで、突き上げる動きに合わせているのがわかる。彼女に唇を求められ、彼は応えた。熱い舌が飛び込んできて迷いなく彼のものと絡み合うのが、うれしくてたまらない。けいれんに似た動きが強くなってきて、彼女が絶頂に近づいているのがわかった。

「そうだ、スイートハート、いっていいぞ」

「セイン」彼女が叫び、頭をのけぞらせて絶頂に達した。

深く腰を突き入れ、彼女のなかが締まって彼のもののまわりで脈打つと、彼もすぐにあとにつづいた。ふたつの袋が張り詰めて快感が急激にせり上がってきたとき、ぐっと腰を引いて最後の最後で鞘から引き抜くと、頭が真っ白になった。彼の精がアストリッドのおなかにほとばしった瞬間、彼はのどの奥でうめいて彼女の上に倒れ込み、激しく息をした。

彼女を押しつぶしてはいけないと、セインはふたりして脇に寄り、汗ばむ彼女の体を抱き寄せた。充足した感覚がゆっくりと現実に戻ってくる。セインは暗闇でもすんなりと妻の唇を見つけ、そっとキスをした。彼女はなにも言わなかったが、彼が離れようとすると意識を向けてくるのが感じられた。たったいまふたりで分かち合ったものを台なしにしたくはない。

しばらくしてから、セインは裸のまま起き上がり、ぬるい水の入った水差しと布を取りに浴室に行った。ろうそくの明かりは必要なかった――暗いところを移動するのには慣れている。目も暗さに慣れていて、ベッドにいるアストリッドの華奢な体も見て取れた。やさしい手つきで彼女のおなかと太ももの粘つきを洗い流した。

「ここにいるか、それとも自分の部屋に戻るか？」自分の後始末もしてから彼は尋ねた。

「ここがいいわ」数瞬ののち、彼女は言った。

内心、なぜだかセインはうれしかった。おかしなものだ、以前はセックスのあとにゆっくりしたいなどと思わなかったのに。場合によりけりだが、彼か女性のどちらかがさっさと帰っていた。昔はせいぜい肉体の欲望を解放するだけのことだった。しかしアストリッドとはすべてが違う。彼はベッドに戻り、シーツを引っ張って自分たちにかけた。そして彼女を引き寄せて、後ろから抱き込んだ。彼女は完璧に彼の体になじみ、丸い尻が彼の腰のゆりかごにすんなりと収まった。

少しして、アストリッドが寝返りを打って彼と向かい合った。暗がりのなかで互いの輪郭しか見えないが、それでもセインは落ち着かなかった。それを感じ取ったのか、彼女はセインの右の鎖骨の肉がでこぼこしているところを何度かやさしくなで、セインはよく気のつくかいがいしい彼女にびっくりした。これだけの経験をしていながら、彼女のほうが彼を元気づけようとしている。彼は胸がぎゅっと痛んだ。

情熱的で、賢くて、勇敢で、こんな女性はほかにはいない。

彼女はすべてだ。

その瞬間、セインの動きが止まり、心臓の鼓動までつっかえたが、ふたたびしっかりと明確なリズムを刻みはじめた。まるで稲妻に打たれたような衝撃だった。死んだも同然の人生が、突然、また輝かしく息を吹き返したようだった。彼はアストリッドをすっぽりと抱え、持てるかぎりの力で包み込み、口では言えないことを体で伝えようとした。

口が裂けてもけっして言えないことを。

20

「アストリッド。ねえ、どうしたの、アストリッド、だいじょうぶ？」

脇腹をぐいっとつつかれ、アストリッドは驚いて目をしばたたいた。メイベルの心配そうな顔に目の焦点が合ってくる。「え、ええ、もちろん。ちょっと考えごとをしてて」

メイベルが鋭い目つきで彼女を見た。「どこぞの公爵のことでも考え込んでいたのかしら？」

アストリッドの頰がかっと熱くなった。「いいえ、イソベルのことよ」

それはまったくのうそでもなかった。たしかに妹のことを考えていた。少なくともベズウィックのことで頭のなかが占領されていくまでは。まったくあの人のせいで、少し時間に遅れるくらいがマナーだなんて言っていられないくらい遅くなってしまった。着ていたものを彼にすべてはぎ取られ、かわいそうなアリスがまた苦労してコルセットを締め上げ、劇場に出かける身支度をしてくれた。性急に互いの体をむさぼるうちにボタンは飛び、生地は破けてしまったが、アストリッドにまったく後悔はなかった。間違いなく彼もそうだろうと思う。

そんなこんなで、第一幕はほとんど頭に入らなかった。

メイベルがずいぶんご機嫌でにこにこしているのも、たぶんそのせいだろう。

アストリッドは頭を振った。劇場まで出かけてきた理由はただひとつ、イソベルが来るからなのに。妹が自立に目覚めてしまったこと、そして成長しつつあるらしいことで、まだ気持ちがもやもやしていた。イソベルは伯爵の専用桟敷(さじき)席におじやおばといっしょにいるが、ずっと明るくてくつろいでいるようで、なにか悪事がひそかに企てられているような感じはまったくない。

おじとは一度目が合い、礼儀正しく首をかしげて悪意のかけらもない顔をしていたが、だからこそいっそう、よからぬことを企んでいるとアストリッドは確信した。イソベルのことになると、おじはいつもアストリッドをじゃま者と考えていて、箱入りの姪を少しは自立させたほうがいいと言っていた。もしも考えられないことが起こって、イソベルが何かの拍子に自分の意志でボーモンを選んで結婚したいと言い出したりしたら、アストリッドにはどうすることもできない。永遠に妹を失うことになるだけだ。

「ロビーに出てみる？」幕間になるとメイベルが言った。「ほんと、劇場に来るなんていつぶりかしら。とてものどが渇くわね！」

アストリッドが思うに、公爵夫人ののどが渇いたのは、あきれるような衣装の俳優たちが舞台でどんちゃん騒ぎしていたせいに違いない。下品だという評判が立っていることを考えると、イソベルがこの芝居を見にくることをおじが許したのは驚きだったが、おじにとってはすべてが計算ずくのこと。こういう芝居を見せることで、イソベルがもっと世間ずれするのではと考えたのだろう。状況が違えば、アストリッドもこんなドタバタ劇でもおもしろいと思ったかもしれないが、とにかくおじの動機を探ることに気を取られていた。

「ベズウィックも来ればよかったのに」メイベルが言った。

アストリッドは公爵夫人を冷ややかに見た。「彼がこういう場所に出てくるくらいなら拷問されたほうがましだと思っていること、わかってらっしゃるでしょう」

「仮面舞踏会には行ったじゃないの」公爵夫人はおちゃめな笑みを浮かべた。「それに、あなたたちのあいだに起きていることをわたしが知らないだなんて思わないでね。彼はここに、あなたの隣にいるべきなのよ」

アストリッドの頬に火がついた。なんてことなの。まさか屋敷じゅうの人間に知られているの？

「ああいうことはもう二度と起きません」彼女は言った。「正直、あなたがいっしょに来てくださって感謝しているの、メイベルおばさま、公爵さまがいらっしゃらないからとくに。おかげでひとりぼっちだとは思わないし……人の目も……」

新しいベズウィック公爵夫人として、オオカミたちに立ち向かうことになるところだったことを言っているのだ。仮面舞踏会のあと、世捨て人だった公爵が結婚したというわさで社交界はものすごい騒ぎになった。もちろんアストリッドもそれ相応にうわさされた。あえて言うなら、よいうわさではなかったということだが、まあ、うわさとはそういうものだ。

アストリッドの絶望がいくらか顔に出たに違いない、公爵夫人は首をかしげ、心配そうな表情を見せた。「彼はどうしてる？」

シンプルな言い方だったが重みのある言葉だった。本当のところ、アストリッドにもよくわからなかった。夫はゴシップ紙の風刺画を見て笑っていた。ばけものに見立てられた自分が、片手に金を握りしめた欲深い日和見主義の花嫁を食らう絵。あからさまな悪意にアストリッドはぞっとした。いっしょに掲載されていた記事の内容も大差なかった。どうやら、野獣じみた公爵とやかまし屋の年増女のカップルはおもしろくて放っておけないらしい。

「これ、どうするの?」ほかにもひどい風刺画や記事を見つけ、彼女はセインに尋ねた。

「気にするな」彼は言った。「そのうちほかの話題に移る」

しかし、夫の口調にわずかながらいまいましさがにじんだのをアストリッドは聞き逃さなかった。

醜聞はともかく、肉体的な面ではうまくいっている——という表現では足りないくらいだが——やはりセインは、まだ彼の大部分をしまい込んでいると感じずにはいられなかった。わざと人と距離を置き、けっしてだれも懐には入らせない。アストリッドは公爵夫人を横目でちらりと見た。まあ、メイベルだけは例外に思えるけれど。セインは自分以外のだれにも居場所のない地下牢を、自分のなかに築いてしまっている。アストリッドはメイベルに打ち明けてみることにした。「彼は、わたしがいずれ彼から離れていくと思っているんです」

公爵夫人はうなずいた。「無理もないわ。あの子は地獄を見てきたのだから。本当に多くの人が彼から去り、そのほかの人は彼が突き放したから」

「でも、あなたは違うわね？」

メイベルはほほ笑んだ。「あら、そうされそうになったのよ。彼はとんでもなく冷酷になれるから。でもそれは、傷ついているからこそなの。あのとおり彼は傷だらけだけど、もっとも傷を受けているのは見えないところなのよ」彼女はまじめな顔で息を吸った。「心の深いところで、自分は幸せになる資格がないと思っているの。だからみんなを突き放すの。あまりにもひねくれてしまって、自分の目の前にいいものがあってもわからなくなってしまってるのよ」

アストリッドは黙っていたが、じつは彼女もずっとそうではないかと疑っていた……公爵は、自分はだれとも親しくなってはいけないと思っているのだ。彼女とでさえ。

「これまでわたしはたくさん人を好きになって、恋人もいたわ」メイベルがつづけた。「そのわたしがあなたたちふたりを見て言うのだけど。あなたは挑んで、仕掛けて、そして――」ぷっと笑って言葉をとぎらせる。「まあ、ほかになにをしているか、わたしもあなたもわかっているわよね。あなたは彼を愛しているのね？」

アストリッドはゴホッとむせ、千もの否定の言葉が口もとまでせり上がってきた。彼女の感じているものは複雑で、愛ではないような気がする。「彼のことは……好きだと思うわ、ええ好きよ。でも、傷つくのがこわいの、彼だってそんな勇気はなさそうだし」

「チャンスを与えられれば勇気を出すわ」メイベルの声がささやくように小さくなった。「セインは深みにはまっているの、でなければあなたに対してこんなにむきにならないわ。どうしていいかわからなくなっていて、自分で思う以上にあなたを必要としている。あの子のこと、あきらめないであげて、アストリッド。お願い」

アストリッドはのどが詰まりそうになった。「でも、どんなにそうしてほしくても、人を無理やり振り向かせることはできないわ」

「わたしのために、がんばって」公爵夫人はアストリッドに不可能なことを懇願し、自分自身の思いもむき出しにしたばかりであっても、明るくほほ笑んだ。「なにかすっきりするものでも飲みにいきましょうか？」

メイベルは立ち上がってアストリッドの腕に手をかけ、桟敷席を出た。しかしカーテンを開けたとたん、ふたりはたちまち好奇心だらけの知人に砲撃を受けた。ベズウィックの新しい公爵夫人をじかに自分の目で見たかったに違いない。アストリッドは立ち往生した。どうしよう、こんなこと、いまは無理……でも逃げるところはない。

「勇気を出して」メイベルがささやき、アストリッドの手をぎゅっと握った。「こわがっているところを見せちゃだめ。彼らはサメみたいにそれを嗅ぎつけるの」

アストリッドは心を強く持ち、メイベルにならって、命がけの笑みをつくった。よかれ悪しかれ、自分はベズウィック公爵夫人なのだ。

「これは公爵夫人閣下、抜け目のないおてんばさん、美しいお連れの方を紹介していただけませんか」背の高い紳士がのんびりとした口調で話しかけてきた。

「んまあ、レディ・ヴァーン、いったいどこに隠れていらしたの？」べつの声が尋ねる。アストリッドの知らない女性だ。

ハンサムな年配の紳士がアストリッドのこぶしに手を伸ばし、そこへおじぎした。

「おやおや、閣下夫人、このチャーミングな生き物はどなたかな？」

残りの人たちは臆面もなく彼女をじろじろ見ている。

「どなたか、わたしが息絶える前にマデラ酒を持ってきてくださらない？」メイベルは扇をさっと振って言った。「そうしたら、あなた方に楽しくご紹介させていただくわ」

マデラ酒がやってくると――アストリッドにも一杯――メイベルはアストリッドを引き寄せ、小さいけれども熱気あふれる人だかりのほうに押しやった。アストリッドはおなかの下のほうがむかむかしてきた。十年も前の醜聞を覚えているのでいなければ、だれも彼女のことはわからないだろう。いまの彼女は悪名高き世捨て人の妻となっているのだし。

「ご紹介いたしますわ、もちろん非公式にですが、新ベズウィック公爵夫人レディ・アストリッド・ハートでございます」

どよめきとともに祝いの言葉やアストリッドの美しさに対する称賛、公爵の荒々しい風貌についての言葉が入り混じったあと、猛然と質問が始まった。アストリッドはたじたじとなったが、ひとりの女性がべつの女性、さらにまたべつの女性にささやいた言葉を聞きつけたことで事情が変わった。〝野獣〟という言葉が耳に届き、アストリッドは気色ばんだ。数分のうちには、〝野獣ベズウィック〟の奥方が来ていることが劇場じゅうに知れ渡った。新聞のせいで、不運なあだ名がロンドンにも広まっていたのだ。

ざわめきが大きくなり、男性の声が第三幕の開始を告げたが、アストリッドは何十もの目の圧力を受けて足に根が生えたように動けなかった。しかしあごを上げ、大胆にも彼女と目を合わせようという人間を見下ろした。わたしは公爵夫人、この国の中枢貴族の妻よ。見たい者には見させておけばいい。

「お聞かせ願いたい、マイ・レディ」間延びした男の声がした。「政略結婚だったのかな？」

吐き気がするほど聞き覚えのある声。ボーモンがあらわれた。イソベルを連れ、腕に手をかけさせている。素手で妹を彼から引きはがしてやりたかったが、アストリッドは冷静に自分を抑え込んだ。

「わたしの身分の者への正しい呼びかけは〝公爵夫人閣下〟よ、ボーモン卿」取り澄まして訂正した。「それに、社交界での結婚はほとんどが政略結婚であり、さらに重要なのは、同盟のための結婚ではないのかしら？」

〝同盟〟を強調した意味は伝わったようだ。伯爵にも、その力に頼っているおじとおばにも。ボーモンの顔つきがけわしくなったが、唇は見下すように弧を描いた。「野獣ベズウィックと結婚するなら、ほとんどの女にはそれだけではない事情があるのだろうな」

アストリッドは笑い飛ばした。大勢の人間に観察されていることはわかっていたが、隣にいるメイベルのおかげで心は安定していた。「そのとおりよ、ボーモン卿。その事情というのは、栄誉と敬意が得られることですわ、あなたにはけっして持ち得ないものですけれど。ご機嫌よう」そう言ってから妹にやわらかにほほ笑む。「イソベル、とてもすてきよ。お芝居の残りも楽しんでいってね」

アストリッドはイソベルがいるにもかかわらず、無理にでも足を動かしてその場を離れた。彼女の戦う相手はボーモンであり、妹ではない。それに、おじやおばは彼女が威圧的で妹をねたむ姉なのだとイソベルに思わせているのだろうが、そうではないことを証明しなければならなかった。しかし、オオカミの群れに妹を残していくのは、これまでにしてきたどんなことよりもはるかにつらいことだった。

「ブラボー、すばらしかったわ」桟敷席に戻ってふたりきりになると、メイベルが誇らしげに目を輝かせて小声で言った。

「あの子は本当に幼くて」

「ダーリン、もし彼女が少しでもあなたに似ているなら、なんの心配もいらないと思うわ」

アストリッドは公爵夫人の目をまじまじと見たが、そこには称賛しかなかった。

「あなたも当然、わたしとあの不愉快な男との関わりを耳にされたことがあるはずよ。もしイソベルが当時のわたしと少しでも似ているなら、それは夢見るおばかさんということで、つまり心配する理由はもちろんあるの。いまもあの子をオオカミの群れに残してきてしまったんだもの」

彼女は劇場じゅうからこの桟敷席に注目が集まっているだろうということを意識し

て、気持ちを落ち着けようとした。うわさが広まるのは速い。刺激的なうわさならなおのこと。ボーモンとやり合ったから、もうみんなが関係に気づいてしまっただろう。アストリッド・エヴァリー――疵物になった令嬢。アストリッド・ハート――ベズウィック公爵夫人。

どちらもくわせもの。

「ひとつ忘れているわよ、あなた」メイベルが言った。

「なにを？」

公爵夫人はうれしそうにほほ笑んだ。「レディ・イソベルはあなたをお手本にして育ったということよ。この十年のあいだ、独立独行の女性だったあなたを。それが消えてしまうと思う？　彼女はたしかにオオカミたちと交わってはいるかもしれないけれど、信頼してはいないと思うわ」

「そんなに簡単なことならいいのだけど」

彼女はアストリッドの腕を軽くたたいた。「とりあえず、ほかのことに目を向けましょ。あなたが計画しているオークションとか。この前聞いたところでは、みんな来るらしいわよ」

それで気持ちが軽くなるとでも？

翌日に予定しているオークションのことを考えると、アストリッドは胃のあたりが落ち着かなかったが、気持ちは高揚していた。どういうことになるのか、期待しているような。成功を収められるかどうかはわからないが、出品する品々の真価はよくわかっているし、自分の鑑識眼(かんしきがん)にも自信はあった。イソベルのことや公爵夫人となった自分自身の新しい立場については不安もあるが、いざというとき、彼女にはかならず頼れるものがふたつある……知識と用意周到さだ。

オークションについては、両方ともそろっていた。

クリスティーズでの盛大なオークションは、セインの非常に聡明で非常に有能な夫人のおかげで、とどこおりなく開催を終えた。彼は目立たない専用バルコニーから見守っていたが、ベズウィック公爵夫人がオークションハウスのオーナーから公の場でしきりに感謝されているのを見て、これまで感じたことがないほど誇らしかった。コレクションの売上総額は天文学的な数字で……それは一セントにいたるまで妻への贈り物となる予定だった。セインの顔がゆるんだが、まだ彼女には知らせていない。

「クリケットができなくなって残念だ」彼は隣に立つフレッチャーに言った。

従者は冷ややかな目を主人に向けた。「ふつうの子どもに買うようなボールを買って差し上げますよ」

「それのどこがおもしろい？　あの割れる音を聞いて父の反応を想像することがなければ、同じだけの満足感は得られない」セインはうなるように言ったが、従者の肩に腕をまわした。「おまえはよいことをしたぞ、フレッチャー。コレクションにも、彼女にも」

「お給金は上がるでしょうか？」

「すでに大金を払っているじゃないか、この恩知らずめ」セインは目をまわした。「それで思い出したが、今週はまだおまえをクビにしていないから、気をつけておけ。わたしは馬車で待っているから、よければわたしの夫人を連れてきてくれ」彼は専用階段を使い、建物の横で待機している馬車へ向かった。

　馬車に乗り込んでひとりになると、セインはポケットから重たい金属の鍵を取り出したが、手に持って目にすると不安で身震いした。緊張している。だれかに贈り物をしたのがいつだったかもう思い出せないが、いまこうして、人生最大の贈り物をして恥をかこうとしている。彼女は受け取ってくれないだろう。そうしたらばかみたいだ。

　馬車のドアが開き、従僕の手を借りて妻が乗り込んできた。向かいの座席に座ったアストリッドの顔は輝いていた。「ごらんになった？」息を切らして尋ねる。

「ああ」

「来てくださってありがとう」愛らしい顔は熱意にあふれていた。「こういう公の催し物は大変で骨が折れるでしょう」

セインは大きな笑みを返し、屋根をたたいて出発の合図をした。「なにを置いてもぜったいに見に来たとも」

「ええ、ありがとう」満足げな笑みを浮かべ、アストリッドは夕刻の人混みを窓から見つめたが、大半がオークションハウスから出てきた客だ。「あの作品の数々すべてによいおうちが見つかったわ。あなたのお父さまも喜んでくださるわね」

「父は地獄で腐るだけだ」そう言ってしまって、彼は唇を噛んだ。先代公爵に対する不快な感情で彼女の楽しい気分を壊したくなかった。彼の父親は、あれらの骨董品をひとつ残らず平然とたたきつけられて壊されてもしかたのない人間だった。セインもまったく同じように、アストリッドの将来への希望を壊してしまったが。セインは咳払いをした。「よいおうちと言えば」と切り出す。「きみにプレゼントがある」

「プレゼント？　わたしに？」子どもが喜ぶみたいに、きらきらした彼女の瞳がひときわ大きくなった。「なにかしら？」

セインはおかしな具合に胸が詰まった。彼女に鍵を渡す。「これはその一部だ」

「鍵だわ」彼女は笑い、目を輝かせた。「あなたの心の鍵？」

まさにその器官が彼の胸のなかで痛いくらい締めつけられたが、彼女の口もとに笑みが浮かんでいるのを見ると、からかっているのだろう。

「まさか。そんなに感傷的な人間だったら、いまこうして生きていられるものか」セインは照れくさくなって息を吸い込んだ。「オークションの売上で不動産を買った。ロンドン北部にある三軒つづきの建物だ。若い娘たちを教育する学校だとか、新しいところになかなか移れそうもない若い女性の居場所として使えるんじゃないかと思って。安全な場所を提供できる」

アストリッドは動かなくなり、射抜くような目で彼を見つめ、驚きに口をぽかんと開けていた。「わたしのために、建物をまるごと買ったの？」

「まるごとと言っても三軒つづきだが、そうだな」

「売上金で」消え入るような声。

「残りはきみの口座に入れて、いつでも自由に使えるようにしてあるが、まあそうだな、きみがいいと思うように使えばいい」

アストリッドの目に涙があふれた。「ああ、セイン」

その瞳の表情を見て、彼の笑みが揺らいだ。「小冊子を印刷するなり、革新的な活動を起こすなり、女性の暗殺者を雇ってボーモンを地の果てまで追いまわすなり。きみが喜ぶことならなんでもいいぞ」

妻は馬車の向かい合った席から夫に飛びつき、熱く、甘く、神に捧げるような口づけをした。「内緒でそんなこと、ほんとにひどい人ね」夫の顔じゅうに小さなキスを落とす合間に言った。「どうしてそんなことをしてくれるの？」

「きみを喜ばせたいからか？」

アストリッドは体を引き、両手で彼の頬を、傷痕もまるごと包んだ。セインはネコがなでてほしいときにするように、その手に顔をすりつけたかった。彼女の手はまるで癒やしか祝福のようだ。「こんなこと、いままでだれかがわたしのためにしてくれたことのなかでも最高にすばらしいことだわ。ああ、セイン、完璧よ」どっと涙があふれ出す。「こんなのずるいわ」

「どうして？」彼は困惑して尋ねた。

「あなたを好きにさせることをするんだもの、そんなのいやよ」

「きみはわたしを好きになりたくないのか？」彼はアストリッドの涙を払ってやった。

彼女は鼻をすすり、彼の首筋に顔をうずめた。「違うわ。手に負えない〝野獣ベズウィック〟のままでいてくれたらいいのよ」

「わたしは野獣のままだ。見ればわかるだろう」

「ちゃんと見ているわ」彼女は輝くアイスブルーの瞳を上げて目を合わせた。そこにあるとろけるような欲望に、たちまち彼の体が反応する。「セイン」彼女がささやいた。「連れて帰って」

セインは唇を合わせ、彼女の体を両手で抱きすくめた……外套の下に感じる、ほっそりとした背中の長い筋肉、うなじのシニヨンからほどけたやわらかな巻き毛、腰のまろやかな曲線。尻の肉をつかむと、合わさった彼女の唇からうめき声がもれた。

「ああ、どんなにきみがほしいか」彼の声はしわがれていた。

本当にほしかった。甘く心地よい彼女の深みに早く自分を埋め込みたい。情熱の営みのなかで彼女に声をあげさせ、余韻に浸りながら彼女の汗をなめ取りたい。やさしくキスをして、彼女が眠りにつくのを眺めて、抱きしめて。二度と離さない。

アストリッドがふたりのあいだに片手をおろし、大胆にも硬くなった彼のものをさすったので、痛いほどガチガチになった。「だめだ、ダーリン。きみの前では自分が抑えられない」

「あなたがわれを忘れるところが好きよ」おてんば娘はささやいて彼の耳たぶを甘噛みし、耳の縁を熱い舌でくるりとなめた。そしてもう一度唇を重ねると、彼はその感触で完全に自分を失った……彼女の味わい、質感、そそるようなつぶやき。

ハート・ハウスに馬車が到着するころには、ふたりとも肩で息をしていた。ふたりで見つめ合い、同時に噴き出した。アストリッドはくしゃくしゃになった彼の髪をなでつけ、セインも彼女の髪を手のひらで整えた。ふたたびキスを交わすと、彼は彼女の外套を直し、彼女は彼のクラヴァットを直し、ちょうど離れたところで従僕が馬車のドアを開けた。

アストリッドは唇を嚙んで恥じ入っているようだったが、セインはただ笑い、妻をエスコートして階段をおりた。「だいじょうぶだ、いとしい人、きみはあきれるほど酔っ払っているときでも美しいから、髪が少々乱れていてもきみの美しさは変わらない」

「またそんなことを言って、ベズウィック卿」アストリッドは頰を染めて夫の腕を握りしめ、玄関の階段を上がっているときにつま先立ちになった。「ベッドに連れていってくださるかしら、閣下？」

セインが両腕でサッと彼女を抱え上げると、大胆な妻もさすがに悲鳴をあげた。

「落っことさないで！」

「もちろんだ」

彼の手もとで妻に少しでもけがをさせるくらいなら、彼は自分の大切なところを切り落とすことだろう。

21

セインは自分のばかげたひらめきが消えてくれることを願った――自分がアストリッドに感じはじめているものは、欲望から生まれた感情ではないかということだ。しかしその感情は、彼女と過ごす時間が増えるほど強まっていくばかりだった。翌日の朝食の席で頬を染めて笑う彼女を見たときは、自分が征服王になったような気がした。ひとりで眠るときはいつも裸で寝ていたのだが、その日は早起きして、一度も袖を通したことのないシルクのナイトシャツと特別あつらえのゆったりしたズボンを身に着けてからまたベッドに戻った。明るい朝の光のなかで妻にうっかり見られるようなことがあってはいけないからだ。

夜の闇のなかで傷痕にふれられるのと、明るい昼日中に見られるのとではまったく違う。

自分が傷痕をどう思っているか考えれば、彼女にどんな反応をされることかとぞっとする。背中と脚は、顔よりずっとひどいありさまだ。背中の傷はほとんどが銃剣によるもので、より深くくじれた部分はただれていた。ひどい熱と地獄の苦しみが何週間もつづき、さらに責め苦のような焼けつく感じを克服して生還できたのは奇跡だった。彼の体に残されたものは、彼が耐え抜いたおぞましさの証だ。とにかくぜったいに妻には見せられない。

つまり、気を抜いてはいられないということだ。でなければ、とんでもない危険を冒すことになる。

「今日はまた雨が降りそうね……残念だわ。新しいウールの外套（スペンサー）を買いに行きたかったのに」彼のおばが言い、バターとジャムをつけたトーストを上品につまみながら、ふたりを交互に見比べた。「あなたたちのご予定は？」

セインは咳払いをした。「わたしはサー・ソーントンと北の領地の執事と会うことになっています」

「あら、そう」おばが眉をひそめる。「カルバートから、よくない知らせがあったと聞いたけれど？」

アストリッドが瞬時にもの問いたげな目をして顔を上げた。その日の朝、ふつうの手紙といっしょに届いた一通の書状について、セインはまだ彼女に話せていなかった。

「ボーモンが正式に、イソベルに求婚する意思を表明した」

「どういうこと？」アストリッドが尋ねた。

「近いうちに求婚するということだ。それについては、わたしが可否を考えることになる」

「彼はろくでなしよ」メイベルが言った。「ひどい候補者だわ。あのかわいらしいお嬢さんには似合わない。あんな不作法者は断わってほしいわ」

「もちろん」彼とアストリッドの返事が重なった。

彼は小さな笑みを彼女に送ったが、目ざといおばはぜったいに見逃していないだろう。「だが、それでもあいつはあきらめないんじゃないかと心配している。エヴァリー夫妻はあの男と内密に取り決めをしているようだし、伯爵はプリンス・リージェントに取り入って、アストリッドの父上の遺言を無効にしようとしているらしい」

「プリニーに？」メイベルが訊く。「それに、取り決めってどんな？」

「イソベルの財産の取り分を自分たちが取るつもりなんです」アストリッドは言った。

「伯爵はお金に困っているわけではないもの。あの子がほしいだけ。売買取引と同じよ」

セインはうなずいた。「それに、先代の伯爵だったボーモンのおじは宮廷で好かれていた。おそらくあいつは亡くなったおじの評判を利用して、自分の評判も上げようとしているんだろう」

公爵夫人は頭を振った。「あきれた。でもそんなやり方、いくらボーモンでもやり過ぎのように思えるけれど」

「おそらく、アストリッドへの感情が絡んでいるんだろう」セインは言い、身の内で怒りが燃えるのを感じた。「彼女はあいつに恥をかかせた。あいつは何年ものあいだその感情を育ててきた。もちろん、イソベルが姉と同じくらいの美貌の持ち主であっても、気が収まらないんだろうな」

彼の妻は頬を染めたが、激しい感情は顔に出たままだった。「彼はヘビのような男よ」

「ええ、まったく同感ね」メイベルが言った。「でもボーモンは侮れないわ。ほかに満足のいく求婚者を見つける作戦が必要よ。イソベルがいいと思えるようなお相手はいるのかしら？　なにはともあれ、彼女には幸せになってもらいたいから」

アストリッドはテーブルに指を打ちつけた。「アガサが手紙に書いていたけれど、四日後にオペラを観に行くんですって。そのときにあの子に聞くことができるかも」

「それなら、こちらの勢力をまとめましょう」公爵夫人はセインに顔を向けた。「べズウィック、あなたの桟敷席はまだ使えるわね？」

セインはうなずいた。あちこちに持っている桟敷席を使ったことは一度もないが、ともかく維持はしていた。たとえ彼を排除してきた社交界を嫌悪していても、ベズウィック公爵ともあろう者が桟敷を持っていないわけにはいかないのだ。「わたしも行こう」

衝撃を受けたふた組の目が、彼に集中した。

「具合は悪くないかしら、ベズウィック？」彼のおばが訊く。

「ぜんぜん」彼は冷ややかに答えた。「そんなに驚くことはないでしょう。オペラのひとつやふたつ行ったことはあるし、わたしの桟敷は奥まった場所だ」

「もちろん驚いてやしないわよ」メイベルも同じく冷ややかな顔で甥を見た。「となると、わたしはほかの形で尽力したほうがよさそうね。レディ・フェザリングストークにお願いして、イソベルについていってもらおうかしら。彼女の桟敷はボーモン伯爵の桟敷の隣なのよ。わたしたちのかわいいダイヤモンドとあなたの不運なご親戚は、そこに座るでしょうからね」メイベルはいかにも得意げな笑みを浮かべてアストリッドに言った。「ねえ、わたしがとんでもなくばかなことをして、妹さんと話せるチャンスをつくってあげるわ」

「よく考えてくださいよ、おば上」セインが言った。

「わたしの年になるとね、甥っ子ちゃん、準備万端ととのえておくものなのよ」

オペラの夜はあっという間にやってきた。その日のためにアストリッドはラベンダー色のシルクのドレスを選んだ。スクエア形の襟ぐりには淡い緑色のレースが縫い留められ、ひじまで袖がある。生地はマダム・ピノで衣装をそろえたときに夫が選んだものだった。アストリッドの体にぴったり沿い、生地の色のおかげで彼女の瞳にひそむかすかなすみれ色が引き出されている。

アストリッドは、セインに人並みはずれたセンスがあることを認めずにはいられなかった。

オークションのあとの彼のやさしさと豪華すぎるプレゼントには圧倒されてしまった。彼女をこれほど理解してくれた人はいままでだれも——男性はもちろん——いなかった。彼のプレゼントはアストリッドにとって、宝冠よりも意味のあるものだ。それに同じあの夜、彼に抱かれたとき、泣いてしまいそうなほど彼はやさしかった。彼が関わるとアストリッドはものすごく感受性が強くなって、自分でもこわいくらいだった。だから彼女の一部はつねに、自分の心を守りなさいと警告しつづけている。

でも、もうとっくに手遅れだとアストリッドは感じていた。

アリスに最後の髪の仕上げをしてもらうと、彼女は階段をおりて、公爵の待つ場所へ向かった。メイベルはフェザリングストーク夫妻と示し合わせて落ち合うとかで、先に出発していた。公爵は書斎にいて、帳簿を広げて熱心に見ていた。うれしいことに、本人に気づかれずに彼を観察する絶好の機会ができた。全身をミッドナイトブルー一色で決め、似た色合いのベストに雪のように白いクラヴァットという装いの彼に、アストリッドは息をのんだ。ゆらめくろうそくの光が褐色の髪を照らし、眉にかかった髪が金色に輝いて、横顔も金色に縁取られている。まるで空想の世界にいるかのような、影と実体が半分ずつ合わさった存在のように見えた。

ああ、彼の姿に胸がどきどきする。

アストリッドが息を吸うと、彼が顔を上げ、ふたりの視線は一瞬、強烈にぶつかった。彼のライオンのような眼がドレスの上半身から裾まで、大きく開いた胸もとの白いなめらかな肌でしばらくとどまったあと、きゅっと締まったウエスト、彼女の手をおおうひじ丈の白い子ヤギ革の手袋へとたどった。永遠のような時間が過ぎ、彼の視線がまた彼女の目に戻ってきた。彼の頰には赤みがさし、瞳は輝き、ようやく口を開いてしゃべったときには声がしわがれていた。

「歴史上の言語では、きみの美しさを

表現する言葉はないな」

アストリッドは真っ赤になり、頬が危険なほど熱くなった。「ありがとう、閣下、あなたも信じられないくらいすてきよ」

「そういう言葉はしばらく聞いていなかったな」セインの唇が皮肉っぽい笑みの形に弧を描き、アストリッドは胸のあたりを突かれたような気がした。口先だけでものを言う冷たい人間だと思われたの？　わたしが軽口でそんなことを言うとでも？　そんなにも心ない人間だなんて、まさか思われていないわよね？

「本気で言ったのよ」

「〝お金持ちなのね〟くらいにしておいたほうがいいぞ、公爵夫人」セインはうつろな笑い声をたてた。「金があれば、べらぼうに高い衣装でも買えて、野獣じみた顔をごまかすことができる。とまあ、仕立て屋はそういうふうに言うだろうな」

心のこもったほめ言葉のあとでそんな強烈な皮肉を聞かされて、アストリッドは驚いた。どうして彼が突然そんなふうになったのかわからないが、これ以上助長させたり、その気まぐれの標的にはなりたくなかった。「それなら、あなたにはそれがたくさんあってよかったわね」彼女はなごやかに言った。「すでに遅れているわ。行きましょうか」

「もちろん。だが、到着するのは遅ければ遅いほどいい」

ほかの客のほとんどが着席したあとということね、とアストリッドは理解した。玄関ホールでカルバートから外套を受け取りながら、彼女は肩越しに夫をちらりと見やった。彼の目はむき出しになった彼女の背中に釘付けになっていた。ドレスの背中はVの字にはしたないほど大きく深く開いている。焼けつくようなまなざしだけで、アストリッドの肌はちりちりした。背骨のうねが見えなくなるところまで彼の貪欲なまなざしがたどるのを感じて、女性としての満足感が全身を駆け抜けた。

「このドレス、気に入った？」彼女は口もとがゆるみそうなのをこらえて尋ねた。「マダム・ピノから聞いたのだけれど、あなたがこの生地と色を選んでくれたのね」

彼は震えるように息を吸い、熱い視線を引きはがした。「きみを包むことになる生地だ」しかめ面で言う。

「彼女のオリジナルのデザインですって。よく考えられているわよね？」

「あの女は頭がおかしい、はさみを持たせるべきじゃない」

「もう、ベズウィックったら。まさか、早くももうろくして、潔癖なやかまし屋になりつつあるんじゃないでしょうね？」

「や……やかまし屋だと？」

アストリッドは笑いながら、彼の手を借りて馬車に乗り込んだ。「思い当たることがあるんでしょう」

少しからかってでも彼に笑ってほしかったが、願っただけ無駄だった。馬車に乗った彼は唇が白くなるほど真一文字に引き結び、あごにも力が入っていた。心がどこかべつのところに行ってしまったかのようだ。どこか暗いところへ。頬の肉もひどくねじれたまま動かず、眉には汗が浮いている。手袋をはめた手はこぶしを握ってひざの上。背筋は船のマストのように直立不動だが、馬車はゆっくりと動き出した。

「セイン、どうしたの？　だいじょうぶ？」

「ああ」彼女を見ることもなく、彼は言葉を絞り出した。

「セイン」

「あとにしてくれ、アストリッド。とにかく今夜を無事にやり過ごすんだ」

彼の苦しみを目の当たりにして、彼女は声を失った。取り乱しているどころの状態ではない。馬にたとえるのもなんだが、ブルータスが鞭に反応したときのようだった。公爵は恐怖にすくんでいる。専用の入口から専用の桟敷席に入るとはいえ――それには大金がかかっているのだが――それでも人前に出ることに変わりはない。彼にとってそれは、あきらかに途方もない芸当なのだ。

「無理しなくてもいいのよ」

石のようにあごを硬くして彼は鼻孔を広げた。

「いいから。もうこうして出てるんだ」

コヴェント・ガーデンへの短い道行きの残りは沈黙したまま過ぎ、到着するとあっという間に専用通路を通ってベズウィック公爵の桟敷席に着いた。どこかから光が入ってくるまで、そこには明かりがつけられていなかった。演目はすでに始まっており、ふたりは不要な注目を集めないよう無言ですばやく席についた。向かいの桟敷席がどれもこれも空っぽだということにアストリッドは気がついた。

彼女がそちらを見つめているのにセインは気づいた。「あちらもすべて買ったんだ」

それにいったいいくらかかったのか、彼女は考えたくなかった。公爵はプライバシーのためなら金に糸目をつけないのだ。

「ボーモンの桟敷席はあそこだ」彼が硬い声で言う。

アストリッドは柄付きの眼鏡を手にして目に当てた。たしかに妹のイソベルが、数段下にあるボーモンの桟敷席にいた。しかし、おじとおばの姿はない。よくよく見ると、伯爵と妹はふたりきりというわけでもなかった。アガサが奥にひかえている、よかった。彼女は侍女に過ぎないが、それでもアストリッドは安堵の息をついた。

ほかの桟敷席も見てみると、聞いていたとおり、メイベルがボーモンたちの隣の桟敷に座っていた。公爵夫人は扇を広げ、縁のレース越しにひかえめな視線をちらちらと上目遣いに送ってよこしたので、アストリッドはうなずき返した。

さあ、勝負が始まる。

22

開演まであと少しというころ、アストリッドは公爵の桟敷を出た。ひと気のない通路を選び、メイベルの従僕であるフレデリックがマダム・ディアマンテの楽屋まで付き添ってくれた。有名なオペラ歌手は舞台準備の真っ最中だった。彼女はその美声どおりの美しい人で、手短に紹介されたあとはすぐにいなくなった。アストリッドはマダムの気遣いにも従僕の気遣いにも感謝した。ここにベズウィック本人が来ているとわかったら、客はみな口から泡を吹くことだろう。妻である彼女も人目についてはまずいのだ。

だれもいない楽屋で待ちながら、アストリッドは一秒、二秒と時間を数えた。それがまるまる一分になり、二分になり、五分になった。そして十分に。イソベルは来ない。フレデリックが妹を連れてすぐに戻ると言っていたが、時間が過ぎるにつれ、だんだん心配になってきた。ボーモンが妹を引き止めているのかしら？　彼のそばを離れてはいけないとか言って？　彼ならそれくらい支配的でもおかしくない。アストリッドはいらだたしく息を吸い、そして吐いた。

フレデリックは慎重にことを進めているのかもしれない。

いいえ、やはりイソベルは来ないのかも。

いささか取り乱してアストリッドは頭を振った。人に見られるわけにはいかない。

時間が延びれば延びるほど、舞台が始まる前にだれかと出くわす危険が出てくる。もう戻ろうと腰を上げたとき、妹の美しい顔があらわれた。姉妹はさっと抱擁を交わした。「アストリッド、あなたの伝言を受け取ったわ。元気だった？」

「あと五分で舞台が始まります、閣下夫人」フレデリックがひそひそ声で言う。

「ありがとう」そう言ってアストリッドは妹に向き直った。前に会ったときよりもさらに美しくなっている。パウダーブルーのサテンのドレスをまとい、陶器のような肌がいっそう完璧に見えた。アストリッドは妹の手を取って腰をおろし、隣の椅子を軽くたたいた。「あなたこそ、元気だったの、イソベル？」

「とても元気よ、でもきっと知っていると思うけれど、ボーモン伯爵がレジーおじさまに、正式にわたしに求婚する許可を願い出たの。あなたはそのことがあったから会いたいと言ってきたの？」

妹がおじのことを親しげに呼んだことに、アストリッドは顔をこわばらせた。愛称を使っているということは、あきらかに、おじはまだ妹の心をつかんでいる。「それもあるわ。あなたは彼の求婚をどう思っているの？」

「たしかにしつこいけれど、ずっと完璧な紳士だったわ」やさしい笑みと言えそうなものが妹の口もとに浮かんだ。「おじさまは、どんな人であってもわたしがもったいないって言うの。それに、財産狙いの人たちをぜったいにふるい落とさなければいけないって」

おじの面の皮の厚さに、激しい怒りがアストリッドの背筋を駆け抜けた。自分こそが最悪の財産狙いのくせに、血のつながったじつの姪を平気で道具にして。しかし、なんとか怒りを隠した。「ほかに、あなたの気に入った若い紳士はいるのかしら？」

イソベルの頬が染まった。「ひとりふたりは」

「どなた？」

「モーリー子爵はどちらかと言えばお知り合い程度だけれど、いっしょにいるととても楽しいわ。でも、とくに気持ちを動かされたのはロス侯爵よ」

アストリッドは子爵のことは聞いたことがなかったが、ロス侯爵のことは知っていた。フェザリングストーク舞踏会でも踊った相手だ。よく知っているわけではないが、たしか公爵の継承権を持っていたはずで、ボーモンなど足もとにも及ばない容姿の持ち主だった。しかも、彼女の夫とも交友がある。

「どちらかでも、あなたに関心があると表明されたのかしら？」アストリッドは尋ねた。

イソベルは言いよどみ、なにかを計算しているかのような表情が顔をよぎった。

「ロス侯爵はもしかしたら。でも、まだおじさまに働きかけはないの」ぎこちないが誇らしげな笑みを浮かべる。「あなたがわたしを世間知らずだと思っていることはわかってるわ、アストリッド、でもわたしもちゃんと考える頭を持っているのよ。ボーモン伯爵はこれまで礼節そのものって態度ではあるけれど、彼もレジーおじさまもなにが狙いかはよくわかっているつもりよ。だから、ほかに求婚してくださる可能性のある方たちを彼らに追い払われたくないの」

アストリッドは口をぽかんを開けた。かわいらしくて、チャーミングで、たおやかなイソベルが——男たちをチェスの駒のように動かしている。

「つまり、あなたは自分の考えで、ボーモンとここへ来たのね」

「とにかく人に見てもらうためにね。ラプンツェルみたいに金色の塔に閉じ込められるくらいなら、気のあるふりをして社交シーズンに出してもらえたほうがいいもの。

与えられたものを使ってできるだけのことをする。あなたが教えてくれたのよ」

前に口もきけなくなるほど驚いたのはいつだったか、アストリッドには思い出せなかった。イソベルはアストリッドもふくめ、みなが思うほどなにもできないわけじゃないとメイベルが言ったのは、あながちはずれてはいなかったのかもしれない。しかしアストリッドは、自分が伯爵に卑劣なだまし討ちをされたこと、そしていとも簡単に人生を台なしにされたことしか考えられなかった。

「ボーモンは狡猾よ」アストリッドは言った。「あなたのしていることに勘づいたら、手段を選ばずかかってくるわ」

「ボーモンには対応できるわ」妹は言った。

アストリッドが眉をひそめる。「本当に?」

イソベルは姉の両手に手を伸ばし、きつく握りしめた。「大好きよ、アストリッド、でもわたしはあなたじゃない。あなたがしたのと同じ間違いはしないわ。どうしてかわかる?」アストリッドがたじろいで頭を振ると、妹はつづけた。「どうすれば間違わないか、あなたが教えてくれたからよ。どうすれば賢くなれるか、どうすれば勇気を持てるか、あなたが教えてくれたの」イソベルが苦笑いする。「わたしは音楽やダンスやリボンが大好きで、あなたから愚かで世間知らずの子どもだと思われることもあるとわかっているけれど、わたしを信じてほしいの。信じてくれる？」

アストリッドはびっくりしすぎて妹をまじまじと見つめたが、あまりの誇らしさに胸が破裂するかと思った。いったいこの女の子はだれなの？　あなたが育てた妹のことを少しは信じてあげなさいというメイベルの言葉がよみがえってきた。「なにか手伝えることはあるかしら？」

「二週間後にあるレディ・ハマートンの春の舞踏会に顔を出して。わたしは彼女のハウスパーティにまるまる一週間滞在するんだけれど、ボーモンとモーリーとロスもいっしょなの」妹の瞳は輝いていた。「ノース・スティフォードよ。できればベズウィックも連れてきて」

アストリッドは目をしばたたいた。

求婚するかもしれない三人の候補者がひとつところに集結する。なにも起こらずにすむはずがない。

「イジー、いったいなにをするつもりなの？」

イソベルの笑みはまごうかたなきオオカミを思わせるものだった。「これまでの醜聞を一掃する醜聞を起こすつもりよ」

どれほど必死になっても、セインは舞台に集中できなかった。マダム・ディアマンテのつややかなコントラルトのアリアをもってしてもだめだった。誘惑に足が生えたとしか思えない妻がしなやかに書斎に入ってきた瞬間からずっと、彼は頭をもたげた不都合なものに苦しめられている。彼女に襲いかかってめちゃくちゃにしたい気分だ。あのすんなりと長く美しい背骨のうねに口づけ、スカートを持ち上げて、その下に隠れているのがわかっているごちそうに食らいつきたい。

くそっ。

いまいましいほどカチカチで、ボタンが弾け飛んでも驚かないレベルだ。

着席し、彼女がオペラグラスを手に欄干から身を乗り出したとたん、あのみだらなドレスによってさらけ出された色っぽいむき出しの背中の曲線に、彼の目は釘付けになった。それからはもう、ほかのものには集中できないでいる。あの色を選んだのは正解だった。彼女の髪がマホガニー色に、肌が生クリームのように見える。セインの視線はまた背骨に戻り、硬くなったものが脈打った。

女性の背骨がこんなにいやらしいなんて反則だ。だが、彼女の背骨はそうなのだ。

彼の左側で妻は舞台に夢中になっていて、妹と会って戻ってきてから一度も彼のほうを見ないし、彼が強烈に苦しんでいるなど考えもしないようだが、それについてはありがたかった。歌手の声が響き渡り、アストリッドの丸まった手がやみくもに伸ばされ……彼のひざに落ち着いた。無意識の接触は、火打ち石が火口についたかのようだった。セインが妻の手をつかみ、ふたりの視線がかち合った。夫の目にある欲望を彼女はすぐに読み取り、夫のものにも負けない炎が彼女の瞳にも燃え上がった。

見つめ合ったまま、どちらも口をきかなかった。そしてゆっくり、ゆっくり、アストリッドは夫の手から手を抜き取り、視線を舞台に戻した。なくなったぬくもりにセインは悪態をつきたくなったが、彼女が右手の手袋を慎重に脱いであのほっそりとした優美な手をあらわにする姿に魅入られていた。そしてむき出しになった手がまた彼の太ももに置かれると、その衝撃であやうく達しそうになった。欲望と熱が彼のなかで激烈にぶつかり合うなか、彼女の手がじりじりと上がってきて、狂ったように心臓が打つたび、いちばん燃え上がっている場所に近づいてくる。彼がいちばんほしいところへ。ついに彼女の人差し指がそうっと、長くなった彼の形をなぞった。

セインは抑え込んだ声で激しく悪態をついた。

「アストリッド」声がしわがれている。

意地悪な妻は夫の声を無視し、夫のボタンをいくつか手早くはずしてズボンの前布のなかに手を入れ、張り詰めたものをつかんだ。その手が彼を包み込み、露をこぼしている先端を親指がさすってすぐ、先端から根元へと手が滑りおりた。さらに妻は性を探求するべく、夫自身が出した湿り気を使って手をもう一度上へ、そして下へと滑らせる動きをくり返し、セインは小さくうめいた。

妻の手の動きが速くなり、巧みな指が絶妙な強さの力を加えてくる。アストリッドの呼吸も乱れ、セインが左の手袋を歯で抜き取っておいしそうな背骨を素手でなでると、彼女はのけぞって夫の手のひらに背を押しつけ、かすかなうめきをもらした。ベルベットの肌にふれた瞬間、セインの絶頂がうなりをあげて差し迫り、彼は上着のポケットからハンカチを取り出した。妻の手をおおうようにその手を重ね、自分を解き放った。解放の衝撃で体がびくびくと跳ね、熱い脈動が何度もくり返されて四角いリネンに吐き出されていく。

そのとき万雷の拍手が、セインの耳に轟いていた血の奔流と置き換わり、歌手が曲を終えた。セインも拍手したかったが、その理由はまったくべつのものだった。充足感で軽いめまいを感じながら、アストリッドがハンカチの汚れていない端のほうで上品に手をぬぐい、音もたてずに手袋をはめるのを見ていた。彼女がひと言も口をきかなかったことが、暗闇での行為と同じくらい刺激的だった。

幕間か……劇場のフロアや向かいの桟敷席で人々が動き出し、セインはぼんやりと気づいた。人目につかないところに引っ込んでズボンの前を直し、ボタンをかけたところで、おばが桟敷の外から声をかけ、カーテンの合間から顔を出した。

年配の小うるさいおばは得意げに笑いながら、片方の眉をつり上げた。「オペラを楽しんでるかしら、親愛なるおふたりさん？」

「ええ、とても」アストリッドは何気ない口調で答えたが、頰は真っ赤だ。

「イソベルと話はできたの？」メイベルが尋ねる。

アストリッドはうなずいた。「おっしゃるとおり、妹は状況をしっかり把握しているようでした。正直言って、あんなに決然とした妹を見たのは初めてよ」

「それはべつの言葉では頑固とも言うんだけれどね」メイベルはにっこり笑った。それから、桟敷の外で飲み物のトレーを持って立っているフレデリックにあごをしゃくった。「それじゃあ、飲み物でもいかが？」

アストリッドは輝くまなざしを夫のほうにさっと泳がせ、唇を嚙んであらためて頰を真赤くした。「ええ、もちろん。でも、その前に休憩室に行ってこないと」

焼けつくような顔をした妻を見て、セインは彼女をかっさらって家に連れ帰り、彼女がどれほど高ぶっているかを自分の目で確かめたいと思った。彼にふれることで、彼女はいったいどれだけ彼女は高ぶったのか。しかし、急におばが興味津々になったことも見逃さなかったセインは、それが理由で、ただうなずくだけにした。

「わたしはここに残って、あなたがいないあいだにかわいい甥っ子ちゃんがなにかの拍子にだれかをどやしつけたりしないか、見張っておくわね」メイベルが言った。

セインはアストリッドが出ていく前に声をかけたかったが、言葉を思いつかなかった。ともかく、詮索好きなおばがいるし、おばはなにごとも見逃さない。だからセインは、アストリッドが席をはずすときは少しうつむいていた。メイベルも出ていって彼をそっとしておいてくれないだろうかと思ったが、おばは動かなかった。彼女は腰をおろしてウイスキーをふたりぶん注いだ。

「どうぞ、言ってください」彼は言った。

おばはにやにやしている。「言うって、なにを?」

「わたしがのぼせ上がってると思ってるんでしょう」

「のぼせ上がってるの?」

「違います」

「わたしにうそをつこうったって無駄よ、ナサニエル・ハート」

クリスチャンネームを使われてセインはぎくりとした。おばの言うとおりだ——妻への気持ちは、急速に強迫観念じみたものになっている。セインはため息をついた。

〝なっている〟のではない――もう〝なった〟だ。これまでにほしがったどんなものよりも彼女を渇望している……彼女の笑顔、視線、キス。彼の思いは厄介を通り越したレベルだ。表面的なものではない。骨の髄から出てくる深いもの。なにより、危険なもの。

「のぼせ上がっているのではなければ、なんなの？」メイベルは尋ねた。

あこがれ……恋情……情愛……愛。そのどれでも認めるわけにはいかなかった。認めれば現実のものになるとしても。認めてその思いに命を与えてしまったら、彼の手には負えなくなる。途方に暮れた目が、おばの目とぶつかった。「こんなのは無理だ」

「いつ恋に落ちるかは選べないのよ、セイン。相手がだれかということもね。わたしたちに決められるのは、自分の感じたもののために戦うかどうかだけ。たしかにこれまで運命はあなたにやさしくなかったけれど、あなたはまだ息をしているし、血も流れている。だから自分を大切にして、生きてほしいの。でなければ、ただの生ける屍よ」彼女は腕を伸ばして甥の肩をたたき、言い方をやわらげた。「もし、自分は彼女にふさわしくないだとかいうおかしな考えでアストリッドを遠ざけたりしたら、あなたは自分で思っているよりもずっと大ばか者よ」

セインの頬の肉がぴくりと動き、おばをちらりと見やった。言うだけのことを言ったらしいおばの眉間には、二本の縦じわが入っている。「お話は終わりましたか？」

メイベルは苦々しい顔で甥をにらんだ。「いいえ、あいにく、まだよ。あなたはわたしの甥っ子で、あなたのことは愛しているけれど、取り返しのつかない傷を自分で自分につけてしまう前に、その頑固な石頭を胴体から取ってしまわなければならないわね」

セインは目をしばたたいた。おばのメイベルがここまで怒りをあらわにしたことは久しくなかった。あのころ――彼が大陸から戻ってきて、ウイスキーと自己憐憫に溺れようとしていたとき以来だろうか。あのときと同じくらい、セインはおばの干渉にうんざりしていた。行儀の悪い子どもみたいに叱られるのはまっぴらだ。

「失礼はしたくないが、おば上」内心暴れまわる感情を冷たいよそよそしさでおおい隠し、間延びした口調でセインは言った。「あなたが愛のなにをご存じなんです？あきらかに愛ある結婚をされたのではないでしょう」

「貴族の結婚はほかの要素で決まるのよ」甥の冷たい口調にも動じず、彼女は言った。「愛ある結婚なんてほとんどないわ。わたしとヴァーン公爵の縁組だって両親が決めたことだもの。親愛や好意はあとからついてくるのよ。でもヴァーンが亡くなったあと、どうしてわたしがこれほど好きこのんで男性と関係を持っていると思う？」セインが口を開いたが、彼女は彼に手のひらを向けて制止した。「わたしのそういう生活面をあなたがよく思っていないのはわかっているけれど、死んでしまう前に愛に奔放になろうと決めたの」

「見境なく関係を重ねて？」彼が冷たく訊く。

メイベルは小首をかしげて甥を見つめた。「あなたったら、石の冷たさね。あなたのお父さまから受け継いだものが多すぎるのかしら。彼は貴族の無関心を体現したような人だったから」

父親と比べられてセインはぐさりと深く胸を突かれた気がしたが、おばを責めることもできない。父は冷酷でおそろしい公爵だった。似ているのは重々承知している——セインのほうから父に自分を合わせていったのだから。心を石にしておけばなにも感じなくてすむ。なにも感じなければ傷つかない。

メイベルはため息をつき、甥の頬を軽くたたいた。「でも、あなたのなかにはわたしの性質もいくらか入っているから、あなたが自分も幸せになっていいんだと思うようになる希望は永遠にあるわよね。あなたは選ばないと、セイン」

「選ぶってなにを？」

「あら、ダーリン、凝り固まった気むずかしい脳みそではなくて、心で行動することをよ」

おばの言葉には希望がこもっているように聞こえた。希望。それこそが彼を切りつけ、彼の防御をずたずたにした。うそつきのくせに懇願、哀願させられた。希望には、何度も何度も裏切られつづけた。父。レオ。友人。女たち。だれもかれも彼のもとを去り、彼は野獣になったと言っておそれをなして逃げた。そしてアストリッドも、彼に用がなくなったらいなくなるのだろう。みずから伸ばしてきてくれたあの手を思い出す……どれほどあの手を求めたか。いまでもどれほど必要としているか。すでにセインは彼女のことを、空気のように必要としている。こんな状況は荷が重い。重すぎる！

戦争で自分は壊れたとセインは思っていたが、アストリッドが及ぼす影響に比べたら、あんなものは苦しみのうちにも入らない。彼女がいなくなったら彼に残るものはなにもないということは、ひとかけらの疑いもなかった。彼のなかで苦々しさがどんどん大きくなり、ついにはそれしか感じられなくなった。古びて擦り切れた毛布のように、そんな状態に安心感さえ覚える。長いあいだ寄り添ってきたものだ。なじみがあって安心できる闇を、彼は自分のまわりに引き寄せた。

セインはメイベルと目を合わせた。これまでずっとそうしてきたように、影を張りめぐらせて。「そこはおば上が考え違いしているところです。ごらんのとおり、わたしの心はほかの部分といっしょに枯れてしまいました」

「残念ね、あなたのためになるより、ならないことをしてしまったみたいだわ」メイベルは哀しげに言った。

「いいえ、おかげで軌道修正できました、おば上。自分のなすべきことがわかりましたよ」

23

かんしゃく持ちで冷酷で手に負えない、悪名高き野獣ベズウィックが戻ってきた。気分が不安定でころころ変わるので、だれもがぎょっとさせられる。アストリッドはアリスにコルセットを締めてもらいながら、夫のことを考えて顔をしかめた。たったひと晩オペラに行っただけで、やさしい夫から暴君に変貌してしまった。いまや屋敷内のだれもが、いつ野獣の逆鱗(げきりん)にふれるかとハラハラしている。彼が気まぐれなのは、相手が彼女であっても同じだった。

オペラの夜に屋敷に帰る途中、アストリッドは思いきって、イソベルを助けるためにレディ・ハマートンの舞踏会に出てもらえないかと訊いてみた。彼はいつになくオペラの後半は静かだったが、それは外出が彼にとって負担になったせいだと思っていた。

なんという思い違いだったのだろう。

彼は馬車のなかで彼女をまじまじと見て、唇をひどい形にねじ曲げた。「いやだ」

「手を貸すと言ってくれたじゃない」彼女は静かに言った。「イソベルを守るために。あの子にはわたしたちが必要なの」

「くそいまいましい舞踏会など行かないぞ、アストリッド」

「なにをそんなにこわがっているの？」

「こわがる？」彼は笑った。暗い、ユーモアのかけらもない声で。「自分の結婚したばけものがどんな見てくれか忘れたのか、マイ・レディ？　それなら思い出させてやろう」彼は帽子をはぎ取って身を乗り出し、彼女の顔に向かってうなった。あきらかに怒っていて、傷痕がぞっとするほどありのままによく見えた。

「みんなにチャンスをあげればきっと――」

「きっと？」彼はせせら笑った。「やつらの家に招き入れてくれるか？　暖炉の前に座って、おしゃべりをして、お茶をごちそうしてくれるか？　まったく甘ちゃんだな、愚かな奥方どのは」

「そう言うあなたは子どもっぽいわ」

彼の瞳が怒りで光った。「気をつけろ、アストリッド」

妹からのお願いを叶えることで頭がいっぱいで、彼女は注意が足りていなかった。

「わたしはただ、イソベルに安全でいてほしいだけ。あの子に幸せに、自由になるチャンスをあげられたらと」

「わたしたちのだれも自由ではない。きみの妹は、ひとつの檻からべつの檻に移ろうとしているだけだ。結婚とはそういうものだろう?」

「わたしたちの結婚は違うわ」

セインは彼女をあざ笑った。「いいや、ダーリン、わたしたちだって都合がよかったからだ。いや、それ以上か? きみは名前がほしかった。そしてわたしは、あたたかくて積極的な体があれば御の字だったが、結局、手に入った。この関係を実際以上のもののように考えるのはやめろ。すごい取引ではあったがな。昼は公爵夫人、夜は娼婦」

「あなたは人でなしね」

「それ以外のものだというふりをしたことはない」

そう、そのとおりだ。アストリッドが悪いのだ。実際にはないものを、あると思った。実際の彼ではなく、彼がなれそうな人物像をあてはめた。自業自得だ。彼を信じてはいけなかったのに。

傷ついたあとには、怒りがやってきた。

約束したのに破るなんて。そのうえ、あんなひどいことを言うなんて。彼はわたしを娼婦にしたいの？　それならいいわ、なってやる。アストリッドは鏡に映った自分の姿を見つめた。アリスが目の下のクマをおしろいで隠してくれた。できればずっとベッドに入っていたい気分だけれど、鬼のような夫と同じ家にいると思うと苦しくなる。

「ありがとう、アリス」身支度の仕上げを終えた侍女にアストリッドは言った。「これでいいわ」

彼女はレティキュールをつかんで階段をおりると、馬車で言い争ってから初めて夫と面と向かって顔を合わせた。

「今日の晩餐にはいなかったな」公爵はうなるように言った。クローバーのような緑のイブニングドレスを見て、琥珀色の目をすがめる。彼も疲れているように見えた。疲れて顔が引き攣っている。「気分がすぐれないとカルバートから聞いたが」

磁石のように引き寄せられる彼の引力に鈍い胸の痛みを覚えながら、アストリッドはにっこりほほ笑んだ。無情で冷酷な夫なのに、彼の眉の上に緊張でできたしわをやさしくなでて、抱き寄せて、温室で彼女を求めてくれた人を取り戻したくてたまらなくなる。学校をつくるために家を買ってくれた人。胸が詰まるほどやさしく抱いてくれた人。

しかし、そういう彼は偽物だった……彼女が孤独のあまり、彼はいい人なのだと信じたくてつくり出した幻影だった。

「ええ、そうなの」無理に明るくふるまった。「でもずいぶんよくなったわ」

「出かけるのか？」

彼女はうなずいた。「ラルストンの夜会へ、メイベルといっしょに」もう一度、口もとに笑みをつくる。「かまわないわよね、閣下？　あなたはそういうところがお嫌いですものね？」

セインはいやみに反応しなかった。「楽しい夜を」

「あなたも、閣下」

やたら丁寧すぎるやりとりにアストリッドは腹が立ってしようがなかったが、次の日の夜もほぼ同じだった。メイベルまで元気がないようで、いつもの楽観的がところがない。甥の心のありようも説明してくれず、アストリッドが自分でセインの気持ちを確かめようとしたり、ふたりのあいだにできつつある氷の壁を崩そうとすると、彼はただ離れていくだけだった。

一度か二度、おそらく彼が見られていないと思っていたとき、いかにもせつなそうな目をしているのをアストリッドがたまたま見ていなければ、なにも感じていないと思ったことだろう。そのとき彼女は、メイベルがどうか甥っ子をあきらめないでと言っていたことを思い出した。〝あの子は心の奥底で、自分には幸せになる資格がないと思っているの。だからどんな人も突き放してしまうの〟

いま彼がしていることはそれなのだろうか？

ものすごくありうる。この数週間、ふたりはひとつだけでなくいろいろな面でつながってきた……知的な面、感情的な面、肉体的な面。そしてオペラに行くまでは、センから大切に思われるようになったとさえ言える状況だった。ふたりの仲は深まり、花開いていた。アストリッドは思わず頬を染めた。深まり過ぎて、公共の場でも彼にふれてしまうほどに。桟敷席の暗がりにまぎれてだれにも見られはしなかったけれど、あれはどうかしていると思われてもしかたのない行為だった。

考えれば考えるほど、メイベルの言ったとおりだと思えてきた。ふたりの関係は、いつも暗闇のなかだった――最初はあずまやで、その次は彼の寝室で、そしてそれ以降もすべて。転機となったのは、オペラの日だ。ふたりのどちらにとっても。けれど受け取り方は同じではなかった。

彼が逃げ出したのは、そのせいなのだろうか。

あの翌日、公爵に書斎に呼ばれて、彼女をベズウィック・パークに戻すつもりだと言われたとき、アストリッドはもうたくさんだと思った。そんなふうに捨てられるなんてごめんだ。イソベルのためにここに残る必要があると言いたい気持ちもあったが、それだけではなかった。本当の本心では、彼女はセインと離れたくなかったのだ。それはいったい、彼女にとってどういうことなのだろう？

「つまり、ぜったいに愛してはくれない相手を愛してしまったおばかさんということね」彼女はひとりごちた。

「今夜はどのドレスになさいますか、奥方さま？」隣接している浴室から入ってきたアリスが尋ねた。

アストリッドは眉根を寄せた。本当に、どれにしようかしら。わたしはいま岐路に立っている。このまま尻尾を巻いて、彼に追い払われるままになるのか、それとも抗うのか？ 踏みとどまらなくちゃ。彼のこととなると、自分はずっと臆病者でしかなかったけれど、いまの自分は彼に立ち向かったらどうなるのだろうとおびえている。

でも、こわがっていてはけっして前には進めない。

夫は根っからの軍人だ。戦いの駆け引きを熟知している。だから戦略を練り直す必要がある。彼に近づくためには、持てるかぎりの武器から最終兵器を出してこなくちゃ。

「赤のシルクね」彼女はきっぱりと言った。

アリスが目を丸くし、アストリッドは不安で背筋に震えが走るのを感じた。赤いシルクのドレスはマダム・ピノの作品のなかでももっとも大胆で、隠すより露出するほうが多い襟ぐりのデザインになっていた。入浴したあと、アストリッドはその刺激的なドレスをまとった。アリスは顔をくもらせ、自分が見つめていさえすれば女主人の胸が収まっていてくれると言わんばかりに、刺繍がほどこされた縁を凝視した。なにせ、アストリッドがくしゃみでもしたら、身ごろから胸がこぼれ出そうなのだ。それでなくても、ピンク色の乳首の端はきっと見えていると思う。

「シュミゼットをつけてから着るようになっているんじゃないでしょうか」アリスが言った。

「マダム・ピノはそんなことは言っていなかったわ」

鏡に映った姿を見つめるうち、アストリッドの頬は焼けるように熱くなった。このドレスは大胆なんてものではない。しかもそのいやらしさは、衝撃的なほど肩がむき出しになる身ごろの話だけではなかった。コルセットで締め上げた体に第二の皮膚のように張りついてウエストとヒップを際立たせ、扇情的な真紅色のひだが床まで流れている。身ごろとウエストとスカートに重ねられた豪華な金色のレースが、スペインふうのセンスを醸し出していた。

アストリッドはそのドレスにひじ丈のシャンパンカラーの上品な手袋と、刺繍入りのやわらかいヒール付きの室内履きを合わせた。髪はシンプルに上げてまとめてもらい、宝石はルビーのペンダントをひとつだけ、胸の谷間に収まるようにつけた。

「だんなさまは、このドレスでどこかにお出かけになるのはお許しにならないと思います」アリスがつぶやく。

アストリッドは突然のパニックに襲われながらも笑みを浮かべた。「そうでないことを祈るわ」

食堂に入っていったとき、夫は入口に背を向けて、弁護士のサー・ソーントンと彼の妻レディ・クローディアと話し込んでいた。晩餐に客を迎えるとは知らず、アストリッドはまわれ右をして撤退しそうになった。しかしメイベルが彼女を見たとたん、おちゃめに瞳をきらきらさせて出迎え、頰にキスをした。

「思いきったわね」メイベルがささやく。

アストリッドは自分の笑顔が揺らぐのを感じた。「賢いお友だちが、あきらめないでと言ってくれたから」

誇らしげな顔で、メイベルは〝がんばって〟と言うようにアストリッドの手を握りしめ、それから声を張り上げた。「まあ、アストリッド、なんてすてきなの！」

公爵は耐えられないほどゆっくりとした動きで振り向いたが、視線がすうっと妻にたどり着いたとたん凍りつき、口もとが瞬間ゆるんだあと、怒ったように引き結ばれた。すぐに表情をなくしたものの、その前に一瞬だけ、ライオンのような瞳に欲望の炎があがったのがアストリッドには見えた。よかった。

「ありがとう、おばさま」アストリッドはいつになく息苦しそうに言った。心臓がいまにも口から飛び出し、部屋から全速力で逃げていきそう。彼女はレディ・クローディアとサー・ソーントンにも挨拶した。気の毒な弁護士は頬を真っ赤にしていたが、クローディアの称賛のまなざしは、しぼみそうなアストリッドの勇気を支えてくれた。

苦虫を嚙み潰したような顔で、いまや妻のドレスと同じ顔色になった夫にアストリッドはほほ笑みかけたが、彼は妻をみんなから少し離れた、話し声が聞こえないところまで連れていった。あたたかみのあるピリッとした夫のにおいに包まれ、思わず彼女は距離を詰めて、激しく脈打っている夫の首筋に舌を這わせたくなった。なんてこと、この人に関わるとわたしは本当に愚かになってしまう。

「そんなもの、わたしが代金を払ったか？」

「あら、もちろんよ」アストリッドは平気なふりをしたが、夫の手につかまれたひじが穴が空きそうなほど熱くて、腕からほど遠いところにまで炎が送り込まれているようだった。「マダム・ピノから、あなたが色を選んだって聞いてこれをお願いしたのよ」

「色は選んだが」セインは歯ぎしりしながら言った。「それは」――片手で彼女の全身を示す――「選んでない」

アストリッドが声をたてて笑うと、震える胸もとに彼の目が引き寄せられた。彼のにらみで燃えかすにならなかったのが不思議なくらいだ。「このデザインはパリで大人気なんですって。そんなに硬いことを言わないで、閣下」彼は焼けつくような視線を引きはがし、こわばったあごから力を抜いた。彼女は両眉をつり上げた。「シェリーを注いでくださらない、ダーリン？　サー・ソーントンにお願いしてもいいけれど」

彼女が言い終わらないうちに、セインはなにを考えているかわからない顔ですたすたと歩いていき、グラスを持って戻ってくると押しつけるように渡した。アストリッドはひと口それを飲み、彼にエスコートされて席についた。九品のフルコースのあいだ、まったく味がしなかった。カメのクリームスープも、キジのブレゼも、牛肉のべシャメルソースも。ほとんどクローディアやメイベルとたわいのないおしゃべりをしていたが、夫が暗い目で見つめているのは感じていた。気の毒に、サー・ソーントンは公爵が不機嫌そうにひと言ずつしか返事をしなくなって、気まずいに違いない。

アストリッドの左に座っているメイベルが身を乗り出した。「そのドレス、なにか考えあってのことよね」ひそひそと話す。

「それならいいんだけど」アストリッドもひそひそと返した。「これを着ているとほとんど食べられないわ」

「ぜひ仕立て屋の名前を教えていただきたいわ」クローディアが右隣から言い、公爵とサー・ソーントン両方の注意を引いた。「そのドレス、とても刺激的だわ。ねえ、ヘンリー？」

サー・ソーントンはひかえめに咳払いをしたが、その前に妻に悪魔の形相を見せていて、アストリッドは思わず笑いを嚙みころした。厳格で落ち着いた弁護士がそんなことをするなんて思っていなかった。彼はあきらかに妻にぞっこんらしい。

「ありがとう」アストリッドは言った。「マダム・ピノは本当にすばらしいけれど、残念ながらこのドレスに関しては、讃えられるべきはわたしの夫なの」セインがワインにむせ、否定しようとでもいうように口を開いたが、アストリッドはひと言もしゃべらせなかった。「閣下のセンスはそれはもう最高なの」

「おっしゃるとおりね」クローディアはいたずらっぽく笑ってグラスを掲げ、乾杯した。

ベズウィックはなにかひどいものでも吸い込んだような顔をして、顔の傷も真っ白になっていた。ぎりぎりのところで自制心を保っているようだ。ありがたいことに、晩餐の残りはもう少し刺激の少ない会話がつづき、最後の一品が出されたあとはみなが席を立つのといっしょにアストリッドもナプキンを置いた。

いつもなら晩餐のあとは、男性陣はポートワインと葉巻きをたしなみに図書室へ、女性陣は客間で紅茶とブランデーを楽しむのだが、ソーントン夫妻はほかに予定があった。ふたりはいとまごいをした。

「わたしも出かけますの」アストリッドは告げた。今晩出かける予定などないのだが、彼はそれを知らない。当然、夫は凍りついた。

「出かけるとは、どこへ？　奥方どの」セインがなめらかな口調で尋ねる。

「レヴィンソンの音楽会よ、もちろん」夫の顔つきに脈が激しくなり、脚のあいだが悩ましくうずくいたが、それを無視してアストリッドは答えた。「何日か前に出席のお返事をしたの」

彼は妻のひじをつかんだ。きつくではないがしっかりとつかまれて、アストリッドのひざから力が抜けそうになる。「ちょっと失礼させていただく」彼はきびきびとおじぎをした。「妻とわたしは話があるので」

アストリッドがどうすることもできず肩越しに振り返ると、メイベルは〝ブラボー〟と口をぱくぱくさせ、クローディアはうれしそうに目を輝かせていた。公爵は彼女を書斎に連れていき、足でドアを蹴り閉めた。

乱暴な扱いを抗議しようとアストリッドが口を開けたとき、彼はぞんざいな悪態をついて彼女の唇に唇をぶつけた。一九五センチの欲情した大きな男性の体が襲いかかるようにかぶさり、自分のものだと主張する熱いキスに激しく反応しないなんてあり得ない。アストリッドの手は彼の上着に爪を立てて引き寄せ、お仕置きだと言わんばかりに侵入してくる舌を受け入れて、自分も猛烈に舌で応戦した。唇を嚙まれれば嚙み返す。なめて吸って押し入られれば、同じように返した。

「このドレスは魔性のものだ」彼はうなって唇を引き離し、薄いシルクでできた身ごろの縁のレースを指でなぞった。少しかわいがっただけで彼女の乳首が硬くなる。セインが頭を下げてそこに吸いつき、繊細な布地の色を濃く変えた。濡れたやわらかなシルクが敏感な肌にこすれ、アストリッドは気が遠くなった。彼に息を吹きかけられてさらに乳首がとがったとき、もう片方にもうやうやしく頭がさがった。

「セイン」体がとろけて欲望と熱でぐちゃぐちゃになり、アストリッドは哀願した。

セインは彼女を押し上げるようにして書斎のドアに押しつけ、硬い太ももを彼女の太もものあいだにねじ込んで、のどで低くうなった。岩のように硬くなったものを円を描くようにこすりつけ、彼女をクラクラさせる。「きみとこのドレスのおかげで、ここ何年もなかったくらい高ぶって苦しかった」

「それはわたしも同じよ」

彼の目が光って欲望に燃え、両手でスカートをまさぐって肌を探る。太ももの上のほうは、まさしく素肌むき出しだった。

「下穿きをはいていないな」彼がささやく。

アストリッドは彼の親指にうずく場所を広げられ、まともにしゃべれなくなった。そこはもう恥ずかしいほど彼のためにうるおっていた。けれどセインは満足そうにうなっただけで、空いたほうの手でズボンの前のボタンをはずしながら赤のシルクをつかんで彼女のウエストまでまとめ上げ、彼女のすべてを目の前にさらした。ほてった肌にひんやりとした空気を感じ、アストリッドが身をよじる。

「これを持っていろ」彼は丸めたスカートの山を渡して命じた。

そしてひざをつき、飢えた唇を彼女のうずく場所に押し当てた。

アストリッドは思わず声をあげ、彼の唇と舌で攻められるうち、くぐもった声があえぎ声に変わっていった。ああ、どこをどんなふうにすればいいか、彼にはわかっている……いちばん感じるところに円を描かれ、すばやくつつかれて、泣きながら彼の名前を呼ぶしかなくなっていった。ひざがくずおれそうになり、快感が神経の先まで駆け抜け、脚のあいだに集まって、どんどん高まって……いきなり絶頂に達し、体がばらばらに弾けてうずくような快感の波にのみ込まれた。

セインが前触れなく立ち上がり、彼のものを妻の濡れた熱い中心に突き立てていっぱいに満たした。彼にきゅうっとまとわりつき、立派な長さと太さに極限まで開かれた彼女はさらに強く新たな絶頂を迎えた。

「ああ、アストリッド、きみはめちゃくちゃに気持ちがいい」

彼女の脚を自分の腰に巻きつかせて彼女を持ち上げ、空いた片腕で彼女の背中を抱えてドアで支えると、セインは体を引いてからまたたたきつけた。その動きにやさしさはなく、飢餓感と欲望とでわれを忘れていたが、彼女はその時間を一秒残らず楽しんでいた。なりふりかまわない夫が好き……限界まで張り詰めた肩の筋肉が好き……夢中になって口もとがゆるんでいるのが好き……激情にギラついている目が好き……

そういうものが彼女の不安を燃やし尽くしてくれる。いまこのひとときも、彼はわたしのもの。わたしが彼のものであるように、完全に、決定的に。

大きなひと声をあげて彼が腰を打ち込み、動かなくなった。ほんのつかの間、いとおしい彼の瞳のなかにためらいがよぎった――しかし彼は自分を彼女から引き抜き、ロウで磨かれた床の上に精をぶちまけた。

そして息を切らし、彼女に倒れかかった。

しばらくの間、セインは妻と額を合わせ、震える片手を書斎のドアについたまま肩で息をしていた。完全に理性と正気を失っていた。真っ赤なシルクの布切れのせいで。まあ、ドレスだけのせいにもできないが。振り返ってみれば、週の半分以上の時間をかけて、ふたりのあいだの緊張は高まっていたのだから。

しかしこのドレスの布が――いや、ドレスの布が足りなかったことが――決定打となった。

このドレスを着た彼女を見たとたん、思考力が蒸発した。以前はものすごく重要に思えていたこと、自分が自分であるために必要だったことが、すべてどこかに消えた。

なにもかもどうでもよくなった。距離を取ることも、無関心でいることも、なんとかして自分を守ることも。頭のなかにあった考えはすべて、命に関わる根源的なただひとつの思い――彼女は彼のものだという思い――に集約された。

いまにもばらけそうな自制心にしがみつき、晩餐をやっとの思いで終えたのに、そのとき彼女が出かけるつもりだと言った。このくそったれドレスを着て。セインは文字どおり目の前が真っ赤になった。原始人のように彼女を肩に担ぎ上げることこそせずに、書斎でふたりきりになるところまではこぎつけたが、頑丈なオーク材のドアの内側でなにが行なわれていたか、近くにいた者全員に聞こえていたに違いない。くそっ――きっとメイベルにも。

ふとアストリッドの視線を感じた。クリスタルのように澄んだ、満たされた瞳。

「ベズウィック、赤くなってるの？」

「なんだって？　まさか」

妖婦のような笑みが返ってきた。「ほっぺたが赤いわよ」

「要求の激しい相手がいるからな」

今度は彼女が赤くなる番だった。セインはふっと笑い、腫れぼったくなった彼女の唇にやさしくキスをしたが、そのとき、自分のあごの無精ひげでこすれたのか、彼女のあごと首が赤くなっているのに気づいた。彼は指の腹でそこをなでて眉をひそめた。

「痛かったか？」

「いいえ」アストリッドは首を振って、また赤くなった。「少なくとも、わたしも同じくらいあなたに痛くしたみたい」彼の首についた二本の赤い平行な線をなでる。「ここに引っかき傷が」

「引っかき傷？」セインはにやりと笑った。

アストリッドが片眉をつり上げる。「あなたがドアに押しつけるからよ、ベズウィック。わたしがめちゃくちゃするると思ったんでしょう、あなたこそわが物顔でめちゃくちゃしたくせに」

「そんな生意気な口をきいてると、いま言ったドアをもう一度使うぞ」

セインは一歩さがり、アストリッドは自分を支えてくれていた彼の体重がなくなって、前につんのめりそうになった。シルクのドレスはどうしようもないほどしわくちゃになったが、彼女がこのドレスをどこかよそで着ることなどないだろう。彼に口が出せるのであればの話だが。

アストリッドはかわいらしく眉をひそめ、握っていたスカートを離してもとに戻し、彼のほうもズボンのボタンをかけた。「本当に、どうして男性なら激情のままにふるまってもよくて、女性の場合は少しでも欲望を見せたらいきなり現代のイブにされて、エデンの楽園を堕落させる――ひいては全世界を堕落させる――みたいな話になるのかしら」

　彼は近くにある椅子に手を振った。「きみはいつでもわたしを堕落させられるぞ。女主人が恥ずかしげもなく主人を誘惑したと、もう使用人たちも言っていることだろう」

　また彼女の頰が染まった。「まあ、あなたって救いがたいわね。彼らはそんなこと言わないわよ」

「フレッチャーとカルバートがこのドアの向こうで燭台かなにかを磨いてるふりをしているのに百ポンドを賭けてもいい」セインはすました顔で言った。

「彼らはあなたの使用人ですもの、もちろん最悪のくせがあるんでしょうね。そんなばかげた賭けには乗らないわ」

　セインはにやりと笑ってマントルピースまで行き、コニャックをグラスにふたつ注いだ。ひとつを彼女に差し出し、彼女は受け取ってソファに腰かけた。真っ赤なシルクが長く形のよい脚にひらひらとかかる。驚いたことに、セインはまた血がたぎるのを感じた。彼女が及ぼす影響には信じられないものがある。どうしようもなく彼女に惹かれているが、それが肉体的なものだけでないこともわかっていた。もっとずっと深いものだ。オペラの幕間のあと、あれほどおそろしくなったのもしかたがない。彼の一部は、自分がどうあっても彼女に抗えないことがわかっていたのだ。

「セイン、話があるの」彼女が静かに言った。

セインは酒をひと口ふくみ、飲み込んでうなずいた。なにを失うことになるかを思って気が沈み、腹の奥が不安で重たくなる。「きみは晩餐におりてきたとき、わたしがどんな反応をするかわかっていたのか？」彼は尋ねた。「そんなドレスを着ていたらどうなるか？」

「あなたの気を引きたかったのよ」アストリッドは言った。

「なぜ？」

彼女は少し頬を染めてグラスを見つめた。「わたしたちのあいだの距離が広がっているように感じて、こわかったの。どんどんあなたに手が届かなくなっていくのに、どうしようもできなくて。あなたがなにをしているのか、どうしてそんなふうにふるまっているのかわからなかったけれど、ものすごく傷ついたわ。あなたに締め出されたくなかった」

「わたしは――」

「最後まで聞いて、お願い」彼女は言った。「あなたがどういう経験をしてきたのか、日常生活でどんなことに対処していかなければならないのか、わたしにはわからないわ。だから、レディ・ハマートンの舞踏会に行ってほしいと言ったことは謝りたいの。本当に思いやりのない、ひどいことをしたわ」

「もう忘れた」

まるで肩から重荷が取れたかのように、アストリッドは息を吸ってうなずいた。「わたしたちは夫婦でしょう、セイン」彼女はやさしく言った。「わたしたちの結婚がどんなふうであったとしても、知らぬ間柄ではないんだし……そうはなってほしくない。温室や図書室で過ごしたような時間は楽しかった。あなたといて楽しかった。お互いに好意や敬意は持てることはわかっているし、それ以上のことは求めないわ、もしあなたがそういうことをこわがっているのなら」

もし、それ以上のものがほしいとしたら？

どこからともなくそんな考えが湧いてきて、セインは腹を殴られたかのようにひゅっと息を吸い込んだ。それ以上のことにはならないと決めつけてきたのは、セインのほうだったのに。それ以上のことなど、いったん開けたらもう閉じられないかごいっぱいの毒ヘビと同じだ。彼を破壊するものだ。それなのに、ここへ来て彼は、いまいましい〝それ以上〟を考えるのが楽しくなっているのだ。

彼は頭が混乱し、無精ひげの伸びたあごをさすった。彼女のしたことには勇気がいったに違いない……ひどい態度の彼に立ち向かい、自分の望むものを手に入れようとするのは。もっと弱い女性ならあきらめ、降参し、損失を少しでも減らそうとしたことだろう。しかしアストリッドはほかの女性とは違う。まったく違う。特別だ。彼の屋敷に飛び込んできて結婚しろ、あるいは仕事をくれと言った最初のときから、それはわかっていた。

「ごめんなさい」彼のこわばった顔を誤解して、彼女は言った。

セインは息を吸い込んだ。「謝るのはわたしのほうだ、あんなことを言って悪かった、アストリッド。ひどいことを言った。本気で言ったわけではないんだ。きみは……娼婦などではない。許してくれ」

「許すわ」彼女は唇を噛み、肌を美しい紅色に染めた。「でもじつを言うと、さっきの成功はびっくりするくらい開放感があったわ」

彼女の優美な手がひざの上でかすかに震えたが、今度ばかりは高ぶりから来る震えだとセインにもわかった。体のなかから出てくる反応が偽りであるわけがない。まだ疑いが残っていたとしても、彼女が伏し目がちに向けたまなざしは欲望以外の何物でもなく、彼の下半身は操られているかのようにぴくりと反応した。

「そうなのか?」彼はぼそりと言った。

アストリッドは真っ赤な顔をして、ドアのほうに手を振った。そこに体を押しつけられ、頭がおかしくなりそうなほど感じさせられたことを示す。「ええ、まあ」と答えた。「でも、あなたがこわくなったりおびえたりしても、わたしを締め出してひとりにならないでほしいの。こんなことは、わたしだって初めてなんだから」

「こんなこと?」

「人を信頼することよ」

「ということは、わたしたちのどちらにとっても初めてということだ」セインはブランデーを飲み干して立ち上がり、手を差し出した。妻がその手を取り、彼は笑顔で自分の硬い体に妻をぐいっと引き上げた。いきなりだったので彼女が息をのむ。妻にふれて当然のごとく、彼のものがぴくりと元気になった。

「もう?」ズボンのふくらみを見下ろしてアストリッドは尋ねた。

「きみが関わるといつもこうだ、レディ・ベズウィック」

彼女は夫の首に抱きついた。「それは大変そうね。二階に上がって、どうにかしましょうか?」

セインの寝室で、彼は妻を自分の体で包み込んでゆっくりと愛した。時間をたっぷりかけて彼女のすみずみを味わい尽くす。そそられる胸を両手でなでまわした。たいらなおなかを手のひらで上下にさする。すばらしい手ざわりだ……シルクのようになめらかな肌、硬くしこった乳首、脚のあいだのやわらかな茂み。

そしてなにより、彼女のなか、深いところのなめらかさに締めつけられる気持ちよさといったら。こすれ合う甘美な感触に感動せずにはいられない――きつくて、熱くて、まるで彼のためにつくられたのかと思うほどしっくりと彼女に包み込まれる。ゆっくりと出し入れしながら、彼女の胸をもみしだき、彼女の首と肩を結ぶ腱をそっと吸い上げる。彼女がもっとほしがるようなため息をついて背をのけぞらせ、彼に身をすり寄せた。

「ものすごく熱くて濡れている」セインは腰の動きを速め、彼女の腰が広がる部分の曲線を片手で固定して、腰をねじ込んでは引いた。彼女の背がしなってもっと深く彼を招き入れ、彼のものが最奥まで入り込むと、ふたりともうめいた。

「セイン」彼女がささやく。「もうだめ」

彼はふたりがつながっているところに手を差し入れ、彼女のふくらんだ秘めやかな粒を指先でさすった。妻が満足そうにうめく。そこに円を描き、こすりながら、彼は腰の動きを速めた。官能の行為が重なって、ふたりとも正気を失いそうになる。絶頂に達したとき、彼女は今度は枕にくぐもった悲鳴をあげた。彼は前と同じように、うなりながら寸前に腰を引いて、シーツに精を放った。妻のうなじに口づけたセインは、野に咲く花のような彼女の香りを吸い込んだ。

本当に久しぶりに、幸せだと言えそうな気持ちになった。

24

「もう、この針ったら！」

アストリッドが指を吸うのも四度目になり、メイベルが冷やかすような顔を向けた。〝メイベル顔〟とでも言おうか、からかいとちゃめっ気にあふれている。アストリッドは刺繍の枠を脇に置いた。これだけ血を吸うのなら、真っ赤な布にしておけばよかった。

「ふだん針仕事は得意なのだけど、刺繍は大嫌い」彼女は言い、新しいお茶を注いだ。「でも精神にはいいのよ」

アストリッドはくるりと目をまわした。「退屈すぎて、精神が早々に体から出ていかないのならね」

「女のたしなみでしょ」

アストリッドは年かさの女性を見やり、その刺繍の枠をまじまじと見た。公爵夫人が刺繍好きとは意外だった。彼女のように情熱的な人には、刺繍なんか……つまらないと思っていた。でも、考え違いだったのかもしれない。イソベルも読書が嫌いだが、アストリッドと姉妹なのだから。

「勉学だってたしなみですわ。教育も。でも、刺繍の枠に延々と針を刺してばかげた図案をつくっていくのは違います」

メイベルは眉をつり上げた。「それなら、本を持ってきて読めばいいでしょ、そのほうが楽しいなら」

アストリッドも読もうとはしたのだ。本当に。でもまったく落ち着かなくて、集中できなかった。同じエッセイを十回以上も読もうとして、あきらめた。数日前にセインがベズウィック・パークに呼び戻されたのだ——小作人のことで、と彼は言っていたが。何日くらいになるかわからないそうで、つまり彼女とメイベルはふたりだけで今夜のレディ・ハマートンの春の舞踏会に行かなければならない。そしてそこで、イソベルが醜聞を起こすことになっている。おそらくそれのせいで、アストリッドはこれほどぴりついているのだろう。妹のことが心配だから。

「レディ・ハマートンのことはよくご存じなの、メイベルおばさま？」アストリッドは尋ねたが、そうであることはわかっていた。めったに入れない舞踏会への招待状を受け取ることができたのは、メイベルのおかげだった。

「ええ、とても。花嫁学校でいっしょだったのよ」

「わたしはロンドンで彼女にお会いしたり、ご紹介にあずかったりしたことはないのだけど」アストリッドが言う。

「彼女はずっとバースにいたから」メイベルの針が、無駄のない正確な動きで飛ぶように舞う。「向こうで温泉を飲んでいたんですって」

「彼女のパーティって、いつもは落ち着いた感じなの？」

メイベルはにやりと笑った。「わたしのことはよおく知ってるわよね？　あえて言うなら、エロイーズはわたしの倍も放蕩者よ」

「放蕩者というのは男性のことだわ」アストリッドは指摘した。

「そんなことをだれが言ったの？　女の放蕩者もいるわ」

「女の場合は違うふうに言われるのよ」彼女は冷ややかに返した。

「じゃあ、〝放蕩さん〟にしておきましょ」メイベルはへそを曲げた。「エロイーズのパーティは、彼女の新しい情人をビュッフェ形式で選ぶ会のようなものなの。だからわたしがそこに行っていないのは、あなたのことが気に入っているという証拠なのよ。だって、わたしもいまのところ決まった相手がいないんですもの。どうしてそんなことを訊くの？」

「イソベルがなにかを企んでいるから」

メイベルが元気になった。「あのかわいらしい子には骨があると思ってたわ！　なにをするの？」

「どうやら三人の求婚者が、ボーモンも含めて一同に集まるようで、あの子はすべての醜聞を一掃する醜聞を起こすつもりだと言っていたわ」

公爵夫人が刺繍の枠を放り出して部屋の向こうまで飛ばし、大笑いした。「あなたの妹さんは、大きな重責を担う後継者というわけね。すべての醜聞を一掃する醜聞だなんて、三十年近く前にエロイーズとわたしが真夜中にハイドパークのサーペンタイン湖で遊んだことを思い出すわ」彼女はひと呼吸置いて大げさな身ぶりをした。「下着姿でね」

「まさか！」三十年前と言えばメイベルは三十五歳で、未亡人になってまだ二、三年というころだ。

「わたしたち、互いにけしかけ合っていたのよね。どんな社交界の決まりにも縛られずに」

「社交界からはじき出されたりしなかった？」

「そういう動きはあったけれど、わたしは公爵夫人よ。そしてエロイーズは侯爵夫人。わたしたちの夫が亡くなったあとは、もうこわいものなしだった。社交界からは変わり者とみなされて、彼らもイングランド社交界の次の被害者を探すことにしたみたいね」

アストリッドは笑みを浮かべ、転がった刺繍の枠をつかんだが、初めてそれをよく見てぎょっとした。なるほど、先ほどメイベルが夢中で針を刺していたわけが突然わかった。美しく刺繍された図案は、アストリッドのものと同じような葉っぱのモチーフではなかった。なんと……男性器だった。とても大きくて、細かいところまで詳しくて、ちゃんと睾丸もふたつついている。

「メイベルおばさま！」アストリッドはひそひそ声で言った。「これはなに？」

彼女は悪びれもせずにんまり笑った。「あなたはもう夫のある身でしょ、当然、なんなのかわかるはずよ」

アストリッドは咳払いをした。「それはわかりますけれど、どうしてこんなものを刺繍するの？」

「女は針仕事をしなければならないとは言ったけど」メイベルは目を真ん丸にし、無邪気としか言いようのない顔で枠を取った。「楽しんじゃいけないとは言わなかったわ」

アストリッドは涙が出るほど笑わずにいられなかった。「いままでどれくらいこういうのをこしらえたの？」

「あら、何十もよ。すごい研究をしているの。それぞれぜんぶ違うのよ、知ってるでしょう。長いの、短いの、太いの、細いの、白いの、黒いの」

アストリッドはむせた。「し、知りません！」

メイベルは立ち上がって刺繍をふた付きのバスケットにしまうと、若い従僕のひとりにウインクしながら渡した。なんとなく怪しい雰囲気を感じてアストリッドは目を丸くしたが、頬が熱くなってきて頭を振った。でも、メイベルは本当に趣味がいい――彼はとてもハンサムだ。それに、もし彼女の刺繍がきちんと再現されているとしたら、彼はなかなかのものでもある。

アストリッドは忍び笑いをこらえた。

「わたしがあまり驚かない性質でよかったわ」ふたりで廊下に出ながらアストリッドは言った。「でないと、大騒ぎするところでした」

「だからあなたを気に入っているのよ、お嬢さん」メイベルは親しげに彼女をこづいた。「さあ、急ぎましょう。今シーズン一の醜聞に間に合うように行きたいなら早くしないと。いえ、少なくとも今月一かしらね」

まだ早い時間だったが、レディ・ハマートンの地方の領地は馬車で二時間ほどかかる。その日の夜のために、アストリッドは濃いミッドナイトブルーのドレスをまとった。銀のレースがアクセントに使われ、星々が刺繍されているので夜空のように見える。ふだんは明るい色のほうが好きなのだが、深みのあるこの色はマダム・ピノのところで衣装合わせをしているときに夫が選んだものだった。ダイヤモンドのついたリボンが髪に編み込まれ、淡いグレーの手袋をはめて完成だ。

「まさに公爵夫人ですわ」アリスがほうっと息をついた。

「ありがとう、アリス。よくやってくれたわ、本当に」

「奥さまがどんなにお美しいか、だんなさまに見ていただければよかったのに」

アストリッドも同じ思いだった。彼女が帰ってきたときには、セインもベズウィック・パークでの仕事を終えて戻ってきているだろうか。彼女はやさしくほほ笑んだ。離れているのがほんの短いあいだでも、こんなに寂しい。舞踏会に行くより彼とベッドに入っていたいのに、イソベルのために行かなければならない。夫が出席しないと思うとつらいけれど、人前に出ることが彼にとってどれほど大変なことかは理解していた。

二、三時間後、ふたりはベズウィック公爵家の紋章が入った馬車で出発した。馬車の内装は毛足の長いビロードで豪華だったが、アストリッドは長い旅にあまり気乗りしなかった。向かいの公爵夫人に意識を集中させると、ワイン色のベルベットのドレスを選んだ彼女は二十歳も若く見えた。琥珀色の瞳がいきいきと輝いている。
「今夜は殿方のハートを壊すおつもりなの？」アストリッドはからかった。

「少なくともひとつかふたつはね」メイベルはアストリッドが気づいていなかった足もとのバスケットに手を伸ばし、携帯用の酒瓶を引っ張り出した。ひと口飲んで、アストリッドに渡す。「ちょっとウイスキーでも」

瓶を受け取り、アストリッドも酒をいくらか飲み込んだ。

陽気なメイベルのおかげで、馬車の旅は思っていたより短く感じられた。さらにウイスキー効果でもっと楽しいものになった。馬車が止まったとき、アストリッドは目をぱちぱちさせた。飲み過ぎてしまったかもしれない。壮大な庭園に到着して、目を見張った。小道を玄関ドアまで歩いていったが、いたるところに揺らめく明かりが吊るされていて、まるで夢の世界のようだ。

「きれいね」アストリッドはほうっと息をついた。

メイベルが満面の笑みを浮かべる。「まだまだこんなものじゃないわよ。楽しい催しゃ花火もあるの——とにかく見てて。どうやらプリンス・リージェントもお越しになるかもしれないんですって」

巨大な大広間の内装も外に負けておらず、白と金の波打つような板張りが美しかった。そしてそこは、考えられるだけのありとあらゆる色ではちきれんばかりに混雑していた。メイベルに連れられてひとつ下の階におり、到着するゲストたちの名前を執事が呼ばわっている出入口から遠ざかると、べつの入口から大広間に入った。

「わたしたちは告知無用なのよ」メイベルはアストリッドに言い、先に立って、ターバンを巻いた女性に近づいていった。その女性は、振り向いてもらおうと張り合う男性たちに囲まれていた。レディ・ハマートンね、とアストリッドは思った。

「エロイーズ、ダーリン」メイベルが旧友にキスをすると、旧友は崇拝者たちをシッシッと追い払って甲高い歓喜の声をあげた。

「この素行不良のおばちゃまったら、わたしのパーティにぜんぜん来てくれなかったじゃないの」侯爵夫人は小言を言った。「今日の招待状だって、送ってもらって幸運だと思いなさい」

メイベルは声をあげて笑った。「こうして来たでしょ。わたしの甥の奥方を紹介させてちょうだい、ベズウィック公爵夫人よ」

気づくと、アストリッドはものすごくじろじろと見られていた。「ベズウィックは運のいい男ね」レディ・ハマートンはきっぱりと言い、それから鋭いグリーンの目を細めた。「あなた、妹がいるかしら」

「はい、レディ・イソベルです」

「ああ、きれいなお嬢さん」思い至って目を輝かせ、メイベルのほうに向いた。「あなたが手紙に書いてきた娘さんね？」

アストリッドは眉をひそめた。メイベルがイソベルのことを、レディ・ハマートンへの手紙に書いたの？

「心配しないで――言われたとおり、彼女のことはしっかり見ているわ。ロス卿のことがとても気に入ったようね。でも、ボーモンも相手候補だなんて、さらに複雑なことになったわね。彼はあきらめが悪くて傲慢で、ノーの返事は受けつけない男だもの。今夜は彼をここに入れないように、使用人たちに言いつけてあるの。残念だわ、だって聞くところによると、彼って精力――」

「エロイーズ！」メイベルが言った。

アストリッドは目をしばたたいて唇を嚙んだ。このふたりは若いころ、イングランドを震撼させていたに違いない。アストリッドは踊っているゲストたちの群れを目で追ってイソベルを探そうとしたが、あまりに人が多すぎた。

「それで、野獣ベズウィックだけど」レディ・ハマートンの声かけにアストリッドはすぐに注意を戻した。メイベルは紳士とおしゃべり中だ。「あなたの結婚については、メイベルは特別しっかり口を閉ざして話してくれないの。どうして彼と結婚したの？　彼の見た目がいいからでないことはわかるけど。お金のため？」

ぶしつけな夫人に、アストリッドはあわてた口調になった。「わたしにも自分の財産はありますわ」

「美人でしかも気性が激しい、と。あなたのようなお顔があれば、どんな紳士もよりどりみどりでしょうに、どうしてベズウィックと結婚したの？」

「あなたがボーモンのことでおっしゃろうとしていたような理由でしょうか、彼の価値はべつのところにあるので」

性的な含みを持った返事が長手袋のように長々と空を漂い、ややあって侯爵夫人は高笑いをしてメイベルに手を振った。「まあ、すてき、この娘とても気に入ったわ」

「妹を見かけられましたか、レディ・ハマートン？」

夫人はやさしい笑みを見せた。「ええ、もちろん。少し前にロスとワルツを踊ったあと、バルコニーに出ていったわ。それでレディ・ベズウィック、ほかにもお知らせしておきたいことが――」

しかしそのとき、アストリッドの視線は大広間の端をたどって開け放されたバルコニーのドアへ向かっていて、主催者夫人の声は背景の音にまぎれた。宵闇の向こうはなにも見えない。彼女の目が対角線上に捕らえたものは、立入禁止だったはずのボーモン伯爵が唇を引き結び、人混みを押しのけながら進もうとしている姿だった。たちまち彼女の頰から血の気が引いた。

アストリッドは無礼になるのを承知でレディ・ハマートンの話を聞かず、駆け出すようにその場を離れた。大広間の中央を突っ切ろうかと思ったが、人が多すぎる。そこでぐるりとまわり込むことにした。幸運にも、ボーモンがなにか許しがたいことをして歴史がくり返される前にたどりつくことができた。

息を切らして大広間の北東の角に行ったときには、ほかでもないレディ・ベヴィンズとくだらないおしゃべりばかりの取り巻きたちによる人だかりがすでにできていた。ボーモンの姿はどこにも見当たらない、よかった。彼はどこかで呼び止められたか、あるいはイソベルが外に、付き添い夫人もつけずに侯爵とふたりで出ていることを知らなかったのだろう。

目の前にいる人々の頭の向こうに必死で視線をめぐらせたアストリッドは、イソベルがちらりと見えた瞬間、飛び出しかけた。妹は頬を染めて目を輝かせ、ロス卿に守られるように立っていた。彼のほうも同じように身なりが乱れている。

「なんて嘆かわしい！」レディ・ベヴィンズが金切り声をあげ、扇をぱたぱたさせた。「あの令嬢が侯爵といやらしく抱き合っているところを見たのよ。まったく下品ね。姉と同じだわ」

アストリッドは凍りついた。しかし、援護は思わぬところからやってきた。

「ご注意を、レディ・ベヴィンズ」低い、耳慣れた声がして、アストリッドの芯にまで震えが走った。

ベズウィック公爵がバルコニーのドアのすぐ内側に立っていた。傷だらけの顔は帽子のつばで影になっている。いったい彼がここでなにをしているの？　彼は舞踏会も人混みも嫌いなはず。それに、ベズウィック・パークに呼び戻されたんじゃなかったの？　アストリッドが大広間を見まわすあいだにも、彼の存在に気づく人やささやき声が増えていった。

だれの声なのかわかったレディ・ベヴィンズの顔色が赤から白へ変わるのを見て、アストリッドは胸がすっとした。しかしそのときアストリッドの目は、大勢の人の動きのなかで、侯爵の手に握られたイソベルの左手に光るものがあるのを見て取った。

なんとなく指輪のように見えて、彼女は不愉快なレディ・ベヴィンズのことなどすっかり忘れた。滑稽なほど鈍くなった脳みそが、ロスの左手にはまっている幅広の金色の輪とおそろいだと認識するころには、彼女の夫がすでにしゃべっていた。

「レディ・イソベルはもはやレディ・ロスとなりましたので、いくらでも彼女が必要と思うだけ、夫婦そろった姿をごらんいただけます。ふたりの結婚式にはわたしも力添えをさせていただきました」

群衆のどよめきがアストリッドの耳に雷鳴のように届いたが、やがてそれは静まっていき、ついにはときが止まったかのように静寂が訪れた。

聞き違いだったのだろうか。

しかしアストリッドの視界は、祝杯のグラスを掲げて祝いの言葉を口にして押し寄せる人々でいっぱいになった。花嫁と花婿に乾杯と祝辞が浴びせられる。イソベルが、結婚した。相手がボーモン伯爵ではないという安堵と、じつの妹の結婚式に出られなかったというショックが同じくらいあふれた。イソベルが起こすつもりだと言っていた醜聞はこれなの？　もしそうなら、妹には敬意を表するしかない……とにかく結婚を表明するところまでは、みごとなものだった。

「まずはわたくしから、幸せなおふたりに永遠のご多幸をお祈りさせていただきます」レディ・ハマートンが大広間の中央から高らかに言い、公爵から人の目をそらさせたが、それでもまだ多くの目が探るように彼のほうに向けられていた。「ご夫妻の最初のワルツでお祝いしましょう」凛（りん）とした身ぶりでレディ・ハマートンが楽団に合図すると、中断されていたワルツが再開された。

アストリッドは大きく息を吸い、シダの鉢植えの影に半ば隠れるように立っているベズウィックのところへ急いだ。新郎と踊っている妹が見るからに幸せそうで、目に涙が浮かんでくる。

「どうやってこんなことをやってのけたの？」アストリッドは声をひそめて言い、夫の腕をつかんだが、頭はまだ結婚宣言と自分の頑固な夫がここにいることにクラクラしていた。「プリンス・リージェントのご意向に逆らったの？　ボーモンはわたしの父の遺言の条項をくつがえそうと、プリンスに嘆願しなかったのかしら？」

「ご理解くださると思う。これから直接カールトン・ハウスに出向いて、話をつけてくるつもりだ」彼女の夫はしわがれた声で言って一歩離れ、彼女の手はなすすべもなくさがった。

彼は距離を取るときでさえ彼女と目を合わさなかった。なにかがおかしい。夫の体のなかで嵐が吹き荒れているのがアストリッドには感じられた。彼女を見ようとしてくれないのが、胸を刺されるようにつらい。ふたりでやっとここまで来られたのに。お互いにつらいことを乗り越えて、ここまで来たのに。

「どうやってこんなことをやってのけたの？」心臓がのどから飛び出しそうな思いで彼女はもう一度尋ねた。

「結婚許可証を手に入れればすむだけのことだ。わたし自身がカンタベリー大司教と話をした。これでもう、きみがボーモンやおじさんのことで悩むことはなくなった」

「あ……りがとう」

「礼は必要ない」

「セイン」彼のよそよそしさに、アストリッドの全身の血管がなじみのある不安でいっぱいになった。「話して。いったいどうしたの？」

「きみの妹は幸せになる資格がある」耳をそばだてなければ聞こえないほど、小さな声だった。「そして、きみも」

「わたしは幸せよ」

そのときようやく彼がアストリッドを見た。心臓が鼓動を一度だけ刻む瞬間、なまなましい苦悩が彼の目をよぎり、すぐに消えたものの、アストリッドはひざからくずおれそうになった。「いいや、アストリッド。きみはただ折り合いをつけているだけない。きみがわたしを望んだからではない。きみが結婚したのは妹を守るためであって、きみがわたしを望んだからではない。きみにはもっとふさわしい相手がいる。頭上に鉄の塊をぶら下げられたような状況で選ばされるのではなく、心から望む相手が。わたしもこれでいいんじゃないかと思っていた。きみを手に入れてもいいんじゃないかと。だが、だめだった」

煮えきらない彼の言葉が、短剣のように次々と突き刺さってくる。

「わからないわ。そういうのは乗り越えたと思っていたもの。あなたの書斎で、ふたりでやってみようって意見が一致したじゃない」

「それが間違いだった」彼はかすれた声で言った。「わたしが間違えた。ロスときみの妹を見てみろ。美女が王子を捕まえた。この物語はああいうふうに終わるべきだ」

「これはおとぎ話じゃないわ、セイン。現実なの」

「そのとおりだ」

突然、鋭い痛みを胸に感じて、アストリッドは激しく息をのんだ。このおばかさんはわからないの？　彼こそがわたしにとってたったひとりの人なのに。わたしは王子さまなど望んでいない。望んだこともない。そう、わたしが望むのは、わたしを笑わせてくれる人。わたしの知力に挑んでくれる人。あらゆることで基本的な価値観が合う人。

ふたりを興味津々で見ている人たちにアストリッドは気づいていたが、だれにも意識を払うことはできなかった。彼女の意識が向くのはただひとり、彼女の心を必死になって粉々に打ち砕こうとしている男性だけ。「どうしてこんなことをするの、セイン？」

「わたしたちの状態は本物じゃないからだ、アストリッド。きみは、きみを幽閉するも同然の男に惑わされてしまったんだ。どんなに取り繕っても、わたしたちがどう始まったかはごまかせない。わたしたちの交わした取引から、きみを解放する」

アストリッドは彼を食い入るように見つめた。見えすいたうそだ。そんなことを本気で思っているの？「あなたは間違っているわ、わかっているはずよ。あなたがわたしを幽閉したことなどなかったわ。枷（かせ）をはめられたことなんかない。わたしのほうからあなたの人生に押しかけたのよ、あなたは断固としてわたしを追い払ったのに。わたしがこの状況を選んだの、これがわたしの望んだことだから」

「きみが選んだのは、イソベルを救うためだった」

彼女はひるんだ。「それは、最初はそうだったわ。でも、セイン、もうぜんぜんそれだけじゃないことはわかるでしょう？」

「わたしは結婚には向いていなかった。きみはわたしが手にできるような存在ではなかったんだ。きみはだまされて結婚させられたとして、議会に離婚を願い出ることにする。なにしろきみは野獣と結婚したんだ、そこから逃れたいと思ってもだれにも責められはしない」

いまや見ていることを隠そうともしていない人々をにらみつけると、セインは彼女が答える間もなく大広間をつかつかと出ていった。

離婚？

アストリッドは泣きわめきたかったが、たしかに傷ついたとは言え、心の深いところでは彼が事実をねじ曲げていることがわかっていた。ベズウィック公爵は、自分が彼女の愛を受けるにふさわしいと思ったことが一度もないのだ。彼はアストリッドの妹を救い、今度は彼女を救っていると思っている……自分が彼女を手放すことによって。貴族の世界で離婚は聞かないが、公爵ならば許可されるだろうし、彼はその不名誉をすべて自分がかぶるつもりでいる。品格ある社交界を避けてきたあの誇り高い失意の人はいま、自分自身をおとしめて泥をかぶることで彼女を追いやろうとしている。

ああ、セイン。

アストリッドは胸が詰まった。

彼女はざわついている群衆を押しのけ、憐れみの視線を無視して進んだ。レディ・

ハマートンと並んで立っているメイベルの視線にも気づいたが、彼女は両手を口に当てて涙を浮かべていた。大広間にいる客たちの半分といっしょに、メイベルにも話が聞こえたに違いない。アストリッドは自分も涙が出そうになったが、感情に負けて立ち止まっているひまはない。

あの愚かな人がロンドンに向けて出発する前に、つかまえなければ。彼を止めて、軌道修正させなければ。

公爵夫人にさっと手を振って挨拶すると、アストリッドは巨大な大広間の正面口に急いだ。しかし人影がぬっとあらわれて行く手をさえぎられた。最初は夫かと思ったが、明かりの当たるところに移動した人物を見て彼女はうめいた。

「なんの用なの、ボーモン」

「よくもこんなことをしてくれたな」彼は静かに詰め寄った。

アストリッドは唇を引き結んだ。おまえのせいだと男たちから責められ、彼女に代わって決断をくだされ、踏みつけにされることにはもううんざりだ。今度ばかりは公爵のやり方にならって、背筋を伸ばした。大広間のだれに聞かれようとかまわない。この男は以前、彼女を沈黙させた。二度とそんなことをさせてなるものか。

「いいえ、ボーモン、こんなふうにしたのはあなたよ」

彼の眉が髪の生え際まで上がり、顔がどす黒くなった。「よくもそんな口を」

アストリッドは声を張り、頭を高く掲げた。「あなたがやったことのせいよ。あなたはあなたを求めていない女に言い寄り、その女がすぐに思いどおりにならないと、うそで彼女の評判を落とし、社交界のなかでも彼女を破滅させようとした。でもね、卑劣なくそ野郎の代表さん？　わたしはあなたなんかに破滅させられないわ。それどころかわたしは、わたしがわたしであることを尊重し、わたしをモノみたいに扱わない、誇り高く気高い人を見つけたの」

「あの胸くそ悪い野獣のことか？」ボーモンがあざ笑う。

「彼はあなたが死ぬほど望んでもなれないような人よ」彼女は言い放った。「彼の妻であることをわたしは誇りに思っているし、あなたみたいなブタ野郎と結婚するくらいなら彼のような野獣と結婚するわ」伯爵の目が怒りに細められたが、アストリッドはまだ終わらなかった。「遅かれ早かれ、あなたはまずい相手に手を出そうとして、すべてを失うんだわ、ボーモン。でもそれはわたしじゃないし、わたしの妹でもない。さあ、もうこれ以上、哀れな自分について言うことがないんだったら、じゃまだからどいてちょうだい！」

「よくもわたしにそんな口がきけるな、この……生意気な……」口がもつれている。

「公爵夫人よ」アストリッドは言った。「お探しの単語は、公・爵・ふ・じ・ん」

ふと、アストリッドは、とてつもない静寂に気がついた。音楽はいつしかやみ、ほとんどのまなこも彼らに向けられていた。ピン一本落ちた音でも聞き取れそうだ。やがて突然、一定間隔のゆっくりとした拍手が起こった。レディ・ハマートンが好意的な様子で、うれしそうに彼女のすぐそばに立っていた。

「よく言ったわ、レディ・ベズウィック。この舞踏会荒らしの悪党はわたしが引き受けます。さあ、行って、あなたのあの愚かな夫を救っておいでなさい」

否定的なまなざしもいくつかあったが、ボーモンが恥をかいているのをあからさまに楽しんでいる大勢のレディたちやアストリッドの妹とメイベルもふくめて、多くが満足げな顔をしていた。この世界は男社会かもしれないが、彼女にも声がある。その声を使うことをこわがるつもりはない。もう、おそれない。アストリッドは満面の笑みを浮かべ、この瞬間を存分に味わった。でも、ほんの一瞬だけ。

だって、これから公爵を救いにいかなければならないのだから。

25

ノース・スティフォードの道に馬を全速力で駆けさせながら、セインは新鮮な田舎の空気を吸い込んだ。最短で二時間以内にはロンドンに着く。まだ間に合う。運がよければ、プリンス・リージェントがへべれけになる前につかまえられるだろう。プリニーがまだ酔っ払っていないかどうかは、彼の気質を考えれば一か八かの賭けだが、少なくとも彼がいまカールトン・ハウスにいることは確かな筋から聞いていた。

馬車ではなく馬を選んだのは、そのほうが速いからだ。それでも過酷なペースで走ることが必要だ。なにもかもが痛い。頭も、体も、心も。傷ついた動物のように遠吠えしたい気分だった。この呪われた顔を引き裂きたい、崩壊した皮膚をはいでしまいたい、なにより、自分のしたことにむせび泣きたい。彼はアストリッドの心を傷めつけてしまった。美しく、勇敢で、利発な彼女を。ちくしょう、あのときの彼女の顔……あれには彼も打ちのめされそうになった。それでも彼女を手放さなければならなかった。

彼女のように美しい生き物が人目を忍んで生きるなど、あってはならないことだ。彼と結婚していては、そういう人生になってしまう――カゴの中の花嫁に。彼女には、セインが与えられるよりもずっとたくさんのものを手に入れる資格がある。彼は帽子をかぶっていてでさえ、耐えられないほどの人のささやきや視線を集めてしまった。怒鳴ったりうなったりせずにいるのに四苦八苦したが、彼はもともとそういう生き物なのだ。それなのに彼はこうしてしまった。それが彼女の望みだったから――。彼女はイソベルの安全のために、彼にもあそこに出席してほしいと言った。人にはじろじろ見られたが、見られるがまま放っておいた。ニヤニヤと笑われ、陰口をたたかれても、彼はなにも言わずに平静を保った。紳士でありつづけた。

しかしロスの腕のなかにいるイソベルを見たとき、彼女が心からロスを慕う表情を見て、セインは自分がどれほどのものをアストリッドから奪っているのかを思い知った。彼女は舞踏会で誇らしげに踊っているべきであり、彼のせいで暗い屋敷に閉じこもっているべきではない。社交界の連中の陰口に耐えているべきではない。彼女はすでに一生分のつらい醜聞に耐えてきた。なぜなら、いくら彼が紳士のふりをしようとも彼は紳士ではないから。彼はけっして紳士にはなれない。

だから、彼女を自分から切り離すしかない。

だれにとってもそれが最善の策なのだ。

ペル・メル通りの南側にあるセント・ジェームズ地区に到着し、プリンス・リージェントの邸宅の庭園に入っていったとき、彼の頭はまだガンガンしていた。飲めや歌えの大騒ぎと明かりが階段まであふれ出していて、プリニーがお楽しみなのがわかる。すばらしい。セインは息を吸い込んだ。人と交わりたい気分ではなかった。とにかく早くこれを終わらせ、ベズウィック・パークに戻って、孤独のなかに引きこもりたい。

うなり声とともに馬をおりたセインは、屋根付きの馬車寄せで待機していた馬丁に手綱を投げ渡した。「ベズウィック公爵だ。長くはかからない。馬をやすませておいてくれ」

「かしこまりました、公爵閣下」

セインは混雑した最初の広間を大またで抜けた。プリニーは多くの客間のどれかか、大広間か、庭園にいる可能性が高いのはわかっていた。あの方にはとくにこれといった娯楽へのこだわりがない。宮殿の奥へと進むセインの目に、大理石の床、彫刻を施された柱、豪華なカーテンといったみごとなギリシャ・ローマふうの建築が映ったが、そのすばらしさに感動することはなかった。何人かずつの人の集まりがぶらぶらと歩きながら彼とすれ違い、あたたかな夜の空気を楽しもうと外に向かっている。セインは彼らについていったが、プリニーを探すことに集中していて、向けられる視線やささやきになにかを返すこともなかった。

とにかく目標を目指して突き進んでいた彼は、ぶつかりそうになった集団のなかに王族がいたことに、背中をはたかれるまで気づかなかった。

「おやおや、ベズウィック、ここでおまえに会うとは思っていなかったぞ」

「これは陛下」いつものご機嫌とりの取り巻きに囲まれた、でっぷりと丸いプリンス・リージェントを前にしてセインはおじぎをした。「緊急の用件があってまかりこしました」

「おまえが快適なベズウィック・パークから出てくるとは、それは大事な用件に違いない。ずいぶんと久しぶりだな。もうカールトン・ハウスなぞお見限りかと思っていたぞ?」

責めるような口調に、セインの神経は逆なでされた。無礼はしたくないが、彼もすでに後がない。プリンス・リージェントのことはたいていうまくあしらってきたが、彼の贅沢三昧で快楽主義のパーティになぜ出てこないのかと文句を言われても、身勝手で感情的なヒステリーにつき合う気分ではなかった。まわりをちらりと見やると、華やかな連中が嫌悪もあらわに彼を見ている——これこそが出てこない理由なのだが。

「謝罪申し上げます、プリニー。それほどお時間は取らせません」

「しばらくいるだろう？」プリンス・リージェントが要求した。「わたしはまだ出てきたばかりだ。楽しんでいけ。わたしの宴はすごいぞ」

「あいにくですが、わたしはベズウィック・パークに戻る途中なのです」彼は言った。「ですが、お目にかかれたのですから、お差し支えなければ少し話をさせていただきたく存じます」

プリンス・リージェントは楽しい宴を中断させられることを思って眉をしかめた。「なんだ？　だが手短にな。腹が減って、のども渇いているんだ」彼は笑って盛大なげっぷをし、太鼓腹をたたいた。

プリンスの関心がすぐにほかの人や物に移りかねないのを知っているセインは、目の前の問題に集中した。プリンスの集中力ときたら虫一匹と同じくらいしかつづかない。「先ごろボーモン伯爵からあなたさまに、エヴァリー子爵の姪レディ・イソベル・エヴァリーへの求婚について請願があったと存じますが」

「思い出せないな、最近は酔っていることが多いから」彼はしまりのない顔で笑った。

セインはため息を嚙みころした。プリンス・リージェントの素行不良は有名だ。しかしボーモンとの取り決めを覚えていないのなら、それは好都合だった。「ボーモン、ボーモン。ああ、その娘のことなら思い出してきたぞ」

「彼女がロス侯爵と結婚いたしました」セインは言った。「わたしの力添えです。しかしながら、あなたさまが取り決めされていたことを飛び越えるつもりはございませんでした」

プリンスはあごをかきながら声高に笑った。「ロスか、あのがさつ者が、結婚したと？」

「相続の問題がありまして」

「ああ、なるほど。貴族の長子相続という、われらの尊い決まりごとだな」取り巻きたちがざわつくなか、彼は目をくるりとまわした。「それはよかった、あやつには一千ポンドの貸しがある」

プリニーの賭博好きは有名で、どっぷり借金に浸かっていることもまた知られていた。逆に彼のほうがロスに借金があると言われても、セインは驚かなかった。

「それで、ボーモンですが」彼は言った。

「心配するな――彼にはほかにだれか見つけよう」

セインは咳払いをした。「それからもうひとつ、陛下。ボーモンはわたしの隊に所属しておりましたが、奇襲作戦の折に見張り役の職務を放棄しました。そのため大勢の者が命を落とし、ご存じのとおり、わたしは九死に一生を得ました。彼の銃創は自分でつけたものだと報告している者もおります。わたしがイングランドに帰還した際には、彼は名誉ある除隊をして、おじの称号を受け継いだとしか聞いておりませんでしたが」

プリンス・リージェントはいらだちもあらわに目を細めた。「わたしになにをしろと?」

「調査をお願いいたします」セインは言った。「お願いするのはそれだけです。死んでいった者たちに正義を」

「よかろう、だれかに調べさせる。だが、もう話は終わりだ、ベズウィック。わたしの忍耐も限界だぞ」彼は腕を振った。「飲んで、楽しめ」

セインはおじぎをした。「御意、陛下」

セインは詰めていた息をゆるめて吐いた。プリニーの気まぐれな性格を思えば、どちらにも転がる可能性はあった。セインの申し立てを大きな侮辱と取られかねない危険もあったのだ。ありがたいことに、軍人として国のために戦ったことと、彼の世間での評判がものを言ってくれた。賭博と女と酒にしか興味のないプリンス・リージェント相手であっても。しかしプリニー相手ではたいていのことがただで終わるわけがなく、セインは彼の言葉を待った。

「本格的に社交シーズンが始まる前に、ベズウィック・パークでなにか楽しいことがやりたいぞ」プリニーは肩越しに言いながら自分の住まいのほうへ歩き出し、つき従う取り巻きたちに手ぶりで伝えた。

セインは唇を引き結んだが、うなずいた。父親が死んでからあの屋敷に客を迎えたことはなく、カールトン・ハウスに集まるような酔っぱらいの女たらしどもを近いうちにもてなすなど、まっぴらごめんだった。彼らの〝楽しいこと〟というのは、ライチョウ狩りやキツネ狩りではない。酒と色事にふけっているとの評判だが、そのどちらも彼にはもはやなんの興味もなかった。

言われたとおり、上等なウイスキーをのどに流し込みながら――プリニーの自宅で本人の顔に泥を塗るわけにはいかない――セインはできるだけ目立たないように玄関のほうに近づき、従僕に自分の馬を引いてくるよう合図して、玄関ホールで待っていた。皮膚が突っ張り、傷が引き攣れているような気がする。早く家に帰って泳ぎたい。

「お忘れ物があるんじゃないかしら、公爵閣下」軽やかな声がした。

セインはその声に固まって、息も止まった。振り向くと、ミッドナイトブルーのサテンに包まれた天使が、玄関ドアを入ってすぐの階段を上がったところに立っていた。彼は目をしばたたいた。夢を見ているに違いない。だが目を開けたとき、やはりアストリッドがそこにいた。

彼は目を閉じ、感覚のない指で太ももをつかむと、すべてを持っていかれそうな彼女の声の引力に抗った。磨き上げられた市松模様の大理石にコツコツと足音を響かせ、彼女が近づいてくる。やがて彼女のにおいにセインは包まれ、彼の決意はさらにもろくなった。

「忘れ物？」考える間もなくセインは言った。

「あなたの妻よ」

アストリッドは心臓がのどから飛び出しそうな思いで彼を見つめた。

彼がレディ・ハマートンのところを出てからほどなくして彼女も出発したが、彼女のほうが少し長く時間がかかった。メイベルの馬車を使わせてもらったのと、彼はゴリアテに乗ったことがわかっていたからだ。複数の馬に馬車を引かせても、ゴリアテのスタミナとスピードにはかなわない。しかし彼女はいまここにいる。大事なのはそれだけだ。

「追ってきたのか？」セインは訊いた。

「そうせずにはいられなかったの」

「なんてばかなことを、アストリッド」彼はたしなめ、玄関ホールに集まってきた人々の目を避けようと、近くの小部屋へ彼女を連れていった。「夜のこんな時間に外の道がどれほど危険か、わかっているのか？　けがをしたり、野盗に止められて強奪されたり、命を落としていたかもしれないんだぞ！」

「ごらんのとおり、けがもなくこうしているわ」

「運がよかったんだ。きみになにかあったら、わたしは自分を許せなかっただろう」

怒っていてでさえセインの顔は苦しげだったが、アストリッドは彼が正直になってくれるまで話をやめるつもりはなかった。「それなら、一度でいいから、ちゃんと話をして、セイン。かんしゃくを起こしてごまかさずに、あなたの本当の気持ちを聞かせて。あなたはもうひとりじゃないのよ。わたしを信じて」

「ここでか？」彼が尋ねる。

彼女はうなずいた。「どこよりもふさわしい場所だわ」

セインは頭をかき、床から天井までの大きな窓へと大またで行った。彼の体からは危険な空気が放たれているようで、何人かの客がこそこそと出ていく。アストリッドはふうと息を吐いた。彼は無意識のうちにそういうことをしている――冷酷で厳しい風貌を装って、人を威嚇する。彼のまわりに漂う威圧感は、彼のなかから出てくるもの……甲冑のようなものだった。

ひと呼吸置いてセインは彼女を振り返り、話しはじめた。「わたしが大陸で戦ったのは国王と国のためだったが、そこで目にしたものやしたことのために大きな傷を受けた」鋭く息をのみ、一瞬、建物の奥に視線を向ける。「わたしの体の傷痕は、なかでもまだいちばん害のないものだ。わたしの内面はもうばらばらに砕けてしまっている。アストリッド、きみにはそんなものに関わってほしくない。じつの父も、兄も、わたしから逃げた。そのあときみがやってきて、わたしの予想をことごとくくつがえした。きみのおかげで、わたしはまた心で感じることができるようになった。そのことについては、きみに出会えてよかったといつも感謝している」

アストリッドは彼の感謝などほしくない。ほしいのは彼の愛だ。

心の傷が顔や体の傷と同じくらいつらいものだということは、彼女がだれよりもよく知っていた。彼女の傷など、彼の傷や苦しみに比べたら足もとにも及ばないものだけれど、それでもまだ立ち直れていない。セインは自分で思うよりも強いし、回復力も高くて、彼が手に入れてはいけないものなんてひとつもないのに。彼女にはセインを救うことはできない。彼を救うことはできるのは彼自身だ。ほかのだれに愛されるよりも、まず彼が自分を愛さなければならない……そうでなければ、他人が自分を愛してくれるとは思えないだろう。

「どうしてレディ・ハマートンの舞踏会に行ったの、セイン？　イソベルとロス卿のためだけ？」

彼は息を吸い込んだ。「わたしが行ったのは、きみといっしょにいるためだ。きみといっしょにいたかったから。だがイソベルと彼の姿を見たとき、そんなのはわたしのわがままだとわかった。きみがだれを愛したいか、自由に選べるようになってほしいと思った」

「選んだわ。あなたを。こうしてここにいるでしょう？」アストリッドはふたりの距離を縮め、両手を上げて彼の顔を包んだ。「たとえあなたに離婚されるとしても、それでもあなたを選ぶわ、おばかさんね。地の果てまでも追いかけていくわよ。悪名高きカールトン・ハウスにだって、こうやって」

「なぜ？」

アストリッドはつま先立ちになり、彼の耳に唇を這わせた。「あなたを愛しているからよ。わたしはいまいましい王子さまなんてほしくないの、ばかね。王子さまなんてきれいすぎて、自分のことばかりで、手がかかりすぎるわ」彼女は少し体を引いてにっこり笑い、手をさっと振った。「こんなぜいたく、だれに必要なの？　わたしは毎日、薄暗いお屋敷と気むずかしい野獣さんでいいわ」

セインは立ちすくんだ。泣きそうな顔をしていて、アストリッドはもう少しでひざまずくところだった。

「だからつまり、わたしはイソベルではないってこと。わたしはわたしなの。欠点があって、すぐ人に突っかかって、口から先に生まれたような人間で、よく考えずにものを言ってしまう。図太くておしゃべりで、上品な社会には合わないわね」

「わたしもそうだ」

「なんて組み合わせかしらね？」彼女はほほ笑んだ。「でも、わたしたちの相性はぴったりよ、セイン。あなた――」

いきなり抱き寄せられてアストリッドは息をのんだ。唇が重なって言葉は奪われ、頭がくらくらする。息もできなくなったがそのとき彼が体を引き、十センチほどのところで彼女を支えた。

「な……なにをしてるの？」大きな腕でウエストを抱えられ、もう片方の手は手袋をはめた手に絡められて、アストリッドは息を乱した。

「レディ・ハマートンの舞踏会できみを見た瞬間に、しておくべきだったことだ。わたしは妻と踊りたい」彼は引き締まった体に彼女を引き寄せたものの、動きが止まった。彼の顔を不安がよぎる。「きみがいやでなければ」

　暴れ馬の力をもってしても、部屋の真ん中で夫の腕という安息の地に収まる彼女を引きはがすことはできなかっただろう。「いいえ、わたしも踊りたいわ」即座に言って、夫の袖をつかんだ。「でもここは舞踏会ではないし、人も集まってきているみたいなんだけど」

　たしかに人が集まっていた。なかには完璧な装いに身を固めた貴族もいて、露骨にふたりの幕間劇を観察している。こんな人前で先ほどセインにばっちりキスされたことを思って、アストリッドは真っ赤になった。まったくのマナー違反だ。しかし、ここはカールトン・ハウスであり、彼女でさえここでくり広げられている放蕩三昧については聞いたことがあった。あらためて目をぱちくりさせると、プリニーの悪名高き常連仲間の貴族の顔に気がついた。

「あれはラトランド公爵かしら？」彼女はひそひそと言った。「それにピーターシャム子爵？」

「無視しておけ」セインがささやき返し、力強く妻を支えてゆったりとしたワルツを踊りはじめた。庭園から漏れ聞こえてくるかすかな曲についていけばじゅうぶんだ。

「みんな、見てるわ」

セインは妻をさらに引き寄せ、大きな手をウエストに置いた。「そりゃあ見るさ。ここにいるなかでも最高の美女なんだから」

「いいえ、わたしたちが踊っているのがプリンス・リージェントの邸宅の玄関で、どうかしていると思われているからでは?」

「他人の考えていることなんてどうでもいいだろう」

彼女は落ち着かなげに体を揺らし、息をついた。「ふだんのあなたは気にしているじゃないの。もう帰りたいんじゃない? 嫌いでしょう……人前に出るのは」

「ああ、嫌いだな」彼は認めた。「だが、それ以上にきみを愛している」

ときが止まった。人の声も姿もどこかに消えて、アストリッドに見えるものは夫の美しく輝く瞳だけになった。「いまなんて言ったの?」ささやくように訊く。

セインは彼女をぐいと引き、音楽がなくても、称賛のまなざしがなくても、完璧なターンを決めさせた。「きみを愛している、アストリッド・ハート、わたしのなかに残ったすべてのものをかけて。いいもの、悪いもの、壊れたもの——すべてだ。きみがいなければ、わたしは存在しない。きみを幸せにするために、何人かの頭が空っぽの貴族の相手もできないようでは、きみにふさわしいとは言えない」

彼女の足も、脳と同じように、なぜかうまく動いてくれなかった。このすばらしいタイミングで彼の完璧な技術があって本当によかった。でなければ尻もちをつきそうだ。でも、彼女がいまいたいところは、ここよりほかにはない。突然、すべてがあるべきところに収まった。彼と。彼女と。ふたりでいっしょに。ほかのだれも関係ないみたいに踊っている。

そう、本当に、ほかのだれも関係ないのだ。

「おやおや、ベズウィック」大きな声が言った。「飲めとは言ったが、わたしの女性ゲストをさらって玄関ホールでダンスの相手をさせろとは言わなかったぞ」

プリンス・リージェントがぶらぶらと近づいてくるのを見てアストリッドは鋭く息をのみ、あわててワルツを中断して、深くひざを折って挨拶した。「陛下」

体を起こす彼女に、プリンスのガラスのような目が細められた。「これは美しい。どうしてそなたを知らないのだろうな？」

「お手をふれてはなりません、プリニー」深みのある夫の声が響き、自分のものだと言わんばかりに腕が妻のウエストにまわった。「彼女はわたしのものです。レディ・

アストリッド・ベズウィック、わたしの妻をご紹介いたします」

アストリッドが驚いたことに、プリンス・リージェントは頬の肉を震わせて大笑いした。「おまえのようなおそろしい気質の人間といっしょになる者がいたとは、驚いたぞ」横目で彼女を見る。「いやはや、よくこやつに耐えられるものだな？」

彼女はにこりと笑った。「それほどひどくもないのですよ、陛下」

プリンス・リージェントは鼻にしわを寄せた。お酒かなにかに酔っ払っていらっしゃるのでは、とアストリッドはひそかに思った。彼の放縦な生活は有名だ。プリンスは公爵をじっと見上げた。「結婚祝いをせねばならんな。先ほど願い出たことのほかに、なにがほしい？ 儀礼称号を追加するか？ 領地か？」

「とんでもございません」公爵は言った。「それらはもうじゅうぶん以上にいただいております」

「では、戦争の英雄のための基金でも？」

戦場のフランス軍のせいでセインが耐え忍んだことを知っているアストリッドは、手に負えない自分の口が動くのを止められなかった。「今後は、とにかく戦争をひかえられるというのはいかがでしょうか？」

突然、あたりが静まり返り、彼女は頬がカッと熱くなったが、プリンスがくっくっと笑ったので緊張がほどけた。アストリッドの手足にも安堵がじわりと広がるなか、プリンスはセインにこう言ってから大またで部屋を出ていった。「あきらかに、そのひとりでおまえは手一杯だな」

「おっしゃるとおりでございます」彼女の夫はプリンスがいなくなるとほほ笑んで妻を見下ろし、彼女を抱き寄せた。「こうする以外は考えられない」

「公爵閣下？」

「なんだ、いとしい人（マイラブ）？」

アストリッドは夫の硬い胸を指先でなで、瞳に欲望をあふれさせた。「いまは堂々と立派に見せることだけを考えているのはわかるけれど、早く家に連れて帰って」

セインは声をあげて笑うと妻をさっと抱き上げ、長い脚でできるだけ速く玄関ホールを突っ切っていった。その場にいるだれもが注目して見ていたが、彼女は気にならなかった。彼女の夫も気にも留めなかった。ふたりの目に映っているのはお互いだけ。アストリッドは夫の首筋に頭をもたせかけ、夫は一度もゲストたちにうなることなく道を開けさせた。

アストリッドは顔がゆるみそうになった。わたしの野獣さんは、ちゃんと学習しつつある。

26

アストリッドは彼の腕のなかで眠ってしまった。

ベズウィック・パークに馬車が到着したが、セインは彼女を起こしたくなかった。すやすやと眠る妻を見下ろし、もっと近くで強く抱きしめたい衝動をこらえた。

勇敢で激しい、雌ライオンのような彼の妻。

ああ、彼女は本当に美しい。この唇にキスをして、髪に顔をうずめて、永遠に自分のものにしていたい。自分の存在の繊維ひと筋、赤い血の流れる細胞ひとつ、骨の髄にいたるまで、すべてをかけて彼女を大切に思っている。しかも、奇跡も奇跡、彼女も彼を愛してくれたとは。

ふたたび彼女を抱き上げたセインは、馬車をおりて、階段を上がった。アストリッドは疲れきっているのか、ぴくりとも動かない。カルバートが不在でフレッチャーが玄関ドアを開けてくれたが、奥方を抱いた主人を見て従者は目を見開いた。

セインは夫婦の寝室に妻を運ぼうとして、足を止めた。「温浴室の暖炉はまだ火が入っていて熱いか？」

「はい、だんなさま」

「よし。料理人になにか食べるものを用意させてくれ。それから、ありがとう、フレッチャー。いろいろと」ひと言つけ加えた。

どれほど自分が強情な愚か者でいるかをわからせてくれたのは、長年の従者であり友人でもある彼だった。あまり簡潔な言い方ではなかったが、レディ・ハマートンとその羽目をはずした舞踏会の評判、アストリッド、好色な男たちをうまく一文にまとめて語ってくれたおかげで、セインにもとりわけ納得がいった。

従者の頬は真っ赤になった。「うれしゅうございます、だんなさま」

しっかりと明かりのついた温浴室に入ってアストリッドを長椅子に寝かせると、セインは彼女を脱がせはじめた。まずは、手袋から。

「セイン？」アストリッドが眠たげに尋ねた。「まあ、家に着いたのね」目が慣れて、どこにいるかわかったようだ。「なにをしていたの？」

「服を脱がせていたんだ」彼は言った。「泳いだら気持ちいいんじゃないかと思って。水は温まっているし、塩も入っている。あいにく、アリスはロンドンだ。侍女がいたほうがよければ、メイドを呼んで手伝わせるが」自分がまくしたてていることに気がつき、彼は口を閉ざした。

アストリッドは夫の手に手を重ね、ぎゅっと握った。「白状すると、ここで最初にあなたを見たときから、ずっと心を惹かれていたの」

「わたしがいないときがあっただろう?」セインは言った。「あのときは、わたしのほうがきみを見ていた。その完璧な足を水に浸しているのを見て、欲望にのみ込まれそうだった」

アストリッドは快適な休憩所を見まわした。ふかふかの大きな長椅子がふたつ、ひじ掛け椅子がひとつ、ローテーブルがひとつ。「こんなところがここにあったなんて気づいてなかったわ」

外側のドアにひかえめなノックがあり、セインは立ち上がったが、フレッチャーが食べ物のトレーを持ってきたのだった。セインは礼を言い、食べ物を手にして戻ってきた。そのときアストリッドのおなかが盛大に音をたて、彼女はうふふと笑った。

「おなかがぺこぺこよ」セインがトレーをテーブルに置くと、彼女はさっくりとしたパンとチーズに手を伸ばした。黙々とトレーの食べ物を小皿に取る――コールドチキン、新鮮なフルーツ、あたたかなミートパイ。セインは空腹ではなかったが、彼女がおなかを満たすのを眺めていた。

「本当におなかがすいてたの」そう言って息をついた彼女は、指をなめてきれいにした。優美な指が彼女の口に消えていく光景に、セインは必死で自分を抑えていたが、体のほうはべつの考えがあるようだ。彼女の手にのぼせ上がってしまうのは、ときが経っても変わらないらしい。「ハート・ハウスでお昼を食べたあと、ノース・スティフォードに向かう途中でメイベルおばさまのウイスキーを少し飲んだだけだったんだもの」

「おば上はまた困ったことを教えて」

「あら、すばらしいことよ」アストリッドは律儀に言ったが、それからまたうふふと笑った。「おばさまが、男性の器官を刺繍していることは知ってる?」

セインは口に入っているものにむせて咳き込んだ。

「男根よ」まるで彼が男性の器官なぞ知らないと言わんばかりに、アストリッドは何気ない口調で言い添えた。彼自身の器官が、聞き耳を立てていたかのようにズボンのなかで頭をもたげる。「教育的に言うとすれば、ペニスね」考え込んだ様子で彼女はつづけた。

セインは息を詰まらせたが、自分の興奮が最初の言葉のせいなのか、最後の言葉のせいなのかわからなかった。自分の妻の脳がおそろしくいやらしいということを発見したのは、この惑星で自分ひとりに違いない。「アストリッド、そういうことを言うものじゃない」

「どうして？　あなたは夫なのに」

「なぜなら、きみの言うことでわたしは――いや、さまざまな名前を持つわたしの男性の部分は――煉獄の苦しみに追いやられるからだ。煽られる身にもなってみろ」

アストリッドは満面の笑みを浮かべて立ち上がった。「そう、じゃあ、早くぜんぶ脱がせて。このコルセットをしてると息もできないの。それに、あなたを意のままにするために、本で知った男性の部分をあらわすいやらしい言葉を言いつづけたくないもの」

セインはごくりとつばを飲み込んだ。彼女のかわいらしい唇から、あらゆるみだらな言葉がこぼれ出すのを聞きたい。だが、それよりももっと彼女を脱がせたかった。

アストリッドが室内履きを蹴り脱ぐあいだ、彼の指は妻の背骨の曲線に沿う小さなくるみボタンをはずしていった。ほどなくして、華麗なミッドナイトブルーのドレスは彼女の足もとに水たまりさながら丸く溜まった。さらに彼はコルセットのひもをほどき、透けたやわらかなリネンの下に浮かび上がる体の線に見とれたあと、ひざをついてガーターベルトをほどき、長靴下をくるくるとおろした。

「あなたも脱ぐ?」彼女がささやいた。

セインのなかのあらゆるものが停止した。

舞踏会に行って、公衆の面前で自分の心をさらけ出すのは、この瞬間に比べたら子どもの遊びも同然だった。彼女に言われたことの意味と、自分の衣服の下に隠れているおぞましいものを思うと、いつもの吐き気がせり上がってくるのを感じた。ここは明るすぎる、あまりにも。明るくなっているのは暖炉の火のせいで、あれを消すことはできない。彼の体が逃げ出す態勢を取ろうとしたそのとき、アストリッドが彼の頬に手を当てた。

「だめならいいのよ、ダーリン」

セインは嵐にのまれた木の葉のような気分だった。おののいていた。だが、妻とのあいだにもはやどんな壁もつくりたくない。そのためには、自分の壁もなくさなくてはならない。ひとつ残らず、すべての壁を。

ゆっくりと、無言で、セインは上着のボタンを、そしてベストのボタンをはずしていった。ブーツを脱ぎ、靴下を脱ぎ、クラヴァットを引き抜いた。そのあいだずっと彼女は見つめていた。一瞬も夫の目から視線をはずさず、無言でわたしはここにいるわと励ましつづけた。彼は震える手で、シャツを頭から脱いだ。小さく彼女が息をのむのが聞こえて目を閉じたが、彼女のあたたかな腕がするりとまわってきて、きつく彼を抱きしめただけだった。たとえ練達の戦争経験者であっても、見るに耐えないものだろうが、彼女はたじろがなかった。きっといま、彼女の目には、ずたずたになった背中と脇腹が見えている。くじられ、肉片をそがれ、そういうところばかりがつなぎ合わせられた陰惨な織物が。レディの目に入れていいようなものではない。

「愛しているわ」アストリッドはささやき、彼の左脇腹全体に走る醜い傷痕に口づけた。「こんなにも愛してる」

セインは泣きたくなった。両手をそろそろと彼女にまわす——このちっぽけなひとりの女性が、本当にたくさんのやり方で彼を癒やしてくれた——いま彼は、なにひとつ欠けることなく満たされている。愛されていると感じる。

しばらくして、彼女は手を離した。そして生意気なおてんば娘よろしく片方の眉をくいっと上げた。「そこで終わるつもりじゃないでしょうね?」

「アストリッド」

「ごまかそうとしてもだめ」鋭く言い返す。「わたしはすべて見たいの。さあ、あなたの公爵夫人が脱げと命じているわよ」

セインは従い、ズボンを脱いだが、妻が言葉も出ないほど衝撃を受けて目を丸くしているのを見て、まぎれもなく胸がすっとした。

「そ、それがわたしのなかに入っていたの?」彼女はしどろもどろになった。「冗談よね。まさかそんなものが――」

「おんどり(コック)だ」彼は代わりの表現を言ってやった。

彼女はのどを上下させ、唇をなめた。「なんであろうと、いまいましいおんどり(ルースター)なんてわたしの知ったことじゃないわ。そんなものがどこかに収まるなんてありえないもの」

「すでにきみのなかに入ったぞ、ダーリン。何度か」

「そのときはもう少し小さかったはずよ」彼女の顔は焼けるように熱かった。「明かりを消したほうがいいかしらね。いまいましい巨人(ゴリアテ)からこれまでずっと守っていてくれてたなんて、知らなかったわ」

「わたしは馬にはゴリアテと名付けたが、これには付けていないぞ」

セインは笑い、身をかがめてたっぷりと甘い口づけをした。それがすむころには妻は息を切らし、目はぼんやりしていた。

「さてと、泳ぐとしようか」彼はかすれた声で言った。「臆病なチキンでいるのが終わったら、いつでも入ってきていいぞ」

「チキンですって?」アストリッドは言い返した。「わたしはあなたのズボンのなかで動きまわってるチキンとは違うわ」

「コックだと言っただろう、いとしい奥方どの」

傷だらけだが引き締まったお尻が歩いていくのを見るうち、アストリッドは彼の立派な前側のことは忘れ、自分の体がとんでもなく潤っているのを感じた。ああ、すごい、彼は本当に目の保養だわ。ひどい傷痕があってさえ、彼は剛健で男らしく、目を見張るほどたくましくて、息をするのも苦しい。考えることもできないし、ほとんどなにもできなくなる。

彼女が息もできなくなったのは、突き出した彼のもののせいばかりではなかった。でも、それ自体はやはりすばらしいもの。夫は本当に格好よくてすてきだわ。アストリッドは胸がちりちりし、脚のあいだはとろけていた。彼が大浴槽に入ろうとしているとき、引き締まった太ももがしなやかに曲がるさまを見て、ため息が出た。彼の脚にも背中と同じくらいひどい傷痕があり、おなかと胸だけが重傷を免れたことを彼女は見て取った。腹部に穴が空いていたら、おそらく命をなくしていただろう。腰、太もも、尻には格子状につるが這うような赤い傷痕が走っている。本当に、彼が生き延びたのは驚異的なことだったのだ。

アストリッドはゆっくりと大浴槽の縁まで歩いていって腰をおろし、足を水に浸けて、夫を眺めた。彼はまるで魚のようにすいすいと水をかき分けて進み、いったん潜って、彼女のふくらはぎのそばに浮き上がった。彼女のひざのあいだに大きな体を割り込ませ、その両隣に腕をつく。ぐっと力を入れて体を持ち上げる彼にアストリッドが身をかがめてキスをしたら、しょっぱかった。

「どうして塩が入ってるの?」

「海から水を引いているからだ」セインはまた水に戻ったが、彼女の揺れる脚のあいだにとどまった。「領地の南端にある河口からは距離が近いから、水を引いてこられる。とてもよくできた設計なんだ」彼は大浴槽の両側についている大きな水栓――いまは閉じている――を指さして説明した。「トルコ人の友人から手に入れたんだが、彼の家族は何世紀も浴場を作りつづけていてね。あっちの水栓は大浴槽の掃除をするとき海に放水するための水栓で、あっちのは水を入れるときの水栓だ」彼はにやりと笑い、明るく輝く暖炉を手で示した。「あの暖炉の熱が地中の銅管を通って、水を温めてくれる」

「すごいわ」とアストリッド。

「ありがとう。痛みが耐えられないほどひどくなったときは、これしか効かない」

彼女は夫の濡れた髪を指先でなで、つややかな髪の毛では隠れなくなったつぎはぎの頭皮をなぞった。それから極々やさしく、眉から頬の傷へとたどる。「痛むの?」

「ああ、だが、きみに会ってからはそれほどでもない」

彼女は眉をひそめた。「そんなことがあるものなの?」

「わたしの主治医は驚くべき見解を持っていて、前向きな心持ちでいると健康も上向くと言うんだ。頭がおかしいんじゃないかと思っていたが、いま思えば医者にはなにかわかっていたのかもしれないな。わたしはこんな気持ちになったことはなかった……きみと出会うまでは」

アストリッドはうなずき、考え込むように下唇を噛んだ。「書物で読んだことがあるのだけれど、東洋では、前向きな心のあり方が治癒のためには欠かせないと昔から考えられているんですって。強力な鎮痛剤として働くことが証明されているって」

「もう少し説得力がほしいな、女流学者どの」あちこちさまよう彼女の手をつかみ、セインはその手を自分の唇に持っていくと、指の一本一本にキスをした。が、人差し指で止まった。指の腹に五つ赤い点がある。「これはどうした?」

「憎たらしい針仕事で」

夫はにやりと笑ってその金色の瞳をいたずらっぽく光らせると、妻の指を口に入れて吸い上げた。彼女が息をのむ。「もっとワクワクするような話題に変えたほうがいいんじゃないか？　そうだな、男根を想起させるものとか。わたしの公爵夫人が必要とするものなら、喜んでなんでもしてやるぞ」

セインは妻の手を離すと、なめらかなふくらはぎの素肌を手のひらでなで上げ、太ももまでシュミーズを押し上げて、彼女を身震いさせた。それから顔の向きを変えて彼女の片方のひざの内側にキスをして、自分の名前さえも忘れさせた。

「アストリッド」

そう、それよ。

彼女は目をぱちぱちさせ、言うことを聞かない目の焦点を彼に合わせた。彼の手がそろそろと彼女の足首に移り、やさしくつかむ。そのとき彼は口の端をゆるめた。直後、いっきに彼女を水に引き込んだ。アストリッドは悲鳴をあげ、しょっぱい温水で口をいっぱいにして浮き上がり、目をぎゅっとつぶって目に入った水を出した。「ひどいじゃない！」

「きみは泳げるか？」彼は心配そうな顔で、妻のウエストを両手で抱えた。

彼女は得意げな顔を夫に見せた。「当たり前でしょ？　わたしが子どものとき、エヴァリーの敷地内に池があったのよ」

彼は笑った。「ははあ、わかったぞ――きみは男の子がやることをなんでもやりたがったんだな」

「ご名答」アストリッドは彼を押しやって、すうっと離れた。「わたしは男の子のなかでいちばん泳ぎがうまくて、息もいちばん長く止めていられたのよ」

彼の腕が力強く回転し、水をゆったり三度かいただけで彼女に追いついた。「それを試してみるか？」

そのとき、アストリッドは彼もろとも水の下に沈められ、最高に甘くて熱くて濡れたキスを受けた。ふたりの脚が絡み合い、彼の太ももに生えた粗い毛が水のなかではありえないほどなめらかに感じられる。傷痕の残る部分には毛が生えていなかったが、それで男らしさが減ることはまったくなかった。

アストリッドは彼の手が自分の太ももを探り、びしょ濡れのシュミーズの端をつかんで彼女の体に沿って上げていくのを感じた。それを頭から抜き取るときだけキスをほどき、最後の一枚がなくなった。そのあと大きくてあたたかい体がじかに肌と肌、胸と胸でふれ合うと、天にも昇る心地になって、そのままいつまでも唇と舌を絡め合わせていた。

彼の硬さを感じてアストリッドが小さく彼の口にうめき声をもらすと、セインは水を滴らせながら彼女もろとも水面に上がった。彼は両手で妻の背中をまさぐり、濡れたなめらかな肌を尻の丸みまでなでおろして、彼女の片脚を自分の腰にまわさせた。突然、そそり立ったものの大きな先端が秘めやかな場所にこすりつけられ、彼女は息をのんだ。

「きみがほしい」セインはささやいて妻の鼻に口づけた。

「それなら、奪って」彼女が腰をゆすると彼の先端がわずかになかに入り、彼が鋭く息を吐く。

セインは彼女を大浴槽の端まで連れていき、手のひらをおなか、胸、そしてまだおろしてあったほうの太ももにすべらせてから、そちらの脚も腰にまわさせた。そして頭をさげ、とがった乳首を口にふくんで強く吸い上げながら、腰を突き上げて彼女の体を貫いた。

たくましい体、貫かれる感覚、攻めたてる口、すべらかな水のすべてが一体となった経験は、アストリッドにとってこれまでの人生で最高に官能的なものだった。どこもかしこも彼を感じる。肌に当たる水ですべての感覚が増幅され、ふたりの体のあいだに流れる水がスルスルとした摩擦を生んで、全身のすみずみがおそろしいほどなまなましい快感を拾ってくる。

「ほら」セインがつぶやいた。「完璧にぴったりだ」

「どうして入らないなんて思ったのかしら」

彼はふふんと笑った。「いつでも男が正しいんだ。たぶん女のほうが脳が小さくて弱いからだろう」

彼女はなかにぎゅっと力を入れて締め、彼からうめき声を絞り出した。「それ、どういうこと？」

「男のほうがどんな面でもすぐれているってことだ」

また彼女が締め上げ、彼は瞳の金色が黒にほぼのみ込まれそうになるほど目を見張った。彼は激しく腰を突き込んで仕返しし、彼女は極限までいっぱいにされて思わずあえいだ。

ああ、もう彼を愛しすぎてばかみたい。彼と決闘してる。愛を交わしてる最中なのに。

「セイン」彼女は夫のあごを手で包んだ。「いまのこれもすごくすてきだけど、あなたが見たいわ」

セインは近くの階段まで泳いでいき、彼女とつながったまま大浴槽から上がって、ゆっくりと長椅子まで歩いていった。体が揺れるたびにアストリッドのなかで彼が動いて震えが走り、セインが彼女をひざに抱えて長椅子に座るころには、彼女は震えが止まらずすすり泣いていた。

「わたし、もう……あっ……」

いきなりすさまじい激しさで絶頂が訪れ、たっぷり一秒ほどアストリッドは目の前が真っ白になった。まるで太陽の中心にいるみたいだった。快感が熱い金色の波となって全身を駆け抜け、脚のあいだから胸へとほとばしり、いつしか彼女はセインの名をうわ言のように呼びながら倒れ込んでいた。

「いくときのきみはすばらしい」彼が言い、アストリッドは彼がなかで脈打つのを感じた。「きみのなかにいるのは信じられないくらい気持ちいいが、きみの顔を見るのも好きだ」

「わたしもあなたの顔が大好き」アストリッドはささやいて彼に口づけた。彼の傷に、目に、眉に。そして少し体を引き、彼の濡れそぼった傷だらけの左半身をたどり、ずたずたの背中まで走る盛り上がった傷痕をなでた。アストリッドの指が彼の全身をさまよい、彼の苦痛を嘆き、強さを崇め、彼をいとおしんだ。

夫は息を震わせ、瞳に影を落としてそれを見ていた。妻の手になでられるたび、あばたになった肉がびくりと反応するが、彼女の動きを止めようとはしなかった。ようやく彼女の手が夫の心臓にたどり着いたとき、確かな鼓動が手のひらに伝わった。

「わたしのものよね」

「ああ、いつでも」セインがささやき返す。

アストリッドは夫の目の奥を見つめて動いた。腰を上げては、おろす。ゆっくりと夫に愛を紡ぎ、ひとときも目をそらさない――腰を上下させるたび、心臓の鼓動が高まってゆくたびに、アイスブルーが輝かしいゴールドをつかみ取る。やがて彼が目を閉じ、腰をまわしながら一心不乱に突き上げて限界に近づくと、彼女は彼を抜き取ろうと動いた。

「だめだ」かすれた声で彼がささやき、彼女の腰を両手でつかんで固定した。

「でも、セイン、あなたは子ど――」

彼はアストリッドの唇をふさぎ、彼女のなかに精を注ぎ込んだ。「すべてがほしい」

27

しばらくのち、ふたり寄り添ってふわふわのタオルにくるまって寝そべり、残った食べ物からぶどうをつまんでいるとき、セインは妻の視線を感じてにこりとほほ笑みかけた。「話してみろ」彼は言った。「きみの頭のなかで、小さな歯車がものすごい勢いでまわっているのが見えるぞ」

「あなた、子どもはほしくないって言ってたわよね」

「前はそう思っていた」

額にしわを寄せて、アストリッドは唇を噛んだ。「じゃあ、なにが変わったの？」

セインはかつての恐怖心がのどまでせり上がってくるのを感じ、深く息を吸い込んだ。アストリッドは彼を愛してくれている。勇敢な妻は尻尾を巻いて逃げたりしない。どちらにせよ、彼はもう妻とのあいだに隠し事はしたくないと決めたし、彼女はすでにすべてをかけて彼を信頼してくれた。

「わたしが変わったんだと思う。わたしは先のことを――どんな未来でも――こわがりすぎて、いま自分の目の前にあるものを大事にすることができなかった。自分の恐怖心に負けていたんだ」

アストリッドは少し伸び上がって夫にキスをした。「愛することがこわいときもあるわ。心を開いてほかの人に自分をさらけ出すのは、それ自体、こわいことよ。わたしも長いあいだ自分の心を閉ざしていたもの。あなたと出会うまで、だれにも自分の心をあずけられなかった。だれかの手に自分の心を握られていると思うのは、いまでもこわいわ」彼女は口をすぼめた。「あなたもまだこわい？」

彼が肩をすくめる。「ときには」

アストリッドは両腕、両脚を夫に絡めて抱きついた。「それなら、わたしがありったけの愛と情熱と幸せであなたを包み込むしかないわね。わたしはどこへも行かないわ」

「きみは激しいな」セインは言って、キスをした。「きみのそういうところがどんなに好きか、言ったことがあったかな？　不屈の精神を持った公爵夫人だ」

「わたしは、わたしの公爵さまを喜ばせようとしているだけよ」アストリッドが彼の下唇を噛んで彼の舌を自分の口内へ引き入れると、彼のものがふくらんで太ももに当たるのがわかった。「うまくいっているみたい」

「きみは飽くことを知らないな」

アストリッドは彼の肩を熱い舌でたどり、やさしく嚙んだ。「あなただからよ」

セインは長椅子の上でもろとも向きを変え、妻の体におおいかぶさった。「本当にわたしたちはうまくいくと思うか？」

彼の激しくも美しく生意気な公爵夫人はウインクした。「当たり前でしょ？」


何時間ものち、すっかり満ち足りて、セインが自分の部屋に妻を抱いて移動して長い時間が経ったあと、空いっぱいに朝日が光を投げかけるなか、アストリッドは両ひじをついて体を起こし、夫の寝顔を眺めた。官能的な唇は少し開き、先端が金色に光る褐色のまつげは頰の上部に伏せられている。なめらかな褐色の髪はカールして顔にかかり、たくましい腕は片方曲げて頭の下に敷いてあった。言葉が見つからないくらいすてきだ。

体がふわふわして重さが感じられなくなるまで、彼は愛してくれた。いつしか言葉がいらなくなり、頭がなにも考えられなくなるまで。

「眠って、かわいい王子さま」彼女はつぶやいた。

できるだけそうっとベッドをおりたアストリッドは足音をたてないよう自分の部屋に行き、前開きの朝用ドレスを着た。洗面器の水で顔を洗って、歯を磨く。髪はくしゃくしゃだったが、アリスがいないのでゆるくまとめてピンで留めるくらいしかできず、それで階下におりた。朝食用の食堂はすでに準備が整い、廊下でフレッチャーに迎えられた。

「これはおはようございます、奥方さま」彼はまったくもって陽気すぎる声で挨拶をし、きびきびとおじぎをした。

アストリッドは赤くなった。ベズウィック・パークではなにも隠し事はできないらしい。公爵とその奥方がひと晩じゅう大浴槽で戯れていたら、朝にはもう全員が知っているのだ。

「おはよう、フレッチャー」

「だんなさまはまだおやすみでございますか?」

彼女の顔がいっそう赤くなる。「そんなこと知ってるでしょう、いやな人ね。さあ、わたしが死なないうちにコーヒーを持ってきて」

「かしこまりました、奥方さま」彼はにやけるのがこらえきれない様子で言った。「あ、それから大奥さまはすでに朝食の席に着かれております」

アストリッドの眉がつり上がった。メイベルもベズウィック・パークに戻ってきたの？　はたして、メイベルは朝食のテーブルに快適に収まり、ひとりのみならず三人もの従僕に世話を焼かせていた。そのうちのひとりは、間違いなくハマートンの舞踏会にいた従僕だとわかったが、ひとりだけ違う仕着せを身に着けていた。

「おはようございます、おばさま」

「あらまあ、わたしの美しく勇敢なお嬢さん。すばらしく落ち着いているようね。ちなみに落ち着いているというのは、うっとりとろけているという意味よ」

「昨夜戻られたの？」アストリッドはにっこり笑って、湯気の立つコーヒーカップをフレッチャーから受け取った。

メイベルがウインクする。「いま戻ったばかりよ」琥珀色の瞳がレディ・ハマートンの従僕にちらりと向けられ、声がささやきにまで小さくなった。「じつを言うとね、歩けているのも不思議なくらいなの」

「メイベルおばさま！」

「わたしよりあなたの話でしょ」メイベルは言った。「フレッチャーから聞いたわよ。早くこの屋敷が小さな孫たちでいっぱいになって、おばあちゃんがかわいがってあげられたらいいわね」

「おばあちゃんだなんて！」アストリッドは消えてくれない顔の赤みをごまかそうと、大声で笑いながら言った。彼女はトーストを取ってから公爵夫人に向き直った。

メイベルのまなざしがあたたかい。「じゃあ、あの子を愛しているのね？」

「ええ、それはもう」

「それならあとは祈るだけね」メイベルは手を伸ばしてアストリッドの手をきつく握った。アストリッドは目の奥が急に熱くなり、彼女も握り返した。

「わたしの大好きなレディがふたりおそろいだ」

あたたかみのあるかすれた声がアストリッドの骨の髄まで沁み入り、振り返ると戸口ですてきな夫が男の色気を漂わせて立っていた。靴とクラヴァットは省いてシャツとブリーチズだけという、くつろぎきった様子にそそられる。

「白状するとね、ベズウィック」メイベルがからかった。「野蛮人をひとり育ててしまったと思われそうよ」

「まだかわいいものですよ」彼は言っておばの頰に軽くキスをし、それからアストリッドにもっと長めのキスをしてから、席についた。

「よく眠れたかしら、甥っ子ちゃん？」

「あなたと同じだと思いますよ。どうやら新しい働き手が加わったようですね」セインはにやりと笑い、アストリッドの椅子の背もたれに腕をまわした。指先で妻のうなじをなでて、彼女の全身の毛を逆立てる。

「彼がここまで乗せてくれたのよ」メイベルはそう言ったあと、まるきり無邪気な様子で目を丸くした。「それはもうしっかり駆り立ててくれて」

「おば上、いくらあなたでも、度が過ぎます」セインはくるりと目をまわしてアストリッドを見た。「言ったとおりだろう、困ったものだ」妻の耳に鼻先をすり寄せる。

「きみはよく眠れたか？」

「セイン」夫の湿った舌を感じて、彼女は息を乱した。「使用人がいるのに」

「彼らはみな公爵が妻にぞっこんだと知っているから、ここでキスしようが、閉じたドアの向こうでキスしようが、たいした問題じゃない」それでも彼は妻の耳たぶをゆるく噛んでおしまいにし、椅子にもたれた。

まったく、この人は人間の姿をしたセックスそのものね。何時間も体を重ねたあとなのに、彼女はもう二階にさっさと逆戻りして彼と乱れたくなってしまった。しかしおとなしくコーヒーを飲み、メイベルの訳知り顔には気づかぬふりをした。

フレッチャーが部屋に入ってきた。カルバートがいないのでまたしても一人二役を務め、来訪者があることを告げた。

公爵は眉をひそめた。「こんなに早い時間に？　まともな時間に出直してこいと言え」

「だれなの？」アストリッドが同時に尋ねていた。

「ロス侯爵夫妻でございます」

靴もクラヴァットもない公爵をふくめ、だれも客を迎える装いではなかったが、なんと言ってもやってきたのは家族だ。

「イソベル！」妹が夫となったばかりの人の腕に手をかけて食堂に入ってくると、アストリッドは声をあげた。「元気だった？」

「元気よ」妹は言った。「アストリッド、夫を紹介します、ロス卿よ」

彼はアストリッドの手の上に身をかがめた。「これは、公爵夫人」

セインが立ち上がり、年下の男の肩をたたいた。「会えてうれしいぞ、ロス」

「やあ、ベズウィック」侯爵は言った。「〝うれしい〟は言い過ぎじゃないかな」

公爵は大声ではははっと笑ったが、アストリッドは侯爵の少し冷めた口調に目をしばたたいた。視線をイソベルに戻すと、妹は明るい笑みを返してきた。妹は上機嫌だが、夫の侯爵はもう少し……静かなように思えた。しかし彼とは会ったばかりだ。セインとは知り合いだし、ロスも根はきちんとしたやつなんだと夫は言っていた。アストリッドはひとり笑った。妹より自分の話よね――なにせ、わたしは野獣と結婚したんだもの。

新婚夫婦がメイベルと挨拶を交わすと、セインは彼らを朝食に誘った。温かい料理の追加が運ばれ、席も追加で用意された。妹が夫に愛情を感じているのは一目瞭然で、アストリッドは結婚式に出られなかったことが哀しくなったが、イソベルの安全が手に入ったのだからそんなことは小さな代償だ。

「つまり、この結婚のことは」アストリッドが言った。「わたしだけがなにも知らなかったのね」

「そのことについてはごめんなさい」イソベルが言った。「レディ・ハマートンのパーティでロス卿が結婚の意思を表明してくださるかどうかわからなくて、結局それはしてくださったのだけれど、わたしが計画を詰めきれていなかったの。わたしとしては、駆け落ちできたらと思っていたのよね」

アストリッドは眉を片方つり上げた。「それは本当に醜聞になったでしょうね」

「でも、スコットランドは馬車でも何日もかかるし、レディ・ハマートンがもっといいことを思いついてくださったの。ボーモン伯爵があらわれたあと、公爵さまがわたしたちのために特別許可証を取ってきてくださって」イソベルが興奮ぎみに話した。

「ただひとつ残念だったのは、あなたに出席してもらえなかったことだけれど、レディ・ハマートンのお屋敷のチャペルはとても小さくて雅やかだったわ」

「あなたが幸せならそれだけでうれしいわ、イジー」

「ええ、幸せよ」イソベルは言った。

妹がこれほど勇気を出して自分の未来をつかみ取ったことに、不満げな顔などできるはずもない。アストリッドが同じ年だったときには、ここまでできなかった——あのときの自分は世間知らずで、気づいたときには節操のない男の意のままになっていた。しかしイソベルは、男にすべての権力を与えるくせに結果は女に押しつける社交界の餌食(えじき)になるものかとがんばった。そんな妹がこのうえなく誇らしい。

本当に、羊の皮をかぶったオオカミとはこのことね。

新婚夫婦はしばらくおしゃべりをしてから、いとまごいをした。ロスは花嫁をチェムスフォードにある本宅に連れていくのだという。ふたりが出発したあと、アストリッドは夫にふくれっ面をして見せた。「あんな記念碑的な大事件を秘密にされたなんて、信じられないわ」

彼は妻の手を取って手の甲に口づけた。かすめるようにふれた唇と欲望をたたえた瞳に、彼女の肌は燃えるように熱くなった。「もしきみのおじさんがハート・ハウスに押しかけてきて説明を求められたとき、きみがきっぱりと関与を否定できるようにしておきたかったんだ。じつは実際、おじさんとは話をした」

アストリッドはおじのことを思って目をすがめた。「おじはなんて言ってたの？」

「理解を示してくれた」

〝理解を示す〟だなんて、おじからは考えられない言葉で、アストリッドは自分が疑わしげな顔をしていることをわかっていた。

「ボーモンが彼に約束していたものを、わたしが出そうと提案したんだ」夫は言った。

「おじがいままでやってきたことを考えたら、どうしてあんな卑劣な人に少しでもお金を渡すのかわからないわ」アストリッドは言った。「どうせぜんぶなくしてしまうのよ。父のお金だって、大金を馬に注ぎ込んでしまって」

「その馬たちもわずかな費用でわたしが譲り受けたから、このベズウィック・パークに移す手配をした」彼はにやりと笑った。「きみの馬丁のパトリックがうまく取引を進めてくれた。その契約をするために戻っていたんだ」

ここが玄関ホールの真ん中で、まわりには使用人が十人以上もいて、隣の部屋にはメイベルもいたが、かまわなかった――アストリッドは夫の首に抱きついた。「ああ、セイン、愛しているわ」

「わたしのほうがもっと愛しているぞ、公爵夫人」彼は笑顔で妻を見下ろした。「それからボーモンのことだが、スペインで起きたことの調査が完了すれば、おそらく伯爵の称号と領地を剝奪されるだろう」

「うれしいわ」アストリッドはしみじみと言った。「当然の報いよ」

セインはうなずいた。部下たちの命が帰ってくるわけではないが、第一歩にはなる。伯爵が有罪となったら、没収される伯爵の財産を遺族のために使ってほしいとプリンス・リージェントに願い出るつもりだった。それで償いになるとは思わないが、せめてそれくらいできればいいのだが。

「もう朝食はすんだけれど、今日はなにをする？」アストリッドは下唇を噛んで頰を染めた。

セインはかすれた笑い声で応えた。「こうできると思う」

彼はすばらしくたくましい腕で妻を抱き上げた。

「自分で歩けるのに」アストリッドが言った。

「そうだな、でもわたしの脚のほうがずっと長い」

セインは飛ぶように階段を上がり、彼女は声をあげて笑った。「やっぱりあなたとは結婚するべくして結婚したんだわ」

エピローグ

第七代ベズウィック公爵ナサニエル・ブレイクリー・スターリング・ハートは額に冷や汗を光らせて、廊下を行ったり来たりしていた。なんてことだ、生まれてこのかた、これほどそわそわしたことはない。懐中時計をちらりと見て、また廊下をうろうろする。従者は楽しそうな顔を隠そうともせず、四十回も同じじゅうたんを踏んでいる主人を眺めていた。

「少しブランデーでも飲まれてはいかがですか」フレッチャーが言った。「じゅうたんに穴が空いてしまいます」

「時間がかかりすぎている」公爵が言う。「それに、おまえはいつからじゅうたんを気にかけるようになった？　カルバートに負けないくらい口うるさくなってきたぞ」

「口をお慎みください、だんなさま」フレッチャーがおののいた顔をした。「それにいずれにせよ、奥方さまは公爵夫人です」

セインが顔をしかめた。「それがいったいなにに関係があると言うんだ？」

「すべてでございます」従者は冷ややかに言った。「ああ、いらっしゃいましたよ」

セインは美しくかつ懐妊中の妻を見て、顔をぱっと明るくした。しかし奥方といっしょに、六歳のおませな娘レディ・フィリッパ・ハートと、弟で四歳のロック侯爵マクストン・ハート卿もいる。とっくに眠っているはずのふたりだ。セインがそれを知っているのは、彼自身がふたりに夕食を食べさせ、ずいぶん前にベッドに入れたからで、ついでに言うと彼がほとんど毎日そうしている。

アストリッドはほほ笑んだ。「子どもたちにおやすみなさいのキスをしなければならなくて、そうしたらふたりにお話をせがまれちゃって。わたしたちは競馬（レース）のあと明日まで帰ってこないから、つい、いいわよと言ってしまったの」

セインは聞かん気の強い娘にやさしく顔をしかめたが、娘の瞳はおちゃめにキラキラしていた。だれがお話をせがんだのか、見当はつく。「お話ならいくつもわたしが読んで聞かせて、ベッドに入れたんだぞ。どうしてこのおちびちゃんたちはまだ起きているのかな？」

「わたしたち、ママにおやすみなさいをいいたかったの」ピッパが言ったが、マックスのほうは眠たそうに頭をこっくりこっくりさせている。「ママはいつもしょさいでかきものをしてらっしゃるんだもの」

「ごめんなさいね、あなたたち」アストリッドは言った。「もうそんなに長くはかからないから。約束するわ」

それは本当だった。目覚ましい知性を持つ彼の妻は、このところ大忙しだったのだ。ウルストンクラフトや『フランケンシュタイン、あるいは現代のプロメテウス』の著者として数年前に世に出たメアリー・シェリーといった作家たちなど、女性の声の重要性について論じる文学的なエッセイをいくつか出版し、社交界に大きな波紋を投げかけた。女性も男性と同じくらい〝悪〟であるという物議を醸す論調には、影で異議を唱える向きもあったが、多くが賛同してくれた。現在は処女小説を執筆中だ。女性の肉体に囚われた男と、男と女のものの考え方の交わりがテーマの物語。大胆な試みではあるが、それをなしうる者がいるとしたら、それは勇猛果敢なセインの公爵夫人だろう。

「御者の準備が整いました、だんなさま、奥方さま」カルバートが告げて部屋に入ってきた。「なんとまあ、このようにそわそわしますのは、坊ちゃまがお生まれになったとき以来でございます」

「ただのレースじゃないの、カルバート」アストリッドが言った。

フレッチャーが執事にも劣らぬ興奮した顔つきで頭を振った。「ただのレースではございません、奥方さま！　おふたりの最高の馬なんですよ、その馬が優勝しようというんですよ」

数年前、アストリッドはブルータスとテンペランスをかけ合わせたが、生まれた牡の仔馬はあらゆる期待を超えていた。とにかくすばらしいのひと言に尽きる——強靭さとスタミナとスピードのすべてを兼ね備えていた。ダンテと名付け、いまやどんな馬場のどんな距離でも負けなしだ。そして明日は、アスコット競馬場で記念碑的な一日になる予定だった。

「おでかけになるまえにわたしたちをベッドにつれてってくれる？　ママ、パパ？」ピッパのかわいらしい声は期待に満ちていた。

「それなら早くおいで、おちびちゃんたち」セインは言って小さなマックスを抱き上げると、放り投げて息子をキャッキャッ言わせた。それからひざをついてピッパを抱き寄せる。娘は母親にそっくりだ。つやつやの焦げ茶色の巻き毛と、ベズウィック家の金色の瞳。間違いなく美人になるだろう。

「どうちてぼくたちはいっちょにいけないの、パパ？」マックスがセインの上着を引っ張って訴えた。「ぼくもダンテがはちるのみたいよ」

セインはマックスを腰で支え、ダークブロンドの髪をくしゃくしゃとかき混ぜた。

「競馬場は小さな子どもは入れないんだよ。でも、もう少し大きくなったら、ふたりとも連れていってあげると約束する」

「わたしもいけるの、パパ？　おんなのこでも？」ピッパが目を大きくして言った。

彼はウインクしてにっこり笑った。「女の子だからって、ママはなにも関係なかったぞ。だからおまえにもやれないことなんかなにもないんだ、ピッパちゃん」

「そうよ、やりたいと思ったことはなんでもやっていいのよ」アストリッドも声をそろえた。

ふたりは子どもたちと手をつなぎ、子ども部屋のほうに戻っていった。セインはピッパを抱き上げてベッドに入れ、キスをして、それから息子にも同じことをした。くすんだアイスブルーの瞳が見返してくる。マックスが落胆をこらえ、懸命に強くあろうとしているのはあきらかだった。

「そうだなあ」セインはそう言いながらポケットを探り、六ペンス銀貨を取り出した。「これを、おまえとピッパの名前でダンテに賭けてこよう。もし勝ったら、みんなで山分けしようじゃないか。どうだ？　それなら、おまえたちも参加してるみたいだろう？」

「ほんと、パパ?」マックスが言う。

「ああ、ほんとだ」

楽しそうな目のアストリッドと目が合ったあと、彼女は子どもたちにおやすみのキスをして、いい夢を見てねと声をかけていた。「すぐに帰ってくるよ、かわいいおちびちゃんたち。ぐっすり眠るんだぞ。明日の夜には、みんなの昔からのお気に入り『美女と野獣』を読んであげるから」

フランスの古い物語は、言わずもがなの理由でハート家のお気に入りだった。セインはほほ笑み、ベッド脇で立っている妻のやさしいまなざしをとらえた。彼女にこれほど愛してもらえるとは思わなかったし、幸せな結婚生活を七年間送ったあとでもなお、妻にときめいて鼓動が速くなるとは。

セイン自身の妻への気持ちは育って熟成したが、いまでも彼女にはひと言でやり込められるし、彼女のまばたきひとつで体が跳ねてしまいそうになる。妻のおなかがまた丸くふくらんでいるのがその証拠で、彼女の魅力に抗うことはほぼ不可能なのだ。輝かんばかりの美しい公爵夫人——彼の妻であり、いとしい人であり、子どもたちの母であり、闇に差し込む光だ。

「パパ?」

セインはドアのところで止まった。「なんだ、ピッパちゃん？」

「おはなしでわたしがすきなのは、びじょがゆうきをだしてやじゅうにあいしてるっていうところなの」娘は恥ずかしそうに言った。

「そこはパパも大好きだ」娘に言いながら、セインは胸がいっぱいになってアストリッドを抱き寄せた。「とっても利口なおまえのママはこう書いていたぞ。愛することとは勇気であり、選択であり、運でもある。戦わなければ手に入らないものがあるが、愛もやはりそうなのだ、とね」

訳者あとがき

『美女と野獣』、『フランケンシュタイン』と聞けば、知らぬ者はないというほどの有名な作品たち。本書『野獣と呼ばれた公爵の花嫁』は、そのふたつの作品に対する著者アマリー・ハワードのオマージュであり、それら不朽の名作からインスピレーションを得た珠玉のロマンスと言えましょう。

『美女と野獣』はもともとフランスの古い民話で、現在知られているような物語にまとめられたのは一七四〇年のヴィルヌーヴ版と、一七五六年のボーモン版です。長すぎるヴィルヌーヴ版を童話の形でまとめ直したボーモン版が出版されたことで人気を博し、今日までたくさんの派生作品が生まれることになりました。日本で広く知られているのは、やはりディズニーのアニメや映画でしょうか。昨年ディズニーランドでも新エリアがオープンしましたし、だれでも読んだことがあってあこがれるお話ですよね。

いっぽう『フランケンシュタイン』（原題は『フランケンシュタイン　あるいは現代のプロメテウス』）の刊行は一八一八年。おそろしいイメージのある小説の代表で、著者は、フェミニズムの先駆者ウルストンクラフトの娘メアリー・シェリーです。

ウルストンクラフト（本書の二四四ページに初出）というのは、ヒストリカルロマンスのなかでときどき目にする名前です。彼女は、現代では当たり前の〝男性と女性は人間として平等の権利を持つ〟という考え方を、それがまったく当たり前でなかった時代に唱えた思想家で、それゆえ、制約の多い貴族社会で男尊女卑に反発するヒロインが著作を読んでいたりします（本書のヒロイン、アストリッドも然り）。不倫の恋、未婚での出産、自殺未遂、妊娠がわかってからの結婚など、まさに波乱の人生でした。

メアリー・シェリーはその母ウルストンクラフトを生後わずか十一日で亡くし、母親を知らずに育つことになりました。弱冠十八歳という若さで『フランケンシュタイン』のような作品を書いたことに驚かされます。彼女は著名な詩人バイロンと交友があり、文学サロンに集まった文人たちが怪奇譚を書こうという話になったときの作品だったようです。二〇一八年公開の映画『メアリーの総て』では作者本人に光が当てられ、ごらんになった読者の方々もいらっしゃるのではないでしょうか。どうして彼女から『フランケンシュタイン』のような物語が生まれたのか、彼女の人となりや境遇と合わせて考えるのは、とても興味深いことでしょう。

お恥ずかしながら、訳者も長いこと間違えていたのですが、フランケンシュタインというのは作中の怪物の名前ではなく、怪物をつくり出した科学者の名前なのですね。もしかしたら、これを機会に読んでみようと思われる方がいらっしゃるかもしれないので内容は書きませんが、『フランケンシュタイン』はおそろしい小説の代表ではないかもしれません。つぎはぎの醜悪な怪物というイメージだけが広まって固定されてしまったのでしょうが、まさしくそれは本書のヒーローが置かれた状況と同じです。

本書の舞台は一八一九年のイギリス、『フランケンシュタイン』発行の翌年です。ジョージ三世の息子、王太子ジョージが摂政(リージェント)を務める摂政時代(リージェンシー)(一八一一年～一八二〇年)。摂政王太子つまりプリンス・リージェントは、享楽的な生活を送ったことで有名で、豪華な邸宅カールトン・ハウスを建設するなど浪費家でした。しかし同時期、ヨーロッパ大陸ではナポレオンとの戦争で多くの軍人や兵士が命を落としてもいました。

本書のヒーローである第七代ベズウィック公爵セイン・ハートも、そんな戦いで全身にひどい傷を負って領地に引きこもったイングランドの公爵です。人造人間でも、魔法で獣に変えられた王子さまでもない正真正銘の人間ですが、見た目と同様に内面までおそろしいと人々におそれられ、〝野獣〟と呼ばれ、自分でも自分はけだものになってしまったと思っています。

もはや人生は終わったとして、世間から隔絶して生きているセインですが、そこに飛び込んできたのが子爵令嬢アストリッドでした。彼女もまた、ある事情から自分の人生は終わったと思っているのですが、妹の危機を救うために、野獣ベズウィック公爵の力を借りようとわが身を差し出します。『美女と野獣』では、野獣のほうから娘を差し出せと要求しますが、本書では逆。美女のほうから野獣の屋敷に押しかけ、結婚を迫るのです。設定だけでワクワクします。

しかし人間不信に陥り、人生に絶望している野獣は、アストリッドと関わろうとはしません。いっぽうアストリッドも妹のため、簡単にあきらめるわけにはいきません。このアストリッド、とにかく頭がよくて、弁が立って、男勝りで、負けず嫌いで、命令されることが大嫌い。レディらしからぬと言われようと、知識欲のおもむくままにあらゆる教育を受け、暴れ馬も乗りこなしてしまう、意外性だらけのレディでした。

その意外性に、いつしか振りまわされている野獣（と呼ばれる人間の公爵）。彼らが出会ったのは偶然であったかもしれませんが、惹かれ合うのは必然だったとしか思えません。必然としか思えなくなるように、著者アマリー・ハワードはたくさんの魅力的なエピソードを散りばめ、ふたりのやりとりや心の動きをときにロマンチックに、ときにホットに、ときにコミカルに、ときに象徴的に演出していきます。

たとえば、公爵が傷の痛みを癒すために設置した温浴室。ローマやトルコの大浴場にならって巨大な泳げるお風呂を屋敷内につくっているのですが、ふたりが出会ったときの公爵は〝裸〟でした。傷痕よりもなによりも、裸は衝撃です。

それから、公爵の亡き父が収集していたみごとな陶磁器のコレクション。アストリッドは学者に匹敵するほどの陶磁器の知識を持ち、野獣公爵から〝仕事〟としてコレクションの仕分けを引き受けます。ちなみに公爵は、高価な陶磁器をクリケットのボール代わりにして破壊していました。

またリージェンシーロマンスには競争馬がよく登場しますが、アストリッドは馬術にも長けていて、欠陥があるとして売られそうになっていた馬の本質を見抜きます。それはとりもなおさず、醜い傷痕ができたからといって公爵が欠陥品になったわけではないと言っているかのようでした。

ほかにもたくさんのエピソードがありますが、公爵がアストリッドに救われるばかりではありません。彼女もまた自分の人生は終わった、自分は価値のないものになった、と思うに至っていますが、公爵との関わりのなかでいつしかその傷が癒やされていきます。その過程は、ぜひ本文で。

おもしろい作品には名脇役がつきもので、それは本書にも当てはまります。忠義者でありながら主人を主人とも思わない不遜な態度の、セインの従者フレッチャーと執事カルバート。そして、アストリッドも脱帽の型破りなセインのおばメイベル。彼らがいなければ、このロマンスは成就せず、この物語も成立しなかったでしょう。主役のふたりをあたたかく見守る彼らの活躍も、ぜひ合わせてお楽しみいただければと思います。

著者アマリー・ハワードはトリニダード・トバゴ生まれで、現在はアメリカのコロラド州在住とのことですが、ホームページを見たところ、ものすごい数の国や町を旅行し、バンジージャンプを飛び、ハーレー・ダビッドソンを転がす、エネルギーにあふれた女性のようです。ご自身はインド、中東、中国、フランス系クレオールの血を引き、オーストラリア人の夫は四分の三がスコットランド人で四分の一がイングランド人、そのふたりの血を引くお子さんが三人いて……と、日本では考えられないような国際色豊かなバックグラウンドの持ち主です。

日本で作品が紹介されるのは本書が初めてですが、すでに著作は多数あり、本書のつづきであるイソベルのお話も刊行されています。本書で大成長を遂げたイソベルですが、それでめでたしめでたしとはいかなかったようです。彼女の〝それから〟も、ぜひご紹介できる機会があればと思います。

二〇二一年七月

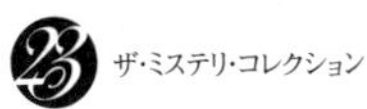

野獣と呼ばれた公爵の花嫁

2021年 9月 20日　初版発行

著者　アマリー・ハワード
訳者　山田香里

発行所　株式会社 二見書房
東京都千代田区神田三崎町2-18-11
電話 03(3515)2311［営業］
03(3515)2313［編集］
振替 00170-4-2639

印刷　株式会社 堀内印刷所
製本　株式会社 村上製本所

落丁・乱丁本はお取り替えいたします。
定価は、カバーに表示してあります。

ISBN978-4-576-21129-9
https://www.futami.co.jp/